CW01472221

REBECA
DEBE MORIR

LAS DOCE PUERTAS LIBRO 6

Vicente Raga

addvanza books

Vicente Raga

Nacido en Valencia, España, en 1966. Actualmente residiendo en Irlanda, pero mañana ¿quién sabe? Jurista por formación, político en la reserva, ávido lector, escritor por pasión, guionista, articulista de prensa, viajante impenitente y amante de su familia. Viviendo la vida intensamente.
Carpe diem.

Autor superventas de la serie de éxito mundial de **«Las doce puertas»**, traducida a varios idiomas. Número 1 en los Estados Unidos, México y España. TOP 25 en Europa, Canadá, Australia y Nueva Zelanda.

AVISO IMPORTANTE

Esta novela es el sexto libro
de la colección de *Las doce puertas*

Para poder disfrutar de una mejor experiencia, **es necesario respetar el orden de lectura de las novelas:**

LIBRO 1 LAS DOCE PUERTAS

LIBRO 2 NADA ES LO QUE PARECE

LIBRO 3 TODO ESTÁ MUY OSCURO

LIBRO 4 LO QUE CREES ES MENTIRA

LIBRO 5 LA SONRISA INCIERTA

LIBRO 6 REBECA DEBE MORIR → LIBRO ACTUAL

LIBRO 7 ESPERA LO INESPERADO

LIBRO 8 EL ENIGMA FINAL

LIBRO 9 MIRA A TU ALREDEDOR

LIBRO 10 LA REINA DEL MAR

En cada una de las novelas se desvelan hechos, tramas y personajes que afectan a las posteriores. Si no respeta este orden, a pesar de que hay un breve resumen de los acontecimientos anteriores, es posible que no comprenda ciertos aspectos de la trama.

Primera edición, diciembre de 2019
Segunda edición, diciembre de 2019
Tercera edición, enero de 2022
Cuarta edición, marzo de 2022
Quinta edición, febrero de 2023

© 2019 Vicente Raga
www.vicenteraga.com

© 2019 Addvanza Ltd.
www.addvanzabooks.com

Fotocomposición y maquetación: Addvanza
Ilustraciones: Leyre Raga y Cristina Mosteiro

ISBN: 978-84-1201895-0

Las cinco anteriores entregas de la saga de *Las doce puertas* iban dedicadas a mi familia, a mis compañeros del colegio, de las universidades y a mi pareja.
En esta ocasión lo quiero hacer, en especial, **a mi hija Leyre** que, quizá sin ella saberlo, me ha ayudado a imaginar toda esta saga de novelas, más de lo que ella se cree.

ÍNDICE

NOTA DEL AUTOR

En la parte histórica de la presente novela, correspondiente al siglo XVI, todos los personajes que aparecen son reales y existieron en su exacto contexto histórico. No obstante, los hechos que se narran son ficticios y no tuvieron por qué ocurrir de la manera descrita. En la parte actual de la novela, todos los personajes y los hechos narrados son ficticios. Los acontecimientos históricos que se describen en ambas partes se corresponden con la realidad.

En toda la novela se utilizan las fechas de acuerdo con el calendario gregoriano. A efectos de claridad y homogeneidad no se usa el calendario hebreo.

ⓞ RESUMEN DE LOS LIBROS ANTERIORES DE LA SERIE «LAS DOCE PUERTAS»

NOTA DEL AUTOR: Si ya has leído las cinco novelas anteriores de la saga de *Las doce puertas*, no es necesario que leas este capítulo. Tan solo es un breve resumen de todo lo acontecido hasta ahora, aunque nunca viene mal recordar ciertos detalles. Yo mismo lo recomiendo. Igual reparas en alguna cuestión que se te puede haber escapado.

Los judíos de finales del siglo XIV en la península ibérica habían acumulado una ingente cantidad de conocimientos en multitud de materias, pero los tenían dispersos en diferentes lugares. Ante el cariz que estaba tomando su relación con los cristianos en aquella época, y ante el temor de perder ese gran tesoro, decidieron protegerlo, reuniéndolo y escondiéndolo en un único emplazamiento. Eligieron la judería de Valencia. No era tan importante como las de Sevilla, Córdoba o Toledo, por ejemplo, pero precisamente por ello la escogieron. Tenía un tamaño medio, no era demasiado conflictiva y estaba bien comunicada. En definitiva, era discreta en comparación con otras mayores. Crearon una especie de confraternidad, formada por diez personas, cuya misión era preservar ese tesoro a través de los siglos, y lo llamaron Gran Consejo. El tesoro era conocido entre ellos por el nombre de «el árbol».

Sin duda fue una idea muy oportuna, ya que poco más de un año después de completar la tarea, en 1391, se produjo el asalto y la destrucción de más de sesenta juderías por todos los territorios del reino de Castilla y de la corona de Aragón, que supusieron la muerte de decenas de miles de judíos. La mayoría de las aljamas no se recuperaron jamás y desaparecieron para siempre. Afortunadamente, los miembros del Gran Consejo tenían un plan de escape preparado, que habían llamado *Las doce puertas*, que hacía referencia a las doce puertas que se abrían en la muralla medieval de Valencia a finales del siglo XIV. Su objeto era ponerse a salvo y preservar su tesoro cultural. Una vez ejecutado dicho plan, pasaron a designarse a ellos mismos *puertas*.

Por si todas aquellas desgracias no hubieran sido suficientes, cien años después de aquel desastre, en concreto el 31 de marzo de 1492, Isabel I de Castilla y Fernando II de Aragón, conocidos posteriormente como los Reyes Católicos, ordenaron la expulsión de los judíos de todos los reinos que dominaban, deportación que se completó en el mes de agosto de aquel fatídico año.

El Gran Consejo que protegía el tesoro judío estaba compuesto por diez personas, pero en realidad había un undécimo miembro, que no participaba de las reuniones, cuya identidad permanecía secreta y que tan solo era conocida por el número uno. El Gran Consejo se organizaba a semejanza del árbol *sefirótico* de los cabalistas. Aunque aparentemente dicho árbol contenía diez esferas o *sefirot*, en realidad, existía una undécima *sefiráh*, que es el singular de la palabra *sefirot*. Esa undécima *sefiráh*, llamada *Daat*, permanecía invisible y representaba la conciencia. Era otra forma, en este caso no material y oculta, del *Keter*, de la raíz del Gran Consejo, de su número uno, que en estos momentos era Blanquina March. En consecuencia, tan solo Blanquina conocía la verdadera identidad de la undécima puerta. Su función era ser una especie de copia de seguridad. Entre el número uno y el número once tenían dividido un mensaje propio, que una vez unido, conducía a la localización del árbol. En caso de cualquier eventualidad, como la desaparición de un miembro o del Gran Consejo en su totalidad, tenían la responsabilidad de reconstruirlo, para la preservación de su gran tesoro durante los siglos venideros. Este es el árbol *sefirótico* judío con sus diez *sefirah*.

En marzo de 1500 se produjo un hecho de extraordinaria gravedad. El Santo Oficio de la Inquisición española descubrió una reunión del Gran Consejo e irrumpió en mitad de su celebración, provocando la desbandada de todos sus miembros e incluso la captura del número cuatro, Miguel

Vives, y su posterior relajación y muerte en la hoguera. Blanquina March, que era la puerta número uno, decidió, por seguridad, trasladar el árbol a otro emplazamiento diferente y encargó el trabajo a la undécima puerta, que era el maestro cantero Johan Corbera, ya que no era ni conocido ni perseguido por la Inquisición. Tomó otra decisión de gran calado, disolver el Gran Consejo. No sabía qué conocimientos podría tener el Santo Oficio y no se quiso arriesgar a poner en peligro la propia existencia del árbol, el gran tesoro judío.

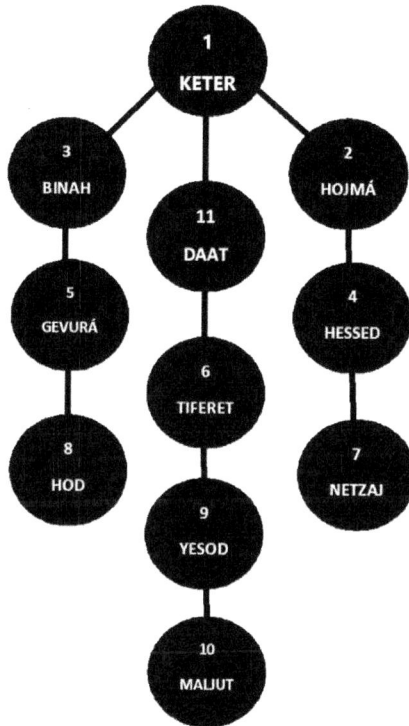

Blanquina March falleció muy joven a consecuencia de la peste negra y heredó su puesto en el Gran Consejo, como nuevo número uno, su hijo Luis Vives, el gran humanista valenciano, español y europeo, que en aquel momento histórico tenía tan solo dieciséis años de edad. Entre él y Johan Corbera escondieron ese tesoro cultural en una nueva ubicación. Poco después Luis Vives abandonaría España, debido a la presión de la Inquisición sobre su familia. Su padre quiso ponerlo a salvo de su saña, que ya había conducido hasta la hoguera a buena parte de sus primos y tíos.

Luis Vives se convirtió en una figura de fama mundial y sus amigos en España intentaban que volviera con seguridad, a salvo del Santo Oficio, para poder retomar sus funciones como número uno del Gran Consejo, desconociendo la decisión que había tomado Blanquina de disolverlo. Luis Vives da a entender que quiere volver a su país de origen, pero en realidad no se atreve. Sabe que no estaría a salvo de la Inquisición española, a pesar de los poderosos amigos que tenía, incluyendo al rey y emperador Carlos I, al papa de Roma e incluso al mismísimo Inquisidor General de España. No olvidemos que habían quemado, en autos de fe, a gran parte de su familia, primos y padre incluidos. Luis hace creer, por motivos de seguridad personal, que acepta la cátedra que había dejado vacante en la Universidad de Alcalá de Henares el gran Antonio de Nebrija, cuando en realidad había aceptado la propuesta de la cátedra que le había ofrecido el cardenal Thomas Wosley en Oxford, Inglaterra, donde reside, casado con Margarita Valldaura, natural de Brujas y de origen valenciano.

En Valencia, en el primer cuarto del siglo XVI, el hijo de Johan Corbera, llamado Batiste, hace amistad en la escuela con Amador, cuyo padre es don Cristóbal de Medina y Aliaga, que trabaja para el tribunal de la Inquisición como receptor del Santo Oficio. También con Jerónimo, un extraño niño de nueve años cuyo padre es nada más y nada menos que don Alonso Manrique de Lara y Solís, arzobispo de Sevilla, pero sobre todo, inquisidor general de España y cabeza del Consejo de la Suprema Inquisición. Por eso Jerónimo vive en el ala del Palacio Real de Valencia que ocupa el tribunal local del Santo Oficio de la ciudad. Unen a su grupo a Arnau, amigo de su escuela. Tanto Amador como Arnau desconocen quién es el padre de Jerónimo. Ni se lo imaginan, creen que es un poderoso noble sevillano, nada más.

Al final de la anterior novela se descubre que, precisamente, don Alonso Manrique era el número uno del Gran Consejo, puesto que ha cedido a su joven hijo Jerónimo, coloquialmente llamado Jero. En consecuencia, dado que Johan Corbera también ha cedido su puesto, el número uno del Gran Consejo tiene nueve años, y el número once, trece. ¡Menuda pareja! Sin embargo, según palabras del propio don Alonso Manrique, son la mejor dupla de la historia y la más adecuada para hacer frente a los graves problemas que se avecinan para el árbol judío del saber milenario. No dice nada más. Todos desconocen a qué se puede referir.

Don Alonso Manrique les anuncia que ambos, Batiste (que ya lo era) y que su hijo Jero, se iban a convertir en undécimas puertas, y que, por seguridad, ambos serían los portadores, cada uno, de una mitad del mensaje que conducía al emplazamiento del árbol judío del saber milenario. Que nombraría a otro número uno, el conde de Ruzafa, pero que ningún miembro del Gran Consejo sería portador de una décima parte del mensaje, como había ocurrido desde el siglo XIV. Lo hace por pura distracción para los siglos venideros. Mientras la inquisición o los futuros peligros que la Historia pudiera deparar para el pueblo hebreo se mantuvieran distraídos, investigando o vigilando al Gran Consejo, el verdadero conocimiento del mensaje estaría en posesión de los dos números once, desconocidos y ocultos. Batiste y Jero serían los primeros, pero irían trasmitiendo su mitad del mensaje a sus descendientes a lo largo de los siglos de una manera secreta, sin que nadie supiera de su existencia. En el futuro, ni siquiera las dos undécimas puertas se conocieran entre ellas. El Gran Consejo quedaba vacío de contenido desde ese momento.

Mientras tanto, las hermanas vivas de Luis Vives, Beatriz y Leonor, reclaman a la inquisición la injusta incautación de la dote de su madre, Blanquina, que jamás fue condenada en ningún proceso, a pesar de ser investigada. Se encuentran con la firme oposición del receptor, don Cristóbal de Medina, padre de Amador, que, bajo ningún concepto, está dispuesto a devolver los 10.000 sueldos reclamados. Amenaza a las hermanas con repasar todas las notas del Santo Oficio sobre su madre Blanquina, e incluso abrir un proceso contra su fama y memoria, a pesar de llevar muerta casi dieciséis años. Esto supone un peligro, ya que el Gran Consejo desconoce qué es lo que sabe la inquisición de ellos, y desenterrar un tema antiguo puede ser muy peligroso, como quizá lo sea. El receptor consigue que los inquisidores locales del tribunal de Valencia le entreguen toda la documentación que disponen acerca de Blanquina March. Busca datos en su contra para evitar tener que devolver a sus hijas, Beatriz y Leonor, la dote incautada, incluso las llega a amenazar de forma personal.

Jero y Batiste, las dos undécimas puertas, se asustan. También desconocen de qué conocimientos dispone la inquisición acerca de Blanquina y de su existencia como número uno, así que a Jero se le ocurre la genial idea de crear un «tribunal juvenil de la inquisición» para jugar con sus tres principales amigos de la escuela, el propio Batiste, Amador y Arnau. No es casualidad que sea Jero el que proponga como su primer caso a estudiar el de Luis Vives Valeriola, padre del humanista Luis Vives pero, sobre todo y lo que les interesa de verdad, esposo de Blanquina March. Abren una supuesta causa contra la fama y memoria de ella, ya fallecida. En realidad, es tan solo un pretexto para que Amador sustraiga del despacho de su padre, el receptor don Cristóbal de Medina, la documentación de los legajos que el Santo Oficio tiene de Blanquina.

En el final de La sonrisa incierta, el anterior libro de la saga, Batiste y Jero consiguen escapar del profundo pozo de las hermanas Beatriz y Leonor Vives, pero encuentran en el interior un objeto de lo más extraño. Un zafiro a medio pulir, con las iniciales grabadas «J.A.» en él. Se cuestionan seriamente la naturaleza del árbol judío, ante semejante hallazgo, ya que por unos meses había estado oculto en ese pozo, mientras Luis Vives y Johan Corbera le encontraban una ubicación adecuada.

Mientras tanto, ya en la época actual, en pleno siglo XXI, Rebeca Mercader es una joven de veintiún años, recién graduada en Historia y estudiante de un máster. Para sufragarse sus estudios trabaja a tiempo parcial en el periódico La Crónica, estando a cargo de la sección de relatos históricos. Para su absoluta sorpresa, ha sido nominada a un Premio Ondas al mejor podcast del año, por unas grabaciones que dejó cuando se fue de vacaciones, con el objeto de que fueran trascritas para su columna semanal en el periódico. Las escucharon sus compañeros de la emisora de radio y las difundieron, sin el conocimiento de Rebeca. Para sorpresa de todos, tuvieron muchísimo éxito. Ha firmado un nuevo contrato con una gran cadena de radio nacional y se ha convertido en colaboradora habitual de un programa de gran éxito. Ha pasado del anonimato a la fama. Es reconocida allá dónde va, incluso le han propuesto un programa propio en la emisora de radio local de su grupo de medios de comunicación.

Los padres de Rebeca fallecieron en un accidente de tráfico cuando apenas tenía ocho años de edad. En aquel momento se fue a vivir con el que creía que era su único familiar vivo, su tía Margarita Rivera, a quién todo el mundo conoce por el diminutivo de Tote. Es comisaria de policía y, hasta hace unos meses, su pareja era Joana Ramos, profesora de Rebeca en la Facultad de Geografía e Historia. Debido a todos los acontecimientos que ocurrieron durante el mes de mayo, se vio obligada a trasladarse a Estados Unidos. Las tres formaban una familia muy feliz que, ahora mismo, estaba rota. Ni Tote ni Rebeca se habían acostumbrado a su ausencia.

Rebeca estudió en el colegio Albert Tatay. Desde que el grupo de amigos terminaron sus estudios hacía cuatro años, y antes de que cada uno de ellos partiera hacia una Facultad diferente para continuar su formación o al mercado laboral, Rebeca y sus compañeros se confabularon para no perder el contacto. Se habían criado unidos durante muchísimos años y no querían perder esa complicidad tan sana. Así, decidieron institucionalizar una reunión semanal, todos los martes, en un lugar fijo, en este caso en el *pub* irlandés Kilkenny's en la plaza de la Reina. Cada uno acudía cuando podía, pero con el paso del tiempo, incluso se habían ido incorporando al grupo personas ajenas al colegio. Fue el camarero inglés del *pub*, llamado Dan, el que les bautizó como el *Speaker's Club*, porque, según él, «mucho hablar y poco beber».

Charly, piloto de línea aérea, era el cachondo del grupo, junto a Fede, que acababa de terminar el doble grado de Derecho y Ciencias Políticas. Pertenecía a una familia muy rica y conocida. En ocasiones se les unía a los dos el antisistema de Xavier, que era comercial de una empresa. Los tres formaban el trío calavera. Tenían mucho peligro. Almu era la amiga del alma de Rebeca, llevaban estudiando juntas desde los seis años hasta la universidad. Bonet estudiaba robótica y todos pensaban que podría pasar por uno de ellos. Carlota era la más impredecible de todo el grupo, una mente privilegiada cuyas reacciones le daban miedo hasta la propia Rebeca, aunque eran grandes amigas. Su madre había fallecido recientemente, a consecuencia de una larga enfermedad.

Se acababa de reincorporar, después de un año de ausencia por estudios en el extranjero, Carolina Antón, cuyo padre era un diplomático francés que trabaja en la embajada de Madrid.

Para completar el grupo, se habían unido, ajenos al colegio, Carmen, una mujer divorciada de cuarenta y seis años que trabajaba en el archivo del ayuntamiento de Valencia y su jefe Jaume, algo mayor que ella y con un parecido asombroso a Harry Potter, según Rebeca. También se había unido al grupo Álvaro Enguix, propietario de una joyería y pareja no oficial de Carlota, aunque cada vez es más «oficial»...

El día 1 de mayo se presentó en el periódico dónde trabaja Rebeca la condesa de Dalmau, dos veces grande de España y lectora habitual de la sección de Rebeca. Le hace entrega de dos extraños dibujos que ha encontrado en una caja fuerte oculta, que pertenecía a su difunto marido, el conde de Ruzafa. Le pide que resuelva su significado, ya que ella lo desconoce. Al día siguiente la condesa es encontrada muerta en su palacio.

Después de muchas vicisitudes y gracias a la ayuda del historiador Abraham Lunel, descubren que los dibujos son de procedencia judía y datan de 1391, año en que se produjo el asalto y la destrucción de la judería de Valencia. En realidad, los dibujos representaban un plan de escape del Gran Consejo denominado *Las doce puertas*, que hacía referencia a las doce puertas de la muralla medieval de Valencia. Lo que todos los miembros del *Speaker's Club* desconocen es que Rebeca es la actual undécima puerta. Hace todo lo posible para hacer creer a sus amigos que aquel árbol judío, oculto desde hace seis siglos, ya no existe en la actualidad, que ha sido saqueado. Quiere que se le deje de buscar y así se pueda preservar para los siglos venideros.

Posteriormente, Rebeca es convocada a un Gran Consejo, formado tan solo por seis miembros. Todos acuden con la tradicional capa negra con capucha, que no permite reconocer a sus portadores. Para su absoluta sorpresa, Rebeca reconoce la voz de dos personas. De una ya se lo esperaba, la puerta número siete, miembro del *Speaker's Club* y amiga de ella, pero se sorprende muchísimo al reconocer también la voz de la puerta número cinco, que no se lo esperaba jamás. No revela su identidad, pero nos da una pista muy importante, el significado de la *sefirah* número cinco del árbol *sefirótico* cabalístico, llamada **Gevurá**, la justicia.

Al final del tercer libro, *Todo está muy oscuro*, la madre de Carlota le revela, en su lecho de muerte, que es adoptada, y en el final del cuarto, *Lo que crees es mentira*, se está a punto de descubrir una gran sorpresa que puede cambiar todo el futuro de Rebeca y Carlota y, quién sabe, quizá también del misterio de *Las doce puertas*. Resulta que ambas son hermanas gemelas, hecho que desconocían, ya que fueron separadas al nacer, y se borró todo el rastro de Carlota. Ni siquiera su tía común y hermana de su madre, Tote, en aquel momento inspectora jefe del Cuerpo Nacional de Policía, fue capaz de averiguar nada acerca de la desaparición de Carlota, a pesar de que lo investigó a conciencia.

Ahora, ambas se explican muchas cosas. Su parecido físico, su extraordinaria inteligencia y que su cumpleaños fuera el mismo día. Como queda muy poco para la efeméride, deciden celebrarlo de forma conjunta, y a mitad de fiesta, anunciar que son hermanas gemelas, delante de todos los invitados. A Rebeca no le hace demasiada gracia, pero lo acepta. Se lo comenta a su tía Tote, que se espanta en cuanto su sobrina se lo comunica. Muy seria, le prohíbe asistir a esa fiesta, salvo que las tres, Carlota, Rebeca y ella misma, pasen el siguiente fin de semana juntas, además en Madrid. ¿Por qué en Madrid? ¿Qué hay tan importante allí?

Rebeca y Carlota descubren quiénes eran, en realidad, sus padres. No eran comerciales de unos laboratorios farmacéuticos, como siempre había creído Rebeca y cuestionado Carlota. Eran los propietarios. Ellos mismos lo crearon desde el principio, junto con los padres de su amiga del colegio Carol Antón, Carmen y Jacques. Catalina Rivera y Julián Mercader, sus padres, se conocieron en Londres, mientras ella era la jefa de la unidad de análisis del entonces llamado CESID, ahora rebautizado como Centro Nacional de Inteligencia (CNI), es decir, los espías españoles. Julián Mercader era un diplomático que trabajaba en la embajada rusa en Londres. Catalina, coloquialmente llamada Cata, se ofrece a regalar medicinas a la todavía existente, aunque ya agonizante, Unión Soviética, ante la absoluta sorpresa de sus socios en la empresa, los padres de Carol, ya que no iban sobrados de fondos y era un riesgo financiero muy elevado. Iban a gastar todas sus reservas económicas en un proyecto que no les iba a proporcionar beneficios.

Sorprendentemente, la idea funciona de maravilla. Se hacen con el control del mercado ruso del medicamento genérico, y cuando definitivamente se desintegra la Unión Soviética y se da paso a la Federación Rusa, les empiezan a pagar por los productos que fabrican, que antes les regalaban. Se convierten en millonarios, con laboratorios radicados hasta en Estados Unidos.

«Cuando haces lo que debes, recibes lo que mereces», esa era la frase preferida de Catalina Rivera.

El sentido del viaje a Madrid, aparte de conocer sus raíces, también era otro. Carmen y Jacques habían acordado la venta de los laboratorios a una multinacional suiza del sector. Ya no era lo mismo desde el fallecimiento de Cata y Julián. Ninguna de sus hijas iba a continuar con el negocio, así que pensaron que era la mejor solución, su venta en vida. Cuando Carlota y Rebeca ven el importe de la compraventa en la escritura notarial y les entregan un cheque bancario con una cantidad indecente a cuenta del importe definitivo, son plenamente conscientes de que son millonarias. De hecho, ya se podrían jubilar sin trabajar ni un solo día más en toda su vida. Su universo ha dado todo un vuelco.

Rebeca se asusta y le pide a Carlota que retrasen la celebración conjunta de su cumpleaños, prevista para el martes que viene. Carlota no solo se niega, sino que advierte a su hermana de que se prepare para la que se le avecina. El cumpleaños va a ser de los que marcará una época en la ciudad, y más ahora, que el dinero ya no les supone ningún obstáculo.

En la vuelta del viaje de Madrid, ya en el AVE, se produce un hecho muy sorprendente. Tanto Rebeca como Carlota descubren que son convocadas a un Gran Consejo. En el caso de Rebeca se podría comprender, porque, aunque tan solo ha ocurrido en dos ocasiones en toda la historia, es la puerta número once, pero, ¿por qué convocan a Carlota también?

Rebeca se destapa y le revela a Carlota que ella es la undécima puerta y Tote interviene en la conversación, haciendo una revelación absolutamente sensacional. Sus padres eran, los dos, las undécimas puertas. Cuando se conocieron, ni siquiera cuando se casaron, lo sabían. Se enteraron apenas después de que Catalina Rivera se quedara embarazada de gemelas. Ese pudo ser el motivo de su separación al nacer y de la desaparición de Carlota de todos los registros, para protegerla, si eran descubiertos.

Entonces, ¿es Carlota la segunda undécima puerta oculta? Rebeca se lo pregunta directamente, y su hermana se limita a responder con una sonrisa incierta.

¿Lo será? Podría suponer un giro absoluto de los acontecimientos. Hermanas gemelas y las dos undécimas puertas a la vez. Esa situación también podría comportar sus peligros, en caso de ser cierta.

Como siempre, querida lectora o lector, me temo que para desentrañar este misterio y otros muchos, tendrá que leer el libro que tiene en sus manos, *Rebeca debe morir*.

¡Menudo título!, ¿verdad?, pero nos acercamos, lenta pero inexorablemente, hacia el final de la saga de *Las doce puertas* y tienen que ocurrir cosas, algunas verdaderamente inesperadas.

La tensión se palpaba en el ambiente. Don Alonso Manrique y su hijo Jerónimo, junto con Johan Corbera y su hijo Batiste, estaban sentados alrededor del salón de la chimenea del Palacio Real.

—¡«J.A.»! ¡Son las iniciales de Jacob Abbu! —exclamó Jero, visiblemente sorprendido—. Su profesión era orfebre, supongo que por eso están grabadas en este zafiro, a medio pulir, que tengo en mis manos.

Johan se explicó.

—Exacto, lo habéis deducido, pero no nos interesa su oficio artesano, ¿verdad? Jacob Abbu no solo fue el primer número uno del Gran Consejo, fue su fundador, su creador, el *Keter* primigenio Él organizó, junto con sus demás compañeros, el traslado del árbol, el gran tesoro cultural judío, desde cada uno de los rincones de la península ibérica hasta la judería de Valencia, durante la segunda mitad del siglo XIV, antes de su desgraciada destrucción, en 1391. Toda una proeza en aquellos años. Mucha gente entregó su vida por aquella gran hazaña histórica.

Batiste parecía enojado.

—Toda esa historia ya la conocemos, pero ¿me podéis explicar qué hacía esa piedra preciosa, con las iniciales del número uno del Gran Consejo, en el fondo del pozo de la casa de las hermanas Beatriz y Leonor Vives? Es algo que no consigo comprender, por más vueltas que le doy.

—Ya os he dicho que el árbol judío estuvo, durante unos meses y, de forma provisional, oculto en ese pozo, mientras Luis Vives y yo decidíamos su emplazamiento definitivo —continuó respondiendo Johan—. ¿No lo entiendes? Supongo que, a pesar de todas las medidas de seguridad que tomamos, ese pequeño zafiro se nos quedó por el camino. Dentro del desgraciado suceso de vuestro confinamiento en el pozo, por lo menos existe una parte positiva, lo habéis recuperado y ya no queda ningún resto en su interior.

Don Alonso permanecía en silencio, escuchando la conversación y observando con curiosidad el enfado creciente de Batiste.

—Por favor, no te repitas otra vez, padre. Eso ya lo habías contado y sabes que esa no es la pregunta que te estoy formulando. Haz el favor de no insultar a mi inteligencia ni a la de los que estamos en este salón reunidos. Me da la impresión de que todos, en realidad, sabemos de qué estamos hablando, menos tú, cosa que tampoco me creo. Estás evadiendo el sentido real de mi cuestión.

—No pretendo insultar la inteligencia de nadie —dijo Johan, cayendo en la cuenta también del evidente y creciente enfado de su hijo.

—Como veo que no comprendes la pregunta o no quieres responderla, y no sé cuál de las dos posibilidades es peor, si lo deseas te la reformulo, a ver si así, al menos, dejo las cosas claras para todos.

—Adelante —le respondió Johan, que ya se la esperaba.

—¿Qué tiene que ver una piedra preciosa, en concreto un zafiro, con el árbol del saber milenario judío? Es un objeto un tanto extraño para formar parte de ese árbol del conocimiento, ¿no? ¡Una piedra preciosa! Eso es lo que no comprendo. Me gustaría conocer la respuesta. Se supone que soy una de las dos undécimas puertas y que debo proteger el árbol. ¿No debería conocer esa respuesta?

«Esto se pone interesante», pensó divertido don Alonso, que disfrutaba viendo a Batiste en plena acción.

Johan se quedó durante un instante en silencio, como meditando las palabras exactas que debía pronunciar.

—Esa es una pregunta más compleja de lo que tú te crees —respondió evasivo Johan, que optó claramente por una táctica dilatoria. Lo único que consiguió es enojar todavía más a su hijo.

Batiste no se pudo aguantar más y se levantó del sillón, dirigiéndose a su padre.

—¿Compleja? ¡Venga ya! Puedo tener trece años, pero no nos tomes el pelo. Tú, en persona, extrajiste el árbol de la cripta secreta visigótica de la Sinagoga Mayor de la antigua judería de la ciudad y, junto con Luis Vives, lo escondisteis en el lugar que está en la actualidad. ¿Y ahora me vienes con esta respuesta tan idiota? Tan idiota o para idiotas, ya no sé qué pensar.

—¿Idiota? ¿Por qué? —Johan seguía a la defensiva, como pretendiendo ganar tiempo para encontrar una respuesta adecuada.

—Porque es un hecho que tú conoces el árbol de primera mano, de hecho, lo tuviste entre ellas. Ahora, ¿me quieres explicar dónde está la complejidad de la pregunta? Francamente, no la veo. Si quieres que te diga la verdad, lo único que veo son ganas de ponernos una venda en los ojos a Jero y a mí, y que vayamos a ciegas en todo este asunto, en un momento muy comprometido de la historia.

—Quizá sea eso —respondió enigmático Johan.

—¿Cómo qué quizá? —por momentos Batiste parecía que iba a estallar—. ¿Quieres decirme que quizá, en un momento tan delicado como el presente, nos estás ocultando información, de forma consciente y deliberada, a las dos undécimas puertas? ¿Acaso me estás diciendo que estás dificultando nuestro trabajo como protectores del árbol? ¡No lo puedo creer!

Para sorpresa de Batiste, Jero intervino, pero no para apoyarle en esa cuestión, que consideraba fundamental, si no para cambiar el tema de la conversación. Tenía la cara más desencajada de todos los presentes en la reunión, incluyendo a Batiste y a su monumental enfado.

—A mí no me parece tan importante esa respuesta —dijo, con absoluta tranquilidad, a diferencia de su amigo—. Anda, siéntate en el sillón y no te pongas tan nervioso por ese tema. Ya hablaremos.

—¿Qué? —preguntó asombrado Batiste, que no comprendía la reacción de su joven amigo—. ¿Cómo dices ahora eso?

—Porque me parece que podemos dejar esa cuestión para más adelante.

—¿Por qué? —preguntó extrañado Batiste—. ¿No te parece lo suficientemente importante?

—No te das cuenta, ¿verdad Batiste? —insistió Jero, esta vez levantando la voz.

—¿De qué me tengo que dar cuenta? —preguntó, que aún estaba claramente enfadado y no lograba comprender la actitud de su amigo. Se supone que le debía ayudar y apoyar en esta cuestión.

Jero se quedó mirando a todos los presentes.

—Tenemos un gran problema que, como no le busquemos una solución además ahora mismo, no saldremos de esta. Lo desesperante es que creo que no existe ninguna solución posible. Por eso me temo que mañana habrá terminado todo para nosotros. Por eso me da igual esa piedra preciosa y su significado.

—¿Qué es más importante ahora que mi pregunta acerca de ese zafiro? —insistió Batiste, que seguía sin comprender a su amigo Jero.

—El zafiro me temo que mañana ya nos dará igual, cómo no consigamos resolver lo que ahora os voy a contar, o más precisamente, enseñar.

—Te prometo que no te entiendo ni sé de qué estás hablando, Jero —insistió Batiste.

Johan y don Alonso tenían cara de tampoco comprender nada.

—Mirad esto —dijo Jero, mientras echaba mano a su sucio jubón.

En apenas un segundo, a todos les cambió el semblante y comprendieron a su joven amigo. La cara de los presentes reflejaba casi el pánico.

Bueno, para ser precisos, la de todos no. En realidad, don Alonso estaba repantigado en su sillón, con una extraña sonrisa en el rostro.

Ante la incomprensión general, seguía divertido.

2 EN LA ACTUALIDAD, DOMINGO 7 DE OCTUBRE

—¿Por qué sonríes de esa manera tan extraña y no respondes a una cuestión tan elemental? —preguntó Rebeca, que no entendía la actitud de su hermana Carlota.

Sentadas en el tren de alta velocidad AVE en su viaje de retorno a Valencia desde Madrid, Tote, Rebeca y la propia Carlota estaban mirándose las caras.

Rebeca insistió.

—Me parece que no es tan difícil contestar sí o no. Creo que me merezco una respuesta de mi hermana gemela, y más cuándo yo me he sincerado contigo y te acabo de reconocer que soy una de las dos undécimas puertas. Creo que la situación merece que seas leal y franca conmigo.

Carlota permanecía en silencio, con la misma expresión incierta en su rostro.

—Voy a repetirte la pregunta, y esta vez espero una respuesta veraz y no esa estúpida sonrisa, que pareces la *Mona Lisa* de Leonardo da Vinci. Y no te esfuerces en intentar mentirme, que ya me conoces y sabes perfectamente que me voy a dar cuenta de inmediato. Me he enfadado en serio muy pocas veces en mi vida, pero prepárate a verme como nunca, si se te ocurre no contarme la verdad.

—Adelante —contestó Carlota, que, ahora, parecía que había reaccionado a su ensimismamiento. Estaba claro que era otra vez la de siempre.

Rebeca repitió la inquietante pregunta.

—Si nuestros padres Julián y Catalina eran ambos las dos undécimas puertas, y yo soy una de ellas en la actualidad, ¿eres tú la otra?

Carlota estaba mirando fijamente a los ojos a su hermana.

—No —contestó lacónicamente, de cuyo rostro ya había desaparecido cualquier rastro de sonrisa. De hecho, ahora estaba muy seria, como nunca recordaba haberla visto Rebeca—. Y analízame lo que te dé la gana, que no va a salir otra respuesta de mi boca —continuó, en un tono algo desafiante. Carlota también parecía, ahora, algo enfadada. Su actitud había cambiado por completo.

—¿No? —pregunto Rebeca, ganando tiempo para estudiar la expresión de su hermana. Estaba fijándose en cada uno de sus gestos, en su lenguaje no verbal.

Carlota comenzó a explicarse.

—Mis supuestos tíos, que ahora he sabido que eran mis padres, jamás me contaron ni una sola palabra de grandes consejos ni de árboles escondidos ni nada de nada. No tengo ni la más remota idea de conspiraciones judías ni de tesoros ocultos.

Rebeca la estaba observando fijamente. Carlota continuó.

—Pasé bastantes ratos con ellos, sobre todo con mi verdadera madre, que yo creía que era mi tía. Tuvo infinidad de oportunidades de iniciarme como undécima puerta, si realmente hubiera querido, tal y como hizo contigo. Sin embargo, jamás me contó absolutamente nada. Además, tiene todo el sentido del mundo que fuera así.

—¿Por qué? —preguntó Rebeca. La actitud de Carlota era muy firme.

—Parece mentira que me hagas esa pregunta tan estúpida. Pon ese cerebro a funcionar, que lo tienes atrofiado. Piensa un poco en los hechos, tal y como sucedieron.

—Ya conozco los hechos.

—Quizá los conozcas, pero está claro que no los comprendes, además con ese cerebro que se supone que tienes. Parece mentira. ¡Qué desperdicio!

—¿A qué te refieres exactamente?

—Anda, piensa, aunque sea un poco. Nuestros padres conocen que están embarazados de gemelas, más o menos al mismo tiempo de que se enteran que ellos son las dos undécimas puertas, cuestión que desconocían cuándo se casaron. De inmediato, entran en modo pánico. En ese justo momento deciden, no solo separarnos en el mismo día de nuestro nacimiento, sino que yo desapareciera de este mundo, que no es ni muchísimo menos lo mismo. ¿Hasta aquí lo comprendes?

—Pues claro.

—Pues eso es lo verdaderamente relevante. No solo no querían que nadie supiera que éramos hermanas, porque en ese caso hubieran aceptado la propuesta de Tote de educarme en otra ciudad, en la otra punta del país, separada de ti más de mil kilómetros. Lo que querían es que yo no hubiera existido jamás, deseaban que me desvaneciera para siempre de la humanidad. Ese es el detalle y el punto clave de toda la historia.

—¿Qué me quieres decir con eso? No demuestra nada.

—¡Por favor, Rebeca! ¿No lo comprendes?

—Pues no, la verdad.

—Para hacer una cosa así, para hacerme desaparecer del mundo de los vivos, tuvieron que pedir muchísimos favores a compañeros de su antiguo trabajo, de los servicios de inteligencia. Tan solo ellos pudieron hacer semejante cosa. Recapacita un poco. El ginecólogo que atendió el parto, la matrona, el hospital y todo el resto del personal reflejaron en sus informes que tan solo nació una niña. Nuestra tía Tote, aquí presente, nos ha dicho que asistió al parto y nos vio nacer a las dos juntas. Lo puede atestiguar.

—Es cierto —dijo Tote—. Yo estaba allí. Imaginaos mi gran sorpresa y desconcierto cuándo le pregunté al personal que intervino en el parto, que fueron unos cuantos, y todos me negaron lo que yo misma había visto con mis propios ojos. No salía de mi asombro. Al principio llegué a pensar que se trataba de algún tipo de broma sin demasiado sentido ni gracia, pero luego me di cuenta de que me hablaban completamente en serio. Creedme, no comprendía nada. Me quede sin reaccionar durante un buen rato.

—Supongo que el personal médico y el propio hospital sabían que eras policía —comentó Carlota.

—Por supuesto. Les mostré mi identificación desde el principio. Sabían que, en aquella época, era inspectora jefa del Cuerpo Nacional de Policía y, a pesar de ello, no mostraron ni el más mínimo signo de miedo, ni siquiera de respeto. Casi diría que su actitud fue indolente hacia mi persona. Recuerdo que, en aquel momento, me llamó bastante la atención. La gente suele reaccionar cuando es amenazada por un policía de la manera que lo hice yo, pero ni uno solo de ellos pestañeó. Eran como robots.

—¿Les dijiste que pensabas investigar los hechos? —preguntó Carlota.

—¡Por supuesto! Estaba muy enfadada. Les dije que lo iba a investigar todo concienzudamente y que tenía medios y poder suficiente para hacerlo.

—Acabas de decir que, incluso, les llegaste a amenazar.

—¡Claro! Recuerdo que intenté intimidarlos de forma directa con llegar hasta el final y detenerlos en cuanto reuniera las pruebas suficientes. Estaba segura de que las iba a encontrar, y así se lo dije a todos.

—¿Y cuál fue su reacción? Supongo que, cuando la gente normal escucha la palabra «detener», no les hará demasiada gracia… —siguió preguntando Carlota.

Rebeca asistía al interrogatorio sin comprender adónde quería llegar su hermana. Tote continuó con su explicación.

—Desde luego que no, pero, a pesar de ello, no mostraron ni el más mínimo temor. Sus respuestas fueron firmes y coincidentes entre ellas. Os confieso que, en aquel momento, no comprendía nada. En mis muchísimos años en las fuerzas de seguridad, os confieso que no me había encontrado con una situación ni siquiera parecida.

Carlota parecía extrañamente satisfecha con la conversación.

—Lo has explicado de maravilla. Ahora tan solo te falta continuar el razonamiento y ponerle la guinda al pastel. ¿Sabes lo que significa todo lo que nos has contado, en su conjunto? —preguntó Carlota.

Ahora había cambiado su tono de voz, ya era el suyo propio y los ojos le brillaban. Rebeca se dio cuenta. Ya sabía lo que quería decir, fuera cual fuese, se aproximaban a la explosión final.

—Pues claro, que todos me mintieron en la cara sin ningún tipo de rubor ni de vergüenza. A toda una inspectora del Cuerpo Nacional de Policía, sin mostrar ningún signo de duda —se notaba que Tote se enfadaba, rememorando los hechos.

—Tía, por favor, esas no son palabras propias de ti. Eres una profesional, nada más y nada menos que la primera mujer comisaria que alcanzó ese grado en toda España, y en calidad de ella te estoy haciendo esta pregunta, no en calidad de mi tía Tote. No contestes así.

—¿Qué me quieres decir con eso?

—Es muy sencillo y deberías haberlo deducido desde el principio.

—Lo siento, no te sigo —respondió Tote, un tanto desubicada.

—Lo que quiero decirte es que a lo que tú asististe no fue a un parto.

La bomba que acababa de soltar Carlota hizo su efecto. Las caras de Tote y Rebeca eran todo un poema, aunque por motivos contrapuestos. Tote porque pensaba que Carlota se había vuelto loca, y Rebeca porque sabía que estaba perfectamente cuerda y que, una vez más, había dado en la diana.

3 5 DE MARZO DE 1525

—Tienes razón, Jero. Esto es una verdadera catástrofe —dijo Batiste.

—Lo sé, por eso me he permitido interrumpirte. Son casi las ocho de la noche, y mañana a primera hora, como no tengamos resuelto este problema, todos nuestros planes se vendrán abajo de forma estrepitosa —afirmó Jero, con la voz temblorosa.

Había extraído de un bolsillo de su jubón sucio y rasgado unos papeles y los había extendido encima de la mesa, enfrente de los sillones. Los cuatro estaban mirándolos.

—¿Son lo que me imagino que son? —preguntó Johan, observando con detenimiento lo que les mostraba Jero.

—¡Pues claro! Los llevábamos con nosotros en nuestro descenso al pozo —le respondió.

—¿Y cómo han acabado en este estado? —siguió preguntando Johan.

—No te puedes ni imaginar lo que nos costó salir de allí. Íbamos completamente pegados a la pared, agarrados a todo lo que podíamos. La pared del pozo estaba húmeda y llena de musgo. Nosotros mismos vamos llenos de heridas y raspaduras por todo el cuerpo, solo tienes que mirar nuestro lamentable aspecto físico, sangramos hasta por las uñas.

—Desde luego —admitió don Alonso—. Ha sido toda una descortesía por mi parte. Debería haber llamado al maestre médico para que os eche un vistazo a esas heridas, nada más llegasteis.

—¡Deja al maestre tranquilo ahora, padre! Las heridas no son importantes y se curarán. Lo que quiero que entendáis es que llevaba ocultos los papeles en uno de los recovecos de mi jubón. Supongo que, con todos los roces y golpes contra las piedras en nuestro ascenso desde el fondo del pozo, han acabado así. Igual que nosotros, destrozados. Recordad que no hay peor enemigo para los pergaminos que la humedad, además de todas las rasgaduras que tuvieron que soportar.

Lo que estaban observando eran los documentos que Amador, el hijo del receptor don Cristóbal de Medina, había sustraído de los legajos que conservaba el Santo Oficio acerca de uno de los procesos en los que intervino Blanquina March, en concreto uno de los interrogatorios a Miguel Vives, datado el año 1501. Estaban tan sucios y rasgados como ellos mismos, en un estado lamentable e impresentable a ojos de cualquiera. Ni siquiera se entendía lo que ponía en ellos.

—¿No lo comprendéis? Así no se los podemos devolver a Amador —dijo Jero.

—Desde luego que no —confirmó Batiste, que ahora comprendía las preocupaciones de su joven amigo.

—¿Seguro que no podrían colar, aún en ese estado? Son documentos de hace veinticuatro años, se pueden deteriorar con el tiempo —dijo Johan.

—Es imposible que cuelen, padre —dijo con seguridad Batiste.

—¿Por qué?

—Os recuerdo que, antes de caerme desde lo más alto del despacho de don Cristóbal de Medina, pude leer brevemente su contenido, y los sepulté en el fondo del legajo. Ese fue el motivo real de mi desequilibrio y posterior caída. Sin embargo, Amador nos dijo que tomó del legajo los primeros documentos que vio, sin mirar cuáles eran. Recalco lo de «los primeros» para que comprendáis su relevancia —dijo Batiste.

—Parece que eso significa que don Cristóbal había leído también esos mismos papeles —dijo Johan.

—Es la única explicación posible. Los documentos no se mueven solos y pasan del final al principio de un legajo —dijo Jero.

—Y si don Cristóbal les ha echado un vistazo, como todo parece indicar, no los podemos devolver ahora en ese estado, se daría cuenta de inmediato —confirmó Batiste—, porque ya los había visto en su estado de conservación original.

—Pues entonces, parece que sí que tenemos un problema —dijo Johan.

—Se supone que mañana tengo que devolverle esos documentos a Amador, para que los reponga a su lugar de origen correspondiente, y así evitar que el receptor note su ausencia —dijo Batiste, con profunda preocupación.

—Además, con lo que sabemos ahora, esos papeles han cobrado una gran relevancia. No podemos permitir que ocurra —continuó Jero.

—No solo eso. Las consecuencias podrían ser catastróficas, como ya he dicho. Amador se enfadaría muchísimo con nosotros. No solo dejaría de jugar al tribunal de la inquisición juvenil, que ya sabéis que es un simple pretexto para obtener información, sino que tendría que dar explicaciones a su padre, el receptor. Eso es lo más peligroso, porque nos delataría y nos descubriría —dijo Batiste.

—El peligro no acaba ahí —intervino Johan—. El hecho de que desaparecieran precisamente esos documentos del legajo de Blanquina, a ojos del receptor, cobraría una importancia que no nos conviene en absoluto.

—Esos son peligros gravísimos —confirmó Jero—. Hasta ahora estamos pasando desapercibidos, pero en unas horas puede terminar todo.

Don Alonso no había abierto la boca durante toda la conversación. Permanecía con semblante tranquilo, sentado en su butacón, como ajeno a la discusión de Johan, Batiste y Jero, aunque se notaba que estaba disfrutando, cuestión que nadie comprendía.

—¿Y tú no tienes nada que decir al respecto? —le preguntó Johan, extrañado por su silencio y su actitud.

—Estoy de acuerdo con vosotros, los documentos deben volver a su lugar de origen mañana mismo, por eso no he dicho nada en toda esta conversación —contestó—. Lo contrario sería un desastre.

—Pero ¿has visto su estado, padre? —le dijo Jero—. En estas condiciones no lo pueden hacer.

Don Alonso, aun estando de acuerdo con sus compañeros, permanecía absolutamente tranquilo. No parecía alterado en lo más mínimo.

—Por eso no os preocupéis —dijo.

—¿Qué no nos preocupemos? —preguntó escandalizado Johan.

Don Alonso los miró con un gesto condescendiente.

—Me temo que tenemos que dar por concluida esta reunión. Recordad que yo no estoy hoy aquí, sino en Zaragoza. Ya es tarde y mañana debo madrugar mucho.

—Entonces, ¿para qué has venido a la ciudad? ¿Para no decir ni hacer nada? —le interpeló su hijo Jero, que no comprendía a su padre.

—He venido para tratar unas cuestiones, sobre todo con Johan y, de repente, me he encontrado con todo este problema que no esperaba.

—¿Y no piensas hacer nada?

—Eso de no hacer nada no lo sabes. No tienes ni idea de lo que ya he hecho ni de lo que voy a hacer —dijo, ahora con un tono de voz muy grave.

Estaba claro, por el tono de su voz, que la diversión había concluido.

—Pues ya me dirás —insistió Jero.

—Parece que, en ocasiones, olvidáis quién soy en realidad —dijo don Alonso Manrique, inquisidor general de España, ahora hablando en un tono indulgente pero al mismo tiempo con una firmeza propia de su dignidad—. Os acabo de decir que no os preocupéis por nada. El asunto de los documentos lo resolveré a mi manera, por eso me habéis visto tan tranquilo desde el principio.

—¿Cómo qué lo resolverás? —preguntaron Johan, Jero y Batiste, casi a coro—, ¿De qué manera?

—Secreto del Santo Oficio. Todo lo conoceréis a su debido tiempo, pero no tengáis ningún temor y despreocuparos del problema.

—Eso es muy fácil de decir —le replicó Jero.

—Escucha, hijo. Desempeñar las dignidades que poseo no solo son una tremenda y pesada carga, también tienen su parte positiva. El poder.

—Pero ningún poder es capaz de convertirte en mago —insistió Jero.

—No me hace falta ser mago para resolver este problema. Eso sí, me vais a permitir que me quede con esos documentos andrajosos, no quiero que anden por ahí. Si son descubiertos, en ese estado tan lamentable, nos causarían aún más problemas de los que ya tenemos.

«¿Para qué los querrá? ¿Acaso también es brujo o alquimista?», pensó Batiste, que, a pesar de las palabras tranquilizadoras del inquisidor general de España, no podía evitar seguir alarmado.

No veía ninguna solución.

Ahora estaba incluso más preocupado que Jero.

4 EN LA ACTUALIDAD, DOMINGO 7 DE OCTUBRE

—¿Te has vuelto loca? Te recuerdo que estaba allí, en el propio quirófano, vestida con una de esas batas y gorros verdes tan ridículos, y vi perfectamente a mi hermana pariros a las dos —afirmó Tote, sin comprender a su sobrina—. De hecho, os tomé a ambas en mis brazos, poco después de nacer.

Carlota continuó con su explicación.

—Eso no lo niego, lo que niego fue lo del parto.

—Pero ¿qué dices? —preguntó Tote, con una expresión de absoluta incomprensión.

—En realidad no asististe a un parto propiamente dicho. Asististe a un «operativo» de los servicios de inteligencia. Desde un punto de vista médico, claro que fue un parto, pero perfectamente preparado y organizado. Supongo que todo el personal, incluyendo el médico ginecólogo y demás asistentes, pertenecerían a los servicios de información. Casi se podría afirmar que, más que un parto, fuiste testigo de una «operación de campo» desarrollada con total éxito por profesionales, y no me refiero únicamente de la medicina. ¿Comprendes ahora lo que quiero decirte?

—Claro que te entiendo, pero nunca se me había ocurrido verlo desde ese punto de vista —reconoció Tote, que ahora tenía el semblante reflexivo.

—Piénsalo bien. No solo todo el personal que intervino en el parto falseó sus declaraciones, incluido el propio hospital como institución, lo que resulta casi increíble, sino que también hicieron desaparecer cualquier rastro mío, no solo de mi nacimiento, sino que manipularon todos los informes, ecografías y demás pruebas durante los nueve meses de embarazo.

—Eso es cierto. Lo investigué y no encontré nada —confirmó Tote.

—No hallaste nada porque entraron en los registros informáticos del hospital y del ginecólogo que trató a mi madre durante el embarazo, cambiando todas las pruebas diagnósticas y analíticas por otras diferentes. ¿Sois conscientes de lo difícil que es eso? Yo entiendo de informática y sé de lo que hablo.

—Parece que nos estés contando una película —continuó Tote, aún incrédula.

—Y no acaba aquí. Ya, para rematar el misterio, también accedieron a la red informática del Ministerio de Justicia, en concreto del Registro Civil, todo ello sin dejar ni el menor indicio ni rastro, como unos fantasmas, saltándose todos los cortafuegos y las extraordinarias medidas de seguridad. Reconoce que eso no está al alcance ni siquiera de la propia Policía Nacional o de la Guardia Civil.

Tote se quedó muda, pero tenía que admitir que Carlota podría tener razón. Todo el asunto fue muy extraño, desde el principio hasta el final.

—Supongo que cumplirías tus amenazas al personal médico e investigarías el asunto —insistió Carlota—, y no sé por qué, pero intuyo que no obtuviste ninguna respuesta, ni siquiera en tu posición como inspectora de Policía.

—Te imaginas bien, así fue. Pedí favores a algunos compañeros, e incluso tengo que reconocer que me salté ciertos protocolos, lo que no deja de ser un eufemismo. Lo que me salté, en realidad, fueron varias leyes. A pesar de todo ello, no conseguí averiguar nada de nada. Oficialmente, en aquel parto, tan solo había nacido una niña. Incluso investigué al hospital y al personal que intervino en el parto. Todos estaban más limpios que una patena. Por no tener, ni siquiera tenían multas de tráfico pendientes de pago. Ahora que lo pienso, quizá todo estaba demasiado limpio y ordenado. Tuve que sospechar algo de tanta pulcritud, eso casi no existe en el mundo real —se reprochó Tote.

—Tía, tú no tienes ninguna culpa. Te estabas enfrentando a profesionales y a un operativo preparado a conciencia, probablemente con meses de antelación —dijo Carlota—, además, no lo olvidemos, con la colaboración directa de nuestros padres —concluyó, mientras miraba a Rebeca—. Nunca tuviste ninguna oportunidad real de averiguar nada de lo sucedido.

Rebeca aprovechó que Carlota la introducía en la conversación para volver a centrar el tema. No le interesaba tanto los detalles del parto como el número once.

—Nos hemos ido un poco por las ramas. Nada de lo que has contado demuestra que no puedas ser la segunda undécima puerta, si acaso podría aclarar la forma en que te hicieron desaparecer, en el supuesto de ser cierta tu historia.

—¿No me crees?

—Hace un momento has dicho que tenía todo el sentido del mundo que nuestra madre no te hubiera iniciado como undécima puerta. ¿Por qué crees eso exactamente? —preguntó con curiosidad Rebeca, porque no acababa de entender esa afirmación tan rotunda.

—¿Pero tú has escuchado toda la exposición que acabo de hacer? Ahora mismo termino de contar las casi increíbles e inconcebibles precauciones que nuestros padres se tomaron, no para separarnos como hermanas, sino para que yo desapareciera del mundo, hasta con un operativo de los servicios de inteligencia incluido. ¿Crees que todo eso es sencillo de organizar y de ejecutar? ¿Para qué crees que tomaron semejantes medidas de seguridad tan insólitas y extraordinarias?

—No lo sé, pero presumo que nos lo vas a contar ahora mismo.

—Tan solo te voy a hacer una pregunta. ¿Consideras lógico que se tomaran semejantes precauciones para que ambas termináramos siendo las dos undécimas puertas? ¿No te das cuenta de que no tiene ningún sentido? Para ese viaje no hacían falta alforjas. El hecho de que desearan que yo desapareciera era para poner a una de las dos gemelas a salvo —dijo muy seria Carlota—. Es la única explicación lógica a semejante despliegue de medios tan excepcionales. Si ambas íbamos a acabar siendo las dos undécimas puertas, sobraba la mitad de lo que hicieron. Con que nuestros padres hubieran aceptado la oferta de Tote y nos hubiéramos criado separadas, en cualquier otra ciudad, hubiera sido suficiente.

Rebeca no dejaba de observarla. No recordaba haberla visto tan seria jamás, en los casi quince años que la conocía. Parecía otra Carlota.

Miradme las dos fijamente a los ojos —continuó Carlota, muy firme en sus expresiones.

Tote y Rebeca ya lo estaban haciendo desde hacía un rato.

—Yo no soy la undécima puerta. Os tendría que bastar que os lo hubiera dicho una sola vez para creerme, y me duele que no haya sido así.

—Entiende que las casualidades eran brutales —dijo Rebeca—. Y ya sabes que no suelo creer en ellas.

—Si aún dudáis, tan solo tenéis que analizar los hechos. No tiene absolutamente ningún sentido que yo fuera la segunda undécima puerta.

Se hizo el silencio durante unos segundos interminables. No se oía ni una mosca.

—No mientes —dijo al fin Rebeca—. Llevo observándote desde el principio, y has dicho la verdad. Los detalles del parto y posteriores me dan igual, no sé si se desarrollaron como nos los acabas de contar o no, pero te conozco de sobra y has hablado con sinceridad. Es de lo único que estoy segura, y ya sabéis que en esta cuestión soy muy buena. No eres la segunda undécima puerta. No nos has engañado.

—Os lo llevo diciendo desde el principio —insistió Carlota, un tanto molesta.

—Sí, pero antes no había observado con detenimiento tus explicaciones y tus reacciones. Repito, no nos has mentido.

—¡Pues claro que no, incrédulas! Continuad reflexionando un poco, si os queda el más mínimo atisbo de duda. Nuestros padres se enteran que ambos son las undécimas puertas y se traumatizan hasta el punto de hacer lo que hicieron. ¿Creéis que querrían lo mismo y lo repetirían con sus dos hijas gemelas? ¡Por favor, un poco de cordura y sentido común, que parecéis lelas!

—Visto así, creo que tienes razón —intervino Tote, que aún seguía pensativa.

—¿Solo lo crees? Tía, tú eres una profesional. Estoy segura de que la segunda undécima puerta es alguien ajeno a nuestro círculo familiar y personal. Con toda probabilidad, ni la conozcamos todavía, ni siquiera haya aparecido en escena y permanezca oculta, como es su obligación. Pensad que es lo más seguro para el árbol. Además, tened en cuenta quiénes eran nuestros padres, no eran ni unos ciudadanos cualquiera ni precisamente unos idiotas. Que sus gemelas fueran las dos undécimas puertas hubiera sido una decisión absoluta y perfectamente estúpida por su parte, además de insegura para todos. Lo tenéis que reconocer.

—Te creo —dijo Rebeca, sin quitar la vista de su hermana—. No tengo dudas, no mientes.

—Yo también te creo —confirmó Tote.

—Pues ahora que estamos todos de acuerdo, lo que tenemos que hacer es averiguar quién es la segunda undécima puerta —dijo Carlota, que ya había perdido el gesto serio en su rostro y ahora parecía más relajada.

—¿Y cómo pretendes hacerlo, si se supone que no la conocemos y es alguien ajeno a nosotras? —preguntó Rebeca—. Podría ser cualquiera.

—Efectivamente, pero alguna idea tengo al respecto para sacarla a la luz —contestó enigmática Carlota—, pero eso será después del martes. El *fiestón* de nuestro cumpleaños va primero, que no me olvido.

Rebeca no sabía por cuál de las dos cosas estaba más preocupada.

5 6 DE MARZO DE 1525

Batiste no durmió nada bien. Don Alonso Manrique había dado por concluida la reunión de ayer sin desvelar el enigma y el gran problema que le rondaba la cabeza. No sabía qué hacía un zafiro a medio pulir, con las iniciales del primer número uno del Gran Consejo, en el pozo de las hermanas Vives.

«¿Qué tenía que ver con el árbol? ¿O acaso no tenía nada que ver?», pensaba. Era otra posibilidad, pero claro, sin información no podía llegar a ninguna conclusión.

También le sorprendió que su amigo Jero no mostrara ningún interés en ese asunto, que a él se le antojaba fundamental para poder cumplir con sus tareas, como undécimas puertas, ahora que el Gran Consejo estaba apartado de esa labor. Por más que lo pensaba, no le encontraba explicación. Pero Jero era un niño fuera de lo común, y seguro que tendría sus motivos. Ya se enteraría, eso sí, cuando su menudo amigo quisiera revelárselo.

Tampoco sabía cómo don Alonso pretendía resolver la catástrofe de los documentos destrozados, que Amador había sustraído de uno de los legajos de Blanquina March, del despacho de su padre, el receptor don Cristóbal de Medina.

Este enigma le producía verdadera curiosidad. Mentalmente ya había formulado todo tipo de teorías fantásticas, pero Jero tenía razón, lo que requería una solución urgente era el segundo, el verdadero problema.

Otra cuestión que le llamó la atención fue la actitud de don Alonso durante toda la reunión. No se olvidaba que fue, precisamente él, el que la convocó. Pareció tranquilo e incluso divertido durante toda la velada de ayer, cosa que Batiste no se explicaba, dada la gravedad de la situación.

Se levantó de la cama y bajó las escaleras hasta la cocina. Su padre ya se había ido a trabajar.

No conseguía pensar en otra cosa. Claro, ellos dos, Johan y don Alonso, ya no eran ninguna puerta, la responsabilidad recaía en Jero y él mismo, como las dos undécimas puertas. Aunque fuera así, que lo era, sus padres habían sido sus antecesores, y esperaba algún tipo de ayuda por su parte, ante el cataclismo que se les venía encima. Ninguno de los dos parecía querer ayudarles, a pesar de las palabras tranquilizadoras de don Alonso de que él se encargaría del problema.

Batiste no podía negar que estaba bastante enfadado con los dos. Se enfrentaban a poderosos adversarios, y eran tan solo unos niños. Se sentía abandonado a su suerte. Por ejemplo, si hoy no devolvían los papeles a Amador en la escuela, no sabía qué podía pasar, pero desde luego nada bueno. Podría ser, incluso, el final del todo. No le gustaba nada que se desentendieran de los problemas, cuando sus padres conocían muchas respuestas, que ellos mismos ignoraban. La sensación de llevar una venda en los ojos era muy incómoda, y todavía más en este preciso momento.

Era cierto que don Alonso Manrique era una persona de gran relevancia en toda Europa. Como inquisidor general de España, quizá, después del propio rey y emperador, no había nadie que acumulara tanto poder, pero como había pensado ayer durante su reunión, eso no lo convertía en brujo. No podía hacer lo imposible.

Desayunó tranquilamente en la cocina. Se había levantado con tiempo de sobra para llegar a la escuela. Siempre estaba deseando ir, le encantaba aprender, pero hoy estaba desganado. No quería encontrarse con Amador. ¿Qué le iba a contar si le reclamaba la devolución de la documentación que le prestó?

En su desesperación se imaginó maneras de desviar la conversación y que no girara entorno a los documentos de Blanquina. Arnau y Amador les debían a Jero y a él una explicación: ¿qué había ocurrido en la superficie del pozo ayer mismo?

¿Por qué habían soltado la cuerda? ¿Habían sido descubiertos por las hermanas Vives? ¿Cómo habían reaccionado? Pero sobre todo, ¿por qué no habían vuelto ninguno de los dos a rescatarlos, tal y como habían convenido? De no ser por su original y arriesgada maniobra de escape, aún estarían allí, en el fondo del pozo, pudriéndose con la terrible humedad.

Era inútil. Quizá pudieran desviar la atención durante el tiempo que les costara explicarles lo ocurrido, pero, antes de abandonar la escuela, Amador les iba a pedir los documentos de Blanquina para devolverlos a su legajo. Eso estaba más que claro. Y no los tenían.

Por un momento pensó en contarle a Amador la verdad de lo ocurrido con los papeles, pero se arrepintió de inmediato. ¿Qué le iba a importar a su amigo cómo se habían destruido los documentos? Lo lógico es que, de inmediato, pensara en su padre y en las tremendas consecuencias. ¿Qué importaba cómo habían pasado las cosas? La cuestión es que no tenían los papeles originales. Punto final.

Tanto se entretuvo en sus pensamientos que se le hizo tarde para ir a la escuela. Cogió la bolsa y se encaminó hacia la puerta de su casa a toda velocidad.

De repente, escuchó un ruido. Vio, con sus propios ojos, como le echaban unos papeles por debajo de la puerta, atados con un cordel. Estaban envueltos con otro, que ponía «B-M, III y V». Su padre le había advertido que quizá, hoy o mañana, le enviarían unos planos que necesitaba para su trabajo. Que se los guardara, ya que eran importantes.

«Pues ya han llegado», pensó.

Por pura curiosidad, abrió la puerta para intentar ver a la persona que los había deslizado. Pudo observar, entre lo concurrida que estaba la calle, a un sirviente, alejándose con rapidez.

Ya había salido de su casa y llevaba la bolsa de la escuela, así que metió los papeles en ella y se fue, también con rapidez, que aún podría llegar tarde a la clase del profesor Urraca, y acostumbraba a cerrar la puerta y no permitir el acceso a los tardones.

Lo que le extrañaba es que su padre le había dicho que los planos irían dirigidos a él o con la dirección de su casa. En este caso, no eran ni una cosa ni otra. No comprendía las letras y los números que encabezaban los planos.

«B-M, III y V».

«¡Qué extraño!», se dijo. «¿Qué querrán decir?». Estuvo un rato dándole vueltas. Estaba claro que no eran las iniciales de su padre, que debían ser «J.C.», de Johan Corbera, ni la dirección de su casa.

De repente, le vino la luz.

«¡Qué idiota! ¡Si son las iniciales más fáciles de interpretar que he visto en mi vida!», pensó, abochornado por su lentitud en descifrar una abreviatura tan básica. «¿Qué se suele escribir en el exterior de una nota, cuando se envía a un domicilio particular?», se preguntó. «¡Pues la dirección, tonto!», se reprochó a sí mismo.

Vivían en la calle Blanqueríes esquina con la calle Morer, en los números tres y cinco, casi a la altura de la plazoleta que daba al cauce del río Guadalaviar. No se trataba de ningún misterio extraño, simplemente era la dirección de su casa, tal y como le había indicado su padre, eso sí, muy abreviada con las iniciales,

«**B**lanqueríes—**M**orer, **III** y **V**». Probablemente lo hubiera escrito, de forma tan simple, el mismo sirviente que se la había dejado en casa. Misterio, o mejor dicho *minimisterio* resuelto. Como casi siempre, las explicaciones más sencillas solían ser las correctas.

Se llevaba los planos a la escuela con él. Ahora ya no tenía tiempo de volver a casa. Ya se los daría a su padre cuando regresara de las clases.

«Supongo que podrá esperar», pensó.

Estaba equivocado.

6 EN LA ACTUALIDAD, LUNES 8 DE OCTUBRE

—¿Qué narices es ese ruido infernal? —dijo Rebeca, medio dormida, tumbada en su cama.

Era el despertador, ese artilugio del demonio. Al principio Rebeca no entendió por qué estaba sonando a esas horas tan intempestivas, hasta que se le encendió una neurona en su cerebro y recordó que era lunes, el día que tenía que acudir a los estudios radiofónicos, para su intervención semanal en el programa *Buenos días*. Todos los increíbles acontecimientos que había vivido durante el fin de semana le habían dejado algo aturdida, pero se tenía que levantar, aunque sus músculos parecían que se habían rebelado contra su cerebro y no se movían ni un ápice. Se habían declarado en huelga.

«Venga, que tú puedes», se dijo, con más voluntad que ganas.

Al final, parece que lo consiguió, después de unos minutos de lucha. Se fue directamente al cuarto de baño, pensando que una buena ducha le despejaría. Salió a la cocina y se encontró con su tía desayunando.

—Apúrate, que vas muy justa de tiempo —le dijo Tote, mirando el reloj.

—Buenos días, tía, que te olvidas de la educación —le contestó Rebeca—. Las buenas formas no hay que perderlas.

—¿Las buenas formas? Eso se lo explicas a tus compañeros de la radio, como se te ocurra llegar tarde.

—Tranquila, tía. Esta mañana no tengo hambre y no pienso desayunar. Me conformaré con mi habitual vaso de leche fresca.

Tomó la bicicleta y se dirigió a la emisora de radio. Llegó con tiempo de sobra, con casi media hora de margen. En realidad, como casi siempre, aunque tuviera la impresión de ir apurada por las mañanas.

—Buenos días, Rebeca. ¿Cómo estás? —Mara Garrigues recibió a Rebeca con una amplia sonrisa.

«¿Qué diferencia con las entradas por las mañanas en *La Crónica*», pensó. «Claro que Mara no tenía nada que ver con Alba, en cualquiera de sus dos versiones», se dijo.

—Hola, Mara. Te veo muy contenta esta mañana, además teniendo en cuenta que es lunes —contestó Rebeca.

En ese momento apareció Carlos Conejos, el director de la emisora local de Valencia.

—¡Caramba, Rebeca! Buenos días, te estábamos esperando —dijo, también con una amplia sonrisa.

«¿Qué ocurre aquí hoy?», se extrañó Rebeca. «Todo el mundo parece especialmente contento».

—Da gusto empezar un lunes con esta alegría —respondió Rebeca, que no sabía qué decir.

—Mujer, hoy no es un lunes ordinario, ya sabes —dijo Carlos, guiñándole un ojo.

Rebeca se sobresaltó. ¿Se había olvidado de algo? ¿Qué tenía este lunes de especial? Se preocupó un poco ante la extraña actitud de sus compañeros.

—Disculpad, pero ¿por qué no es un lunes ordinario? A mí me parece de lo más normal, como todos los que vienen después de un domingo.

—¡Qué graciosa eres! —dijo el director, mientras se alejaba hacia su despacho, con la misma sonrisa con la que había aparecido en la sala de entrada.

Mara se estaba aguantando la risa, y a duras penas lo conseguía.

—¿Y tú? ¿Por qué te estás reprimiendo la risa? ¿Qué ocurre aquí hoy?

—Vamos a ver, Rebeca, pero ¿tú no lees los mensajes en el móvil del grupo del programa *Buenos días*?

—Sí que los suelo leer, de hecho, son muy divertidos. Me río mucho con todo el equipo, son unos cachondos. Lo que ocurre es que este fin de semana he estado de viaje fuera de la ciudad, y la verdad es que no le he prestado demasiado atención al móvil. Apenas he tenido tiempo, ha sido un *finde* un tanto ajetreado.

—Entonces, ¿de verdad no sabes nada?

—Me estás asustando. No sé nada. ¿Qué se supone que debo saber?

Mara ya no pudo evitar reírse a carcajadas.

—Me parece que has elegido un mal fin de semana para no leer los mensajes del equipo —dijo, con la voz entrecortada por las risas. Hasta le caían unos lagrimones por la cara.

Rebeca sacó el teléfono de su bolso y miró el grupo del programa *Buenos días*.

—¡Casi quinientos mensajes por leer! —se escandalizó—. Si me pongo a echarles un vistazo a todos ahora, no llego a tiempo a entrar en directo en mi sección del programa.

—Me parece que eso va a dar igual —le respondió Mara, que no pudo evitar que le entrara otro ataque de risa.

—Mara, ¡por favor! Estoy empezando a ponerme nerviosa de verdad. ¿Qué está pasando? ¿A qué viene ese cachondeo a mi costa?

Su compañera intentó, a duras penas, dejar de reírse, al ver tan apurada a Rebeca.

—Lo que está pasando no. Lo que va a pasar —consiguió responderle.

—¿Y qué es lo que va a pasar? —Rebeca ya estaba de los nervios.

Mara seguía riéndose. Volvió a intentar ponerse lo suficientemente seria para responder.

—Resumiendo mucho, que esta mañana han decidido suprimir tu sección habitual en el programa *Buenos días*.

—¡No me digas eso! ¡Pues vaya faena! He hecho el viaje hasta aquí en balde...

De repente se le encendió una bombilla en el cerebro. Algo no encajaba.

—Espera, espera... —dijo Rebeca, mientras reflexionaba a toda velocidad—. El director Conejos me ha dicho, nada más llegar a la emisora, que me estabais esperando. Si no tengo mi sección, ¿por qué me ha dicho eso?

—Porque es verdad, te estábamos esperando.

—Pero me acabas de decir que han cancelado mi sección, ¿me quieres volver loca?

Mara se había sacado del bolso un pañuelo de papel y se estaba secando las lágrimas.

—Anda, pasa al estudio y lo comprenderás todo —le dijo—. Creo que lo comprenderás más rápido.

Rebeca no entendía nada, pero hizo caso a su compañera. Se dirigió al estudio que utilizaba habitualmente. De inmediato, se dio cuenta de que había más gente de lo normal en la parte técnica. Saludó a los que conocía.

—Ya has llegado, Rebeca. Enseguida te avisamos —le dijo una persona, con unos cascos puestos.

«Me avisan, ¿para qué? Además, ¿cómo me conoce si yo no sé quién es esta persona?», pensó. «Aquí están pasando cosas muy raras esta mañana. No me gusta ni un pelo no enterarme de lo que ocurre en torno a mí».

De repente, reaccionó.

Cuando cayó en la cuenta de lo que estaba sucediendo a su alrededor, casi le da un *tabardillo*.

7   6 DE MARZO DE 1525, A LAS 8:45 HORAS

Batiste llegó a la escuela y al primero que vio fue a Jero. Ni rastro de Amador ni de Arnau.

—¿Has dormido bien? —le preguntó Batiste.

—No he pegado ojo —respondió Jero.

Se le notaba, tenía pronunciadas ojeras.

—Pues como yo, no me quito de la cabeza el gran problema que tenemos.

—Mi padre ha abandonado el Palacio Real esta mañana a primerísima hora. Yo aún estaba durmiendo. Nos despedimos anoche.

—¿Te dijo algo más, cuando nos marchamos nosotros y os quedasteis solos?

—Nada. Le pregunté qué pensaba hacer con los documentos destrozados, y se limitó a repetir las palabras que ya había dicho en la reunión con los cuatro, que resolvería él mismo el problema, pero no le saqué ni una sola palabra más. Cuando no quiere hablar de algo, creo que ni siquiera uno de sus torturadores de la Torre de la Sala lo conseguiría.

—¿Pero cómo piensa hacerlo? Llevo toda la noche y parte de la mañana pensando en todo tipo de posibles soluciones al problema.

—¿Y se te ha ocurrido algo?

—Suponiendo que tu padre no sea un brujo poderoso, cosas en las que no creo, lo único, después de darle mil vueltas en mi cabeza, es que la idea de tu padre sea reclamar al receptor ese legajo en concreto, pero no como don Alonso Manrique, sino que lo haga el Consejo de la Suprema

Inquisición. Don Cristóbal de Medina jamás osaría desobedecer una orden así, de su superioridad.

—Pero cuando viera la firma de mi padre... —empezó a replicarle Jero.

—Ni siquiera tendría que firmar tu padre el documento con las instrucciones, lo podría hacer cualquier otro miembro del Consejo de la Suprema. Él quedaría al margen, podría colar como una cuestión meramente administrativa. Quizá esa sea la solución en la que pensaba tu padre ayer, porque devolver los documentos a la vida, en el estado en el que están, lo veo francamente complicado.

—No sé si sería buena idea. ¿No crees que le parecería algo extraño al receptor? ¿Solicitar ese legajo en concreto de un tema cerrado hace veinticuatro años?

—Sí, pero aún en ese caso, estaría obligado a devolverlo al Consejo de la Suprema Inquisición. No es una decisión que pueda ni siquiera cuestionar o discutir. A la *Suprema* se le obedece sin más.

—No lo tengo tan claro. Podría recurrir al rey y alegar que está investigando posibles irregularidades financieras, que son de su competencia directa, y que ese legajo es una prueba fundamental. Además, es justo lo que está haciendo, no faltaría a la verdad. No sé, no termino de verlo claro.

—Sí, supongo que podría intentar recurrir al rey como última opción, pero las situaciones desesperadas requieren de medidas desesperadas. ¿Se te ocurre a ti otra manera de resolver el problema si no es desesperadamente?

—Hablando de desesperación, ¿no te pareció un tanto extraña la reunión de ayer? —preguntó Jero.

—¿Un poco solo? La convoca tu padre de forma urgente para no hacer ni decir nada, a pesar de sus palabras tranquilizadoras. ¿Qué tenía que contarnos? No dijo nada, a pesar de nuestra evidente preocupación.

—¡Exacto! Si lo piensas bien, los únicos que parecíamos y parecemos desesperados somos nosotros. A mi padre lo vi, en todo momento, muy tranquilo y relajado, incluso diría que, en alguna ocasión, se estaba divirtiendo —comentó Jero—, sobre todo cuando hablabas tú.

—Tienes razón. Tu padre no se alteró en ningún instante. No solo eso, daba la impresión que tenía la situación controlada, aunque no sé cómo.

Todo era muy extraño, a ojos de Jero y Batiste, porque las circunstancias pintaban muy mal.

—No nos debemos de preocupar de lo que no está en nuestras manos —dijo Jero—, pero sí debemos de hacerlo de aquello que sí que lo está.

—¿Qué quieres decir con esa frase?

—Que tenemos que preparar nuestro encuentro con Arnau pero, sobre todo, con Amador. Dentro de un momento los vamos a ver, en cuanto entremos en la escuela. No podemos improvisar, debemos de pensar en una estrategia común. Como cada uno diga y haga lo primero que se le pase por la cabeza, estamos perdidos antes de empezar. Se van a dar cuenta de que algo va mal.

—Es que es verdad, algo va mal, muy mal —respondió Batiste.

—Sí, pero se trata de salir lo más airosos posibles en nuestro primer encuentro, no de hacer el ridículo y espantarlos, sobre todo a Amador.

Batiste le respondió de inmediato.

—Llevo casi toda la noche en vela, y lo que había pensado es en anticiparnos a ellos. Antes de darle la oportunidad a Amador de que nos reclame los documentos, pedirle explicaciones por lo que ocurrió ayer, en la superficie del pozo.

—Sí, yo había pensado en lo mismo —dijo Jero.

—Sobre todo que nos expliquen el motivo por el que no volvieron a rescatarnos, como habíamos convenido si algo se torcía. Además, haciéndonos los ofendidos. Nos dejaron tirados allí dentro. Lo exageramos un poco, diciendo que podíamos haber muerto.

—Así actuaremos, de forma coordinada. Ahora vamos a entrar en la clase, que llegamos tarde.

Se unieron a sus compañeros y accedieron. Cuando lo hicieron, se llevaron una gran sorpresa.

Aquello no había sucedido jamás.

8 EN LA ACTUALIDAD, LUNES 8 DE OCTUBRE

Rebeca estaba completamente aturdida por lo que estaba viendo a su alrededor.

—¡Hola, Rebeca! ¿Cómo estás, guapa?

—¿Qué haces aquí? —dijo alucinada, mientras le daba dos besos.

—Ya veo que no lees los mensajes del móvil.

—Sí que lo hago, lo que pasa es que este fin de semana... pero ¿qué hago contándote mi vida? Ni te interesará.

—Ya sé que has estado en Madrid.

Rebeca se sobresaltó.

—¿Cómo puedes saber eso? Aparte de mí, tan solo lo conocían cinco personas —dijo, aún más asombrada—, y que yo sepa, no conoces a ninguna de ellas.

—Te sorprenderías.

—Dejémonos de monsergas. Lo más importante, ¿qué haces tú en Valencia?

—¡Un minuto! —gritó un técnico, mientras hacía un gesto con la mano.

—Parece que el bloque publicitario se acaba. Debo incorporarme al estudio. Ya que acabas de llegar, ¿por qué no entras con nosotros?

—¿Al estudio?

—¡Pues claro! ¿Adónde va a ser? ¿Al aseo?

—Me acaba de decir Mara Garrigues que habían cancelado mi participación de hoy en *Buenos días*.

—Así es, pero vamos adentro, que aún llegaremos tarde.

Rebeca seguía estupefacta. Allí estaba ella, hablando con Mar Maluenda, mientras veía en el interior del estudio, entre otras personas, a Javi Escarche.

Parece que hoy se emitía el *magazine Buenos días* desde los estudios de Valencia y no desde los centrales de Madrid. Se supone que esa era la explicación a todo lo que estaba viendo a su alrededor, y que no se había enterado, por no haber leído los mensajes del grupo del móvil.

Mientras entraba en el estudio con Mar, no pudo evitar ponerse nerviosa. Había algunas cuestiones que no terminaban de encajar en toda esta historia.

«Si emiten hoy desde Valencia, ¿por qué cancelan mi sección? Y lo más extraño de todo, si cancelan mi sección, ¿por qué me dice el director Conejos que me estaban esperando? Y todavía más insólito e incomprensible, ¿por qué me invita Mar, ahora mismo, a entrar en los estudios con ellos?».

Nada parecía tener ningún sentido.

Saludó con la mano a Javi Escarche, que ya estaba hablando en directo, mientras a ella le ponían los cascos y se sentaba en una de las sillas vacías, alrededor de la mesa, con un micrófono delante.

«¿Qué se supone que voy a hacer entonces?», seguía dándole vueltas a la cabeza una desconcertada Rebeca. Se había dejado su libreta de notas fuera del estudio, con las prisas por entrar, pero como habían cancelado su sección... en fin, a ver qué pasaba. Estaba expectante como nunca.

Escuchaba el programa a través de los cascos. Estaban hablando Javi y Mar del día que era hoy. Rebeca cayó en la cuenta. Ya sabía por qué se emitía el programa desde Valencia.

«¡Qué idiota!», pensó. «¿Cómo no lo había deducido antes?». Hoy era 8 de octubre, víspera del día grande de la Comunidad Valenciana. Por lo visto, la dirección de la cadena había considerado retransmitir el programa desde los estudios de Valencia, aunque esa explicación aún dejaba algún interrogante.

«¿Y por qué han cancelado mi sección y, sin embargo, estoy aquí sentada con un micrófono delante?». Nunca se ponía nerviosa, pero ahora lo estaba.

De repente, a través de los cascos, escuchó a Javi dirigirse hacia ella. Salió de inmediato de su ensimismamiento. Se presumía que estaban en directo. Javi le saludó y le agradeció su presencia en los estudios. Mar también lo hizo. Rebeca saludó también, y de paso a toda la audiencia, aún sin saber qué es lo que hacía exactamente allí.

—Hoy tenemos con nosotros a Rebeca Mercader, pero nuestros oyentes nos van a disculpar, porque su presencia no obedece a su habitual y popular sección de curiosidades históricas de los lunes —dijo Javi, a través del micrófono.

—Desde luego que no, ¿verdad, Rebeca? —dijo Mar.

Rebeca estaba apuradísima. No sabía por dónde salir ni qué decir.

—Supongo que no, al menos eso me han dicho nada más llegar a los estudios —contestó en el tono más simpático que fue capaz de fingir.

Javi y Mar estaban aguantándose la risa, al observar el desconcierto de Rebeca.

—Mañana, 9 de octubre, se celebra el día grande de la Comunidad Valenciana. Se conmemora la entrada del rey Jaime I en la ciudad, en el año 1238, después de arrebatársela a los árabes, ¿no es así, Rebeca? —le preguntó Javi.

Rebeca se tranquilizó un poco. Parecía que habían cancelado su sección histórica para hablar de la efeméride que se celebraba mañana. Respiró profundamente.

—Así es, Javi. Fue el principio de la formación y conquista del Reino de Valencia, que se culminó en 1305 con la Sentencia Arbitral de Torrellas y el Tratado de Elche, ¿Sabéis que es una de las celebraciones más antiguas de toda España? Nada más y nada menos que se celebra en la ciudad desde principios del siglo XIV, hace más de setecientos años. Fue instituida por el rey Jaime II de Valencia, de Aragón y conde de Barcelona —contestó Rebeca.

Ahora tomó la palabra Mar.

—Sin duda, mañana será el día grande para los valencianos, pero alguien nos ha chivado que también va a ser un día mucho más grande para otra persona, y no quiero mirar a nadie de alrededor...

Rebeca se puso colorada.

«Esta encerrona es cosa de la petarda. No sé cómo lo habrá conseguido pero tiene su marca personal, es inconfundible», se dijo. Menos mal que por la radio no se veía la expresión de su rostro, que parecía un tomate de lo rojo que estaba.

—Bueno, es un día muy grande para los valencianos... —empezó a decir, lo primero que le vino a la mente.

Javi la interrumpió.

—Es la primera vez que te veo avergonzada. ¡Pero si eres insultantemente joven! Para que toda nuestra audiencia lo sepa, mañana, nuestra estrella particular, Rebeca Mercader, cumplirá veintidós añitos, los dos patitos, justo el día grande de todos los valencianos, el 9 de octubre.

—Y no solo eso —intervino Mar—. También nos han chivado que se está preparando un *fiestón* de los que van a hacer época, con música de primerísimo nivel, en directo y todo.

Rebeca estaba perpleja.

—Es cierto, mañana es mi cumpleaños, pero no tengo ni idea ni siquiera del lugar de la celebración. Lo está organizando mi amiga Carlota Penella. Me acabo de enterar ahora mismo de lo de la música en directo.

—Me da la impresión que sabemos bastante más que tú. —dijo Mar, con una sonrisa pícara.

—No me extraña, ya que yo no sé nada —respondió Rebeca, que estaba un tanto incómoda hablando de este tema ante una audiencia de un millón y medio de personas, que escuchaban el programa todas las mañanas. «¿Qué les importará mi cumpleaños?», pensaba.

—¿Qué dirías si te confesáramos que tenemos hasta la lista de invitados? —intervino Javi.

—Que me la dierais de inmediato —contestó Rebeca, sonriendo.

—Me temo que hemos prometido no desvelar los detalles que conocemos. Además, así será toda una sorpresa para ti —siguió Javi.

—Os reconozco que estoy asustada por lo que os estoy escuchando —dijo Rebeca—. No sé si coger un avión esta tarde y marcharme a cualquier lugar, lo más alejado posible de la ciudad.

—¡Ni se te ocurra! —dijo Mar—. Después de que una amiga te haya organizado una fiesta de cumpleaños de esa envergadura, ¿cómo te vas a escapar?

—Es que mi amiga y organizadora del evento tiene un peligro exagerado. Si la conocierais, igual me comprenderíais un poco mejor.

Javi y Mar se quedaron mirando. A Rebeca le dio la impresión de que se estaban pensando qué decirle.

—¿Y cómo sabes qué no la conocemos? —le preguntó Javi, con una cara de pillo más que evidente.

«¿Se conocen?», se preguntó Rebeca. De repente lo comprendió todo. «¡Horror!». En este momento sí que estaba asustada de verdad.

Ahora sí que pensó en serio en lo del avión.

9 6 DE MARZO DE 1525, A LAS 8:55 HORAS

—Es imposible —dijo Batiste, asomándose a la clase.

—¿Ha ocurrido alguna vez?

—Jamás.

—¿No han faltado nunca a las clases ni Amador ni Arnau? —preguntó Jero.

—Sí, claro, pero los dos a la vez nunca. Siempre vienen a la escuela, incluso cuando están enfermos. Ya es extraño que falte tan solo uno de ellos, pero ¿los dos al mismo tiempo? Eso jamás.

—Sí que es muy raro.

—Además, justamente hoy, después de lo que pasó ayer en el pozo. Raro no es la palabra adecuada. Yo diría que es misterioso, no puede ser casualidad.

—No, no lo parece —confirmó Jero.

—Anda, entremos en la clase, que todos nos están mirando. Solo falta que también llamemos la atención nosotros —dijo Batiste.

Accedieron a la clase en silencio, y se sentaron en las dos sillas conjuntas, que compartían en una misma mesa. Desde el primer día que llegó Jero a la escuela, siempre habían estado juntos.

No podían concentrarse en las explicaciones del profesor Urraca. Se miraban entre ellos y se daban cuenta de que su mente estaba muy lejos. Estaban deseando que se acabaran las clases para seguir hablando de la insólita situación que estaban viviendo. No querían comentar nada ni en las pausas entre clase y clase, por temor a que algún compañero los escuchara.

Por fin se hizo la hora de volver a casa. Inmediatamente salieron al patio y se fueron a un rincón.

—Algo hemos de hacer —dijo Batiste.

—¿Se te ocurre algo? —le preguntó Jero.

—Muchas cosas, pero todas son desesperadas.

—Igual que a mí.

—Pues tendremos que elegir la menos desesperada de todas, porque quedarse sin hacer nada no es una opción —dijo Batiste, que, al mismo tiempo que hablaba, le hervía la cabeza.

—Creo que si Amador no acude a nosotros, nosotros debemos acudir a Amador —dijo Jero, con esa agudeza mental impropia de un niño de nueve años.

—Lo mismo estaba pensando yo. No nos podemos permitir que el padre de Amador se dé cuenta de que le faltan documentos, además relacionados con Blanquina March.

—En eso estamos de acuerdo, pero ¿cómo lo hacemos?

Batiste se quedó mirando a su menudo amigo.

—A veces, las soluciones más simples suelen ser las más adecuadas —dijo.

—¿Ir a su casa y preguntar por él? —intuyó Jero.

—¡Exacto!

—Pero no sabemos lo que pasó ayer en el pozo. ¿No te parece un poco arriesgado?

—Todas las opciones son arriesgadas, pero si don Cristóbal de Medina, es decir, el padre de Amador, fue el que les sorprendió en el pozo, nosotros no estaríamos ahora aquí. Ya nos habrían llamado a capítulo. Es una prueba de que no saben nada.

—Eso es cierto —meditó Jero.

—Como te decía antes, lo más sencillo suele ser lo correcto. Hemos de suponer que las hermanas Vives sorprenderían a Amador y Arnau, los cogerían e irían a sus respectivas casas a contarles a sus padres que les habían pillado, fisgando en el interior de su propiedad. Piensa que para acceder a su casa hay que saltar un muro de más de dos metros de altura o forzar la cerradura de la puerta. No sé qué es peor.

—Y como a nosotros nadie nos ha dicho nada, hemos de suponer que guardaron silencio sobre nuestra presencia en el interior del pozo —continuó el razonamiento Jero.

—Eso es. Beatriz y Leonor Vives son muy amigas de mi padre Johan. Si llegan a saber que yo estoy en el interior del pozo de su casa, hubieran avisado de inmediato a mi padre, cosa que no ocurrió. En consecuencia, lo más lógico es que nadie sepa que estamos involucrados en este asunto, lo que nos da cierta ventaja, por mirar la parte positiva.

—Entonces, lo que propones es que vayamos a casa de Amador, pero ¿con qué pretexto? Y sobre todo, ¿para qué? Nos metemos en la boca del lobo. Por ejemplo, ¿qué piensas decirle cuándo te pida los documentos para poder devolvérselos a su padre?

—No lo sé —reconoció Batiste—, pero hemos de averiguar qué paso ayer. Además, ¿se te ocurre alguna otra idea mejor? ¿Existe alguna otra opción?

—Bueno, siempre podríamos ir a casa de Arnau. Él no nos pedirá los documentos y nos podríamos enterar, de igual manera, de qué es lo que pasó.

—Es lo primero que había pensado, pero después de reflexionar un rato, lo descarté. No conocemos a sus padres de nada, y con él no tenemos tanta amistad como con Amador. No tendría ningún sentido que, por faltar un día a la escuela, fuéramos a su casa a preguntar por él. Sería muy extraño y llamaría la atención, y eso es lo último que nos conviene ahora mismo.

—Pues nada, decidido. Vayamos a casa de Amador. Ve pensando por el camino qué piensas decir cuando nos abran la puerta —dijo Jero, con semblante resignado.

—Eso no me preocupa.

—¿No?

—No. Me preocupa más lo que vendrá después.

—¿Qué quieres decir? —dijo Jero.

—Que en esa casa ya nos conocen a los dos y saben que somos muy amigos de Amador. Cuando nos abran la puerta, simplemente preguntaremos por él. Supondremos que está enfermo, por no haber acudido hoy a la escuela, y pediremos verlo. Todos saben lo bien que nos llevamos los tres y no les resultará extraño, al menos eso quiero creer.

—Es mucho suponer, pero que sea lo que Dios quiera —dijo Jero—, porque lo que tengo claro es que Amador no está enfermo.

—¿Eso cómo lo sabes?

—¿Crees en las casualidades? ¿Qué probabilidades hay de que enfermen, al mismo tiempo, Arnau y Amador, además el día después de lo del pozo?

—Supongo que pocas —reflexionó Batiste—, o más bien ninguna.

—Anda, vamos a casa de Amador. Al fin y al cabo, nos da igual que esté enfermo o no. Tan solo queremos hablar con él. Además, es la menos desesperada de todas las medidas, aunque no deja de ser una verdadera locura. No sé cómo vamos a acabar...

Salieron del patio de la escuela y se dirigieron, como corderos camino del matadero, hacia la residencia de la familia Medina Aliaga. Durante el camino no pronunciaron ni una sola palabra. Estaban pensando en qué decir y cómo actuar. No era nada sencillo. Menudo papelón les esperaba.

Por fin llegaron a la casa de Amador. Batiste y Jero se quedaron mirando entre ellos, como decidiendo quién tomaba la iniciativa. Al final, Batiste se lanzó y golpeo con la aldaba la robusta puerta. Al momento, apareció la doncella, que los reconoció de inmediato.

—¡Ay, que desgracia! —les dijo, nada más verlos, con los ojos llorosos. Parecía que se iba a abrazar con ellos. Su cara era el reflejo de la viva pena.

Los dos amigos tenían decenas de situaciones previstas y respuestas preparadas, pero ninguna de ellas contemplaba esta incomprensible reacción de la doncella.

«¿Qué desgracia?», pensó a toda prisa Batiste. «¿A qué se referirá?». Se giró a mirar a su amigo Jero, y tenía una expresión de completo desconcierto en su rostro, suponía que la misma que tenía él.

«¿Y ahora qué decimos? Esto no estaba previsto».

La situación era un tanto confusa y extraña. Allí estaban los tres, mirándose las caras, pero en completo silencio. La doncella, de repente, echó a correr hacia el interior de la residencia, dejándose la puerta de la casa abierta.

—¿Qué es lo que ocurre aquí? —le preguntó Batiste a Jero, con gesto de preocupación.

—Ni idea, pero debe ser algo muy grave. ¿Has visto la expresión en el rostro de la doncella?

—Sí, claro. Me ha dejado desconcertado porque era una mezcla entre lástima y pánico. No he sabido interpretarla con exactitud.

—A mí me ha pasado lo mismo. No sé qué ha podido ocurrir, pero, desde luego, algo grave.

—¿Y ahora qué hacemos? Ha salido corriendo y se ha dejado la puerta abierta.

—Es una simple cuestión de educación —reflexionó Jero, que conocía todos los protocolos de la alta sociedad, ya que había sido criado para pertenecer a ella.

—¿De educación? ¿Qué tiene qué ver con una puerta abierta? No te entiendo.

—Es muy fácil, simplemente no podemos hacer nada más que esperar.

—¿Esperar a qué?

Jero se explicó.

—No hemos sido formalmente invitados a entrar en la casa, así que no lo podemos hacer. Por otra parte, nos han abierto la puerta y así sigue, por lo que no debemos irnos. Por eso te decía que lo apropiado es esperar, pero no a qué, como me acabas de preguntar, sino más bien a quién.

—¿No me digas que va a salir don Cristóbal de Medina? —dijo Batiste, que esa opción tampoco la tenía prevista—. A ver si nos apresa, no olvidemos que trabaja para el Santo Oficio de la inquisición.

Jero aparentaba tranquilidad. Batiste no sabía si era fingida o real.

—Aunque no te niego que pueda ser una posibilidad, no creo que don Cristóbal se digne... —empezó a decir, cuando, de repente, apareció en la puerta de casa doña Isabel, la madre de Amador. También tenía el mismo aspecto que la doncella. Se notaba que había estado llorando.

Les saludo con una amabilidad impostada. Estaba claro que hacía un gran sacrificio atendiéndolos.

—Hola, Batiste y Jero —les dijo, arrastrando las palabras. El esfuerzo que estaba haciendo era evidente.

Jero tomó la iniciativa ahora. Con su habitual y refinada educación, se explicó ante la madre de Amador lo mejor que pudo, dada la inesperada situación.

—Hola, doña Isabel. Disculpe por presentarnos en su casa sin avisar y sin haber sido formalmente invitados, pero nos ha extrañado la ausencia en la escuela de su hijo Amador. No lo suele hacer, así que nos ha preocupado. Ya sabe que tenemos una especial amistad con él, así que hemos pensado que, quizá, estuviera enfermo. Simplemente veníamos a interesarnos por su salud.

Doña Isabel se puso a llorar.

—Ya veo que no sabéis lo que ocurrió ayer —dijo, entre sollozos.

Batiste y Jero se quedaron mirando entre ellos, una vez más, y ya iban...

—Disculpe doña Isabel, pero desconocemos qué sucedió ayer —dijo Jero.

—¡Una auténtica desgracia! —contestó, mientras prorrumpía en llantos de nuevo.

Esperaron con educación y en silencio que la madre de Amador se recompusiera un poco, para continuar la conversación. Los amigos estaban intranquilos y preocupados de verdad.

Cuando cesó en los lloros, les explicó en detalle lo acontecido ayer.

Batiste y Jero se quedaron pasmados. Mira que habían previsto multitud de posibles escenarios, pero este jamás. Era sencillamente inimaginable.

No supieron ni reaccionar.

10 EN LA ACTUALIDAD, MARTES 9 DE OCTUBRE

—¿Te has vuelto loca? —dijo Tote, nada más ver entrar a su sobrina en la cocina para desayunar. Tenía una expresión difícil de definir, quizá mitad furia y mitad enojo.

—Por el tema de la radio, ¿verdad?

—¡Pues claro! ¿Por qué iba a ser si no? Ayer por la mañana no te pude escuchar en directo por trabajo, pero media plantilla de la comisaría me dijo que lo hiciera por internet, a través de la web de la emisora, Me dijeron que la entrevista había estado muy simpática. Anoche, cuando llegué a casa, lo hice. Ya estabas dormida, pero estuve a punto de despertarte. ¿Simpática? ¡Inconsciente! ¡Eso es lo que eres!

—Te prometo que no tuve nada que ver.

—¡Ah! ¿sí? Pues la voz que escuché, y media España de paso, se parecía sorprendentemente a la tuya.

—No me has entendido. Cuando te decía que no había tenido nada que ver, me refería a que me enteré de que mi sección histórica habitual de los lunes la habían cancelado, nada más llegar a la emisora. El resto ha sido una encerrona. Ni siquiera sabía que el programa se emitía desde la ciudad, y, menos aún, que me iban a entrevistar de esa manera.

—Así que una encerrona, ¿no?

—Sabían hasta que había pasado el fin de semana en Madrid.

Tote se escandalizó todavía más.

—¿Eso cómo puede ser? Tan solo lo sabíamos nosotras.

—Me temo que por Carlota. Si has escuchado el programa hasta el final, tanto Javi como Mar lo han dado a entender de forma evidente.

—Ese detalle se me ha pasado por alto.

—Carlota ya me advirtió que me preparara para lo imprevisto, pero lo de ayer no me lo esperaba, ni siquiera viniendo de ella, que ya es decir.

—Pues también es una inconsciente, como tú. Esto se nos va de las manos por momentos. Hay que cancelar esa fiesta de cumpleaños. ¿Cuántas veces te tengo que recordar que eres la undécima puerta? ¿Te suena el significado de la palabra «discreción»?

Rebeca se enfadó con Tote. Ella no tenía nada que ver, ni con la organización de su cumpleaños ni con lo que había pasado ayer en la radio, sin embargo, se estaba llevando todas las broncas. Eso aún lo podía asumir, pero lo que no quería, bajo ningún concepto, es que una fiesta como la de esta noche, con toda la carga sentimental que iba a conllevar, se estropeara por las tonterías de su tía, así que se dirigió a Tote con cierta severidad. Sacó su genio a pasear. Lo hacía muy pocas veces, pero cuando se enfadaba era de temer.

—Tía, hoy es mi cumpleaños y el de Carlota, por si no lo habías advertido. Somos tus dos únicas sobrinas y es el primer cumpleaños que vamos a celebrar sabiendo que somos hermanas. ¿No eres capaz de dejar esos temas de lado, aunque tan solo sea por un día? Además, me temo que llegas algo tarde para intentar cancelar nada. Ya lo intenté yo misma en Madrid, el domingo por la mañana, y Carlota se negó en redondo.

Tote se dio cuenta de que, quizá, había sido un tanto dura con su sobrina.

—Tienes razón, hoy es tu cumpleaños y en vez de felicitarte, te estoy riñendo —dijo Tote, mientras se fundía en un abrazo con su sobrina.

—Olvídate de grandes consejos y de árboles judíos, e intentemos disfrutar esta noche de lo que sea que haya organizado la petarda de Carlota. Te advierto seriamente de que no te asustes de nada de lo que veas. Si mi hermana ya tenía peligro antes del viaje a Madrid, imagínate después de lo ocurrido este fin de semana. No me quiere contar nada, ¿te crees que, a falta de unas horas para la fiesta, no sé ni siquiera el lugar de la celebración?

—Pues mira, yo sí que sé el lugar de la celebración. Carlota me ha enviado al móvil el tarjetón virtual de la invitación. Es un sitio precioso.

—¿Tarjetón de invitación? —preguntó extrañada Rebeca. De inmediato fue a buscar su móvil al bolso, que lo tenía en su habitación. Lo miró.

—Pues a mí no me ha enviado nada —dijo, algo mosqueada—. Al final, resulta que todo el mundo tiene más información que yo misma.

—Ya conoces a Carlota. Sí, lo reconozco, es muy extravagante y todos los adjetivos que le quieras adjudicar, pero seguro que te informará a su debido tiempo —dijo Tote—. Eres su hermana.

—Pues espero que ese «a su debido tiempo» sea antes de esta noche —respondió Rebeca, que estaba algo enfadada. Se fue hacia la nevera y se sirvió su vaso de leche reglamentario.

—Disculpa, tía. Hoy, además de mi cumpleaños, es martes, y, aunque sea festivo, significa que debo entregar mi artículo semanal para *La Crónica*. Aún no lo he empezado a escribir, así que me voy hacia la redacción ya mismo.

—Que te sea leve —se despidió Tote, con un toque algo enigmático.

«¿Qué me sea leve?», pensó Rebeca, «¿Qué clase de despedida es esa, con ese tono tan poco habitual en ella?».

Tomó la bicicleta y partió hacia el periódico. A pesar de ser festivo, no lo era para los trabajadores de *La Crónica*, que preparaban la edición del periódico de mañana, además con toda la cobertura especial del día de la Comunidad Valenciana, 9 de octubre.

II 6 DE MARZO DE 1525, A LAS 14:00 HORAS

Batiste y Jero se habían quedado pasmados por lo que les había contado doña Isabel, la madre de Amador. Tan pasmados que no habían reaccionado todavía. Se habían despedido de ella e iban andando por la calle, sin decir ni una sola palabra, como dos almas en pena. Al final, Batiste se atrevió a romper el hielo.

—Mira que había pensado en decenas de posibilidades, algunas de ellas fantásticas, pero jamás en esta.

—Ni yo. Es algo insólito. No alcanzo a comprenderlo. Lo creo porque nos lo ha dicho doña Isabel, y los dos le hemos visto su semblante, arrasado en lágrimas, pero no tengo palabras que definan lo que pienso.

—¿Y ahora qué hacemos? —preguntó Batiste, que era la viva imagen del desconcierto.

Jero continuaba reflexionando. Después de un rato en silencio, se decidió a hablar.

—Realmente, si lo pensamos bien, el plan original que se te había ocurrido, puede seguir en pie. ¿No queríamos hablar con él? ¿Y qué nos lo impide?

—¡Qué es lo que dices! Pero ¿no acabas de escuchar a la madre de Amador? ¿Te has vuelto loco? Ahora mismo, eso es completamente imposible.

Jero no se daba por vencido.

—Sí, nos ha dicho que su hijo está preso en las mazmorras de la ciudad, pero supongo que también admitirán visitas de familiares y amigos, ¿no?

—¡Pues claro que no! —le replicó Batiste, enfadado—. ¿Qué te crees que son las mazmorras, un mercado público dónde entra y sale quién quiere?

—Ya me imagino que no, pero...

Batiste le interrumpió.

—Además, ¿qué piensas qué podemos hacer? ¿Plantarnos en sus puertas, dos niños como nosotros, y decirle al alguacil de la prisión que nos deje pasar, que venimos a hablar con un amigo? Eso no ocurre en la realidad, quítate esa idea descabellada de la cabeza. No hay por dónde cogerla.

Al escuchar la palabra «alguacil», a Jero se le encendió una lucecita en el cerebro.

—¡Oye! Tenemos amistad, sobre todo yo, con Damián, el alguacil del Palacio Real. Podríamos preguntarle.

—Claro, vamos y le decimos, «hola Damián, han encerrado a un amigo nuestro en las mazmorras, ¿nos puedes acompañar a visitarlo, que tenemos ganas de hablar con él?»

—Bueno, no se lo plantearía exactamente así, pero...

—¿No te das cuenta de las bobadas que estás diciendo desde hace un rato? ¿Has perdido el sentido? —le cortó Batiste con rotundidad.

—No, te aseguro que no lo he perdido. Damián es mucho más que un simple alguacil. Lo observo en el Palacio Real, debe desempeñar un cargo de cierta importancia en la jerarquía de los alguaciles, que desconozco. Él se encarga de organizar todas las guardias y da instrucciones al resto del personal. Igual tiene más poder del que nos imaginamos y nos puede ayudar, ¿quién sabe?

Batiste se quedó pensativo. Seguía creyendo que la idea de su amigo era una solemne estupidez, pero a él tampoco se le ocurría ninguna otra, y algo debían hacer.

—Supongo que no perdemos nada por probar, total, también nos hemos lanzado a una idea desesperada con la visita a la residencia de los Medina y Aliaga —reflexionó en voz alta.

—¡Esa es la actitud! Además, si Damián nos dice que no puede hacer nada, pues tampoco hemos perdido más que tiempo, y de eso nos sobra, ¿verdad? —concluyó Jero.

—Pues decidido, vamos al Palacio Real a hacer el idiota un rato.

—O no —le contestó Jero, que se veía que tenía fe en el alguacil Damián.

El Palacio Real les quedaba más lejos, a unos veinte minutos desde la casa de Amador, así que empezaron a andar.

—¿Estará Damián de guardia? Es mediodía. ¿No suele estar por las tardes y por las noches? —preguntó Batiste—. A ver si nos vamos a pegar un paseo en balde.

—No sé qué turnos tiene exactamente, pero yo siempre lo veo. Parece que viva allí —le contestó Jero—. De todas maneras, si llegamos y no está, tampoco pasa nada. Pregunto cuándo le toca el turno, y volvemos después.

—¡Claro! ¡Tú lo que quieres es que te acompañe hasta el palacio! Así te quedas a comer en tu casa y yo luego tengo que volverme a la mía.

—¿Tienes algo más interesante qué hacer en este preciso momento?

Batiste se rio.

—Siempre tienes respuestas para todo, ¿verdad?

—Ya me gustaría, pero da gusto hablar contigo —le contestó el mocoso de nueve años.

—¿Y cómo piensas plantearle el asunto a Damián, si es que está de guardia?

—Pues directamente, preguntándole si nos puede ayudar.

—Pero ¿te has parado a pensar un momento? No sabemos nada de nada. Ni siquiera en cuál de las mazmorras de la ciudad se encuentra encerrado. Por no saber, no sabemos ni el motivo.

—Bueno, el motivo nos lo podemos imaginar —respondió Jero—, aunque, desde luego, es un problema que no sepamos exactamente dónde está. Supongo que Damián lo podrá averiguar, al menos eso espero.

—¿Crees que por pillarle haciendo el travieso en casa de las hermanas Vives le van a encerrar? ¿A Amador? —preguntó extrañado Batiste—. Todos sabemos quién es su padre. Si llega a ser por un tema tan poco importante, ya estaría en la calle y no pudriéndose en las mazmorras municipales, con la peor calaña de la ciudad. Eso tampoco tiene sentido.

—Quizá sí o quizá no, eso no lo sabemos. Precisamente vamos en busca de esas respuestas —dijo enigmático Jero.

Batiste se le quedó mirando.

—¡Tú sabes cosas que no me estás contando! —exclamó, mientras señalaba a su amigo.

—Te aseguro que tengo la misma información que tú, pero, es cierto, tengo alguna idea al respecto.

—¿Y sería usted tan amable de compartirla conmigo?

—Ya estamos llegando al Palacio Real. No merece la pena que te maree con mis elucubraciones. Damián nos sacará de dudas.

—¡Damián, Damián! ¡Cómo si fuera todopoderoso!

—A veces me da la impresión que lo es en su trabajo, y no me suelo equivocar en esas cuestiones.

Después de la caminata y la conversación, llegaron a la entrada principal del Palacio Real. Tal y como había supuesto Jero, allí estaba plantado Damián, en medio del acceso, con su impresionante aspecto físico. Porque ya lo conocían, pero la verdad es que su enorme talla imponía mucho, y más con ese gesto adusto que siempre lucía.

—A ver tu *Superdamián*, de qué es capaz… —dijo Batiste, en un tono claramente irónico.

Jero se aproximó. Damián enseguida le saludó. Cuando vio a Batiste, también le hizo un gesto con la mano.

—Hola, Damián —dijo Jero, que decidió ir directamente al grano y no andarse por rodeos. Con una persona como el alguacil, era mejor ser claro desde el principio.

—Hola, señorito Jerónimo. ¿Viene a comer?

—Sí, pero antes necesito cierta información, que creo que tú puedes conocer.

Damián se le quedó mirando, con aspecto desconcertado. Que él recordara, Jero jamás le había pedido ningún tipo de información. Tenía curiosidad.

—Bueno, si se trata del Palacio Real, sí, conozco cada recoveco de él, forma parte de mi trabajo, pero si se trata de otra cuestión, no sé si podré ayudarle.

Jero intentó ser simpático.

—Me puedes hablar de tú, ya nos conocemos algún tiempo.

—¡Eso jamás! He recibido ciertas instrucciones con respecto a usted, y se ha convertido en uno de mis superiores —le contestó el alguacil, girándose hacia el Palacio Real—. Vive ahí dentro. Solo reyes y grandes personalidades lo hacen.

—Como quieras, Damián. Siempre me has tratado muy bien y te estoy agradecido, pero ahora, uno de tus jefes, como tú acabas de decir ahora mismo, precisa de cierta información, y es importante. No se trata del Palacio Real.

Jero le contó lo que sabían de su amigo Amador, que estaba encerrado en una mazmorra de la ciudad. No conocían nada más.

—Eso que me pide no es nada sencillo. En la ciudad existen diversas mazmorras. Si no sabemos ni siquiera la infracción que ha cometido y por la que está encerrado, va a ser muy difícil averiguarlo, por no decir imposible.

—¿Y no puedes hacer nada? Es un favor que te estoy pidiendo personalmente.

—Yo estoy al cargo del Palacio Real y al servicio del Santo Oficio, no del municipio ni de sus mazmorras, pero quizá sí que pueda hacer alguna pregunta. No le garantizo nada, ya que... —de repente, Damián interrumpió su discurso.

—¿Ocurre algo? —se interesó Jero.

—Ahora que me acuerdo, uno de los alguaciles de la guardia del Palacio Real también presta servicios en las mazmorras de la ciudad. ¿Realmente es muy importante para usted esa información?

—Lo es.

Damián se quedó mirando a su alrededor, y se dirigió en un susurro a Jero.

—Espérese aquí y no se mueva. Ya sabe que no puedo abandonar mi puesto de guardia. Si alguien le preguntara, le dice que me ha ordenado traer a Pere Casaus.

—Claro —respondió Jero, mientras Damián se alejaba rápidamente.

—A ver si tenemos suerte y nos enteramos de algo —le dijo Jero a Batiste.

—Me parece que tu todopoderoso Damián te ha fallado —le respondió—. Es normal, no tenemos apenas información de Amador.

—Tú espera, que aún no hemos terminado.

A los dos o tres minutos apareció Damián, acompañado por otro alguacil, igual de malcarado que él.

—Pere, estos son el señorito Jerónimo y su amigo Batiste. Como te he comentado, quieren hacerte una pregunta. Si conoces su respuesta, dásela sin dudarlo —dijo Damián, en un tono de orden.

—Por supuesto que conozco al señorito Jerónimo, como todos los alguaciles del palacio. Dígame qué quiere saber. Si sé la respuesta, la tendrá.

Jero no lo conocía de nada, igual se habían cruzado en alguna ocasión, pero no lo recordaba. En cualquier caso, le explicó lo que quería.

—Un amigo nuestro, llamado Amador de Medina y Aliaga, ha sido encerrado en una de las mazmorras de la ciudad y permanece allí. Nos gustaría saber dónde se encuentra.

—¿Medina y Aliaga? —preguntó el alguacil Pere, con gesto de extrañeza en su rostro.

—Sí —le respondió Jero.

—Con ese nombre, ¿no será el hijo del nuevo receptor del Santo Oficio? —preguntó de inmediato.

—Así es. Es amigo nuestro en la escuela y queremos hablar con él.

Pere tenía cara de sorprendido.

—Yo soy la persona que efectúa los recuentos en las mazmorras de la ciudad. Lo hago todos los días, es una de mis funciones como alguacil, desde hace muchos años. Hay cientos y cientos de presos.

—¿Entonces sabrás dónde está nuestro amigo? —preguntó animado Jero.

—No, no lo sé —contestó Pere.

Jero y Batiste se sorprendieron por la respuesta de forma evidente. No se la esperaban.

—¿Cómo es posible? ¿No nos has dicho que haces los recuentos en las mazmorras? —preguntó Jero, asombrado—. ¿Es por qué hay muchos presos y no puedes recordar el nombre de todos?

—Podría ser un motivo, pero en este caso no lo es. Un niño preso con semejante nombre, no se me olvidaría. Recuerde, señorito Jerónimo, que también trabajo para el Santo Oficio. ¿Cómo se me iba a pasar por alto ese nombre? Por eso sé que Amador de Medina y Aliaga no está en ninguna mazmorra, ni siquiera lo ha estado jamás. No ha figurado nunca en mis recuentos, en ninguna de ellas.

—¿Cómo puedes estar tan seguro?

—¡Por favor! —le respondió escandalizado el alguacil Pere— ¡Si es el único hijo del receptor del Santo Oficio del tribunal de la ciudad! ¿Cómo va a estar en una mazmorra encerrado? No tiene ningún sentido. Si llega a haber ingresado en alguna de ellas, por el motivo que fuera, su padre lo hubiera sacado de inmediato. Después de los inquisidores, es el más poderoso, e incluso se rumorea que tiene trato directo con el mismísimo rey Carlos.

—¿Estáis seguros de que esa información es cierta? —preguntó Damián, que estaba igual de extrañado que Pere—. Porque a mí me parece de lo más raro que encarcelen a semejante muchacho, a no ser que haya cometido una grave tropelía, cosa de la que no me he enterado.

—Ahora mismo venimos de su residencia. Nos lo ha dicho su propia madre, entre sollozos —insistió Jero.

—Pues les ha mentido, entre sollozos —respondió Pere, en tono muy firme—. No es cierto.

Las caras de Batiste y Jero eran difícilmente descriptibles. No entendían nada.

«¿Qué está ocurriendo aquí?», se preguntó Batiste, que ahora estaba alarmado.

12 EN LA ACTUALIDAD, MARTES 9 DE OCTUBRE

Rebeca aparcó su bicicleta enfrente de la redacción de *La Crónica,* tomó el ascensor y subió hacia ella. Al entrar, observó que no había nadie en el mostrador. Alba estaba ausente de su puesto de trabajo. No solo Alba, no había nadie en el salón central de la redacción.

«¡Ostras! A ver si hoy había algún evento que tampoco he leído en el móvil y no me he enterado», pensó de inmediato. Era muy extraño, siempre había gente en esa sala, de hecho, solía estar muy concurrida.

De repente, escuchó como una especie de estampida de elefantes, provenientes del pasillo que comunicaba con los despachos individuales de los jefes.

—¡Felicidades! —escuchó a toda la redacción, gritando a coro y encaminándose hacia ella con una tarta en la mano.

«Me muero», pensó Rebeca.

—Yo me moriré de vergüenza, pero a vosotros os mato uno a uno —acertó a decir.

Al frente de la comitiva iba el director Bernat Fornell, con una tarta enorme de chocolate. Uno a uno le dieron dos besos a Rebeca y la felicitaron personalmente, y eso que eran más de treinta personas.

El director dejó la tarta encima de su mesa. Rebeca se percató que tenía el número 4 clavada en ella, y no el 22, que eran los años que cumplía.

—Os lo agradezco de corazón, pero ya he cumplido varias veces años estando en el periódico, y nunca lo hemos celebrado de esta manera. Me da mucha vergüenza, ya lo sabéis —dijo Rebeca, que estaba medio ruborizada.

—Pues tendrás que ir acostumbrándote. Entonces no eras una *celebrity* —le respondió Tere.

—Ni lo soy ahora.

—Estrella de un programa nacional de radio, con propuestas para dirigir el tuyo propio, además nominada a los Premios Ondas de este mismo año. No, no eres una estrella en ascenso, en realidad, eres una persona en riesgo de exclusión social —le contestó Fabio, socarrón.

—Todos estamos muy orgullosos de ti. Para *La Crónica*, que no olvidemos que es un medio de comunicación modesto, es importantísima tu presencia junto a nosotros —continuó Fornell.

Al escuchar la palabra «modesto», a Rebeca le vino a la mente que tenía una conversación pendiente con el director. Lo que ocurría es que hoy no le parecía que fuera el día más adecuado para mantener esa conversación, a pesar de que era muy importante.

—¿Sabes que, por primera vez en *nosecuantos* años, las ventas del periódico del último trimestre han aumentado? —dijo Carmen María Peris, que era la subdirectora y portavoz de *La Crónica*.

—No solo eso. Me ha chivado Carlos Conejos, mi homólogo en la emisora de radio, que tus intervenciones en el *magazine Buenos días* alcanzan gran audiencia y mucho tráfico en sus redes sociales. Están encantados contigo. Me han contado que, cada vez que intervienes, eres algo así como *Trending Topic*, en Twitter, palabras que no tengo ni idea qué significan —dijo Fornell—, pero deben ser buenas, porque están muy contentos.

—Todos te escuchamos en la radio. Estuviste fantástica, y eso que ayer no te lo pusieron nada fácil, ni Javi ni Mar. Ha parecido más una encerrona que una entrevista —dijo Fernando.

«Es que lo ha sido», pensó Rebeca.

—Además, eres una compañera maravillosa —casi gritó Tere, mientras la volvía a abrazar.

—¡Cómo han cambiado las cosas en apenas unos meses! ¿Verdad Rebeca? —dijo Fornell.

—Bueno, algo, pero tampoco es para tanto, me parece que exageráis un poco. Por cierto director, ¿por qué hay un número 4 encima de la tarta?

—Porque eso es lo que estamos precisamente celebrando ahora.

—¿Cuatro qué? —preguntó Rebeca, que cayó en la cuenta nada más terminar la pregunta.

Se autorrespondió enseguida.

—¡Hoy hace cuatro años exactos que me incorporé a *La Crónica*! Es cierto, no lo recordaba, fue el mismo día que cumplí los dieciocho. Aún me acuerdo, como si fuera ayer, cuando recorrí ese pasillo hasta su despacho, que me pareció larguísimo —dijo Rebeca, dirigiéndose al director.

—¡Eso es! Esta mañana estamos todos reunidos celebrando tus cuatro años con todos nosotros. Esta noche ya tendremos tiempo de celebrar los veintidós años de tu vida —respondió Fornell.

«¿Celebraremos?, ¿todos?», pensó alarmada Rebeca. «¿Pero a cuánta gente ha invitado la petarda?». Ella le había insistido que no se olvidara de sus tres compañeros de mesa, Tere, Fabio y Fernando, junto al director Fornell, pero no recordaba haberle dicho nada más, y menos de la redacción al completo. Eran muchísimos.

«Espero que sepa lo que está haciendo», se dijo, aunque en su fuero interno sabía que era una inconsciente. Se había cegado con el cumpleaños. Solo esperaba que no se le fuera de las manos.

Ahora mismo estaba asustada de verdad.

—Tienes cara de miedo —le dijo Tere—. Pues si te espantas con esta *minicelebración* doméstica, espérate a lo que te espera esta noche.

—Eso, tú arréglalo —le contestó Rebeca, que no podía quitarse de la cabeza a Carlota y a sus locuras impredecibles.

De repente aparecieron unas copas de cava, y todos brindaron por los cuatro años y por Rebeca, su estrella particular.

Como desconocía todos los detalles, aprovechó para preguntar a sus compañeros si ellos también habían recibido el tarjetón para su cumpleaños.

—Sí, ayer mismo —respondió Fernando—. Por cierto, habéis elegido un lugar magnífico para la celebración.

«¿Habéis?», pensó Rebeca, que no tenía ni idea.

—Y el detalle de poner la hora de inicio, «martes a las 20:30» y en el lugar de la hora de la finalización escribir «el miércoles», sin más, también tiene su punto guasón —dijo Fabio, mientras sacaba algo de su cartera.

—¿Tenéis el tarjetón físico? —preguntó Rebeca, con cierta curiosidad.

—Pues claro. Ayer estuvo tu amiga Carlota aquí, en la redacción, mientras tú hablabas en la radio.

—¿En serio? —preguntó Rebeca, más alarmada que sorprendida.

—¿Sabes? Es muy divertida y espontánea, pasamos media hora muy a gusto, riéndonos todos juntos —dijo Tere—. Y cuando digo todos, incluyo al director, que al escuchar las risas, se unió a nosotros.

Rebeca estaba espantada de nuevo y tenía cara de no comprender nada. Fornell parece que fue el único que se dio cuenta de su ignorancia.

—¿No me digas que no conoces ningún detalle de la celebración de tu cumpleaños? Por la expresión de tu rostro, deduzco que es así.

Rebeca asintió con la cabeza.

—Me da vergüenza hasta reconocerlo, pero no sé ni siquiera el lugar del evento, ni los invitados, ni lo de la música en directo y así podría seguir hasta el más mínimo detalle. No, no sé nada de nada, lo confieso.

Se escuchó una carcajada general en la redacción. Treinta personas riéndose a la vez, causaban un notable estruendo.

—Pues serás la única de la ciudad que no lo sepa —dijo Tere, que parecía muy divertida con la situación. Habitualmente era al revés, Rebeca se enteraba enseguida de las cosas y a ella le costaba más tiempo. Para una vez que era al contrario, Tere estaba disfrutando del momento.

—¿De la ciudad? Ahí te has pasado Teresa, no creo que sea para tanto —dijo Rebeca.

—¿Has visto la cuenta de Instagram de Carlota Penella? Ha subido algunas publicaciones, y, de momento, ya tiene más de

20.000 «me gusta» en alguna de ellas, por cierto, muy graciosas.

—Bueno, pero eso tampoco es toda la ciudad —se defendió Rebeca—. Te recuerdo que Valencia tiene casi un millón de habitantes.

—Eso no será toda la ciudad, pero esto sí —dijo Fornell, mientras arrojaba encima de la mesa, al lado de Rebeca, un ejemplar de *La Crónica* de hoy mismo.

No tuvo ni que abrirlo. Cuando Rebeca leyó, en el extremo inferior izquierdo de la portada, el titular «La fiesta del año», su foto y el pequeño texto que lo acompañaba, entonces sí que se asustó de verdad.

Y tenía motivos para ello.

13 6 DE MARZO DE 1525, A LAS 14:30 HORAS

Batiste y Jero seguían boquiabiertos. No podían creer, después de haber visto a la doncella y a la propia doña Isabel, la madre de Amador, llorando a lágrima viva, que les hubieran mentido. Aquello no entraba en sus cabezas.

—¿Seguro que no te equivocas? —insistió incrédulo Jero, dirigiéndose al alguacil Pere.

—Estoy completamente seguro, señorito. Es mi trabajo y lo llevo haciendo muchos años. No hay nadie en ninguna mazmorra de la ciudad que se corresponda con el nombre de su amigo.

De repente, Damián, que había permanecido callado durante la conversación, intervino.

—En realidad, hay una posibilidad que no hemos tenido en cuenta.

—¿Cuál? —preguntó con curiosidad Jero.

—Que ambos tengan razón.

—¿Cómo es posible eso? O está en una mazmorra en la ciudad o no lo está. Ambas cosas no pueden ser ciertas a la vez.

—¿Te has vuelto loco, Damián? —preguntó Pere, que tampoco lo comprendía.

—No me han entendido, quizá porque no me haya terminado de explicar.

—Adelante —le invitó Jero.

—Amador de Medina es el hijo del actual receptor del Santo Oficio, ¿no?

—Sí, ya lo hemos dicho, así es.

—Pues entonces, si lo tienen que encerrar en alguna mazmorra, ¿no sería más lógico que lo hicieran en la Torre de la Sala, que es la cárcel de la inquisición, antes que en las mazmorras de la ciudad?

Todos se quedaron mirando a Damián, esperando que continuara la explicación.

—La inquisición tiene su propia mazmorra, independiente de las que dispone la ciudad. A pesar de lo que la gente se cree, está en bastante mejor estado y los presos son atendidos mejor que en las cárceles ordinarias. Siendo hijo de quién es, si está encerrado en alguna cárcel, sin ninguna duda será allí. Tiene toda la lógica.

—¿Tú haces los recuentos en la Torre de la Sala? —preguntó de inmediato Jero a Pere.

—No, señorito. Como ya ha explicado Damián, esa cárcel no pertenece a la ciudad, sino al tribunal del Santo Oficio de Valencia. Son organismos diferentes. Ellos tienen sus propios carceleros y personal independiente, que no tienen nada que ver con los alguaciles como yo, aunque tenga dos trabajos. Sin embargo, Damián forma parte de la estructura del Santo Oficio, porque tiene encomendada la protección de las dependencias de la inquisición en este palacio, entre otras cosas.

—¡Pues misterio resuelto! Nuestro amigo debe estar en la Torre de la Sala. Y ahora, ¿cómo podemos entrar allí? —siguió preguntando Jero.

—Me temo que no pueden —le contestó Pere—. Damián se lo podrá explicar mejor que yo, pero hace falta solicitar un permiso especial, que se tramita ante el tribunal local de la inquisición, no ante nosotros. La gente ordinaria no puede llegar a la Torre de la Sala y pretender que le franqueen el paso. Está muy vigilada y el Santo Oficio tiene normas muy estrictas para el acceso.

—Pero yo no soy «gente ordinaria» —contestó Jero—. ¿Sabéis quién soy y dónde vivo? En el ala reservada a personalidades del Santo Oficio. De hecho, tan solo residimos, de forma permanente, los dos inquisidores de la ciudad y yo mismo. Nadie más.

—Tiene usted razón —le contestó Damián—, pero no sé si eso será suficiente para que le permitan entrar. Conoce al Santo Oficio y lo estrictos que son con sus normas e instrucciones.

—No es por hacerle de menos, señorito Jerónimo, pero piense que, a ojos de los carceleros, es usted un niño de nueve años —intervino el alguacil Pere—. La Torre de la Sala podrá estar en mejores condiciones que el resto de las mazmorras de la ciudad, pero tiene salas de torturas y otras muchas cosas que un niño tan joven no debería ver jamás.

—Tiene razón —ratificó Damián—. Ese lugar no es un sitio para niños, aunque vivan en el mismísimo Palacio Real y se alojen en el ala de personalidades del Santo Oficio.

Batiste había permanecido callado durante toda la conversación. Ahora intervino.

—Jero, creo que tanto Damián como Pere tienen razón. No nos dejarán acceder a la Torre de la Sala así como así, aunque vivas ahí dentro —dijo, señalándole el palacio—. Sabes que el Santo Oficio es muy formalista. En el caso de que se plantearan dejarte entrar, te exigirían algún documento oficial de autorización, algo que no podemos conseguir.

—Conozco al carcelero jefe del Santo Oficio, se llama Jeremías— dijo Damián—. Si el señorito Jerónimo está empeñado en intentarlo, le puede explicar dónde vive y que yo soy su alguacil y vigilante particular. Seguro que le impresiona. Además, permítame la libertad de decírselo; usted, con nueve años, habla tal cual lo hacen los miembros del Santo Oficio. Sin duda el carcelero reconocerá su estilo.

—¿Y eso será suficiente para que nos dejen entrar? —preguntó incrédulo Batiste.

—Claro que no. Pero si están convencidos de querer visitar a su amigo, tampoco pierden nada intentándolo —le respondió Damián.

—Eso es cierto. Jamás he estado en la Torre de la Sala, pero siempre debe haber alguna primera vez para todo, ¿no? —dijo Jero, intentando darle un toque optimista a la situación.

—Inténtenlo —concluyó Damián—, pero no se hagan ninguna ilusión. Es una misión prácticamente imposible.

—Lo haremos —dijo con determinación Jero.

—Otra cosa muy importante. Si el carcelero se pone muy terco y les niega la entrada, bajo ningún concepto se les ocurra discutir con él. Tiene muy malas pulgas —les advirtió Damián—. A pesar de que somos compañeros e incluso amigos, alguna vez hemos tenido un altercado en alguna taberna, y os aseguro que golpea con fuerza. No se pongan en peligro, no dudará en zurrarles, aunque sean niños o jóvenes. Es un verdadero bestia y les hará daño.

«¡Caramba con el carcelero!», pensó Batiste, que no tenía nada claras las cosas.

Después de dar las gracias a los dos alguaciles por toda la información que les habían facilitado, Jero y Batiste abandonaron el Palacio Real en dirección a las mazmorras de la inquisición.

—¿Estás seguro de lo que estás haciendo? —preguntó Batiste—. ¿Has oído a Damián?

—Por supuesto que no estoy seguro y tengo tanto miedo como tú —le respondió Jero—, pero ¿no habíamos decidido visitar en las mazmorras a Amador? ¿Ya hemos abandonado esa idea?

—Sí, es verdad que lo habíamos decidido, pero eso era antes de saber que está en la Torre de la Sala.

—¿Y qué más da una mazmorra que otra?

—El Santo Oficio de la inquisición. Esa es la «pequeña» diferencia. Tú, como convives con ellos, quizá no te des cuenta, pero la gente normal como yo, se espanta con tan solo escuchar ese nombre.

—¿Ahora pretendes echarte atrás?

—No, pero me da la impresión que estamos a punto de cometer una locura.

—Ya llevamos muchas cometidas, una más o menos no se notará, ¿no? —dijo Jero, de un buen humor incomprensible para Batiste.

—En eso tienes razón, aunque esta que estamos a punto de perpetrar, quizá sea la más absurda de todas. ¡Pretender entrar en las mazmorras de la inquisición, sin ningún tipo de autorización ni permiso! Estoy seguro de que semejante tontería no la ha intentado nadie. La gente normal quiere salir de allí, no entrar.

—Dicho así suena muy tétrico y absurdo.

—Pues eso es exactamente lo que propones.

Entretenidos con la conversación, no se dieron cuenta de que estaban en las puertas de la temida Torre de la Sala, en la calle de la Batllia.

—¿Ahora qué hacemos? La puerta está cerrada —dijo Batiste.

—Déjame a mí, voy a probar. Lo máximo que puede pasar es que no me abran la puerta, ¿no?

—No lo sé, este es tu terreno, no el mío.

Jero se acercó al portón, que era muy grande y parecía sólido como una roca. Había una aldaba en un extremo y una pequeña oquedad en el centro. Jero hizo sonar la aldaba. Vio cómo se asomaba una especie de rostro, ya que apenas se distinguía, por el hueco de la puerta.

—¿Qué diablos quieres? —preguntó a través de aquella pequeña oquedad.

—Soy Jerónimo, morador ilustre del Santo Oficio de la inquisición en el Palacio Real —dijo, con el tono de voz más solemne que fue capaz de fingir.

—¿Quién? —preguntó el individuo, que no había comprendido ni una sola palabra.

—Jerónimo, del Santo Oficio de Valencia. ¡Abre inmediatamente la puerta! —exclamó, como si estuviera acostumbrado a mandar toda su corta vida.

Ante la manifiesta interpelación, el carcelero abrió la puerta y se quedó mirando a Jero y a Batiste.

—¿Quiénes sois vosotros y qué queréis, mocosos? ¿Acaso sabéis a qué puerta habéis llamado?

—¡Pues claro que sí, carcelero! Me envía Damián, que es el alguacil que está a mi cargo en el ala de la inquisición del Palacio Real, que es dónde resido.

El carcelero se quedó mirando a Jero, y no pudo evitar soltar una sonora carcajada.

—Claro, ahora me dirás que eres el inquisidor general de España —dijo, riéndose de una forma estruendosa.

«Cerquita se ha quedado», pensó Batiste, que le veía mala pinta a todo este asunto. Las cosas no parecían ir bien. Las risas del carcelero no sonaban a jolgorio. Batiste se sintió amenazado.

—¡No, idiota! —respondió enojado Jero—, pero muestra algo de respeto ante un superior tuyo.

Ahora, Batiste sí que estaba asustado de verdad. Jero estaba haciendo exactamente lo contrario a lo que les acababa de recomendar Damián, no enfadar al carcelero, que, por lo que les había contado, tenía muy malas pulgas.

Las risas de Jeremías cesaron por completo, y su rostro se trasmutó en otro de profundo enfado.

—¿Respeto a un mocoso de no más de diez años? ¿Mi superior? ¿Quiénes os creéis que sois para osar perturbar al carcelero de la Torre de la Sala? —respondió, ahora con una actitud claramente amenazante—. ¿Acaso sabes a quién pertenece esta cárcel?

—¡Pagarás cara tu osadía, Jeremías! —dijo Jero, que no estaba dispuesto a dejarse vencer en este duelo dialéctico tan dispar.

—¿Cómo conoces mi nombre? ¿Y el de Damián? ¿Acaso eres un brujo? —dijo, mientras, de forma imprevista, se abalanzaba violentamente contra Jero y Batiste, cumpliendo las previsiones de Damián.

A pesar de que estaban advertidos, no esperaban esa reacción tan violenta y tan repentina. Los tres cayeron rodando por las escaleras que daban acceso a la torre. Jero se golpeó la cabeza y se hizo una brecha, por la que empezó a brotar abundante sangre. Batiste salió despedido, él y su bolsa de la escuela que aún llevaba, esparciéndose todo su contenido por las escaleras.

Batiste estaba descompuesto. No sabía cómo reaccionar. Para su sorpresa, se observó a sí mismo recogiendo los objetos desperdigados de la bolsa de su colegio. No salió en defensa de su menudo amigo, que ahora estaba aferrado por el carcelero.

Jeremías estaba enfadado de verdad y su actitud violenta los había sorprendido, pero eso no amedrentó a su menudo amigo. Para total sorpresa de Batiste, Jero, a pesar de la fea herida de la cabeza, saltó al cuello del carcelero y le mordió, causándole una herida, de la que también le brotó abundante sangre.

—¿Pero cómo te atreves a atacarme? —dijo Jeremías—. Me parece que ahora vais a pasar los dos la noche aquí dentro, y conoceréis la Torre de la Sala. Además, yo me ocuparé personalmente de vosotros —concluyó, mientras lucía una sonrisa siniestra.

De repente, algo en el suelo llamó la atención de Batiste.

«¿Qué demonios es esto?», pensó en una fracción de segundo, la misma que tardó en comprenderlo.

«Debemos marcharnos de aquí lo más rápido que podamos, es cuestión de vida o muerte», se dijo.

Ahora más que nunca, tenía que liberar a Jero del carcelero, además lo más rápido posible. Sacó fuerzas de dónde no las tenía, y arremetió con todas ellas contra Jeremías, que no se esperaba el ataque.

Acusó el golpe y soltó a Jero, al tiempo que caía al suelo.

—Ahora es el momento —dijo Jero—, entremos en la Torre de la Sala.

—Todo lo contrario —le contestó gritando Batiste—. Ahora es el momento de salir corriendo de aquí, a toda velocidad.

—¡Qué dices! Tenemos aturdido al carcelero, es nuestra oportunidad —insistió Jero.

—Es nuestra oportunidad de escapar cuánto antes. No sabes lo que me acabo de encontrar en el suelo. Tenemos que irnos de aquí lo antes que podamos. ¡Hazme caso y no discutas! ¡Es importantísimo!

Jero se quedó mirando la expresión de su amigo en su rostro. No sabía qué ocurría, pero algo importante había pasado. Decidió hacerle caso, aunque a regañadientes, e intentar escapar de aquel siniestro lugar.

No les sirvió de nada.

14 EN LA ACTUALIDAD, MARTES 9 DE OCTUBRE

—¡Señor Fornell! ¡No me diga que ha publicado la noticia de mi cumpleaños en *La Crónica*! Además, en un rincón de la portada, con una llamada a las páginas interiores de la sección de sociedad, por lo que veo —dijo Rebeca, entre escandalizada y asustada.

—Pues sí, lo he hecho —respondió en un tono guasón. No era habitual verlo de buen humor.

—¿Y esta información a quién le importa?

—Pues parece que a bastante gente. ¿Te crees que es la noticia con más accesos de la edición digital en lo que llevamos de día? Iba a decir que era sorprendente, pero de ti ya no me sorprende nada.

Después de unos cinco minutos más de intrascendente conversación, la *minifiesta* organizada por los compañeros de Rebeca, terminó, y la plantilla de *La Crónica* se fue desperdigando hacia sus puestos de trabajo, al concluir la pequeña celebración matutina.

—¿En el periódico vienen explicados los detalles de mi fiesta de cumpleaños?

—Sí, algunos, como el lugar, los invitados y varias cosas interesantes y curiosas más.

—Me siento presidenta del gobierno de España por un día, me entero de lo que ocurre a mi alrededor por la prensa, como los políticos de verdad —dijo Rebeca, que parecía que había recuperado parte de su buen humor habitual.

—Tranquila, que esa desagradable sensación se te pasará a partir de las ocho y media —dijo Fernando.

—Me habíais dicho que Carlota estuvo aquí ayer, ¿no?

—Sí, repartió los tarjetones de vuestro cumpleaños. Como vino a la misma hora que saliste en directo en la radio, te escuchamos todos juntos —respondió Tere—, y, no te lo voy a negar, nos reímos mucho a tu costa.

—O sea, cachondeo por la ignorancia a la que me ha sometido la persona que os acompañaba. Muy bonito por vuestra parte. Reírse de una compañera.

—Por cierto, ¿te había dicho ya que tu amiga es muy simpática? —dijo Fornell, que aún no se había ido a su despacho y permanecía escuchando la conversación.

—¿Y vino solo para eso? —preguntó extrañada Rebeca—. Los tarjetones os los podía haber enviado a la redacción, por móvil, como hizo con mi tía.

—No —respondió el director—. También quería hablar conmigo en privado.

Rebeca se sobresaltó al instante. ¿Qué tenía que decirle Carlota a Fornell, si no se conocían? No sabía si atreverse a preguntárselo. Al final se decidió.

—¿En privado?

Fornell parecía divertido.

—Veo que te sorprendes.

—Un poco. Si no se conocen, no se me ocurre qué pueden contarse en privado.

Al director se le escapó una pequeña sonrisa.

«¡Se conocen!», pensó Rebeca, asombrada. Todo su lenguaje corporal así lo confirmaba. Aquello sí que era extraño de verdad y muy sorprendente.

«¿Qué tienen en común el director Fornell con Carlota?». Nada de nada, a ojos de Rebeca, pero estaba claro que alguna relación existía. Debía de pensar en ello, aunque hoy tampoco era el día adecuado. Estaba claro que hoy no era el día adecuado para nada, tan solo para cumplir años.

—No te extrañes tanto. Tan solo me planteó una simple cuestión, no mantuvimos una reunión como tal —dijo Fornell, sacando a Rebeca de sus reflexiones.

—¿Me la piensa contar? —preguntó. Tere, Fabio y Fernando también estaban expectantes.

—Precisamente va de «contar». Lo que amablemente me pidió es que no contara contigo para mañana miércoles.

—¿Qué? —preguntó incrédula Rebeca.

—Vamos, que me solicitó que te diera el día libre —contestó el director.

Todos se rieron menos Rebeca, que se puso colorada. Aquello no se lo esperaba. Claro que, viniendo de Carlota, siempre hay que esperar lo inesperado.

—¡Por favor! ¡Cómo se atreve! A todo caso, eso se lo tenía que haber pedido yo, y no tenía ninguna intención de hacerlo —dijo una Rebeca indignada, que, a estas alturas, aún se sorprendía con Carlota—. Mañana pensaba venir a trabajar como un día cualquiera. Ya he celebrado más cumpleaños en mi vida, y jamás me he tomado libre el día siguiente. Si estás para la fiesta, estás para el trabajo. Eso lo decía mi padre.

—Pues tu simpática amiga se te ha anticipado. Me parece que te conoce muy bien, mejor de lo que tú misma te crees. Supongo que sabía que no me lo ibas a pedir.

—¿Y qué le contestó, si es tan amable de compartirlo conmigo?

—¿Tú qué crees? Por supuesto que le dije que sí.

—¡Pues retráctese! Yo, que soy la interesada, no se lo he pedido. asked

—Me temo que eso es imposible —contestó Fornell, con media sonrisa en su rostro—. Ya he tomado una decisión y no puedo retractarme de mis propias instrucciones. Causa mala imagen, así que mañana no te quiero ni ver por la redacción. Te quedas en casa, descansando o haciendo lo que te dé la gana, pero no pises *La Crónica*.

«¿Qué le ocurre hoy al director?», se extrañó Rebeca. «Está de un fantástico humor, no es nada habitual».

—¿No piensas leer la noticia de tu cumpleaños? —preguntó Tere—. ¿No decías que no sabías nada? Ahí vienen bastantes cosas explicadas.

—Hoy es martes, y supongo que el señor director querrá que entregue mi artículo semanal. Aún no lo he terminado, y con todas estas celebraciones, ya son casi las diez y media. Como no me ponga a ello, no lo terminaré.

—Solo te digo, por si no lo sabías, que hay un *dress code* muy estricto y curioso para la fiesta de esta noche —dijo Tere.

—¿No me digas que Carlota nos hace ir vestidos de una determinada manera? —preguntó pasmada. Esta mañana iba de sorpresa en sorpresa.

—Bueno, vamos a dejar que Rebeca terminé su artículo, que aún tendremos un disgusto en un día tan señalado —dijo Fornell, haciendo ademán de irse hacia su despacho y dando por terminada la conversación.

—Señor director, antes de irse, quisiera darle las gracias por todo. Sé que está usted detrás de muchas de las cosas que están sucediendo. No soy idiota.

—No tienes por qué, además no es cierto. Tú misma eres la responsable de ellas.

A pesar de la evasiva respuesta del director, Rebeca tenía razón. Y tanto que estaba detrás de muchas cosas, algunas ni siquiera se las imaginaba.

Si las supiera...

15 6 DE MARZO DE 1525, A LAS 16:00 HORAS

Don Cristóbal de Medina y Aliaga acababa de volver de la Torre de la Sala. Había rescatado de aquellas infectas mazmorras del Santo Oficio a su hijo, Amador. Había decidido que le vendría bien conocer desde dentro las lóbregas estancias de aquel repugnante espacio. Había cometido una travesura imperdonable, violar la intimidad de una propiedad privada, y además no de unas personas cualquiera, sino de sus enemigas declaradas, las hermanas Beatriz y Leonor Vives.

—Padre, ¿por qué me has dejado que pase toda una noche en ese horrible lugar? —le preguntaba Amador, mientras entraban en su casa.

—¡Eres un insensato! ¿Sabes qué te hubiera ocurrido si esas diablesas de las hermanas Vives te hubieran denunciado a las autoridades civiles?

—¿Denunciado? ¿Hubieran podido hacer eso?

—¡Pues claro! Estabas en el interior de su casa. Te habrían declarado culpable y te habrían encerrado en una mazmorra de la ciudad.

—¿Por jugar en un jardín?

—¡Por jugar en su jardín particular, no en uno público! —a don Cristóbal se le llevaban los demonios, de lo enojado que estaba con su hijo y con toda la situación creada.

—No lo sabía —mentía Amador, con la expresión más inocente que supo fingir.

—Si la Torre de la Sala te ha parecido un sitio horrible, no quieras saber qué hubieras pensado de las otras cárceles.

Créeme, has estado en un palacio al lado de las de la ciudad, además ya me he ocupado de que estuvieras en una celda individual y en la mejor zona, la que se utiliza para la gente que tiene dinero y se lo puede permitir.

En las mazmorras de la inquisición, a diferencia de las civiles, eran los propios presos los que se pagaban su estancia y su manutención, así que había mucha diferencia de trato entre ellos. Cuando apresaban a un hereje o un sodomita adinerado, tenía una serie de privilegios y comodidades que no estaban al alcance de los presos sin recursos. Ese era otra de las fuentes de ingresos habituales del Santo Oficio. Incluso podían elegir la comida. No se libraban de la tortura, pero tenían ciertas comodidades nada frecuentes.

—Pues si esa era la mejor zona, no me quiero ni imaginar la peor —dijo Amador, con una mueca de asco.

—Las ratas no te hubieran dejado descansar de los mordiscos que te hubieran dado. Allí la gente se muere simplemente por el hecho de estar, ¿sabes?

—¡Qué asco!

—Además, de todas las casas que hay en la ciudad, ¿te tenías que colar en la de esa pareja de brujas, precisamente? ¿No había otra?

—¿Qué quieres decir? —preguntó confundido Amador, que en lo único que pensaba era en asearse lo más rápido que pudiera.

—Que tuve que llegar a un acuerdo con mis enemigas. Ellas no te denunciaban a cambio de que yo te encerrara toda una noche en las mazmorras de la inquisición.

—¿Y aceptaste?

—¡Pues claro, inconsciente! —le respondió su padre, mientras le golpeaba la cabeza—. ¿Acaso te crees que me hizo gracia tener que llegar a un acuerdo con esas arpías sin escrúpulos? Pero la alternativa era peor para ti. ¿No entiendes que no puedes entrar en las casas ajenas sin consecuencias, por muy hijo mío que seas? La justicia civil se hubiera hecho cargo de ti. A saber qué pena te hubieran impuesto. ¡Además, ahora les debo un favor a esa pareja de chaladas!

El receptor estaba rojo de la ira. Amador no sabía ni qué hacer ni qué decir.

—Lo siento de verdad, padre. Te aseguro que no era consciente del alcance de mis actos.

—Más te vale que lo sientas y aprendas la lección. La próxima vez que te veas envuelto en un lío, no pienso intervenir — le dijo su padre, mientras se alejaba en dirección a su despacho.

Su madre enseguida acudió a su encuentro y se fundieron en un prolongado abrazo.

—¡No me vuelvas a hacer esto! —le dijo, mientras seguía llorando.

—Tranquila, madre. En realidad, fue tan solo una travesura. No sabía que era la casa de Beatriz y Leonor Vives. Si lo llego a saber, no lo hago —mintió, lo mejor que pudo.

—¡Ni aunque hubiera sido la casa de otras personas! No estaba de acuerdo con tu padre en encerrarte una noche en esas horribles mazmorras llenas de máquinas para matar, pero espero que hayas aprendido la lección. Anda, ahora ve y aséate un poco, que hueles como una piara de cerdos.

Así lo hizo Amador. Mientras se daba un pequeño baño, frotándose por todos los rincones de su cuerpo, pensaba en la experiencia nocturna.

«No había estado del todo mal la aventura», se decía, eso sí, ahora que había acabado. Anoche le había parecido estar en el infierno en la tierra.

Recogió su ropa, que apestaba. Pensó en que era mejor quemarla. No se atrevía ni a decirle a su madre que la lavara, a saber qué tipo de pulgas u otros insectos se le podían haber adherido.

Se vistió con ropajes limpios y salió al patio de la casa, con intención de pegarle fuego a aquella montaña de ropa infecta.

De repente, allí, en el suelo, algo llamó su atención.

apurada de tiempo -short of time

16 EN LA ACTUALIDAD, MARTES 9 DE OCTUBRE

Rebeca se puso a trabajar en el artículo de hoy. Abrió la cajonera y sacó los expedientes de los temas que ya tenía documentados. Eligió el más sencillo. Apenas le quedaba algo más de tres horas para entregarlo, y no había escrito ni una sola palabra. No levantó la vista del monitor hasta la una y cuarto, ni siquiera para ir al baño o beber agua.

—¡Por fin lo terminé! —dijo exultante Rebeca—. Nunca había ido tan apurada de tiempo en la entrega de un artículo, en mis recién estrenados cuatro años en el periódico, y no me gusta hacer las cosas a última hora.

Fabio se había ido a cubrir las celebraciones del día, como media redacción. Quedaban Tere y Fernando alrededor de la mesa.

—¿Me permites que lo vea? —le preguntó este último.

—Claro, ¡cómo no! —respondió Rebeca, girándole el monitor, para que pudiera leerlo.

—Hablando de leer, ¿no le vas a echar un vistazo a la noticia publicada de tu cumpleaños? ¿De verdad que no tienes ni siquiera un poco de curiosidad? —le preguntó Tere, extrañada.

—Pues claro, pero también tengo prisa. En apenas cuarenta y cinco minutos tengo hora en la peluquería, y la abren adrede para mí, recordad que hoy es festivo. En *bici* me cuesta bastante llegar. Ya leeré la noticia a las tres, cuando me siente tranquilamente a comer en casa.

—¿Vas en bicicleta a la peluquería? ¿Para qué? Luego, con una ventolera de aire no te habrá servido de nada arreglarte el pelo. gust of wind

—No me voy a hacer nada especial, tan solo cortarme las puntas y poco más.

—¿Cómo lo haces? —le preguntó Fernando.

—Pues me siento en un sillón y la peluquera, que ya conoce mis gustos, sabe lo que tiene que hacer —contestó Rebeca, sin pensar.

Fernando se rio.

—No, no me refería a eso. ¿Cómo consigues escribir estos artículos, en apenas tres horas, estresada y el mismo día de tu cumpleaños, que tendrás cincuenta pájaros dándote vueltas por la cabeza?

—Hazte la pregunta a ti mismo. Tú escribes muy parecido a mí —respondió Rebeca, que ya estaba recogiendo su mesa para irse cuanto antes.

—Eso dices tú, pero, para empezar, me cuesta muchísimas más horas que a ti.

—Ya cogerás práctica. Disculpad, pero os tengo que dejar —dijo Rebeca, levantándose de la mesa.

—Ni siquiera nos has contado como vas a ir vestida —se quejó Tere—. Claro, con ese tipazo y esos ojazos, irás monísima de la muerte, hasta si te pusieras un saco de patatas con dos agujeros.

—¡Pero si ni siquiera conozco el *dress code*! Ya elegiré sobre la marcha —respondió Rebeca.

«¿Qué maldad se le habrá ocurrido a Carlota con el vestuario?», pensaba, al mismo tiempo que contestaba a su amiga.

—Pues nada, esta noche nos veremos —dijo Tere, cuando Rebeca ya salía por la puerta.

Cogió la bicicleta y fue lo más rápido que pudo, aun así llegó a la peluquería con el tiempo justo. Marisa, su peluquera, ya la estaba esperando.

Al final cambió de planes y decidió que, un acontecimiento como el de esta noche, requería un cambio de *look*. Aún no sabía el vestido que se iba a poner, pero se animó a darle una vuelta a su pelo. Siempre lo había llevado natural, liso, a veces más corto y en ocasiones más largo, pero hoy, por primera vez en su vida, decidió rizárselo.

«Eso no se lo esperará la petarda», se dijo divertida. «Sabe que no me gusta y jamás me ha visto así».

—No sé por qué no te ondulas el pelo de vez en cuando. Estás guapísima. ¿Te puedo hacer una foto para colocarla en una de las paredes? —le dijo Marisa, su peluquera de toda la vida.

—¿Lo dices en serio? ¡Pero si ya tienes una fotografía mía! ¿Para qué quieres otra?

—¡Vaya pregunta! ¡Pues por el pelo rizado! Así mis clientes te podrán ver en dos versiones diferentes —dijo Marisa, mientras le hacía la foto en una pose un tanto sensual.

—Estoy rarísima, hasta me veo ridícula con esa postura.

—Dices tonterías, estás espectacular. Lo que ocurre es que no estás acostumbrada a verte así, pero creo que estás aún más guapa que con el pelo liso. Cierto toque de exotismo siempre sienta especialmente bien a las chicas como tú.

—Pues prefiero mi aspecto natural, pero todo sea por darle una pequeña sorpresa esta noche a Carlota —dijo Rebeca, cuando se vio fotografiada.

—Tranquila, los rizos no te durarán mucho. Tienes el pelo demasiado liso y volverá a su estado natural en un par de días, como muy tarde.

Rebeca no terminaba de estar convencida. Marisa continuó hablando.

—Además, este pelo es ideal para el tipo de fiesta. He leído la noticia en *La Crónica*. Con todo el ajetreo del evento, este peinado será el más cómodo.

«¿El tipo de fiesta?, ¿el ajetreo?», pensó asustada Rebeca. No quería reconocer que no tenía ni idea de lo que iba a pasar esta noche.

Casi mejor que no lo supiera.

17   6 DE MARZO DE 1525, A LAS 16:30 HORAS

Don Cristóbal estaba muy enfadado por la travesura de su hijo. Le había costado tener que llegar a un acuerdo con esas brujas de las hermanas Vives, pero si algo le sobraba era determinación. Este desagradable episodio había acrecentado su espíritu combativo. Tenía que retomar el estudio de los expedientes antiguos de Blanquina March, que le había facilitado el inquisidor don Juan de Churruca. Ya había empezado a echarles un vistazo, pero sus múltiples ocupaciones hacían que le quedara poco tiempo libre para esta labor. La reciente toma de posesión de su cargo le obligaba a viajar bastante, para presentarse e informarse de las cuentas.

No se olvidaba de la jugarreta, por llamarla de alguna manera, que le había gastado el otro inquisidor de la ciudad, don Andrés Palacios.

Para su absoluta sorpresa, había recibido una misiva del Consejo de la Suprema, firmada por el mismísimo inquisidor general don Alonso Manrique, ordenándole que no interfiriera en competencias ajenas y se centrara en las suyas propias. En resumen, que permitiera al inquisidor Palacios hacer su trabajo de jurista y asesor del tribunal de la ciudad.

Le parecía inconcebible, ya que tenía entendido que no tenían una relación fluida, precisamente más bien al contrario, pero no tenía más remedio que obedecer, eso sí, en los justos términos de la carta. Se iba a ceñir a aplicar sus competencias de la manera más perjudicial posible para las hermanas Vives. De hecho, ya lo había empezado a hacer y a impartir las primeras instrucciones. Para cuando se enterara el inquisidor Palacios, ya sería demasiado tarde. Además, no había desobedecido ninguna instrucción expresa de la misiva, de nada le podrían acusar.

Sin más demora, debía empezar a estudiar los expedientes antiguos de Blanquina March. No sabía por qué, pero pensaba que algo no estaba claro en todo este asunto. La inquisición había quemado a casi todos sus familiares, ya que eran unos *marranos*, es decir, practicantes de la religión hebrea de forma oculta, mientras aparentaban su conversión al cristianismo, y Blanquina era una de ellas.

No alcanzaba a comprender cómo había sido interrogada dos veces por el Santo Oficio, y no habían sido capaces de hallar ninguna prueba en su contra. Algo le olía mal al receptor, y pensaba encontrarlo, aunque tuviera que pasar horas y horas leyendo aburridos documentos de interrogatorios y diligencias interminables. En su fuero interno, estaba convencido que iba a descubrir algún detalle importante, y eso le daba fuerzas.

En este caso, en el supuesto de que hallara pruebas de su herejía, podría ponerlas a disposición del promotor fiscal, para que iniciara un proceso contra la memoria y fama de Blanquina March. No le importaba que ya hubiera fallecido en 1508, con que la condenaran y la quemaran «en estatua» era suficiente, así no tendría que devolver la dote de 10.000 sueldos y diversos censales que le reclamaban sus herederas, las hermanas Vives. Ese era todo su objetivo, que no era ni fácil ni sencillo.

Tomó en sus manos el primer legajo que había comenzado a leer. Databa de los años 1500 a 1501, cuando se produjo el hallazgo en casa de Miguel Vives y de su madre, Castellana Guioret, de la última gran sinagoga clandestina descubierta en la ciudad de Valencia, en concreto el 20 de marzo de 1500. Recordaba que existían multitud de documentos, desde interrogatorios a todos los acusados de herejía, más de treinta personas, hasta valoraciones de los bienes incautados, firmadas por su propio antecesor en el cargo.

Comenzó a observar su interior. Lo primero que le llamó la atención es que no estaba exactamente como la había dejado, en la última ocasión que lo había abierto.

Aunque su despacho parecía en completo desorden, el receptor era capaz de encontrar, en segundos, cualquier documento que quisiera. Existía orden en el aparente caos, ya que los legajos y los libros se amontonaban en una simulada desorganización, que no era tal para los entrenados ojos de don Cristóbal.

«¡Qué extraño!», pensó de inmediato. «Bueno, con todos los acontecimientos vividos últimamente, igual me he despistado un poco».

Abrió el legajo y empezó a hojearlo. Entonces llegó su segunda sorpresa. Recordaba perfectamente haber empezado a leer el interrogatorio que el Santo Oficio hizo a Miguel Vives en 1501, poco antes de condenarlo, en auto de fe, a morir en la hoguera. No lo veía por ninguna parte.

«¿Cómo puede ser?», se dijo. De eso se acordaba perfectamente.

Se tomó la molestia de pasar, uno a uno, todos los documentos del legajo. No solo no encontraba ese, sino que se percató que faltaban otros, que recordaba perfectamente haber visto. Además, los había dejado al principio. Estaba claro que no estaban.

Esto ya no era extraño. Que el legajo estuviera ligeramente desplazado de su lugar original podría ser explicable. Había muchos, y se podía haber caído y revuelto, pero lo de los documentos no tenía ninguna explicación. No les salían patas y se escapaban solos.

«¿Qué está ocurriendo aquí?», pensó, alarmado.

De inmediato salió de su despacho y se dirigió a la cocina, donde estaban sentados su esposa Isabel, su hijo Amador y la doncella habitual. Hoy no venía la costurera.

—Hola, Cristóbal, ¿qué te ocurre? —le preguntó de inmediato Isabel, al verlo con cara de evidente enfado.

—Ocurre que alguien ha entrado en mi despacho, y sabéis que os lo tengo prohibido —dijo, muy enojado.

—Nadie entra en tu despacho, ni siquiera a limpiar. Como acabas de decir, nos lo tienes prohibido y lo cumplimos a rajatabla —le contestó Isabel.

—Pues alguien lo ha hecho.

—Pero eso no puede ser. Cuando tú no estás, lo cierras con llave. No puedo entrar ni siquiera yo —insistió Isabel.

—No sé cómo ha podido ocurrir, pero ha pasado.

—¿Y cómo estás tan seguro?

—Un legajo no estaba en el mismo lugar que lo dejé.

Isabel no pudo evitar reírse de la afirmación de su esposo.

—Lo sorprendente es que no se muevan todos. ¿Tú sabes la cantidad de documentos y libros que tienes apilados? Lo que me extraña es que no se caigan y se desparramen por todo el suelo del despacho.

Amador asistía a la conversación en total silencio. Estaba muy asustado, ya que sabía de lo que estaba hablando su padre, de los documentos que había sustraído de Blanquina. Lo que no tenía que pasar, había pasado. No sabía cómo iba a acabar aquello, pero no tenía muy buena pinta.

—Sí, al principio yo tampoco le di demasiada importancia —contestó don Cristóbal—. Efectivamente, el legajo se podía haber movido o caído, al fin y al cabo estaba encima de un gran montón.

—Entonces, ¿dónde está el problema? —preguntó Isabel—. No te entiendo.

—El problema reside en que no solo se ha movido de lugar él solito, sino que faltan documentos en su interior.

—¡Cristóbal! ¡Eso no puede ser!

—Y tanto que puede ser. Lo acabo de comprobar ahora mismo. Y no es que falte un papel, es que han desaparecido bastantes.

—¿Del interior del legajo? —preguntó incrédula doña Isabel.

—Por supuesto.

—¿Estás seguro?

—Completamente.

—¿No los habrás traspapelado?

Don Cristóbal se enfadó todavía más. Le tocaban la fibra sensible cuando insinuaban ese tipo de cuestiones.

—¡Jamás he traspapelado ni un solo documento en toda mi vida! Aunque mi despacho parezca desordenado, sé exactamente dónde se encuentra cada papel y cada libro. Los encuentro en segundos, aunque haga años que no los lea o no los consulte.

—¿Y es importante lo que falta?

—No creo, son documentos de hace veinticinco años, de un caso ya cerrado, pero eso no es lo verdaderamente significativo.

Amador estaba totalmente acobardado. Estaba esperando que su padre se dirigiera a él en breves momentos, y no sabía si sus excusas iban a sonar convincentes. Hasta le rechinaban los dientes.

Beatriz se levantó de su silla y se dirigió a su esposo, tomándole por un hombro.

—Siéntate y tómate un vaso de agua, que te veo muy nervioso. Ya sabes lo que te dijo el maestre médico la última vez que te visitó, que tienes que tomarte las cosas con mucha calma —le dijo—. Relájate un poco y luego vuelves a tu despacho.

El receptor no participaba de la tranquilidad de su esposa Isabel.

—Está bien —respondió a regañadientes don Cristóbal, que no estaba convencido, pero no quería discutir con su esposa.

«A ver cómo me escapo de esta», pensaba Amador, que intentaba disimular su cara de terror por todos los medios.

18 EN LA ACTUALIDAD, MARTES 9 DE OCTUBRE

—¡Pero qué ven mis ojos! —dijo Tote, con un gesto de asombro indescriptible, en cuanto vio entrar a Rebeca por la puerta de casa.

—¡Ya sé que estoy horrible! —le contestó su sobrina—, pero me apetecía un cambio de aspecto, y creo que me he pasado un poco de la raya.

—¡Qué dices! ¡Si estás guapísima! Espectacular es la palabra adecuada. Te sienta aún mejor que tu pelo liso natural, lo que ya es decir.

—Qué «bien quedada» eres.

—Ahora que lo pienso, creo que nunca te había visto con el pelo ondulado, ¿no es así?

—Ni tú ni nadie, pero Marisa me ha asegurado que me durará tan solo un par de días, por eso he transigido. Bueno, por eso y por ver la cara de mi hermana. Al menos, en algo la tengo que sorprender yo.

—Anda, vamos a comer que son casi las tres y media, y aún se nos hará tarde para vuestro cumpleaños. ¿Has hablado con Carlota esta mañana?

—Desde que volvimos de Madrid, el domingo por la tarde, me prohibió terminantemente que intentara ponerme en contacto con ella por cualquier medio, fuera cual fuese el motivo. Hasta esta noche no la veré y no nos podremos felicitar, por ejemplo. Ya no te digo nada de preguntarle detalles de la fiesta...

—¿Entonces no sabes nada?

—Nada. Ahora leeré con tranquilidad la noticia en *La Crónica*, a ver si me entero de algo de mi propia fiesta de cumpleaños.

Tote hizo un manifiesto aspaviento de enfado.

—¿No me digas que *La Crónica* lo ha publicado? Veo que lo de pasar desapercibida, entre el programa de radio de ayer y la prensa de hoy, media España debe saber ya lo de tu cumpleaños.

—*It's not my fault* —dijo Rebeca—, no es mi culpa. Yo no soy la responsable de todo lo que está pasando, y lo sabes, como diría Julio Iglesias. No me regañes por cosas que no están en mi mano controlar.

Estaban comiendo pavo al horno, que a Tote le salía para chuparse los dedos. Terminaron, recogieron la cocina y se fueron al salón.

—Tía, tú no conocías al director Fornell hasta hace muy poco, ¿verdad?

—Por supuesto que sabía quién era, pero si lo que me estás preguntando en concreto es que si lo conocía en persona, la respuesta es no. La primera vez que lo vi fue cuando lo visité en el periódico después del verano, hará poco más de un mes. Tú estuviste presente en parte de la conversación. Lo recordarás porque invité a toda la redacción a aquella merienda en casa, que resultó tan curiosa.

—Me acuerdo perfectamente, ¡cómo olvidarla! ¿Sabías que Carlota lo conoce?

—¿Te lo ha dicho el propio Bernat Fornell? —preguntó sorprendida Tote.

—Más o menos.

—¿Cómo más o menos? O te lo ha dicho o no te lo ha dicho, no caben medias tintas.

—Carlota estuvo ayer en *La Crónica*. Invitó a toda la redacción al cumpleaños y se atrevió a pedirle que me diera mañana el día libre. Pero tuve la impresión, como ya te había dicho, que ya se conocían de antes.

Tote se echó a reír.

—Esa es Carlota. Dudo mucho que lo conociera, viven en mundos completamente diferentes, pero diez minutos con tu hermana son casi como una eternidad. Es un torbellino de intensidad. No me extraña nada tu sensación.

—A ti te hará gracia, pero yo no sé si reír o llorar.

—Bueno, vamos a leer ese periódico, a ver qué dice de la fiesta de esta noche —comentó Tote, mientras Rebeca se lo acercaba.

—Léelo en voz alta tía, así te escucho y de paso me tumbo y descanso un poco, que me temo que esta noche va a ser *muuuy* larga, conociendo a la petarda.

Tote cogió el periódico y empezó por el pequeño titular de la portada.

—«La fiesta del año» —leyó—. Debajo hay una pequeña fotografía tuya, El titular ya se las trae. Empezamos bien.

—Lo sé, es lo único que he tenido tiempo de ver —respondió Rebeca.

—Voy a leer lo que dice la portada, luego ya lo haré con la página interior: «Rebeca Mercader celebrará esta noche su veintidós cumpleaños en el restaurante *Las Dunas*, en la playa de El Saler. Se espera un evento multitudinario con la actuación de músicos de prestigio internacional. Más información en la sección de "sociedad", en la página 27».

—¡Por favor! ¡Un evento multitudinario! ¡Pero si tan solo es el cumpleaños de dos niñatas de veintidós años! —se indignó Rebeca—. ¡No sé si Carlota terminará viva la fiesta esta noche!

—Por lo menos ha elegido muy bien el lugar. El sitio es precioso, a pie de la misma arena de la playa, en una zona encantadora de El Saler. De joven iba por allí. Tomar el sol entre las dunas no tenía precio.

—Eso es cierto, tengo que reconocer que ha tenido buen gusto para elegir el local.

—En la portada del periódico ya no hay nada más. Voy a la sección de sociedad, a leer la noticia completa.

—¿Te crees que, en lugar de estar emocionada, estoy asustada? —le confesó Rebeca a su tía.

—Lo estoy yo, y no soy la protagonista... pues claro que te creo. Pero vamos a leer la información al completo, a ver si se nos pasa el susto.

—O justamente lo contrario, pero adelante —dijo Rebeca, que tenía los ojos cerrados, tumbada en el sillón.

—«Rebeca Mercader, nominada a los Premios Ondas, articulista de este medio y famosa contertulia en el *magazine* radiofónico *Buenos días*, celebrará su cumpleaños esta noche, por todo lo alto, en una fiesta privada que promete ser la más original y multitudinaria del año en la ciudad, junto con su conocida amiga e *influencer* en redes sociales, Carlota Penella. El evento tendrá lugar en *Las Dunas* de El Saler a las ocho y media».

—Por lo menos dice que la fiesta es privada —interrumpió Rebeca—, ahora, las palabras «original», y «Carlota» en la misma frase, me da auténtico pánico.

—Déjame que siga leyendo y salgamos de dudas.

—Sigue, sigue…

—«Durante la fiesta, que no tiene hora de finalización, los exclusivos invitados disfrutarán de la actuación de músicos internacionales. A mitad del evento, se deberán cambiar de vestuario. Al principio, todos tendrán que acudir al original cumpleaños con trajes de fiesta de riguroso color negro, para acabar con una apoteosis del blanco, ya de estilo casual informal, coincidiendo con la segunda parte musical».

—¿Coincidiendo con la segunda parte musical? ¿Es que hay dos partes? Además, ¿dos trajes para la fiesta? ¿Uno todo de negro de fiesta y otro todo de blanco informal? ¿Ese era el *dress code*?

—Original es, desde luego… —comentó Tote, que ahora sonreía, observando el enfado de su sobrina.

—¡La mato, pero lentamente, para que sufra más! —interrumpió de nuevo Rebeca, que no sabía si era una idea original o simplemente incómoda, no solo para ellas, sino para el resto de los invitados.

—¡Calla y déjame que termine de leer el artículo! —le dijo Tote, que continuó leyendo la noticia.

—«Hemos sabido, por fuentes de la organización del evento, que, una vez vestidos todos de blanco, Rebeca Mercader hará un importante anuncio relativo a su vida privada. ¿Conoceremos por fin a su pareja oficial? Circulan muchos rumores por la ciudad, pero ninguno está confirmado oficialmente. Hay que tener en cuenta que apenas faltan menos de dos semanas para la ceremonia de entrega de los Premios Ondas, y se esperan grandes sorpresas».

—¿Pero qué basura es esa? —no se pudo aguantar Rebeca, absolutamente indignada. Su rostro estaba colorado. No le hacía ninguna gracia que se hiciera referencia a su vida privada, además con simples bulos y tonterías que nada tenían que ver con la realidad.

—Pues lo publica tu periódico, te lo recuerdo —le respondió Tote, con una sonrisa en los labios.

—El periódico en el que trabajo, no confundamos, que si llega a ser mío, desde luego esa bazofia amarilla no la publica ni de coña. Me cargo a Fornell.

Tote se estaba reprimiendo la risa.

—Y a ti, ¿qué es lo que te hace tanta gracia del tema? —preguntó Rebeca.

Tote se quedó en silencio durante un momento, mirando con cara condescendiente a su sobrina. Al final, dirigió su vista de nuevo al periódico.

—La continuación de la noticia —respondió, al fin.

—¿La compartes conmigo, así también me río? —dijo Rebeca, un tanto mosqueada.

Tote continuó leyendo el periódico.

Rebeca casi se cae del sillón.

«¿En directo?», gritó, en pensamientos.

19 6 DE MARZO DE 1525, A LAS 15:00 HORAS (hechos sucedidos con anterioridad a los capítulos 15 y 17)

—¿Qué es lo que ocurre aquí? —gritó don Cristóbal.

Tenía ante sus ojos un espectáculo sorprendente. Un niño y un joven peleándose, como sucios taberneros, en las escaleras de acceso de la Torre de la Sala. Al parecer, la refriega se había saldado con heridos, por la sangre que se veía por todos los lados.

—Nada, nada, don Cristóbal —dijo Jeremías, el carcelero de la mazmorra de la inquisición—. Estos dos renacuajos se han atrevido a atacarme y, como es lógico, me he tenido que defender.

—¡Eso no es cierto! —respondió Jero—. El que nos ha atacado primero ha sido él. Nosotros nos hemos limitado a defendernos de su repentina e injustificada arremetida contra dos niños.

—¡Mentiroso! —gritó el carcelero, haciendo ademán de volver a abalanzarse sobre ellos.

—¡Quietos todos! —gritó también don Cristóbal.

—Jero tiene razón —intervino Batiste, que estaba extrañamente callado—. Ha sido él —señalando al carcelero— el que se ha abalanzado contra nosotros, súbitamente y sin ningún motivo.

—¿Y se puede saber qué hacen dos mocosos como vosotros en la Torre de la Sala, hostigando al señor carcelero del Santo Oficio? —preguntó don Cristóbal, que estaba empezando a perder la paciencia con aquella absurda situación que no comprendía.

—Tan solo hemos venido de visita, no pretendíamos que esto ocurriera —contestó Jero.

—¿No sabéis que no se puede acceder a las mazmorras sin un permiso especial? Además, sois unos niños, este no es lugar para vosotros. Puedo entender que vuestro padre esté preso y lo queráis visitar, pero hacedme caso cuando os digo que es mejor que no lo hagáis. Aquí dentro pasan cosas muy desagradables.

—No somos hermanos, y no tenemos a nuestro padre preso —respondió Jero.

El receptor se quedó un tanto descolocado por la firme respuesta de Jero.

—Entonces, ¿para qué queréis visitar la torre?

—Para ver a un amigo.

—¿Tenéis a un amigo encerrado ahí dentro? —preguntó muy extrañado el receptor.

—Sí, se llama Amador.

Ahora sí, don Cristóbal se sobresaltó de forma evidente. Jamás se esperaba esa respuesta.

—¿Y cómo sabéis que está ahí adentro? —les preguntó con curiosidad.

—Porque hemos estado esta mañana en su casa, y su madre nos ha dicho que estaba encerrado en una mazmorra. Sabemos que no está en ninguna que pertenezca a la ciudad. Tan solo nos queda esta posibilidad, la cárcel de la inquisición.

—¿Vosotros no seréis Jerónimo y Batiste? —les preguntó el receptor, que empezaba a comprender la situación.

Los dos amigos se quedaron sorprendidos. «¿Cómo nos conoce este extraño?».

—Sí, somos nosotros. —contestó Jero.

—Ahora me lo explico todo —dijo el receptor.

—Pues nosotros no —respondió ahora Batiste.

—Soy don Cristóbal de Medina y Aliaga, receptor del Santo Oficio del tribunal de la ciudad, además del padre de Amador, a quién pretendéis visitar.

«¡Caramba, eso no me lo esperaba!», se sorprendió Batiste. El receptor se explicó.

—Amador me ha hablado de vosotros, pero no os conocía en persona.

—Pues su subordinado casi nos mata —dijo Jero, señalando al carcelero.

—Él hacía su trabajo, además tiene razón. La Torre de la Sala no es lugar para niños y no se puede entrar, por mucho que queráis, para ver a vuestro amigo.

—Entonces, ¿es verdad que está encerrado ahí adentro? —insistió Jero.

—Sí, pero por poco tiempo más. Ahora mismo vengo a sacarlo. Si os esperáis un momento, lo podréis ver.

—¡Magnífico! —exclamó Batiste.

—¡Y tú! —le dijo don Cristóbal al carcelero—. Sácale un paño limpio al niño, para que se tapone la brecha que lleva en la cabeza, que no pierda más sangre.

Jeremías obedeció a su superior a regañadientes. «Yo también estoy herido y no me ha dicho nada», pensó con rencor, mientras observaba al mocoso de Jero con una mirada asesina.

«Ya te pillaré en otro lugar, sin testigos», se dijo, sin imaginarse siquiera que estaba enfrente del hijo del mismísimo inquisidor general de España. De haberlo sabido, ahora mismo estaría aterrado por las posibles consecuencias de sus actos.

Al momento apareció por la puerta don Cristóbal, acompañado de su hijo Amador.

—¿Qué hacéis aquí? —les preguntó extrañado, en cuanto los vio—. ¿Y a ti que te ha pasado en la cabeza? —le preguntó directamente a Jero.

Le explicaron todo lo sucedido, desde su ausencia del colegio, la visita a su casa y su posterior búsqueda, hasta acabar en la Torre de la Sala.

—Sois unos amigos de verdad por preocuparos por mí de esa manera —dijo Amador, un tanto emocionado—. ¿De verdad queríais asaltar vosotros dos solos la torre? ¿Sabéis que eso es una locura?

—No la queríamos asaltar —dijo Jero—, tan solo saber si estabas ahí adentro, hasta que el cafre del carcelero se ha abalanzado contra nosotros, sin ningún motivo.

—Te voy a matar —dijo Jeremías, mientras se aproximaba al grupo.

—¡Basta ya! —gritó don Cristóbal—. ¿No queríais ver a vuestro amigo? Pues aquí lo tenéis. Dejaros de peleas de tabernas, que no tenéis edad para eso.

Amador se separó de su padre y dio un paso adelante. Jero y Batiste se dispusieron a abrazarlo.

—¡Ni se os ocurra! —exclamó Amador—. No os podéis ni imaginar la suciedad y las pulgas que hay en las mazmorras. No os aproximéis demasiado a mí. Creo que ni siquiera voy a lavar esta ropa, merece ser quemada.

Jero se quedó quieto, sin embargo, Batiste hizo caso omiso a las advertencias de su amigo y se abalanzó sobre él, dándole un prolongado abrazo.

—Las pulgas me dan igual —dijo.

—Vale, vale, pero esto no es un abrazo, es un achuchón, ya está bien —dijo Amador, agradecido por la muestra de cariño de su amigo.

—Tenía muchas ganas de saber de ti —le dijo, mientras le guiñaba un ojo.

—Si estáis preocupados por si Arnau o yo os delatamos, estad tranquilos. No lo hicimos, nosotros cargamos solos con las culpas —le dijo en un susurro al oído, sin que lo escucharan los demás.

—Ya nos lo imaginamos. Tú has pasado la noche ahí adentro y nosotros en casa —le contestó, también al oído.

—Podéis dormir tranquilos, nadie os busca. Supongo que este largo abrazo es para que os asegurara de que estáis libres de toda sospecha.

—Más o menos, entiende que estábamos preocupados por todos —mintió Batiste, mientras se separaba de Amador. Llevaban un largo rato abrazados y ya parecía algo exagerado a ojos de los demás.

Intervino don Cristóbal con un tono claramente autoritario.

—Aquí no ha pasado nada —dijo, dirigiéndose al carcelero—. No harás ningún informe ni contarás lo sucedido a nadie, ¿está claro?

—Lo que usted ordene, señor receptor —respondió a regañadientes Jeremías.

—Y vosotros dos, id a vuestras casas y curaros las heridas. No se os ocurra volver a hacer ninguna locura como la de hoy —dijo don Cristóbal, dirigiéndose a Batiste y Jero—. Y, por supuesto, tampoco se os ocurra contar nada a vuestros padres. Mejor para todos si no trasciende ésta imprudencia que acabáis de cometer. Habéis tenido suerte de que yo apareciera en el momento oportuno.

—Sí, señor —contestaron a coro los dos.

El receptor y su hijo se fueron, seguidos por Batiste y Jero. No tenían ganas de quedarse con el energúmeno del carcelero a solas, sin la protección de don Cristóbal.

—Debes irte al palacio y que el maestre médico te mire esa herida en la cabeza. No tiene buen aspecto, parece que te has hecho una buena brecha —le dijo Batiste a Jero, cuando se quedaron solos.

—No me preocupa la herida.

—Pues debería.

Jero estaba pensativo, con un curioso gesto de extrañeza en su rostro.

—Lo que me preocupa no es lo que ha pasado, sino lo que no ha pasado —dijo, en un tono muy misterioso.

—¿Lo que no ha pasado? —repitió Batiste, que no lo comprendió, pero no quería seguir la conversación. Lo que quería es que su joven amigo se marchara cuanto antes al palacio, para que le vieran la herida y se la curaran de la forma apropiada. No tenía buen aspecto, ni la herida ni su joven amigo.

Pero Jero tenía razón, una vez más.

20 EN LA ACTUALIDAD, MARTES 9 DE OCTUBRE

—¿Quién será el inoportuno, a estas horas? —dijo Rebeca, que ya se había vestido y estaba terminando de maquillarse.

—No lo sé, pero contesta porque nos va a quemar el videoportero —le respondió Tote, que iba algo más retrasada con sus arreglos.

Alguien les estaba llamando desde la puerta de la calle, a las siete y diez, a poco más de una hora de la fiesta de su cumpleaños.

Rebeca vio a través de la pantalla a una señorita vestida de forma impecable, con pantalón y chaqueta negra, camisa gris oscura y corbata negra.

«Vestida así, ¿qué es lo que venderá a estas horas?», se preguntó, buscándole el punto gracioso. «¿Nichos de cementerios? Se acerca *Halloween*, podría ser».

—¿Diga?

—¿Señora Rivera y señorita Mercader?

—Sí, aquí es.

—Su trasporte está listo. Estoy aparcada justo en la puerta de su casa. Me espero a que estén preparadas, no tengan ninguna prisa.

«¿Nuestro trasporte?», pensó Rebeca. «¿Y con la cochera de Drácula?». Ya comenzaban las sorpresas, y eso que aún no habían llegado a la playa.

—¿Quién es? —oyó preguntar a su tía.

—Nuestro trasporte está listo —contestó Rebeca, intentando imitar la voz de la conductora.

—¿Nuestro qué? —preguntó sin comprender Tote, desde la distancia.

—Eso digo yo. Ahí abajo hay una señorita que parece que nos va a llevar a la fiesta. Va toda vestida de negro, no te digo lo que parece.

—¡Toma! ¡Cómo nosotras! Lo que va a parecer es un coche fúnebre. Solo faltan las coronas de flores.

Rebeca no había caído en la cuenta que su indumentaria era también toda de color negro, pero mucho más elegante que la conductora. Llevaba un traje de una pieza, completamente ceñido, que estilizaba todavía más su impresionante figura, aderezado con un *escotazo* de vértigo. Era su segundo modelo de Lorenzo Caprile, además, exclusivo. Se había dejado una pequeña fortuna en él hacía unos quince días, cuando el dinero aún le importaba. Como no tenía vicios, sus únicos caprichos eran comprarse modelitos de alta costura, que luego no se ponía casi nunca. El contenido de su armario era impresionante.

«Mira por dónde, le voy a sacar utilidad al Caprile antes de lo esperado», pensó divertida.

Su tía iba bastante más recatada, aunque también espectacular, con un modelo de corte más clásico, de Balenciaga, muy elegante. También le tenía que haber costado mucho dinero.

En una funda llevaban guardados los otros dos vestidos más informales, blanco ibicenco, para la segunda parte de la fiesta. El de Rebeca, si cabe, era todavía más espectacular que el que llevaba puesto, mucho más sencillo de hechuras pero le quedaba de fábula. Parecía un ángel, pero incitando al pecado. Todo a la vez. Para volverse loco o loca.

Terminaron de arreglarse y bajaron a la calle. Se encontraron con una limusina impresionante, por supuesto también de color negro, aparcada en la misma puerta de su patio. De inmediato salió la conductora a recibirlas. Les abrió la puerta y, mientras entraban y se acomodaban, les sirvió dos *Martini Rosso* con un ligero toque de ginebra.

—¡*In style!,* como le gusta decir a Carlota. No me negarás que este comienzo de cumpleaños es difícilmente superable —comentó Rebeca, aún con la boca abierta por toda la parafernalia previa a la fiesta.

—No te lo niego, no —contestó Tote, también impresionada por todo aquello.

—Que una limusina venga a recogernos a nuestra casa no figuraba en ninguna noticia de las que hemos leído en la prensa.

—Hubiera quedado ridículo decirlo, casi mejor así, de incógnito —le contestó Tote, dándole un sorbo al cóctel.

—¿Esto te parece de incógnito? —rio Rebeca—. Ya nos parecemos a la familia Antón.

Nada más salir de su casa en *La Pagoda*, cruzaron toda la Alameda y se dirigieron hacía la autovía de El Saler, pasando por la Ciudad de las Ciencias y entrando en el Parque Natural de La Albufera.

—Hace tiempo que no salía de noche por Valencia de fiesta. Siempre que lo hago es por trabajo y no la aprecias igual. Es verdaderamente preciosa —dijo Tote, justo cuando pasaban por el Palacio de las Artes Reina Sofía y el Museo Príncipe Felipe, en plena Ciudad de las Artes y las Ciencias, uno de los emblemas modernos de la ciudad, diseñada por el arquitecto de fama mundial, Santiago Calatrava, en su gran parte, e icono futurista de Valencia. En ella se habían rodado muchas escenas de películas famosas, como *Tomorrowland* de la factoría Disney, además de multitud de anuncios de todo tipo. Incluso un año se presentó el equipo McLaren de Fórmula Uno, aprovechando el sorprendente diseño de su recinto. Era absolutamente espectacular.

—Pues de día es igual de bonita o más, teniendo en cuenta adónde nos dirigimos, al Parque Natural de la Albufera —le contestó Rebeca, degustando su cóctel e intentando no ponerse nerviosa, a medida que se aproximaban a *Las Dunas*, su destino final.

A unos quinientos metros de llegar, se encontraron con un control de seguridad.

—Ya es casualidad encontrarse ahora mismo con un control de la Policía en El Saler —dijo Rebeca, observando la tremenda cola de vehículos detenidos en la carretera. Ya vamos muy justas de tiempo.

—No es casualidad —contestó Tote—, y no te preocupes que no llegaremos tarde.

Efectivamente, de repente, la limusina se cambió de carril invadiendo la vía en sentido contrario, por la que no circulaba ningún vehículo en ese momento.

—¡Qué hace! —le dijo Rebeca a la conductora, asustada —. ¡Qué ahí delante hay un control policial y vamos, en dirección contraria, en trayectoria de colisión hacia ellos!

—No se preocupe, señorita Mercader.

—Tía, ¿no tienes nada qué decir? Nos van a arrear una multa de órdago, eso si no nos estampamos contra un coche que circule de frente, antes de llegar al control.

—No se preocupe señorita Mercader —contestó Tote, imitando el tono de voz de la conductora, mientras repetía su frase. Estaba claro que su tía, medio riéndose, sabía algo que ella desconocía, mientras llegaban, en dirección contraria, al control de la Policía.

Para sorpresa de Rebeca, la conductora intercambió unas pocas palabras con uno de los policías y, con rapidez, les franquearon el acceso, apartándoles la valla y dándoles un acceso preferente por la vía, en aparente dirección contraria. Tote bajó la ventanilla de la limusina, y saludó a los agentes, que la reconocieron de inmediato.

Su tía se lo explicó.

—Todos los accesos a *Las Dunas* están controlados por la Policía Local y la Policía Nacional. Ten en cuenta que vienen invitados de mucho nivel. La vía por la que vamos está cortada, así que no puede venir ningún vehículo de frente, quítate esa cara de susto. En realidad, es la vía de evacuación de emergencia, y también es el acceso de los VIP.

—¿Qué invitados son esos? ¿El *Speaker's Club*? Aun así, este montaje me parece espectacular, aunque quizá la palabra más apropiada sea desproporcionado —dijo Rebeca, boquiabierta, mientras la limusina se detenía en la puerta de su destino, cuya entrada estaba completamente decorada e iluminada de modo diferente al habitual. No se parecía a *Las Dunas*.

—Ya hemos llegado. Si se esperan un momento les abro las puertas —dijo la conductora.

Así lo hizo. Tote y Rebeca se bajaron del vehículo, y se encontraron de frente con Carlota, que las estaba esperando en la misma puerta de acceso al local.

—¡Tardonas! Teníais que haber llegado hace media hora — fueron sus palabras, a modo de recibimiento.

Tote y Rebeca se quedaron mirando, con la boca abierta, a Carlota. Casi no la reconocen. Nunca la habían visto vestida de esa manera, al mismo tiempo elegante y glamurosa. Ahora sí que se parecía de verdad a Rebeca, era un auténtico bellezón en pelirrojo.

Lucía un espectacular traje también de una sola pieza, no tan ceñido pero que le marcaba su estupenda figura, algo más rellenita que la de Rebeca, pero absolutamente espléndida también. Tenía todo el aspecto de ser de un gran diseñador, sobre todo por lo original del escote y el corte de falda asimétrico. Parecía sacada de una pasarela de moda. Rebeca no entendía demasiado de diseñadores, a pesar de gustarle la moda y comprarse modelos, pero ese vestido no lo había visto jamás en ninguna revista. Por su toque de extravagancia le pareció un diseño de los hermanos Versace. Estaba claro que era exclusivo y que tenía todo el aspecto de costar una pequeña fortuna, incluso más que el que llevaba Rebeca enfundado.

—Igualmente, yo también te felicito por tu cumpleaños —le contestó sarcástica Rebeca.

Las dos hermanas se abalanzaron una sobre la otra y se fundieron en un prolongado abrazo, sin decirse nada. Rebeca no se dio cuenta, pero unas pequeñas lágrimas se asomaron a los ojos de Carlota. Iba a ser una noche de emociones muy intensas, sobre todo para ella. Cuando consiguieron soltarse, se abrazaron también con Tote.

—Creo que hoy es el día más feliz de mi vida —reconoció Carlota, intentando disimular las lágrimas—. Hemos pasado por muchas vicisitudes en la vida, pero esta noche me parece la sublimación de todas ellas. Además, ahora ya he soltado todos los nervios de la organización de este modesto sarao, que no os podéis ni imaginar lo que ha costado, en todos los aspectos. Porque mi vitalidad no tiene fin, si no, era para estar exhausta por completo.

—¿Modesto? —dijo una sorprendida Tote—. No se me ocurre una palabra más inapropiada para lo que estoy viendo, tan solo por el exterior.

Rebeca se quedó mirando a su hermana. Había algo de orgullo en sus ojos.

—¿Sabes? Estás espectacular, Carlota. Jamás te había visto así de radiante, pareces otra persona. Traspiras belleza y felicidad por los poros de tu piel —le dijo, emocionada de verdad.

—Gracias por llamarme fea cuando no me visto con estos *modelazos* exclusivos.

—Sabes que no quería decir eso —le respondió Rebeca, riéndose.

—¡Pues claro, tonta! Y tú, ¿qué te has hecho en el pelo? Tampoco te había visto nunca así.

—Cosas de mi peluquera —mintió a medias Rebeca—, pero me ha prometido que, en dos días, volverá a su normalidad, para mi tranquilidad.

—¡Pero qué dices! ¿Ves como si te lo rizas estás aún más buena, cosa casi imposible de conseguir?

—¡Qué burra eres! —rio de nuevo Rebeca.

—Después de tantos años intentando convencerte para que te lo ondules, seguro que lo has hecho precisamente hoy, para chincharme. Ahora solo te falta que te pongas esas gafas que necesitas y ya serías la bomba atómica. Ni las cucarachas se te resistirían, harían cola delante de ti. El día que el mundo pete, quedaríais Jordi Hurtado, las cucarachas y tú.

—¡Eres idiota! —se continuó riendo a gusto Rebeca, con las extravagantes ocurrencias de su hermana.

—Anda, ven, que te voy a presentar a alguien que quiero que conozcas.

—¿Ahora precisamente, que van a empezar a llegar los invitados? ¿No deberíamos quedarnos aquí, en la puerta?

—Por culpa de vuestro retraso en llegar, apenas tenemos diez minutos libres antes de eso. Además, vas a conocer a una persona muy especial.

—¿A quién? —preguntó Rebeca—. Debe de ser alguien importante para hacerlo, justo en este momento.

—¡Y tanto! Vas a conocer a mi padre adoptivo.

Rebeca se quedó paralizada.

—¿Pero no me dijiste que murió cuando tú eras aún un bebé?

—Eso creía, pero nos acabamos de reencontrar. Yo no creo en el *karma* y esas cosas, pero por esta noche voy a hacer una excepción. Tengo los *chakras* a flor de piel.

Carlota cogió de la mano a su hermana y se la llevó hacia el interior del local. Llegaron a la puerta que daba acceso a un pasillo. Cortando el paso, había dos miembros del equipo de seguridad, auténticos armarios idénticos a los que salen en las películas estadounidenses.

—Buenas noches señoritas Penella y Mercader. Es un placer saludarlas. Estamos a su servicio durante toda la noche para lo que deseen —dijo uno de ellos. Ambos se hicieron a un lado—. Adelante, pueden pasar.

—¿Nos conocen? —preguntó Rebeca, cuando se alejaron un poco.

—En realidad, nos conoce todo el servicio de este local, seguridad incluida. He repartido fotos nuestras a todo el personal que trabaja aquí, así no tendremos que ir dando explicaciones de quiénes somos, si necesitamos cualquier cosa. También de algunos otros invitados seleccionados.

Rebeca no quiso saber quiénes eran esos otros «invitados seleccionados». Mejor no preguntar. Se sentía un tanto cohibida. Aquello le parecía *El camino del exceso*, temazo del disuelto grupo Héroes del Silencio.

—Todo esto te habrá costado un disparate.

Carlota se rio a gusto. Rebeca no sabía a qué venía aquel repentino ataque de risa.

—Te debo aclarar dos cuestiones elementales y previas a la fiesta. Primero, «te» no es la palabra adecuada, más bien «nos», y segundo, ¿de verdad te importa el dinero, y más un día como hoy? ¿No te puedes olvidar del vil metal y limitarte a divertirte? Resulta que somos una pareja de gemelas millonarias celebrando, quizá, el día más importante de nuestras vidas.

—Visto así, venga, te doy la razón —dijo Rebeca, riéndose—, y te lo paso por esta noche, pero no debemos hacer ninguna ostentación a partir de mañana mismo.

—¿Sabes? Me acabas de recordar al gran Gabo y sus preciosas palabras acerca del mañana. Forman parte de mi filosofía vital. Me identifico plenamente con ellas, y quizá tú también debieras prestarles algo de atención, te vendrían bien aplicarlas a tu vida:

«Si supiera que hoy fuera la última vez que te voy a ver dormir, te abrazaría fuertemente y rezaría al Señor para poder ser el guardián de tu alma.

Si supiera que esta fuera la última vez que te vería salir por la puerta, te daría un abrazo, un beso y te llamaría de nuevo para darte muchos más.

Si supiera que esta fuera la última vez que voy a oír tu voz, grabaría cada una de tus palabras para poder oírlas una y otra vez indefinidamente.

Si supiera que estos son los últimos minutos que te veré, te diría cuanto te quiero y no asumiría tontamente que ya lo sabes.

El mañana no le está asegurado a nadie, joven o viejo.

Hoy puede ser la última vez que veas a los que amas.

Por eso no esperes más, hazlo hoy, ya que si el mañana nunca llega, seguramente lamentarás el día que no te tomaste tiempo para una sonrisa, para un abrazo, o un beso; y que estuviste muy ocupado para concederle a alguien un último deseo.

Mantén a los que amas cerca de ti, diles al oído lo mucho que los necesitas, quiérelos y trátalos bien, toma tiempo para decirles lo siento, perdóname, por favor, gracias y todas las palabras de amor que conoces. Así, si el mañana nunca llega, no tendrás remordimientos por hoy.

Siempre hay un mañana y la vida nos da otra oportunidad para hacer las cosas bien, pero por si me equivoco y hoy es todo lo que nos queda, me gustaría decirte cuanto te quiero y agradecerte por todo lo compartido».

Rebeca estaba emocionada y al mismo tiempo asombrada. Carlota había recitado esas bellísimas palabras de memoria, con una pasión que jamás había advertido en ella. Hasta le caía una pequeña lágrima por su cara.

—Me has dejado patidifusa. Después de eso no sé qué decir.

—Pues no digas nada si no puedes mejorar el silencio —le contestó, mientras sacaba un pañuelo—. ¡Caramba! ¡Qué trascendente me estoy poniendo! ¡Hoy no toca eso!

—No sabía que te gustara Gabriel García Márquez ni la literatura en particular. Eres una caja de sorpresas. ¿Me voy a enterar de algo más hoy, que desconozca de ti?

—¿Quién sabe?, pero el único libro que tengo en mi mesita de noche es *Cien años de soledad*. Soy una gran admiradora suya desde mi más tierna infancia, y te aseguro que, a esa edad, la mayoría de mis compañeras no sabían ni leer.

—Sorprendente —contestó Rebeca.

—No tanto, tú eras igual. Pero, anda, dejémonos de rollos intelectuales, que nos ponemos demasiado serias, y hoy no es el día más adecuado. En la próxima reunión del *Speaker's Club* sacamos este tema, si te parece.

Ambas se rieron muy a gusto, imaginándose hablando de ese tipo de cuestiones con Charly, Fede y compañía. Seguro que la conversación terminaba con Salma Hayek y sus bailes, como siempre. En fin, temas profundos y con sustancia.

Mientras se reían, habían llegado a la puerta de una habitación, custodiada por otro miembro del equipo de seguridad, que también les saludó, facilitándoles el acceso.

Entraron en la habitación privada. No era demasiado grande, pero estaba muy bien decorada y preparada. El lujo estaba por todas partes. Hasta había un gran ramo de flores, en una esquina de la estancia.

Había una única persona en su interior, descansando en un gran sillón. Parecía concentrado o dormido, no estaba demasiado claro. Carlota tomó la palabra y lo sacó de su profundo ensimismamiento.

—Rebeca, tengo el gran honor de presentarte a mi padre adoptivo.

Rebeca se tuvo que sentar de la sorpresa que se llevó, porque, si no lo hace, se cae directamente al suelo.

21 6 DE MARZO DE 1525, A LAS 15:15 HORAS (hechos sucedidos con anterioridad a los capítulos 15 y 17)

Jero estaba ligeramente mareado por el golpe que se había llevado, en su caída por las escaleras de la Torre de la Sala. Batiste vio que estaba blanco, tenía mala cara.

—¿Te encuentras bien, Jero?

—No te preocupes, ha sido un mareo momentáneo. Estoy bien.

—¡Y unas narices! Tienes la cara más blanca que la cal. Me parece que te voy a acompañar al Palacio Real, no me fío que te desvanezcas de camino hacia allí. Total, me vendrá bien que me dé el aire en la cara, después de todo lo que acabamos de pasar.

—Te repito que estoy bien.

—Deja de decir tonterías y vámonos ya. No me gusta esa herida.

En el fondo, Jero se encontraba fatal, pero no lo quería reconocer. Agradeció secretamente el gesto de su amigo. Suponía que su boca decía que estaba bien, pero su cara no indicaba eso.

—No hace falta, pero bueno, si me acompañas podremos charlar —contestó—. Por cierto, ¿no se preocupará tu padre si no apareces en casa para comer?

—Ya está acostumbrado.

—Sí, pero recuerda lo que nos pasó ayer en el pozo. No creo que se quede muy tranquilo hoy, si no acudes a mediodía, además, sin avisarle.

—Tan solo te voy a acompañar. En cuanto lleguemos al Palacio Real y se hagan cargo de ti, me vuelvo a mi casa, no te preocupes. Preocupado deberías estarlo tú por ese tremendo golpe que tienes en la cabeza.

—Tan solo es un rasguño.

—¡Y mira que nos avisó Damián de las malas pulgas del carcelero! Y tú, en lugar de echarte hacia atrás, cuando ya estaba claro que no nos iba a dejar entrar en la torre, se te ocurre plantarle cara, además con una chulería impropia de una persona tan educada como tú. Tengo que reconocer que me sorprendiste. No esperaba esa reacción por tu parte y me pillaste desprevenido.

—Quería poner a prueba al carcelero, a ver si se atrevía a zurrar a un niño que vive en el ala de sus jefes, en el Palacio Real.

—Eres un inconsciente. ¿No te diste cuenta de que no te creyó ni por un momento?

—Pues hablé con todo el tono autoritario que pude. Como dijo Damián, igual que hablan los inquisidores.

—¡Pero si eres un renacuajo de nueve años de edad! En su descargo, me imagino que yo tampoco te hubiera creído. Reconoce que tu historia resulta completamente inverosímil. Un niño, al que nadie conoce, dice que vive en el Palacio Real con los dos inquisidores de la ciudad, que, además, todo el mundo sabe que no tienen hijos. A ver quién, en su sano juicio, se traga ese cuento, y menos el carcelero, que no creo que tenga ni siquiera juicio.

—Quizá me pasé un poco en las formas, no te lo voy a negar, pero al final, lo importante es que encontramos a Amador y ya no está más en las mazmorras.

Batiste decidió cambiar de tema y no forzar más la situación. Tampoco quería agobiar a su menudo amigo con su actitud inconsciente, en las condiciones en las que se encontraba.

—¿Y Arnau? Le hemos prestado más atención a Amador, pero ¿qué habrá pasado con él? ¿No te lo has preguntado? No olvidemos que tampoco vino a la escuela —preguntó preocupado.

—No tengo ni idea, pero supongo que estará en su casa. Las hermanas Vives se habrán ensañado con el pobre de Amador, simplemente por quién es su padre y las malas relaciones que tienen con él, pero no creo que tengan nada contra la familia Ruisánchez. Lo dejarían ir.

—Eso es cierto, pero la falta que cometieron los dos fue la misma. ¿Uno a las mazmorras y el otro no? Además, piénsalo con más detenimiento. Amador, el hijo de toda una personalidad del Santo Oficio de la ciudad, acaba en las mazmorras, y Arnau, de familia humilde, en su casa. No sé, no lo termino de ver claro. Te reconozco que estoy un poco preocupado.

—Piensa que tan solo eran dos niños jugando en un jardín, sin causar ningún daño ni romper nada. Eso sí, privado, pero tampoco me parece motivo para encarcelar a nadie, y menos a un joven sin aparente maldad. Como ya hemos comentado, lo de Amador, supongo que sería una especie de venganza por quién es su padre, el receptor del Santo Oficio, que lleva hostigando a las hermanas casi desde su nombramiento. Supongo que ellas se limitarían a aprovechar su oportunidad, pero contra Amador, no contra Arnau.

—Espero que así sea, porque no tengo ni idea dónde vive Arnau. No lo podemos visitar para preguntar por él. Aunque sí te digo una cosa y la pienso cumplir, cómo falte a la escuela durante algún día más, averiguaré su domicilio y lo visitaremos. No está bien que nos desentendamos de él. Al fin y al cabo, se portaron muy bien con nosotros y no nos delataron.

—Sí, nos dejaron encerrados en un pozo del que no podíamos salir solos y, ninguno de los dos, volvieron para rescatarnos. Sí, se portaron de maravilla.

—No seas idiota. Sabes que ellos cargaron con todas las culpas de nuestra travesura, y mira cómo acabó Amador. Los dos se merecen que nos preocupemos por ellos, e incluso más, que hagamos todo lo posible porque estén a salvo, en caso de que pudieran sufrir algún peligro.

Jero se quedó mirando a Batiste de una manera muy extraña.

—Te repito, no sé qué hubiera sido mejor. Acuérdate que salimos de aquel pozo de verdadero milagro. Podíamos haber muerto allí abajo, porque nadie conocía nuestro paradero. Amador y Arnau no se lo dijeron a nadie.

—Insisto, sabes que lo hicieron por nuestro bien.

—Sí, estoy seguro de que esa pudo ser su intención, no delatarnos tal y como habíamos convenido si algo se torcía, pero no guardo un buen recuerdo de aquella aventura —dijo Jero—. Ahora podríamos estar muertos o a punto de ello, no lo olvides. Ese pensamiento me perturba.

Sin darse cuenta, llegaron al Palacio Real. De inmediato vieron cómo se acercaba Damián, casi corriendo, al ver el estado en el que se aproximaban.

—¿Se encuentra bien? —dijo, dirigiéndose a Jero, en cuanto vio la brecha de la cabeza.

—Te va a contestar que sí —intervino Batiste—, aunque, en realidad, se encuentra fatal, pero no lo quiere reconocer.

—No le hagas caso, es un simple rasguño.

Damián se acercó a ver la herida.

—De eso nada. Siéntese en este banco, no quiero que ande más. Voy a avisar al maestre médico y que se desplace hasta aquí —dijo, mientras salía corriendo.

—Hasta Damián se ha dado cuenta de la gravedad de tu herida. Anda, deja de fingir esa normalidad impostada que nadie nos creemos —dijo Batiste.

—¿Ni siquiera tú?

—¡Vamos Jero! Con nueve años de edad siempre te sueles comportar como un adulto, pero, desde luego, ahora no lo estás haciendo. Pareces un niño, además de menos edad de la que tienes —le reprochó Batiste.

Al final, Jero dio su brazo a torcer.

—Es cierto, no me encuentro demasiado bien.

—Eso ya lo sabía, pero no te preocupes, el maestre médico está de camino y se hará cargo de ti.

—No estoy preocupado, tan solo un poco mareado. Por otra parte, he sido capaz de venir andando, sin necesidad de ayuda, desde la Torre de la Sala. Tampoco será tan grave la herida...

Batiste decidió cambiar de tema. Jero ya había reconocido que necesitaba ayuda médica, y además, había algo que le rondaba la cabeza, y no se quería marchar a su casa sin aclararlo.

—Antes de que venga el maestre médico, tengo una pregunta que hacerte —dijo Batiste, en tono muy misterioso.

—¡Ah! ¿sí? Pues házmela ya, porque no creo que tarden en venir a por mí.

—Cuando aún estábamos en las escaleras de la Torre de la Sala, has dicho que lo que te preocupaba de todo este asunto no era lo que había pasado, sino lo que no había pasado.

Jero sonrió. Su amigo había tardado demasiado en hacerle la pregunta. La esperaba bastante antes.

—Sí, claro que lo recuerdo.

—¿Y me lo puedes explicar? No lo entendí entonces ni lo entiendo ahora.

—Pues es muy evidente, y aún lo debería ser más para una mente como la tuya.

—Pues no, no lo es. Al final, localizamos la mazmorra dónde estaba encerrado nuestro amigo, y después de pelearnos con el carcelero, herida incluida en tu cabeza, Amador consiguió salir, con la ayuda de su padre, y se fue sano y salvo a su casa.

—En eso te equivocas —le replicó Jero, con una sonrisa burlona.

—¿No era su padre? —bromeó Batiste.

—¡Claro que sí, tonto! ¿No viste como el propio carcelero se dirigía a él como «el receptor»? Está claro que era don Cristóbal de Medina. Además, reconocí su silueta, de cuando espiábamos la sala del Santo Oficio desde la rejilla de mi habitación.

—Entonces, ¿a qué te refieres? —preguntó extrañado Batiste, que no comprendía a su amigo.

—A lo de sano y salvo.

—¡Qué es lo que dices! Parece que el golpe en la cabeza te ha trastornado. Se marchó con su padre a su casa, ¿dónde puede estar más seguro que allí?

—El golpe en la cabeza no tiene nada que ver con lo que te estoy intentando contar.

—De verdad que cada vez te entiendo menos.

—¿No tienes la impresión de que algo fundamental está mal en esta historia? —le preguntó Jero, con un gesto de evidente preocupación.

Batiste se quedó un momento en silencio.

—No, no veo nada fuera de lugar. Además, no sé a qué te refieres con esa frase tan extraña.

Jero no se pudo reprimir y levantó la voz.

—¡Pues que Amador no hizo ningún amago de pedirnos los documentos de Blanquina! ¡Por favor, Batiste! ¡Eso era lo más importante, incluso por encima de pasar una noche en esa inmunda mazmorra de la Torre de la Sala!

—Es cierto, no nos los pidió —reconoció Batiste.

—Yo, en su lugar, tendría más miedo de mi padre, el receptor, que del carcelero de la inquisición. Supongo que, en cuanto lleguen a casa, don Cristóbal se pondrá a revisarlos, y los echará en falta. ¿Quién crees que será el principal sospechoso, si no el único?

—Sí, supongo que Amador.

—Con toda esa situación que se le viene encima a nuestro amigo, ¿no se le ocurre pedirnos los papeles, ni siquiera hace ninguna mención a ellos?

—Piensa que estaba su padre delante.

—Eso es cierto, pero tuvo alguna oportunidad de dirigirse a nosotros, cuando su padre discutía con el carcelero. Yo hubiera sido lo primero que, de una forma discreta, hubiera hecho. Es una pieza que no me encaja con todas las demás. ¿No me digas que no lo encuentras muy extraño y fuera de lugar? No se iba a su casa, sino caminito del matadero.

—No, no lo encuentro extraño —le contestó Batiste, sin pestañear ni mover un solo músculo de su cara.

—¡Qué dices! ¡No te puedo creer!

—Pues deberías hacerlo —le dijo Batiste, que, ahora sí, que no pudo evitar sonreír.

—Estoy asombrado con tu aparente tranquilidad. Eres el único compañero de escuela que considero más inteligente que yo, pero ahora mismo no te comprendo —dijo Jero, mirando a los ojos a Batiste.

Damián acababa de llegar con el maestre médico, que se puso de inmediato a revisar la brecha en la cabeza de Jero.

—Tenemos que limpiar y coser esa herida de inmediato —dijo el médico, mientras cogía en brazos a Jero y se lo llevaba con rapidez hacia el interior del palacio.

—¡Oye! ¡Estoy preocupado! ¿Qué es lo que te hace tanta gracia de esta situación? —dijo Jero, mientras desaparecía de la vista de Batiste. Seguía hablando, pero ya no se le podía escuchar, estaba lejos.

«Si lo supiera...», pensó Batiste.

22 EN LA ACTUALIDAD, MARTES 9 DE OCTUBRE

—¿Tu padre adoptivo? —dijo Rebeca, que se había sentado en un sillón de la habitación. Estaba absolutamente desconcertada.

—Mike, te presento a mi hermana gemela, Rebeca —ahora se giró—, Rebeca, él es Mike.

—No, si ya lo conozco… —balbuceó, intentando ganar algo de tiempo para ver si lograba comprender la situación, que era algo marciana. No reaccionaba. Se levantó del sillón.

—¿Me conoces? —dijo Mike, con un fuerte acento escocés, mientras se daban un par de besos.

—Pues claro que te conozco —contestó Rebeca, mientras miraba por el rabillo del ojo a su hermana, que estaba aguantándose la risa, mientras les hacía una foto a los dos con la cámara del móvil.

—Se llama Mike Scott, para ser más concreta —dijo Carlota, que ahora ya no se podía aguantar y se reía abiertamente de su hermana—. ¿Sabes? Carlota Scott quedaría mucho más *cool* que Carlota Penella o Mercader, sobre todo para las redes sociales. Me voy a pensar si me cambio el nombre artístico —dijo, continuando con las risas.

Rebeca sabía quién era el «padre de Carlota» nada más entrar en la habitación, lo que le costó unos largos segundos fue comprender la situación. Cuando dedujo a qué se debía todo aquello, se giró hacia su hermana, con una sonrisa de oreja a oreja.

—¿No me digas?

—¡Pues claro que te digo!

Rebeca se abalanzó hacía su hermana y le dio un gran abrazo. Ambas se pusieron a dar vueltas a la habitación, casi como bailando un vals.

—Vamos a dejar de hacer las idiotas, como dos adolescentes cualquiera, que mi padre nos mira con una cara extraña —dijo Carlota, que seguía con la guasa.

—*Nice to meet you, Mike. I already knew you, I mean, not personally, but I adore what you do* —dijo Rebeca, dirigiéndose al supuesto padre de Carlota, diciéndole que lo conocía, aunque no en persona, y le encantaba lo que hacía.

—No hace falta que le hables en inglés, entiende español, si le hablas despacio y con palabras sencillas, ¿a qué sí, Mike?

—Sí, ahora vivo en Dublín, pero vengo mucho por España, por eso hablo un poco vuestro idioma, aunque sé que mi acento es terrible —contestó, también sonriendo ante la simpática situación—, y que sepáis que mi equipo favorito de fútbol es el Valencia CF. Tengo hasta varias camisetas firmadas por jugadores, incluso una de Kempes.

—En eso diferimos, yo soy del Levante —dijo Carlota—, pero nadie es perfecto, ni siquiera Mike.

—Pues yo no tengo ni idea de fútbol, así que me da igual —contestó Rebeca, que, ahora mismo, estaba en una nube.

—Mejor, así te ahorras discusiones. En Irlanda, no te puedes ni imaginar las rivalidades que hay, sobre todo con los deportes locales, como el fútbol gaélico y el *Hurling* —dijo Mike.

—No entiendo nada de todo eso, lo que sí que sé es que es el mejor regalo de cumpleaños que me podían hacer, tu presencia —dijo, completamente emocionada.

«No lo creo», pensó Carlota, con una sonrisa malvada.

Mike Scott era el líder de una de las bandas preferidas de Rebeca, los escoceses The Waterboys, que fundó el propio Mike en 1983 y que se disolvieron diez años después, pero seguían ofreciendo conciertos y grabando música, a pesar de tener más de sesenta años ya. Su música era una mezcla entre el *rock* y el *folk*, sobre todo irlandés. Esta última vertiente era la que más le gustaba a Rebeca, además de todos sus clásicos, como *The Whole Of The Moon*.

—Espero que te guste nuestra actuación —dijo Mike.

—Seguro, ya os he visto en directo en dos ocasiones, justo las dos últimas veces que vinisteis a Valencia, la segunda hace menos de tres meses. Espectaculares. Creo que perdí dos kilos de lo que salté y canté. Y a la mañana siguiente estaba completamente afónica.

—Pues seguro que está actuación es la que más te va a gustar de todas —dijo Mike, con cierto tono de misterio.

—¡Cómo no! ¡Actuáis en mi cumpleaños!

—No solo por eso. Además, también está con nosotros Sharon Shannon.

—¡Pero qué dices! ¡Quiero conocerla en persona! —exclamó Rebeca.

Sharon Shannon era una acordeonista muy famosa en Irlanda, y colaboraba con muchas bandas y artistas de música folk, incluidos The Waterboys, en el pasado. Una de las canciones preferidas de Rebeca era *Galway Girl*, pero no la moderna de Ed Sheeran de 2017, sino la antigua que compuso Steve Earle, antes de que naciera Rebeca, y ahora solían interpretar Mundy y Sharon Shannon. Fue número uno en Irlanda durante muchas semanas.

—Me parece que vas a hacer algo más que conocerla —dijo Mike, que seguía con ese tono misterioso tan curioso.

Las hermanas salieron de la habitación, que hacía las veces de camerino improvisado.

—¿Cómo has conseguido que The Waterboys vengan a nuestro cumpleaños, además con Sharon Shannon?

—Por dos afortunadas coincidencias. La primera es que estaban en España esta semana, y la segunda, por lo que nos trajimos de Madrid —le contestó Carlota, haciendo el signo del dinero con los dedos de la mano.

Rebeca estaba escandalizada por el asunto económico, pero no tenía ganas de volver a sacar ese tema en el mismo día de su cumpleaños. Además, no sabía por qué, se temía que no iba a ser la última vez que lo iba a pensar esta noche.

—¿He hecho mucho el ridículo ahí dentro? —le preguntó Rebeca, que seguía emocionada.

—Júzgate tú misma —le dijo, mientras le enseñaba el móvil, con la foto en la pantalla que les había hecho juntos, a Mike y a ella abrazados.

—¡Por favor! ¡Bórrala de inmediato!

—Va a ser difícil, ya está en Instagram —le contestó Carlota, que tenía una expresión de diablesa en su rostro—. Además, no sé por qué, pero me parece que hoy va a ser un día de fotos muy similares.

—¡Te mato!

—Espérate a mañana, si no te importa —le contestó con sorna Carlota.

Se dirigieron al salón principal, atravesándolo. Estaba decorado todo en blanco, sillas, manteles, cubiertos, vasos, hasta detalles como las lámparas.

—¿Pero primero no tocaba el color negro? —preguntó Rebeca, extrañada.

—Por eso está todo de blanco. A mitad de fiesta, la decoración cambiará al negro, cuando todos los invitados y nosotras nos vistamos de blanco.

—¡Estás chiflada de verdad! —rio Rebeca con las extravagancias de su hermana.

—Anda, antes que se masifique todo y no podamos dar ni un solo paso sin saludar a alguien, te voy a presentar a otras personas, que se están preparando.

—¿Familiares también? —preguntó Rebeca, con cierta guasa en su tono de voz.

—Sí, pero esta vez tuyos —le contesto, riéndose.

Llegaron a un extremo de la sala, la más cercana a la playa. Había seis personas detrás de una especie de mesa, llena de cables.

—¿Eso es lo que parece? —preguntó Rebeca, medio sorprendida.

—No sé, tú eres la experta en esa materia, no yo.

—Pues sí, es un estudio radiofónico móvil —dijo Carlos Conejos, director de la emisora en la ciudad.

—¿Y vosotros qué hacéis aquí? —se sorprendió Rebeca, cuando el resto de las personas se giraron y las pudo reconocer, para su asombro.

—¡Cómo nos íbamos a perder un *fiestón* así! —dijo Mar Maluenda —No recuerdo un cumpleaños tan original en toda mi vida.

—¡Además, con el *musicón* que habéis programado! —exclamó emocionado Javi Escarche, mientras todos, incluidos los técnicos, estamparon un par de besos a las dos hermanas.

—Sabía que venía un equipo de la emisora, pero no tenía ni idea que erais vosotros, ¿No se os habrá ocurrido trasmitirlo en directo, como me ha parecido leer hace un rato en *La Crónica*? —preguntó asustada Rebeca.

Eso no lo podía permitir, su tía la mataba esta misma noche, vestida de negro y en el centro del salón, como si se tratara de un sacrificio ritual en medio de un aquelarre medieval.

—No. Todo el cumpleaños no, por supuesto, pero lo grabaremos. Lo que sí que se emitirá en directo es la parte de las actuaciones, ya que, no lo olvides, somos una radiofórmula musical, y esto va a ser todo un acontecimiento a nivel nacional. Ya les gustaría a muchos festivales españoles tener un cartel tan variado y espectacular como el de esta noche.

Rebeca respiró algo más tranquila, pero no dejaba de estar pasmada.

—¿Cuántas sorpresas me esperan más? —dijo, sin poder creerse lo que estaba viviendo.

—En realidad, las sorpresas aún no han empezado —respondió Carlota, con cara de pícara.

Y tanto que no habían empezado, pero quizá no cómo Carlota se imaginaba.

También había para ella, y más de una.

23 6 DE MARZO DE 1525, A LAS 18:00 HORAS

Don Cristóbal había hecho caso a su esposa Isabel, y se había quedado descansando, por un momento, en la cocina de su casa. Estaba seriamente preocupado por la desaparición de una parte de la documentación de un legajo, además, de su propio despacho. Aquello le parecía inaudito y no le encontraba explicación, porque, como bien le había recordado su esposa, el despacho siempre permanecía cerrado bajo llave. Nadie más que él podía entrar. Era todo un misterio para el receptor, y no le gustaban nada los enigmas.

—Hemos vivido un día muy complicado con lo de nuestro hijo Amador —le dijo su esposa—. Estamos muy nerviosos, aunque intentemos aparentar calma. Un poco de tranquilidad nos vendrá muy bien a todos, sobre todo a ti.

—¿Qué tiene que ver la tranquilidad con qué me desaparezcan papeles de mi propio despacho?

—Todo. ¿No ves que estás nervioso? Seguro que, si los buscas mejor, los encontrarás. Ahora has descansado una horita, seguro que ves las cosas de otra manera. Te veo bastante más relajado que al principio.

Don Cristóbal no podía comprender cómo iba a ver las cosas de otra manera, tan solo descansando.

«¡Ojalá todos los problemas se resolvieran así, me hartaría de descansar!», pensó, pero no quería discutir con Isabel. Además, tenía razón en lo del maestre médico. Le había recomendado no ponerse excesivamente nervioso, y se había alterado mucho con la desaparición de los papeles.

De todas maneras, había llegado la hora de volver a su despacho. Ya consideraba que estaba descansado y se había tranquilizado lo suficiente como para seguir estudiando todos los legajos de Blanquina March, en especial por el que había empezado.

Se dirigió a su despacho, abrió la puerta y se sentó en la mesa, con parsimonia. No quería volver a alterarse como lo había hecho hacia una hora.

Abrió el legajo de Blanquina. Como era de esperar, los documentos que habían desaparecido, seguían desaparecidos.

«La tranquilidad puede resolver problemas de salud, pero no de trabajo», pensó, «y tampoco hace aparecer lo desaparecido».

A pesar del misterio, incomprensible a sus ojos, el volumen de documentación de que disponía sobre Blanquina era considerable, así que pensó «con tranquilidad» que la falta de unos cuantos papeles tampoco iba a distorsionar su investigación.

De repente, don Cristóbal se levantó de golpe de su sillón, y se quedó mirando el legajo como si hubiera visto un fantasma. Salió corriendo de su despacho, en dirección, de nuevo, a la cocina.

En cuánto lo vio entrar su esposa Isabel, su rostro reflejó un claro enfado con su esposo.

—¡No habíamos quedado que no te pondrías nervioso por esos documentos! ¿Qué parte de «permanecer tranquilo» no has entendido? Ya sabemos que no están, ¿y qué importan unos pocos, si tienes cientos más? Me parece que ya lo habíamos dejado claro —le reprochó, levantando la voz.

—No me entiendes. No es por eso.

—Entonces, si no es por los papeles que te faltan, ¿por qué es?

—Por eso precisamente.

—¿Por qué precisamente? ¿Te encuentras bien? Habla claro, que vuelves a estar muy nervioso y no entiendo lo que quieres decir.

—Porque ya no faltan.

Isabel se quedó un segundo en silencio, para prorrumpir en carcajadas a continuación. La verdad es que la situación era un tanto cómica a sus ojos.

—O sea, para que lo entendamos con tranquilidad. Te desaparecen unos documentos de forma misteriosa, según tú, y sufres un ataque de nervios. Ahora te das cuenta de que no los habías visto, que no te habías fijado bien la primera vez porque están en su lugar, y como tú bien habías dicho antes, no se mueven solitos. Una vez resuelto el misterio, que jamás lo fue, resulta que también te pones nervioso. ¡No hay quién te entienda!

—No te rías de mí que no tiene ninguna gracia.

—Sí que la tiene. En cualquier caso, disculpa esposo, no pretendía ofenderte, pero, ¿ves cómo tenía razón? Estás muy alterado y debes relajarte. Los documentos siempre han estado en su sitio, salvo que creas en fantasmas y brujas, y perteneciendo al Santo Oficio, no creo que sean unas ideas demasiado adecuadas —le contestó doña Isabel, sin poder evitar continuar sonriendo. No podía obviar ver la parte cómica de la situación, aunque observara a su esposo en ese estado de ansiedad.

La verdad es que don Cristóbal tampoco entendía nada. ¿Tendría razón su esposa y estaría tan alterado que no los había visto la primera vez? Su mente racional se puso en funcionamiento.

«No, la primera vez no estaban, revolví todo el legajo y pasé uno a uno los documentos, y no los vi». Se quedó pensando de nuevo. «No los vi, pero es un hecho que ahora se encuentran en el interior de su legajo. ¿Estaré perdiendo facultades y tendrá razón mi esposa?».

Aunque la lógica le empujaba a pensar que, simplemente, no los había visto la primera vez, había algo que no terminaba de encajar.

«Tengo la intuición de que algo no está bien», pensó don Cristóbal.

24 EN LA ACTUALIDAD, MARTES 9 DE OCTUBRE

La locura ya había comenzado.

Rebeca y Carlota salieron a la puerta del restaurante *Las Dunas* para recibir, uno a uno, a todos los invitados. Había música hasta en el exterior, con el D.J. local P.U.P.A.S., que era amigo de Carlota.

—¿Pero cuánta gente va a venir? —le preguntó Rebeca, asustada. Aquello era un no parar de saludar, de dar besos y de hacerse fotos.

—Si quieres que te diga la verdad, no sé la cantidad exacta de invitados —le contestó su hermana.

Ya habían entrado al salón todos los compañeros de *La Crónica*, los miembros habituales del *Speaker's Club*, además de otros muchos compañeros del colegio Albert Tatay, que hacía tiempo que no veían. Además de su clase casi al completo, que era la «A», también habían acudido la mayoría de los de la «B» y de la «C». Asimismo habían entrado los compañeros más allegados de la Facultad, tanto de Rebeca como de Carlota, al igual que los que asistían a los diferentes cursos de postgrado con ellas. También los hermanos Penella de Carlota y demás familia adoptiva. Ahora mismo estaban entrando los compañeros de la radio. Con todos ellos se fotografiaban en el *photocall* que había diseñado Carlota, algunas de ellas muy divertidas, como la de Fede y Charly.

—Pues ahora llegará el jefe —le dijo Mara Garrigues a Rebeca, mientras le daba dos besos.

—Ya lo ha hecho, está dentro con Javi y Mar. ¡Menuda sorpresa me han dado! Ayer, los muy bandidos, no me dijeron que venían a mi cumpleaños.

—No me refiero a ese jefe.

—¡No me digas que viene Fernando López Bajocanal, el consejero delegado!

—Te lo digo —le confirmó Mara.

—¿Y por qué se atreve a venir a semejante espectáculo? Parecía una persona muy seria y formal.

—Viene adrede por ti. Al menos eso es lo que le dijo al director Conejos.

—¿Por mí? ¿Acostumbra a acudir a los cumpleaños de todos sus empleados? Porque tendrá miles... —le contestó Rebeca, absolutamente sorprendida.

—¡Pues claro que no, boba! Pero sabrá, como todos nosotros, que este no va a ser un cumpleaños cualquiera, y no se lo querrá perder. Yo, en su lugar, tampoco lo haría.

A pesar de las explicaciones de Mara, toda esta situación se le antojaba un tanto extraña. Le daba la sensación de estar viviendo la vida de otra persona.

—Instagram va a echar humo esta noche —dijo Carlota—. En apenas una hora he ganado más de cuatrocientos seguidores. Yo creo que ha sido esa foto tuya con mi «padre» Mike. Lleva más de 30.000 «me gusta» de todos los rincones del mundo. Tengo un seguidor en Hong Kong que me pregunta «¿quién es la persona que está al lado de Rebeca Mercader?».

—¡Idiota! —rio Rebeca.

—Y lo que falta por venir...

—Humo no solo van a echar tus redes sociales, también tu cabeza como no pares de subir esas fotos, ya sabes que no me gusta nada.

—Vas apañada —se rio Carlota—. Relájate y disfruta.

Ahora llegaba un microbús con las autoridades locales.

—¿Has invitado al alcalde y a los concejales de la ciudad? —dijo pasmada Rebeca, cuando los vio bajar y aproximarse hacia ellas—. ¿Quién será el próximo? ¿El presidente del gobierno? ¿Estás chiflada?

—¿Cuándo me vas a dejar de hacer preguntas? Pues claro que he invitado a la corporación municipal al sarao, así, si nos pasamos de la hora de cierre, cosa que va a ocurrir seguro, tenemos a los jefes dentro. Además, me han ayudado para conseguir los permisos de todo este tinglado, que no te puedes ni imaginar lo complicado que ha sido. No te olvides donde estamos, en un parque natural.

Ahora llegaba una pequeña limusina negra hasta la puerta del restaurante.

—¿Ya llega el presidente? —preguntó Rebeca, aunque esta vez con una sonrisa en los labios. No quería agobiar a su hermana.

—Sí, pero de los Estados Unidos —le contestó Carlota, para ver si se callaba de una vez—. Acaba de aterrizar con el *Air Force One* aquí al lado, en el campo de golf.

El conductor abrió la puerta y descendieron Jacques Antón, Carmen y su amiga Carol.

Rebeca se echó a reír.

—No podéis evitar ni la limusina para un día como hoy, ¿verdad? —les dijo Rebeca, mientras se daban abrazos y besos los cinco con mucho cariño.

—¿Para qué? —contesto Carmen, que parecía de muy buen humor—. Un acontecimiento de esta envergadura requiere de los medios adecuados. Además, fíjate que es negra, cumplimos con el protocolo, no podéis quejaros.

—¿Has venido adrede desde París? —le preguntó Carlota a Jacques.

—Por supuesto, este acontecimiento no me lo podía perder bajo ningún concepto. He aterrizado esta mañana y así aprovecho y me quedo hasta el domingo en la ciudad, con mi familia.

Mientras Jacques contestaba, las tres amigas, Rebeca, Carlota y Carol estaban abrazadas, haciéndose una foto. «Otra más para Instagram», pensó Rebeca, aunque no dijo nada.

Siguieron llegando invitados, y cuando todo el protocolo de la bienvenida concluyó, sobre las diez de la noche, se dispusieron a entrar en el salón. Se suponía que toda la gente estaba ya sentada, esperándolas.

Dos camareros, vestidos de un blanco impoluto, se acercaron a ellas y les entregaron una copa de cava a cada una, con una especie de reverencia.

—¡Van vestidos de blanco! —exclamó Rebeca, extrañada.

—Claro, es para distinguirlos. Piensa que nosotros vamos de negro. Luego, cuando nos cambiemos al blanco, ellos se vestirán de negro. A la inversa. Así todos los podremos reconocer.

—Una vez más, por si acaso no te lo había dicho ya, ¡estás loca de atar!

—Calla, que la gente nos mirará, esperando unas palabras —le susurró Carlota, cuando estaban casi entrando en el salón principal.

—¿Y qué les vas a decir? —también susurró Rebeca—. ¿Qué has preparado?

—Nada. Todos esperan que hables tú. Eres la estrella, yo soy la actriz de reparto.

—¡Te mato! ¿No me lo podías haber dicho antes? ¡Si yo no he preparado nada!

—Ni falta que te hace.

Nada más verlas aparecer por la entrada, todos los invitados al cumpleaños se pusieron en pie y prorrumpieron en una gran ovación, con gritos de «guapas» incluidos.

—¡Qué vergüenza! Si esto parece más una boda de la *Familia Monster* que la celebración de un cumpleaños —le susurró Rebeca, que se quería morir del bochorno, delante de todos los invitados vestidos de negro, mientras Carlota parecía disfrutar de la situación.

Uno de los camareros le dio un micrófono a Rebeca. Los aplausos continuaban.

—No me pienso olvidar jamás de esta encerrona.

—¿Esto te parece una encerrona? Pues espérate dentro de un rato —le contestó Carlota, sin poder contener la risa.

«¿Y qué digo cuándo dejen de aplaudir?», estaba pensando Rebeca a toda velocidad.

Cuando los invitados advirtieron el micrófono en su mano, cesaron en los aplausos. Un foco iluminó a Rebeca. Estaba claro que nada era espontáneo, la petarda lo había preparado a conciencia.

—Toda la culpa ha sido de ella, a mí no me miréis —empezó su discurso Rebeca, señalando a Carlota, que hacía gestos con las manos, negándolo.

Todos se rieron. Rebeca continuó.

—Ahora en serio, y hablo en nombre de las dos. Es un orgullo, tan inmenso como inmerecido, que todos vosotros nos hayáis dedicado un pedacito de vuestro valioso tiempo a esta pareja de chaladas, que cumplen años un martes por la noche. Gracias de corazón por acompañarnos en este momento tan especial, mucho más de lo que ahora mismo os imagináis. Este brindis va por todos y cada uno de vosotros —dijo Rebeca, levantando la copa.

—¡Por vosotras! —se escuchó con estruendo desde todo el salón.

No tuvo tiempo de más. Carlota se le echó en brazos y no pudieron ni brindar. Todos los presentes se pusieron a aplaudir de nuevo, emocionados ante la escena. Rebeca devolvió la copa y el micrófono como pudo al camarero de blanco. No pensaba decir nada más porque estaba llorando. «Y eso que aún no he entrado ni en el salón», pensó. La noche se presumía muy intensa.

No se lo podían imaginar, ni siquiera Carlota.

25 | 6 DE MARZO DE 1525, A LAS 18:30 HORAS

Don Cristóbal volvió a leer los documentos de Blanquina, los que no había advertido su presencia hacía apenas una hora. Recordaba que les había echado un vistazo hacía unos meses, pero luego perdió el interés por ellos, cuando el taimado inquisidor Andrés Palacios fingió que no daba curso a la petición de devolución de la dote de las hermanas Vives. Ahora, con el caso reabierto, las circunstancias habían vuelto a cambiar, y su atención se volvía a centrar en esos precisos documentos.

Seguía con una sensación extraña. Algo no estaba bien, pero había pasado mucho tiempo desde la primera vez que los hojeó, así que intentó quitarse esa sensación de la cabeza y concentrarse en su lectura.

En lo primero que se fijó es en el informe de su antecesor en el cargo, el anterior receptor y familiar Amador de Aliaga. Tasaba las propiedades confiscadas por el Santo Oficio en apenas 2.600 sueldos.

«Es absolutamente ridículo», pensó. De todos era sabido que Miguel Vives había heredado la gestión de los negocios familiares a la temprana edad de dieciséis años, tanto por línea paterna como materna, y que era conocido por su solvencia económica. No en vano, los Vives-March-Valeriola eran de las familias más ricas de la ciudad, por su floreciente actividad comercial. Es cierto que Miguel dilapidó gran parte de esa fortuna en limosnas, lo que le había llevado a enfrentamientos con otros miembros de su familia, que no comprendían su actitud indolente.

En el expediente estaban detalladas incluso las limosnas que daba, a quién y con qué periodicidad. La verdad es que, en apariencia, el promotor fiscal, don Juan de Astorga, y el notario Joan Pérez, habían hecho un buen trabajo hacía ya veinticinco años. Tan bueno que el mismísimo rey recompensó al notario con una parte significativa de los bienes confiscados, en particular aquellos que se encontraban en el interior de la sinagoga clandestina, que estaba ricamente decorada.

Don Cristóbal leía con atención el documento, una carta del rey Fernando El Católico.

«Acatando los muchos servicios que dicho Joan Pérez ha hecho y hace en dicho Santo Oficio, en el cual hace diecisiete años que sirve y aún en remuneración del trabajo que hubo en el hallar y descubrir dicha sinagoga y prender a las personas susodichas, queremos que le sean dadas los dichos objetos y la mesa con el *varragán* o bancal que estaba sobre ella, con dos candelabros...»

El texto continuaba detallando lo entregado por el rey al notario Joan Pérez. El instinto de don Cristóbal se encendió. Aquellas eran riquezas no compatibles con los apenas 2.600 sueldos que su tío Amador, el receptor anterior a él, valoró el resto de la fortuna evaporada de Miguel Vives. Aquello no parecía tener ningún sentido. No podía creer que su tío tragara con aquel engaño tan evidente.

La lista de personas que Miguel Vives daba limosnas era interminable. En el informe del promotor fiscal aparecían detallados todos ellos. La mayoría acabaron encausados por el Santo Oficio, bien relajados y condenados a la hoguera o bien penitenciados. Le llamó la atención que, incluso, entre ellos, estuviera el propio tesorero del rey, Alfonso Sanchis.

«¡Caramba! Ahora me puedo explicar ciertas cosas», pensó don Cristóbal. Miguel Vives sobornaba hasta al mismísimo personal real con piezas de oro cada semana, en concreto todos los sábados.

En el documento había un amplio listado, con los nombres de prominentes miembros de la sociedad burguesa de la época, como Joan Masip, Lluis Monrós, Lluis de Lluna, Lluis Nadal y un largo etcétera. Incluso cuando falleció el tesorero real, Miguel Vives continuó sobornando a su viuda, de nombre Coloma. Era sorprendente, tenía que reconocerlo.

La principal fuente de información de todos estos ingentes y detallados testimonios, aparte del propio Miguel, parecía provenir de su supuesto amigo Joan Liminyana, que también reconoció recibir limosnas de forma periódica. Curiosamente, a pesar de colaborar activamente con el Santo Oficio, acabó condenado a morir en la hoguera el 25 de noviembre de 1500, es decir, varios meses antes que el propio Miguel Vives, que fue ajusticiado al año siguiente. Don Cristóbal tampoco le encontró sentido a aquello.

«¿Cómo matan antes al confidente que al hereje?», pensó extrañado.

Conforme avanzaba la lectura, comprendía menos todo este asunto. Cuando empezó a leerlo pensaba que algo no estaba bien, ahora estaba seguro. Las pesquisas y averiguaciones fueron, a su juicio, impecables, pero las conclusiones no se correspondían con ellas. Parecía que, en algún momento de todo el procedimiento, alguien lo hubiera saboteado. Era una sensación muy incómoda para una persona como el receptor.

En este instante, tenía una carta del rey Fernando el Católico, dirigida a los inquisidores locales de aquella época, Monasterio y Mercado, en términos muy duros, lo que le intranquilizó aún más.

«Señores inquisidores, hasta ahora ciertamente en este oficio se ha actuado con mucha negligencia, así en lo criminal como en lo civil, y tengo causa de *descontentación*, que habiéndose hallado la sinagoga, después de hacer tanto tiempo que está la inquisición en esta ciudad, y haciéndose en ella la oración que sabéis que se hacía, ciertamente me parece que no hacen el deber según se debe».

La carta era mucho más extensa y continuaba en similares términos, si no más duros todavía. No en vano, ambos inquisidores fueron cesados de forma simultánea y reemplazados por Juan de Loaysa y Justo de San Sebastián, apenas unos meses después de estos hechos, Es decir, fueron purgados por su incompetencia, o quizá por algo peor.

Don Cristóbal no era tonto y enseguida se dio cuenta de que allí se ocultaba algo que podría ser importante. No era posible que todo lo descrito de forma pormenorizada en los documentos, hubiera podido ocurrir, sin la connivencia o la cooperación de los inquisidores, al menos, de uno de ellos. Este era el razonamiento que le llenaba de inquietud. Además, estaba claro que el rey pensó, hace veinticinco años, exactamente lo mismo que él, por eso los cesó a los dos a la vez de forma fulminante, algo inusual. Fernando de Aragón, el Rey Católico, parece que también tenía sus sospechas en este asunto.

«Además, si los judíos tenían en nómina al mismísimo tesorero real ¿qué les impedía apuntar más alto, a todo un inquisidor?», pensaba, con evidente desasosiego.

Dejó a un lado los documentos de carácter económico y comenzó a leer las declaraciones de los encausados en aquel procedimiento. Ya les había echado un vistazo hacía meses, pero ahora lo iba a hacer con más detenimiento, con el convencimiento de que allí había algo extraño.

Lo primero que le llamó la atención es que ninguno de los encausados en el procedimiento, acusaba directamente a Miguel Vives de ser el rabino de la sinagoga, curiosamente con la excepción de Joan Liminyana. «Su prematuro ajusticiamiento, ¿a qué se debió? ¿A qué no hablara más de la cuenta?», pensaba don Cristóbal. Era una idea muy inquietante. No le encontraba ningún sentido a que ejecutaran antes al principal confidente y colaborador del Santo Oficio que al verdadero rabino de la sinagoga, Miguel Vives, el gran organizador.

Releyó las declaraciones que obraban en el legajo. Todas las manifestaciones, con alguna excepción, ponían el énfasis en que Miguel Vives estaba loco. Que si entendía el lenguaje de los pájaros, que si podía predecir el día de tu muerte, porque también sabía interpretar en lenguaje de las estrellas, que conocía el número exacto de baldosas que se habían utilizado para construir la torre del Miguelete, junto a *La Seu*, y tantas otras tonterías interminables.

Ahora tenía delante de él un documento, firmado por el promotor fiscal, el notario y con el visto bueno de uno de los señores inquisidores, como resumen del proceso de tortura a Miguel Vives. Fue directamente a leer la conclusión final.

«Toda la ciudad sabe de sus locuras y extravagancias, tanto de él como de su madre, y nadie puede dar crédito a sus confesiones, porque tiene inclinación a realizar testimonios falsos».

No podía obviar que se trataba de un documento oficial, con las garantías legales del Santo Oficio y las rúbricas preceptivas, pero don Cristóbal, observando con detenimiento todas las declaraciones, tanto del propio Miguel Vives como de los demás testigos, en su conjunto, tenía la sensación de que podría existir un patrón. No sabía cuál, pero le parecía que detrás de todo ello se ocultaba algo.

Se quedó un momento reflexionando. Tenía que descubrirlo sí o sí. Tenía la sensación de que era importante para desentrañar el misterio.

Se repantigó en su sillón y así estuvo un buen rato.

«¡Eso es!», pensó de repente, levantándose de golpe.

Aunque con matices, todas las declaraciones eran exactamente iguales. Era verdaderamente sorprendente. La práctica totalidad de las personas que declaraban sobre Miguel Vives decían lo mismo, cada uno a su manera, con sus palabras y sus propias anécdotas, pero el fondo y la finalidad de todas ellas estaba claro que era exactamente la misma.

«¿Se pusieron de acuerdo más de treinta personas en dar esa imagen tan alocada y hasta enfermiza de Miguel Vives y de su madre, Castellana Guioret?», pensaba, preocupado... «Y lo más inquietante ¿qué sentido tenía? Todos debían de saber que iban a acabar en la hoguera. ¿Para qué tomarse la molestia de ponerse de acuerdo, todas esas personas de tan diversa condición social, en un propósito tan absurdo y que no conducía a ningún lugar más que a la muerte?».

Continuaba con la misma sensación con la que había comenzado a leer el expediente inicial. Algo estaba fundamentalmente mal, pero no lo terminaba de ver. Estaba lleno de sinsentidos y actuaciones incomprensibles, a ojos del receptor. No terminaba de comprender el motivo, pero tenía que existir uno, eso lo tenía claro. Nadie se toma tantas molestias para nada. Tenía la impresión de que tenía algo grande entre sus manos.

Continuó leyendo los documentos del legajo. Llegó a la parte en que Miguel Vives narraba el supuesto tesoro escondido en casa de su tío Luis, en el fondo del pozo de su casa, y custodiado por un negro barbudo atado con una cadena de oro. Recordaba que ya lo había hojeado hacía meses y le pareció el desvarío de un demente sometido a una intensa tortura. Era una absoluta estupidez a ojos de cualquiera.

De repente, se hizo la luz en su mente.

—¡Claro! ¡Qué idiota he sido! —exclamó en voz alta, en el interior de su despacho.

«¿Qué motivos podrían tener tantas personas para intentar hacer pasar como un loco a Miguel Vives?», pensaba a toda velocidad don Cristóbal, que ni por un momento se creía que lo hubiera estado jamás.

Miguel Vives era un sucio *marrano*, un falso converso al cristianismo y rabino de una gran sinagoga clandestina, lo que ya daba idea que no debía ser un idiota. Pero lo que terminó de convencer al receptor fue la forma sistemática de organizar la entrega de las limosnas, que demostraba una mente analítica y calculadora. Estaba claro que no era el cerebro de un demente. De números, don Cristóbal entendía bastante, y sabía reconocer la brillantez. Un loco jamás hubiera podido llevar esa contabilidad tan detallada como lo había hecho Miguel Vives durante tantos años, con el añadido de que fue descubierto cuando dirigía desde hace tiempo una actividad tan expuesta, como entregar limosnas de forma semipública.

Tampoco se olvidaba que había sobornado a las personas adecuadas. Ese no es el comportamiento de un loco de atar, como nos lo habían querido vender la práctica totalidad de testigos en la causa, con alguna excepción. No era un demente, era un genio. A veces, hay una delgada línea roja que separa a ambos.

Además, estaba el hecho de que, de alguna manera, había conseguido ocultar al Santo Oficio su verdadera fortuna. Que el receptor hubiera cifrado su patrimonio total en tan solo 2.600 sueldos era un insulto a la inteligencia de cualquiera.

Había logrado engañar, de alguna forma que pensaba descubrir, a su tío, Amador de Aliaga, sangre de su sangre. Vale que no había desempeñado su cargo con especial diligencia ni brillantez, como había podido comprobar este último año, pero no era un idiota, ni mucho menos.

Ahora lo tenía clarísimo. Miguel Vives estaba perfectamente cuerdo. El objetivo de semejante confabulación no podía ser otro que desacreditar alguna de sus declaraciones obtenida bajo tortura, porque debía ser peligrosa.

«¿Y cuál de todas ellas era la más llamativa y tenía que ver con su posible fortuna oculta?», se preguntó, casi en voz alta, levantándose de nuevo de su sillón, visiblemente nervioso.

Lo tenía más que claro.

Tenía que tomar medidas de inmediato.

26 EN LA ACTUALIDAD, MARTES 9 DE OCTUBRE

Rebeca y Carlota entraron llorando en el salón, en la fiesta de su cumpleaños. No había manera de disimular su emoción, y no precisamente por cumplir veintidós años. Les costó llegar a su mesa unos diez minutos, entre abrazos de los invitados, allá por dónde pasaban.

El restaurante estaba completamente abarrotado, incluso en la carpa colindante Rebeca observó un escenario grande, montado sobre la arena de la playa, con bastante espacio delante, suponía que para bailar con las actuaciones. En el centro del local y rodeado de todas las mesas, que eran redondas, había una especie de espacio elevado bastante pequeño, también circular. Parecía una pequeña mesita presidencial situada ligeramente en alto, pero no tenía sillas ni servicio de cubiertos. Estaba vacía. Igual era su mesa, pero Carlota la pasó de largo.

«¿Con quién nos sentaremos?», pensó Rebeca, porque aparte de esa mesa en el centro, no había otra vacía.

—¿Estudiáis o trabajáis? —les dijo Charly, en cuanto estuvieron a su alcance.

—Dos pibones así ni estudian ni trabajan —le contestó Fede—, tan solo se lucen.

—¡Satanás, ten cuidado, que se te han escapado del infierno dos diablesas vestidas de negro! —exclamó Xavier, mientras admiraba a las espectaculares Rebeca y Carlota—. ¡Y cómo van vestidas!

—¡Sois unos idiotas! —dijo Rebeca, riéndose—. Por cierto, vosotras estáis también guapísimas y guapísimos. Bonet, con ese esmoquin, todo en negro, estás espectacular.

—Nada que ver con vosotras —contestó Almu—. Nunca os había visto tan elegantes. ¿Sabéis que, así vestidas, os parecéis mucho, una en rubia y otra en pelirroja? Tantos años juntas y nunca me había fijado en ese detalle tan evidente.

—Las maravillas que hace el maquillaje y un buen vestido —dijo riéndose Carlota, mientras miraba a Rebeca con el rabillo del ojo.

—En especial me has sorprendido tú, Carlota. A Rebeca la he visto más veces. ¿Sabes que, con ese vestido negro que llevas y con tu pelo pelirrojo, en la Edad Media te hubieran quemado? —siguió diciendo Almu.

Carlota se rio.

—Ni se os ocurra, que ardería fácil.

Después de las bromas de rigor, se abrazaron y besaron todos. Rebeca se sintió secretamente aliviada. Había dos sillas vacías en la mesa, así que ya estaba claro con quién iban a cenar, con sus amigos del *Speaker's Club*. Además, estaba situada en un lateral del salón, nada de colocarse en una mesa presidencial en el centro de todos los invitados. Siempre le había parecido una cursilada.

«La segunda idea brillante de la petarda esta noche, después de la de Mike», pensó aliviada, ya que se sentía mucho más a gusto cenando con sus amigas y amigos de toda la vida, y en un lugar discreto del salón.

—¡Menudo *bodorrio* habéis organizado! —dijo Charly—. Esto es espectacular. Nunca había asistido a nada ni siquiera parecido a este espectáculo.

—Ni lo volverás a hacer —le contestó Carlota.

—¿Sabéis qué día es hoy? —preguntó por sorpresa Jaume, el jefe de los archivos del ayuntamiento de la ciudad, y actualmente pareja de Carmen.

—¿Qué clase de pregunta es esa? —dijo Xavier—. Pues el cumpleaños de las diablesas.

—No seas tonto, eso lo sabemos todos. Más que *bodorrio*, ¿no habéis caído que hoy es martes y, que yo sepa, no se ha suspendido, aplazado o cancelado la reunión del *Speaker's Club*?

—¡No me digas! —exclamó Carlota, que ya había comprendido lo que quería decir Jaume.

—Sí te digo. Antes de venir aquí, me he pasado por el *pub* Kilkenny's y me he permitido traer unas botellitas de *Murphy's Irish Red* —dijo, mientras dos camareros las acercaban a su mesa, con una bandeja portando sus vasos de pinta reglamentarios.

—Lo siento, no me han dejado traerme un barril —dijo Jaume, que por la expresión en su rostro, estaba claro que lo había intentado en serio.

—¡Qué buena idea, Jaume! —dijo Charly—. Esto se merece un brindis por todo lo alto. Con el permiso de Mike Jagger y de sus Rolling Stones, ¡por sus satánicas majestades, las novias más guapas de la historia! —gritó.

Todos los miembros del *Speaker's Club* se levantaron de la mesa y brindaron con sus vasos de cerveza, mientras los demás invitados, pensando que era un brindis colectivo, hicieron lo propio, sin comprender de qué iba aquello.

—¡Charly, ya vale de bromitas, o empiezo yo! —dijo Carlota riéndose.

—No, no, me callo para siempre —le contestó, también con una sonrisa en la boca—, como dicen en las bodas de las películas.

La cena trascurrió como si fuera una reunión de su club, con todas las bromas habituales entre ellos y su sana diversión, incluyendo un par «¡qué se besen!» por parte de Charly y Fede, cosa que hicieron, para escándalo de alguno de los presentes. En definitiva, consiguieron que Rebeca y Carlota se relajaran tanto que se olvidaran del día que era.

Pero todo tenía un fin.

De repente, el bullicio de las mesas se vio interrumpido por una potente voz proveniente del escenario. Todos se giraron de inmediato en esa dirección. Había dos personas, iluminadas por el potente cañón de luz.

—Creo que es la primera vez que digo «buenas noches» con un micrófono delante.

—Y yo. Tan solo estamos acostumbrados a decir «buenos días», ¿verdad Mar?

—¡Y tanto! Pero estamos esta noche aquí por un acontecimiento muy especial, para celebrar el cumpleaños de nuestra compañera Rebeca, y nuestra buena amiga Carlota —dijo Javi.

—¿Conoces a Javi y Mar? —le susurró Rebeca a su hermana, sorprendida—. ¿De qué?

—Ya te lo contaré algún día de estos —le respondió con una sonrisa de pilla en su cara.

Javi y Mar continuaron su pequeña intervención.

—Para tranquilizaros un poco, os diremos que estamos, ahora mismo, emitiendo en directo para toda España, a través de nuestra fórmula musical. Calculo que nos estarán escuchando, aproximadamente, medio millón de personas, oyente arriba o abajo. Un saludo a todos desde El Saler en Valencia.

Se escuchó un murmullo de sorpresa en el salón.

—Y os preguntaréis, ¿por qué nuestra fórmula musical? Pues ahora mismo lo podréis comprobar. Pido que suban al escenario Rebeca y Carlota, nuestras verdaderas estrellas de la noche.

«¿Al escenario?», se dijo Rebeca. «¿No pretenderán que cantemos? Para eso ya hay otros».

Ambas hicieron caso a Javi Escarche y Mar Maluenda, y, entre aplausos, subieron al escenario, dónde, durante el servicio de la cena, habían colocado, sin que ellas se dieran cuenta, todos los instrumentos de un grupo de música, piano incluido.

—Ahora, los cuatro juntos, presentaremos la primera actuación de esta noche. Se trata de una banda escocesa que llevan tocando desde 1983 a caballo entre su tierra natal, Escocia, e Irlanda —dijo Javi.

—Pero un pajarito me ha chivado que son amantes de esta tierra, en particular de Valencia, donde han actuado en multitud de ocasiones, la última este mismo verano —dijo Mar.

—Así es. Ahora los cuatro a la vez pronunciaremos su nombre— dijo Javi, mientras miraba a sus tres compañeras de escenario y les hacia una pequeña cuenta atrás—. Todos a la vez, tres, dos, uno...

—¡The Waterboys! —gritaron a coro los cuatro.

Se produjo un gran estruendo en el salón. La mayoría de la gente se levantó de sus mesas como locos, en dirección al escenario, donde acababa de aparecer la banda. Los recibieron con un atronador aplauso.

Javi y Mar se retiraron furtiva y rápidamente del escenario, dejando a Rebeca y Carlota sin saber qué hacer, allí, en medio de todo. Mike Scott se abrazó a las dos, dándoles un par de besos, y les dijo algo al oído.

Ambas se quedaron blancas. Les costó un par de segundos reaccionar.

—¿Te has vuelto loco? —preguntó Rebeca, escandalizada por lo que le acababa de susurrar Mike.

—¿Y tú, cómo sabes eso? —dijo Carlota, con una cara de monumental sorpresa.

—También me lo ha chivado un pajarito —dijo Mike, con su terrible acento escocés, partido de la risa—. Anda, Rebeca, el piano es para ti. Y tú, Carlota, toma este violín. Es el original que utiliza Steve Wickham desde 1985, casi una pieza de museo, pero afinado a la perfección. Vamos a tocar juntos *The Whole Of The Moon*.

—Esto será una broma, ¿verdad? —preguntó Carlota—. Se supone que yo soy la organizadora de este sarao, y esto no estaba en el guion. Estoy segura porque lo he escrito.

—¿Me veis cara de bromear? Sé perfectamente que, además de ser unas virtuosas de esos instrumentos, os sabéis la canción casi mejor que nosotros. Así que no me vale un «no» por respuesta.

—¿Tú tocas el piano? —le preguntó Carlota a Rebeca, con cara de absoluta sorpresa—. En todos estos años, nunca me lo habías contado.

—Aprendí de bien pequeña. ¿Y tú el violín? Yo tampoco tenía ni la más remota idea.

—Vaya con nuestros padres, toda una caja de sorpresas. ¿Qué más nos esperará?

—Esperar lo está haciendo el público, ¡venga, que se impacientan! Ocupad vuestros sitios ya —les ordenó Mike—. No os asustéis, que solo va a ser este tema, luego ya seguimos nosotros y vosotras disfrutáis de nuestra música.

—¡Pero si ni siquiera hemos ensayado con vosotros! —objetó Carlota, aunque ya tenía el violín preparado en su brazo.

«¡Qué no nos asustemos, dice!», pensó Rebeca, que estaba con su mente a toda velocidad.

«¿Quién narices sabía que ambas tocábamos esos instrumentos y nos ha preparado esta encerrona?», se decía, mientras se dirigía al piano, que habitualmente tocaba el propio Mike Scott en este tema. «Está claro que a Carlota le ha pillado tan de sorpresa como a mí, ella no ha sido la autora».

De repente, se le encendió una lucecita. «Claro, Carol, es la única, junto con mi tía, que sabe que toco el piano. Igual también sabía lo de Carlota, por la relación entre nuestras familias».

Mike Scott tomó el micrófono.

—Buenas noches, Valencia. Está claro que hoy es un día muy especial para todos, incluso para toda la banda. Habremos ofrecido cientos de conciertos por todo el mundo, bastantes de ellos en esta misma ciudad, sin embargo, este va a ser único e irrepetible.

La gente estaba expectante. Mike continuó.

—Por primera vez en la larga trayectoria de The Waterboys, vamos a tocar un tema con dos personas del público, formando parte de nuestra banda.

El público se dio cuenta de que Rebeca y Carlota estaban entre ellos, y empezaron a aplaudir antes de que Mike Scott terminara su explicación.

—Para todos vosotros, *The Whole Of The Moon.* con Rebeca Mercader al piano y Carlota Penella al violín —concluyó Mike, que apenas se le escuchaba.

La apoteosis fue total. Nadie se esperaba algo tan insólito. Ahora sí que no quedaba ni un alma sentada en sus asientos. Todos estaban emocionados, menos Carlota y Rebeca, que se miraban, con el susto en el cuerpo. El batería dio la entrada, y empezaron a tocar el tema.

Cuando la música fluyó, los nervios desaparecieron y empezaron a disfrutar. Casi ni se escuchaba la voz de Mike, ya que la mayoría de los presentes se conocían la letra de la canción de memoria y cantaban a pleno pulmón.

Terminó el tema y la ovación fue atronadora. Todos los miembros de la banda se dirigieron hacia Rebeca y Carlota y les hicieron una reverencia, muy al estilo inglés.

Una persona se acercó a Rebeca y se fundió en un abrazo con ella. Era Sharon Shannon. Mantuvieron una pequeña conversación en inglés y se hicieron un *selfie*. «Creo que es la primera foto en mi vida que me apetecería subir a Instagram, y eso que no tengo redes sociales», pensó Rebeca, emocionada.

«Ahora mismo me pinchan y no me sale ni una gota de sangre». Estaba en una nube. «¡He tocado con The Waterboys y Sharon Shannon!».

Se bajaron del escenario, entre los intensísimos aplausos, que no parecían tener fin. Carlota se dirigió a su hermana al oído, porque el estruendo era de órdago.

—Ahora me toca decir a mí esa frase tan tuya, «¡la mato!» —comentó, que, al igual que Rebeca, también había deducido quién les había preparado la encerrona.

Había algo que no le terminaba de cuadrar a Rebeca en este asunto.

—Pero, ¿cómo lo ha podido hacer? —le preguntó muy extrañada—. Todo estaba dispuesto, no ha sido espontáneo. Lo sabía toda la banda, los presentadores y hasta la persona que opera el cañón de la luz. ¿Cómo es posible que tú estuvieras al margen y los demás no? ¿No has organizado tú este cumpleaños?

—Para mi desgracia, esa pregunta es fácil de responder. Carol me ha ayudado en la organización de todo este sarao, junto con Javi y Mar. Era demasiada carga para mí sola y les pedí que me echaran una mano. La mano se la voy a echar yo, pero al cuello, en cuanto la vea.

Nada más bajarse del escenario, empezaron a tocar *The Pan Within*, y la juerga colectiva continuó. Aquello era una auténtica locura.

En la misma base de las escaleras, que daban acceso al escenario, estaba esperándolas Carol, con una sonrisa de oreja a oreja.

—¡Te matamos y luego te descuartizamos! —casi gritaron a coro Rebeca y Carlota, dirigiéndoles una mirada asesina a su supuesta amiga—. ¡Menuda encerrona!

—¡Pero si ha estado genial! Además, ¿sois conscientes de lo que habéis hecho? Nada más y nada menos que tocar *The Whole Of The Moon* con The Waterboys y emitirlo en directo para toda España. ¡Ha sido una pasada! Aún me tiemblan las piernas. ¡Lo recordaréis toda vuestra vida, porque, además, está grabado! Es una anécdota casi insuperable, para contar hasta a vuestros nietos, cuando los tengáis. Y fijaros que he dicho «casi».

—Bueno, viéndolo así, quizá no haya estado mal del todo —dijo Carlota—, pero me reservo mi opinión hasta escuchar esa grabación, eso sí, ¡ni una encerrona más, Carol! ¿Sabes cuántos años llevaba sin tocar el violín? Podría haber hecho el más espantoso de los ridículos, y todavía no estoy segura de que lo haya hecho.

—¡Toma! ¡Ni yo el piano! —se unió Rebeca.

—¡Venga, que no sois unas ciudadanas cualquiera, sino Rebeca y Carlota con sus *supergenes Rivera-Mercader*! No os olvidéis que conozco algunos secretillos vuestros. Además, no os queda noche ni nada… *relax and enjoy* —dijo Carol, con una sonrisa de pícara, mientras se alejaba y se ponía a bailar y a disfrutar del concierto con el resto del *Speaker's Club* y los amigos del colegio.

Rebeca se giró hacia su hermana, bastante seria.

—Me ha preocupado eso del «casi». ¿Nos dice que nos relajemos y disfrutemos? Escucha, Carlota. Tengo que hacerte una pregunta, que espero que me respondas con absoluta sinceridad. ¿Qué más le has encargado a Carol que organice esta noche?

—Aparte de que coordine las actuaciones musicales junto con Javi y Mar, tan solo una *cosilla* más —dijo, acobardada, ahora que comprendía el alcance.

Rebeca se asustó por la expresión que Carlota lucía en su rostro.

—¿Qué *cosilla* más? Y no se te ocurra mentirme, que sabes que me daré cuenta enseguida.

Parecía muda, no sabía cómo decírselo. Al final no tuvo más remedio que hacerlo.

—Pero ¿tú sabes lo que has hecho? ¡Dios mío! —se le escapó a la agnóstica de Rebeca, mientras en el escenario sonaba *Fisherman's Blues*.

27   7 DE MARZO DE 1525

Batiste tampoco durmió bien esta noche. Le preocupaba Arnau. Confiaba en verle hoy en la escuela, y que les contara qué le pasó ayer. Cualquier otra posibilidad le espantaba. También quería hablar con Amador y con Jero, aunque por diferentes motivos.

Se levantó, desayunó solo y partió hacia la escuela. Hoy quería llegar con la antelación suficiente, por si veía a sus amigos antes de entrar en la clase. Así podrían hablar cuanto antes. Su preocupación era evidente.

Cuando llegó al patio de la escuela, no vio ni siquiera a Jero. Probablemente su ansiedad le había hecho llegar demasiado pronto. No pasaba nada, se esperaría. Se sentó en la misma entrada, así no se le podrían despistar ninguno de los tres. Por allí tenían que cruzar.

Efectivamente, no había pasado ni cinco minutos cuando vio llegar a Jero. Llevaba una especie de paño sujeto a la cabeza, pero su aspecto general era mucho mejor que el de ayer. Estaba claro que el maestre médico había hecho su trabajo.

—Veo que vienes de una pieza —le dijo Batiste, a modo de bienvenida.

—Pues claro. Ya te dije que la herida no tenía tanta importancia —le respondió Jero.

—Mentiroso, seguro que te cosieron la cabeza y ahora luces una estupenda cicatriz, propia de un tabernero. Mira por dónde, a lo mejor, ahora haces migas con el carcelero de la Torre de la Sala, que andaba sobrado de ellas. Ya perteneces a su club de pendencieros.

—¡Qué gracioso! —le respondió Jero, aunque su amigo tenía toda la razón. Debajo de aquel paño tenía un buen tajo cosido, aunque no se viera—. ¿No tienes otra cosa que hacer que burlarte de mí? —le preguntó, para cambiar de tema.

—Ya la estoy haciendo.

—¿Estar sentado a la fresca? Desde luego es toda una aventura —le respondió irónico Jero.

—¡No, tonto! Me he sentado aquí, en la entrada, a ver si veo llegar a Amador o a Arnau con el tiempo suficiente para hablar con ellos, antes de entrar en la escuela, pero no han acudido todavía.

—Pues me temo que tendremos que entrar nosotros, ya casi es la hora. Ya hablaremos al terminar las clases. Tampoco vamos a solucionar nada ahora, en dos minutos escasos.

Jero tenía razón y entraron en la escuela. Se hizo la hora de comenzar. El profesor Urraca cerró la puerta. Ambos amigos se quedaron mirando. Ni Amador ni Arnau habían acudido a la escuela, por segundo día consecutivo.

—¡Te lo dije! —le susurró Jero a Batiste—. Algo terrible ha tenido que ocurrir en casa de Amador, cuando su padre haya descubierto la falta de los documentos. Y tú tan tranquilo, cuando te lo comenté ayer.

—A mí me preocupa más Arnau. No me lo quito de la cabeza.

—No quiero parecer insensible, pero Amador es más amigo nuestro que Arnau. No acabo de comprender esa fijación tuya por él.

—¡Jerónimo y Batiste! —escucharon por encima de sus cabezas—. ¿Les ocurre algo, que no paran de hablar y molestar al resto de sus compañeros?

Era la voz del profesor Urraca.

—Nada, señor —respondió de inmediato Batiste—. Simplemente me estaba interesando por la herida que se hizo Jerónimo en la cabeza ayer, jugando en la calle.

—Bueno, pues lo comentan cuando terminemos las clases —dio por concluida la conversación el profesor.

Ese día, la escuela se les hizo interminable. No paraban de intercambiar miradas. A la hora del descanso, ni siquiera quisieron juntarse entre ellos. Se pusieron a hablar con otros amigos, para evitar volver a preocuparse por lo mismo.

Cuando, por fin, terminaron, Jero salió de estampída. Batiste apenas lo podía seguir. Estaba claro que iba en dirección a casa de Amador. Cuando Batiste lo alcanzó, lo paró con las dos manos.

—¿Se puede saber qué haces? —le preguntó Batiste a su amigo.

—¿A ti que te parece? ¡Pues ir lo más rápido posible a casa de Amador!

—¿Y qué piensas hacer cuando llegues a su puerta?

Ahora Jero cayó en la cuenta del problema. Claro, no podían presentarse como hicieron ayer. Las circunstancias habían cambiado.

—¡Ya lo tengo claro! —casi gritó Jero.

—A ver, ilumíname.

—Es un plan de lo más simple, Está claro que no ha venido a la escuela porque está castigado. Sabemos que se encuentra en su casa. Y cuando te castigan, ¿dónde te encierran?

—En tu habitación —contestó Batiste.

—¡Exacto! No necesitamos llamar a la puerta de su casa. Si lo que queremos es hablar con Amador, dirijámonos directamente a él.

—Claro, traspasando paredes, como las almas en pena.

—¡No, tonto! Conocemos su casa porque hemos estado dentro y sabemos cuál es su habitación. Simplemente arrojémosle algunos guijarros de la calle a su ventana. Supongo que, cuando oiga el ruido, se asomará.

Batiste ya lo había intuido desde el principio, pero quiso que Jero se explicase.

—Quizá pueda funcionar, siempre y cuando esté solo en su habitación y se asome. Imagínate que está con su madre, o aún peor, con su padre.

—¿Qué propones que hagamos? ¿Tienes alguna otra alternativa mejor?

—No, además me parece una buena idea. Necesitamos preguntarle la dirección de Arnau.

—¡Qué pesado estás con Arnau!

—Jero, reflexiona un poco, que eres inteligente. Amador sabemos dónde se encuentra. Podrá estar peor o mejor, pero lo tenemos localizado. A Arnau no. Parece mentira que no le des importancia a ese detalle tan importante.

Jero dio su brazo a torcer. No quería parecer un insensible. Arnau no era tan amigo de ellos como Amador, pero, al fin y al cabo, también lo era.

—Vale, pregúntale dónde vive y, si quieres, después lo visitamos, aunque sigo pensando que no tenemos una relación de amistad tan grande con él como para acudir a su casa. Con Amador es diferente.

—Venga, acepto. Vamos cuánto antes a la ventana de la habitación de Amador. Se va a hacer la hora de comer e igual se marcha a la cocina.

Dieron la vuelta a la casa. La ventana de la habitación de su amigo estaba justo en el lado opuesto. Cuando llegaron, buscaron piedrecitas, del tamaño adecuado. Querían hacer ruido para llamar la atención de Amador, no romper su ventana.

Empezaron con pequeños guijarros. Parece que no hacían ningún efecto. Nadie se asomaba.

A Jero se le notaba preocupado.

—Puede ser por dos cosas, o no está en su habitación, o no nos oye —dijo Batiste, después de arrojar cinco o seis piedrecitas a la ventana—. Quizá los guijarros sean demasiado pequeños.

—Prefiero la segunda opción, pasemos a un tamaño superior.

Batiste no pudo evitar reírse en su interior. Desde luego, nadie ganaba en determinación a Jero.

—¿Y si lanzamos ese pedazo de pedrusco de allí? —dijo Batiste, señalando una roca—. Entonces seguro que nos oye, porque seguro que destrozaremos la ventana.

—¡Vale! —dijo Jero de inmediato, dirigiéndose hacia él.

—¡Para, para! ¡Qué era una broma, animal! ¿Cómo vamos a romper la ventana? ¿Te has vuelto loco? —dijo Batiste, que le entró la risa floja.

En ese momento, oyeron el ruido de un ventanal abriéndose. Era la de la habitación de su amigo.

—¡Al final nos ha escuchado! —dijo Jero, sin poder aguantarse la alegría.

—Antes de cantar victoria, primero mejor esperamos a ver quién se asoma, ¿no?

—¡Mira que te gusta chincharme!

Cuando la ventana terminó de abrirse, para alegría de ambos, la que apareció fue la figura de Amador.

—¿Qué hacéis ahí? —les preguntó, nada más asomarse, con expresión de sorpresa. Estaba claro que no esperaba ver a sus amigos.

—Preocuparnos por ti, ¿te parece poco? Hoy tampoco has acudido a la escuela —le contesto Jero, que parecía aliviado de ver a su amigo de una pieza.

—Es que estoy castigado. Me temo que no me vais a ver en una semana. Tengo prohibido salir de casa por cualquier motivo, incluso para ir a la escuela. No sabéis la tormenta que he tenido que soportar.

—¡Te lo dije! —exclamó Jero, mirando a Batiste,

—Estás equivocado —le contestó.

—¡Pero si nos lo acaba de confirmar el propio Amador! —insistió Jero.

—Nos ha dicho que está castigado, pero no nos ha contado el motivo.

Jero se quedó mirando a Batiste, con cara de no comprender nada.

—¿Qué decís? No os oigo, gritar más fuerte —dijo Amador desde su ventana.

—Supongo que estás castigado por no devolver los papeles de Blanquina a tu padre, ¿verdad? —preguntó Jero.

Amador tan solo escuchó «los papeles de Blanquina» de la pregunta. El resto de la frase no la entendió.

—Sí, menos mal que conseguisteis devolvérmelos a tiempo. Un minuto más y hubiera sido un auténtico desastre. De hecho, estuvo a punto de serlo —gritó Amador.

La cara de Jero era de absoluta estupefacción.

—¿Qué tonterías dices, Amador? Si no te hemos devuelto nada. Los papeles están destrozados, además ni siquiera los tenemos en nuestro poder.

—Las tonterías las estás diciendo tú, Jero, que no te comprendo. ¿Qué dices de papeles destrozados? Los pude devolver a tiempo, sanos y salvos, a su legajo, aunque por los pelos, y ahora mismo los está estudiando mi padre.

—¿Los tiene tu padre? —preguntó Jero, que no entendía nada.

—Te lo acabo de decir. Está encerrado en su despacho. Me parece que los está leyendo, uno a uno.

La estupefacción de Jero subió varios grados. Sin comprender nada, y en busca de alguna explicación, se giró hacia Batiste, esperando alguna explicación.

—A partir de ahora, llámame «El poderoso brujo Batiste» —le dijo, con una amplia sonrisa.

28 EN LA ACTUALIDAD, MARTES 9 DE OCTUBRE

—¡Cómo se te ocurre, insensata! —exclamó Rebeca, echándose las manos a la cabeza—. Esa es la parte más importante de la celebración, ¡por favor!

—Cuando se lo encargué, no me pareció que fuera para tanto.

—¿Qué no? ¿Has perdido el sentido?

—Piénsalo un poco. Total, era un tema puramente logístico. Tan solo tenía que preparar un pequeño escenario, habilitar sonido mediante un par de micrófonos y poco más —se defendió Carlota.

—¿Y poco más? ¿Te estás escuchando? —insistía Rebeca, que estaba alterada.

—Pues sí. Te recuerdo que el resto corre de nuestra cuenta —le respondió Carlota—, y ahí Carol no tiene ningún protagonismo. Tan solo tú y yo.

—¡Que te crees tú eso! ¿Has visto su cara de pícara? Carol es un libro abierto para mí. Te aseguro que nos ha preparado alguna encerrona más, eso está clarísimo. Espero que no sea en ese preciso instante de la noche.

—No creo que se arriesgue a estropear el momento estelar de la celebración. Ella conoce nuestro secreto, y no te olvides de que Carol es una de las personas más educadas que jamás he conocido. En eso estarás de acuerdo conmigo. No se atrevería a fastidiar una cosa así, además delante de sus propios padres.

—Ya veremos —dijo Rebeca, que deseaba creerlo, pero que la expresión que había observado en la cara de su amiga Carol, le decía lo contrario.

—Yo estoy segura —insistió Carlota.

De repente, empezó a sonar el tema *And a Bang on the Ear*.

—Ya está bien de discusiones, vamos a divertirnos. Esta es una de mis canciones favoritas. ¿sabes que fue número uno en Irlanda? —dijo Rebeca, que se fue hacia la pista a cantar a todo pulmón, acompañada de Carlota.

Ahora sí, todos estaban disfrutando como locos. Sus amigos les estaban esperando con un par de mojitos, que cayeron en apenas unos segundos. Con todo el ajetreo. estaban sedientas. No habían parado de hablar.

Siguieron enloquecidas con *Don't Bang the Drum* y la preciosa melodía *A Man Is In Love*. Y los mojitos también corrieron entre ellas. Perdieron la cuenta de cuántos se pudieron tomar durante la actuación, pero fue una cantidad considerable.

The Waterboys se despidieron con una ovación atronadora por parte de todo el público, que estaba completamente entregado. La actuación fue magnífica.

Javi y Mar subieron al escenario.

—Después de estos teloneros de auténtico lujo, hemos llegado al ecuador de la celebración. Ahora, todos los invitados nos pondremos nuestros vestidos blancos, y seguiremos con la gran fiesta. ¡Nos queda lo más importante!

Rebeca se giró hacia Carlota.

—The Waterboys, ¿eran los teloneros? —dijo, absolutamente perpleja.

—Más que los teloneros, que es una palabra que no me ha gustado nunca, digamos que eran, más bien, tu cuota musical *folk* de esta noche, junto con Sharon Shannon. Ahora me toca a mí.

—¿Eso qué significa exactamente? Me estás asustando.

Javi y Mar siguieron hablando desde el escenario.

—Hay vestuarios individuales y calefactados en las jaimas instaladas en el exterior del restaurante. Tranquilos que hay para todos. Ahora debemos abandonar este salón para su redecoración. Después volveremos, y os aseguro que no os podéis ni imaginar lo que nos espera.

Todos los invitados les hicieron caso y abandonaron el salón, excepto Rebeca y Carlota.

—¿Qué nos espera exactamente? —le preguntó Rebeca a su hermana.

—¡La paciencia, esa virtud bíblica tan minusvalorada! Anda, vamos a cambiarnos de vestido nosotras también.

Rebeca ya había decidido, hace dos o tres mojitos, no preocuparse por nada más y disfrutar de la noche. Su intuición le decía que, seguramente, no era una buena idea, pero decidió seguir a Carlota a cambiarse de vestido y olvidarse de todo lo demás.

Rebeca se puso su espectacular vestido blanco, que le sentaba mejor que el negro anterior, lo que ya era decir. En lugar de ceñido, era mucho más vaporoso, con un escote «palabra de honor» pero acompañado de una falda corta, nada habitual en esa composición. Desde luego era muy original y atrevido. Carlota, en cambio, optó por otro estilismo. Estaba igualmente impresionante, pero su falda le llegaba a los tobillos, y el vestido era más estilizado que el de Rebeca. Muy «estilo Ibiza».

Seguía la música en el exterior del local a cargo del D.J. local P.U.P.A.S. y los invitados, ya cambiados de ropa, esperaban la apertura de las puertas del restaurante, mientras tomaban un combinado. Rebeca pensó que la organización del acto, hasta el momento, era impecable.

—Vaya, parece que se ha caído un ángel del cielo.

Rebeca se giró y se llevó una monumental sorpresa.

—¡Joana! ¿Qué haces aquí? —dijo, mientras se abalanzaba sobre ella y le daba un gran abrazo—. ¡Qué alegría me acabas de dar! ¡La noche mejora por momentos!

—Vaya pregunta más estúpida. ¡cómo me iba a perder semejante sarao! Porque menuda fiesta os estáis marcando las dos, jamás había visto nada igual, y mira que he asistido a todo tipo de actos. Vosotras sí que sabéis organizar eventos.

—Mujer, si lo comparas con el último que estuvimos juntas, desde luego. ¿Te acuerdas?

—¡Cómo olvidarlo! —le contestó, riéndose—. Casi igual que este.

—La verdad es que sí —respondió Rebeca, también riéndose—. Aquel evento oficial en la residencia del embajador francés en Madrid fue algo diferente a lo de hoy —dijo riéndose Rebeca

—La media de la edad de los asistentes a esta celebración me parece que es ligeramente inferior.

—¿Ligeramente? —Joana seguía riéndose. Parecía de muy buen humor—. ¡Si hasta yo me sentía una jovenzuela en aquel tostón de acto de Madrid!

Rebeca se quedó en silencio, recordando al malogrado profesor Bennassar. Joana continuó.

—Sí, menuda recepción oficial más aburrida, pero al igual que yo, tuviste la oportunidad de hablar en privado con Bartolomé Bennassar, y eso que me dijiste que no lo conocías en persona. En ese momento se te llevaron los miembros del equipo de seguridad de la embajada. Nos separaron y no nos dejaron ni despedirnos. ¿Lo recuerdas?

—¡Pues claro!, pero es una historia muy larga para contarte en este momento. Aunque ahora que lo pienso, se podría decir que él, el mismísimo profesor Bennassar, es el responsable, en gran parte, de esta fiesta y, sobre todo, de lo que queda por venir.

—¿Lo que queda por venir? Pues eso sí que no me lo imagino —respondió Joana, con una sonrisa muy enigmática. Rebeca se dio cuenta de que guardaba algún secretillo. No le dio mayor importancia. Craso error por su parte, del que se iba a arrepentir apenas en un momento.

—Por cierto, es un día muy loco y voy en una nube, pero no recuerdo haberte visto entrar por la puerta, cuándo estábamos Carlota y yo recibiendo a los invitados.

—Recuerdas bien, no lo he hecho. Eso del *photocall* no es para mí. He llegado un poco más tarde, cuando estabais todos sentados en las mesas.

—¿Has visto a mi tía?

—Todavía no. Al llegar tarde me he sentado en la primera silla libre que he visto, en la mesa de tus compañeros de la Facultad. A algunos les había dado clase y me recordaban, ha sido divertido reencontrarnos en estas circunstancias —dijo Joana, que hasta el curso pasado y su marcha a Estados Unidos, había sido profesora de Historia del Arte en la Facultad de Geografía e Historia de la Universidad de Valencia.

En ese mismo momento, abrieron las puertas del restaurante. Los invitados comenzaron a entrar. No parecía el mismo salón, ahora la decoración era radicalmente diferente, todo era negro. Habían cambiado los cubiertos, los platos, los manteles, las cortinas, las alfombras y hasta las lámparas.

—¿Qué te parece? —le preguntó Carlota, abrazando a Rebeca por la espalda.

—¿Cómo lo han podido hacer tan rápido? —le preguntó, asombrada—. Hasta la carpa, que hace un momento era blanca, ahora es negra.

—En realidad, han tardado dos minutos más que en el ensayo que hicimos. Claro que ayer era sin gente, y eso siempre retrasa un poco las cosas.

—Ya he perdido la cuenta de las veces que te lo he dicho, ¡estás chiflada! —dijo riéndose.

Entraron cogidas de la mano. Todos los invitados estaban ya sentados, vestidos de un impecable blanco. En cuanto las vieron, prorrumpieron en aplausos. Igual que la vez anterior, les costó más de diez minutos llegar a su mesa, entre breves saludos y besos a sus invitados. Seguían emocionadas, y más cuándo sabían que se aproximaba el momento cumbre de la velada. La verdadera causa de toda esta celebración, que los invitados desconocían.

—¿No estás un poco nerviosa? —le preguntó Carlota.

—¿Un poco? Estoy como un flan.

—Parecéis ángeles caídas directamente del cielo —les dijo Tere, cuando pasaron por la mesa de *La Crónica*. Lo mismo que le acababa de decir Joana a Rebeca. Fernando del Rey no le quitaba el ojo a Rebeca, que se dio cuenta de las miradas que le dirigía.

—Pero ángeles pecadoras, porque ¡menudos vestidos! En cuanto os vea San Pedro, no os va a dejar entrar en el cielo, que le pervertís a la toda la clientela —añadió Fabio, ante la risa general del grupo.

Por fin, consiguieron alcanzar la mesa del *Speaker's Club*.

—Lo imposible se ha hecho realidad. ¡Estáis todavía más guapas que antes! —dijo Xavier, en cuanto vio a la pareja aproximarse.

—Radiantes es la palabra exacta. Tenéis una aureola de felicidad alrededor de vosotras que nos contagia a todas —dijo Carmen.

—Felicidad, esa es la palabra —dijo Carol, que no pudo aguantarse y se levantó para abrazarse con Rebeca y Carlota. Parecía que iba a llorar.

Los camareros, vestidos de un impecable negro, les sirvieron lo que se suponía que eran unos cócteles, por su recipiente, porque por su contenido parecía leche, eran todos blancos.

Rebeca no pudo evitar volver a reírse y a pensar en las palabras «locura» y «chifladura», pero tenía que reconocer que se lo estaba pasando de maravilla. No recordaba haber sido tan feliz en su vida adulta.

«Con toda la gente vestida de blanco, esto no parece una fiesta de cumpleaños. Si el cielo existe, cosa que dudo, debe ser algo parecido a esto», pensó.

Nada más sentarse en sus sillas, a continuación, vieron como esa especie de mesa sobreelevada vacía en el centro del salón, que cuando entraron por primera vez no sabían qué era, de repente, se iluminaba con un foco. Ambas observaron que había tres micrófonos encima de ella.

«¡Tres!», se espantó Carlota internamente.

Carol se separó de sus amigas, y se dirigió hacia una de las mesas, dónde se sentaban los compañeros de la Facultad de Rebeca. Para su sorpresa, un cañón de luz le estaba siguiendo en todo su recorrido por el salón, justo en la parte opuesta.

—¿Adónde va Carol? —preguntó Rebeca, extrañada—. ¿Qué hace en la mesa de mis invitados de la Facultad, y por qué le sigue el cañón de luz? En esa mesa también está sentada Joana. Todo esto está claramente preparado, ¿me empiezo a asustar o me espero un poco?

Carlota se giró hacia su hermana. Su expresión lo decía todo, nerviosismo.

—Me parece que ha llegado el momento de la noche, y me temo que también ha llegado el momento de su segunda encerrona —le respondió.

—¿Por qué crees eso?

Carlota le contestó con otras preguntas.

—¿Tres micrófonos? ¿Sabes sumar? ¿Cuántas somos tú y yo?

29 7 DE MARZO DE 1525

—De milagro no acabaron en el fuego —gritó Amador, desde su ventana, a sus amigos—. ¿Cómo se te ocurre hacer eso y no avisarme?

—Supongo que recuerdas toda la situación, fue un pequeño caos. ¿Y no te acuerdas del abrazo que te di, a pesar de tu aspecto pestilente? Además, te guiñé un ojo mientras lo hacía. Pensaba que te habías dado cuenta del motivo del abrazo y del guiño —le dijo Batiste.

—Pues no, pensé que me abrazabas porque estabas preocupado por si os habíamos delatado a las hermanas Vives.

—No necesitaba conocer eso, ya sabía que no había ocurrido. Si lo hubierais hecho, también habría tenido consecuencias para nosotros dos, y no nos pasó nada. De hecho, nadie nos preguntó ni una palabra del incidente, ni siquiera mi padre, que, por su trabajo, se entera de todo lo que ocurre en la ciudad. Eso solo podía significar que no habíais contado nada.

—La verdad, pensaba que me abrazabas por eso —le respondió Amador—. No me di cuenta de lo otro, fuiste muy hábil, quizá demasiado para mi torpeza.

Jero estaba escuchando la conversación sin entender nada.

—¿Os importaría explicarme de qué estáis hablando? ¿Qué es «lo otro»?

—Ya te lo contaré después. Ahora vamos a seguir hablando con Amador, que supongo que nos queda muy poco tiempo, antes de que su familia lo reclame para comer —le contestó Batiste.

—Quemé la ropa que llevaba puesta en el patio de mi casa. Estaba infectada de todo tipo de bichos mordedores —continuó Amador.

—Supongo que a eso te referías al principio, cuando nos has dicho que casi los quemas —le respondió Batiste.

—Así es, los vi por casualidad, un momento antes de quemar mi ropa. ¡Menos mal que tuve ocasión de ponerlos a salvo!

—¿Y te dio tiempo de devolverlos?

—No.

—¿Cómo que no? —se escandalizó Batiste—. Si nos acabas de decir que tu padre está encerrado leyendo esos precisos documentos, ahora mismo.

—Sí, pero al no saber que los llevaba ocultos en mi ropaje, no los devolví a su lugar nada más regresar a casa. Mi padre entró a su despacho a estudiarlos y notó su ausencia. Salió a la cocina y se puso muy nervioso. Menos mal que mi madre lo tranquilizó y le obligó a descansar una hora. Aprovechando ese momento, me colé en el despacho y devolví los documentos lo más rápido que pude. Al fin y al cabo, mi padre podía regresar en cualquier momento. Me la jugué de verdad. Fue un verdadero milagro que no me descubriera.

—¿Y qué paso después? —siguió preguntando Batiste, con evidente curiosidad.

—Cuando mi padre terminó el descanso, regresó a su despacho. Al poco, volvió a salir con la cara desencajada. Los documentos habían vuelto al expediente de forma misteriosa. Menos mal que, otra vez mi madre, le convenció de que no los había visto la primera vez. Que no podían aparecer y desaparecer solitos.

—¡Salvados casi de milagro!

—En realidad, de eso no estoy seguro del todo. Os debo de advertir de una cosa. Como comprenderéis, con las tremendas prisas y los nervios que tenía, los introduje en el legajo de cualquier manera. Es evidente que no tuve tiempo de dejarlos en el mismo orden que los cogí. Mi padre es muy meticuloso y mucho más ordenado de lo que puede parecer, a pesar del aparente estado caótico de su despacho. Es muy posible que advierta que no estaban en su lugar original, dentro del propio legajo.

—¿Crees que se acordará de eso? Hace meses que no abre ese preciso legajo. ¿Tanta memoria tiene?

—Memoria mucha, pero espero que no lo advierta. Por otra parte, tampoco estoy seguro de que se creyera el cuento de mi madre. Mi padre es muy maniático y obstinado. Si dice que la primera vez no los vio, igual sigue pensando lo mismo. Aún no sé si todo este tema tendrá más consecuencias para mí. Estoy asustado. Vosotros no conocéis a mi padre, cuando se le mete una idea en la cabeza.

—Permanece tranquilo, nada pasará —le dijo Batiste, aunque él tampoco lo estaba.

—Entonces esta semana no podremos convocar el tribunal juvenil de la inquisición, si te la vas a pasar toda entera castigado —observó Jero.

—¿De verdad te preocupas de eso? —le preguntó Amador—. Os acabo de explicar que desconozco las consecuencias que va a tener para mí todo este asunto. Veremos cómo termina, pero, desde luego, no tiene muy buena pinta. Es muy posible que no pueda seguir jugando nunca más, si mi padre ata cabos. Y os aseguro que es muy capaz de hacerlo.

—Tu seguridad y tranquilidad es lo primero —le dijo Batiste, que cada vez se preocupaba más.

—Pues ahora mismo, como comprenderéis, estoy muy nervioso, y en lo último en lo que pienso es en el juego —le contestó Amador.

Batiste aprovechó para introducir una de las preguntas fundamentales por la que habían ido a visitar a Amador.

—Por cierto, ¿sabes algo de Arnau? —le inquirió, con aparente indiferencia.

—¿Por qué me haces esa pregunta tan rara? ¿Qué vosotros no?

—Hace dos días que no aparece por la escuela.

—Pues eso sí que es extraño —respondió Amador.

—¿Por qué te parece raro?

—Porque esas brujas de las hermanas Vives la tomaron conmigo, por ser hijo de quién soy. Sin embargo, todo lo malignas que fueron hacia mí, era amabilidad hacia Arnau.

—¿Qué ocurrió en el pozo? A todo esto, con todos los líos que nos llevamos entre manos, no hemos hablado de ese tema

—preguntó Batiste—. Quizá teníamos que haber empezado por ahí, por el principio de todo el asunto.

—Bueno, pues las hermanas Vives, como ya os acabo de contar, nos descubrieron. Como teníamos convenido, tiramos la cuerda al interior del pozo. No dijimos nada de vuestra presencia, aunque no podría asegurar que no se dieran cuenta, ya que la cuerda hizo bastante ruido cuando cayó hasta el fondo.

—¿Crees que pudieron sospechar que no estabais solos? —preguntó preocupado Batiste.

—Sí, desde luego. Si vieron u oyeron caer la cuerda es una posibilidad, aunque a nosotros no nos preguntaron nada.

—¿Y qué paso después? —inquirió Jero.

—Pues luego de la correspondiente bronca, nos llevaron personalmente a nuestras casas. Primero me dejaron a mí. Tuvieron un fuerte enganchón con mi padre, y al final, pactaron que pasara una noche en las mazmorras de la inquisición a cambio de no denunciarme a las autoridades civiles.

—¿Y tu padre, todo un receptor del Santo Oficio, aceptó eso? —preguntó Jero, un tanto sorprendido.

—Para mi sorpresa, lo hizo. Además, ante mi intento de protesta, me mandó callar. Parecía que iba a estallar.

—Sigue, sigue… —le animó Jero.

—Luego se llevaron a Arnau a su casa, pero contra él no iban a hacer nada. De hecho, creo que conocían hasta a su familia, por la forma de hablar con él. Ya os digo que las hermanas eran todo amabilidad hacia Arnau. ¡Menuda diferencia de trato entre los dos!

—Tienes razón, sí que es raro —confirmó Batiste—. Entonces, ¿por qué no acude a la escuela, si jamás falta y las hermanas Vives no lo denunciaron y lo dejaron en su casa? ¿No se supone que contra él no iban a hacer nada?

—Eso ya no lo sé, pero está en su hogar sano y salvo, no como yo, que me tuve que pasar una noche en la Torre de la Sala y ahora estoy castigado por la travesura. Y solo espero que el castigo se quede tal cual y no vaya a mayores. Ya me conformaría. Como mi padre ate cabos, me temo algo bastante peor.

—Por cierto, ¿sabes dónde vive Arnau? —le preguntó Batiste.

—Claro, justo aquí al lado. Seguid la calle hacia abajo, en el número veintisiete. ¿Lo pensáis visitar?

—¿No te parece extraño que no haya vuelto a la escuela desde el incidente del pozo?

—Pues no lo sé. Quizá esté enfermo. Pero vosotros tampoco tenéis una relación de amistad con él cómo para ir a su casa, ¿no os parece? Si fuera yo, aún, pero no puedo salir de los muros de mi casa.

—¡Te lo dije! —intervino Jero—. Ni siquiera conocemos a su familia.

—No puedo evitar estar preocupado, lo siento —intentó justificarse Batiste.

En ese momento, llamaron a Amador para comer.

—Lo siento amigos, os tengo que dejar. Nos vemos en una semana —dijo, mientras cerraba la ventana.

—¿Preocupado por Arnau? ¿En serio? —preguntó Jero a Batiste, con un claro tono burlón, cuando se quedaron solos—. Por lo que de verdad tendrías que estar preocupado es porque el receptor esté estudiando los documentos de Blanquina ahora mismo, que, por cierto, aún no sé de dónde han aparecido.

—Es verdad —contestó Batiste—. Una semana sin Amador, con don Cristóbal estudiando esos papeles, puede ser letal para nuestra causa. Además, nuestros padres no nos quieren contar nada acerca del árbol. El otro día, cuando parecía que tenía a mi padre dispuesto a hablar, vas y cambias de conversación. ¿Qué tiene que ver una piedra preciosa con el árbol judío del saber milenario? Es una pregunta para la que no tengo respuesta.

—Te interrumpí por dos motivos muy justificados. El primero eran los papeles destrozados de Blanquina.

—De eso me acuerdo, pero no del otro motivo —dijo Batiste, intentando recordar la conversación.

—Es lógico que no lo recuerdes, porque no lo dije.

—¿Y se puede saber cuál era? —le preguntó extrañado Batiste.

—Muy sencillo. El segundo motivo de interrumpirte es que conozco la respuesta a tu pregunta. No me interesaba escucharla en boca de tu padre, simplemente porque ya la sabía.

Batiste se sorprendió de forma evidente.

—¿Qué la conoces? ¿Y a qué esperas para contármela, renacuajo? *tadpole*

—Lo mismo que espero yo para que me cuentes de dónde han aparecido los documentos de Blanquina.

30 EN LA ACTUALIDAD, MARTES 9 DE OCTUBRE

Desde la distancia, Rebeca y Carlota vieron cómo su amiga Carol levantaba a una de las personas que estaban sentadas en la mesa de los compañeros de la Facultad de Rebeca. Parecía que, de forma sorprendente, le estaba invitando a acompañarla al escenario.

—¿Qué es lo que está haciendo Carol? —volvió a preguntar Rebeca.

—No tengo ni idea, pero esto está fuera del guion. ¿Conoces a la persona que ha cogido de la mano? Estaba sentado en la mesa de tus invitados, precisamente junto a Joana.

—¿Pretendes que lo reconozca desde esta distancia?

—Es verdad, me olvidaba que estás medio cegata y te niegas a ponerte gafas.

—No empecemos esa discusión justamente ahora —contestó Rebeca, sonriendo.

—De todas maneras, me parece que no lo reconocerías ni con gafas. Lleva un disfraz, con una peluca pelirroja de lo más ridícula. Hasta parece que lleva una máscara, o va muy maquillado, una de dos.

Carol y su misterioso acompañante llegaron a la mesa sobreelevada, que ahora, con los micrófonos, la nueva decoración y la iluminación, se parecía más a un pequeño escenario, en el mismo centro del salón. Los dos subieron a él.

Su amiga tomó en sus manos uno de los tres micrófonos.

—Buenas noches a todos —Carol apenas podía hablar, estaba tan emocionada que no le salían las palabras. Se giró hacia dónde se encontraban Rebeca y Carlota, con lágrimas en los ojos.

—Prepárate —dijo Carlota —Eso no parece un escenario, sino un cadalso.

Rebeca estaba muy nerviosa. No tenía ni idea de cuál era el plan de Carol, pero estaba claro que tenía uno.

Carol se recompuso de sus emociones como pudo, y continuó hablando, mirando a sus dos amigas.

—Siempre habéis sido especiales, aunque no lo supierais. Siempre habéis sido únicas, aunque no lo supierais. Siempre habéis sido iguales, aunque no lo supierais— hizo una pequeña pausa—. Para vosotras, una fotografía —les dijo, ahora sí, sin poder evitar llorar.

—Unas palabras preciosas, aunque no he entendido el final, ¿Una fotografía? ¿Qué habrá querido decir? —dijo Rebeca, también emocionada, con los ojos llorosos.

Las luces del salón se apagaron. Tan solo permaneció iluminado el pequeño escenario. Todos los invitados estaban en completo silencio, desconocían de qué estaban siendo testigos. Carol se hizo a un lado y dejó el micrófono central a la persona que la acompañaba. En ese momento, Rebeca y Carlota se dieron cuenta de que llevaba en su mano una guitarra, cómo no, también de color blanco. Empezó a tocarla y a cantar.

Loving can hurt, loving can hurt sometimes

But it's the only thing that I know

When it gets hard, you know it can get hard sometimes

It is the only thing makes us feel alive

We keep this love in a photograph

We made these memories for ourselves

Where our eyes are never closing

Hearts are never broken, and time's forever frozen still,

—Es la canción *Photograph*, de Ed Sheeran —casi gritó Rebeca, completamente emocionada por la situación—. Carol sabe que es una de mis favoritas, ahora entiendo lo que nos había dicho antes de la fotografía.

—Y también de las mías. ¿Quién de tu Facultad canta y toca la guitarra tan bien?

—Tan solo una persona, Koke Valdeolmillos. Es un *crack*, toca en una banda profesional.

—Pues, ¡olé por él!

Se pusieron a cantar el tema abrazadas, junto con la mitad del salón, que también se sabían la letra. Cuando terminó, la ovación fue de escándalo.

—Si Carol pretendía emocionarnos antes de nuestro momento, la bandida lo ha conseguido —dijo Rebeca.

Nada más terminar la frase. los aplausos cesaron y Carol tomó uno de los micrófonos.

—Pido la presencia en el escenario de Rebeca y de Carlota —dijo Carol.

Seguían abrazadas.

—Nos tendremos que soltar y subir, ¿no? —sugirió Rebeca.

Se dirigieron al centro del salón. Carol se bajó del escenario y se abrazaron las tres. Aquel momento les pareció interminable. La gente se puso a aplaudir, sin entender de qué iba todo aquel espectáculo, tan emotivo, para ser un simple cumpleaños.

Rebeca y Carlota subieron por fin al escenario. Koke Valdeolmillos se había disfrazado, como había podido, de Ed Sheeran, con una peluca pelirroja incluida. Les dio dos besos a cada una y se apartó a un extremo del escenario, junto al micrófono izquierdo, dejándoles todo el protagonismo.

Los invitados estaban expectantes, viendo a las dos amigas claramente emocionadas. No sabían qué estaba pasando, por ello la atención era máxima. No se escuchaba ni a una mosca.

Tomó la palabra Rebeca, Carlota aún estaba demasiado conmovida para hablar. No habían preparado nada, pensaban improvisar, así que no se iba a notar si se saltaban el guion, porque no había.

—En primer lugar, quiero daros las gracias, una vez más, a todos vosotros, en nombre de las dos, por asistir a esta fiesta. Sé que algunos habéis venido de muy lejos para acompañarnos en este momento, que es mucho más especial de lo que os imagináis, como ahora mismo vais a comprobar y conocer. Quizá sea la noche más importante de nuestras vidas.

El silencio se podía cortar con un cuchillo. Todos los invitados seguían expectantes. Se respiraba un ambiente de incertidumbre.

—No estáis asistiendo a nuestro veintidós cumpleaños —dijo Carlota, que ya se había recuperado lo suficiente para hablar en público—. Ya sé que soy algo extravagante, pero no tanto como para montar este sarao por nuestro veintidós cumpleaños. De estos ya hemos tenido veintiuno antes y no la hemos liado así.

Los invitados se rieron por la ocurrencia de Carlota, pero se notaba la perplejidad en sus rostros. ¿De qué estaban hablando?

—En realidad, todos estáis asistiendo a nuestro primer cumpleaños —dijo Rebeca, mientras miraba a Carlota y se abrazaban de nuevo.

—Nuestro primer cumpleaños... como hermanas —dijo Carlota, llorando.

Los invitados permanecían en silencio, o bien porque no lo habían entendido del todo o bien porque estaban paralizados por la sorpresa.

—Por eso estáis aquí todos vosotros, que sois nuestra familia, reunidos con nosotras esta noche, para comunicaros y que sepáis que Carlota y yo somos más que simples amigas. En realidad, hemos conocido que somos hermanas gemelas, y queríamos celebrarlo por todo lo alto con vosotros —terminó el anuncio Rebeca, con un nudo en la garganta.

Cuando se quitó el peso de encima, se puso a llorar, junto con su hermana, abrazadas encima de aquel pequeño escenario. Ya casi no le quedaban lágrimas. La noche estaba siendo intensa.

Ahora sí, todos los invitados se levantaron de sus asientos. La mayoría se pusieron a aplaudir, otros lloraban y otros ni siquiera habían reaccionado todavía a la inesperada y casi inverosímil noticia. Toda la mesa del *Speaker's Club*, sin excepción, estaban llorando. Jamás se lo hubieran imaginado. Bueno, para no faltar a la verdad, todos no. Había dos que no parecían sorprendidos en absoluto.

Koke Valdeolmillos se dirigió a Rebeca y Carlota, todavía en el escenario.

—*I know what your favourite song is. Let's sing with me «The A Team». It's my special present for you.*

—¿Qué dice Koke? —le preguntó Carlota, que por el bullicio del salón no lo había escuchado.

Rebeca estaba ahora completamente pálida. Más que pálida, estaba paralizada.

—¿Me has oído? —insistió Carlota, ante la falta de respuesta de su hermana, que parecía un fantasma de lo blanca que estaba.

Al instante reaccionó, pero con una cara de susto impropia de aquel momento.

—Sí, ahora me explico lo de los tres micrófonos, el cadalso, la encerrona y todo eso que me decías hace un rato —dijo, mientras cogía de la mano a su hermana.

31 | 7 DE MARZO DE 1525

—¿Estás seguro de lo que estamos haciendo? —le preguntó Jero a Batiste—. Ya has escuchado a Amador. También se ha extrañado de que visitemos a Arnau, tan solo por faltar dos días a clase.

—Creía que ya habíamos dejado claro ese tema —le respondió Batiste.

—Pero sigo sin verlo adecuado, y más cuándo Amador cree lo mismo. Cuando tú te pegaste ese tremendo golpe en la cabeza, cayéndote de lo alto de la escalera, en el despacho del receptor, no fui a visitarte a tu casa hasta el tercer día que faltaste a la escuela. Y eso que somos más que amigos.

—Te daría la razón, si no fuera por lo que ocurrió en el pozo. Me parece muy extraño que, desde aquello, no haya aparecido por la escuela. Además, Arnau jamás falta, ni cuándo está enfermo.

—Igual conseguimos el efecto contrario con nuestra visita, llamar la atención —Jero no se daba por vencido.

—¿Te parece justo que nos preocupáramos por Amador desde el minuto uno y, en cambio, nada por Arnau? No lo veo normal. Me quedaré más tranquilo después de esta visita.

Jero se dio cuenta de que no lo iba a convencer.

—Bueno, visto quién es el más tozudo de los dos, por lo menos cuéntame cómo llegaron unos documentos destrozados, que ni siquiera teníamos nosotros, de vuelta al despacho del receptor, como por arte de magia.

—No, primero tú. Vayamos por orden, Mi pregunta es anterior. ¿Por qué no te extrañó la presencia de un zafiro, con las iniciales del primer número uno del Gran Consejo, entre el árbol judío del saber milenario?

Jero sonrió.

—Batiste, eres más inteligente que yo. Te disculpo porque eras la undécima puerta, como lo somos ahora los dos, y jamás has pertenecido al Gran Consejo. Desconozco cómo es la iniciación de los números once, pero sí que sé cómo es la de los números uno, porque lo llegué a ser, como tú dedujiste de forma brillante. Tengo que reconocer que aquel día me dejaste muy sorprendido.

—No te vayas por las ramas ni me adules. Quiero la respuesta ya —insistió Batiste, que tenía verdadera curiosidad por conocer la verdad del árbol.

—Tranquilo, que te lo voy a contar. Cuando mi padre, don Alonso, me inició, me explicó toda la historia desde el principio. El gran traslado de todo el saber judío acumulado durante siglos y disperso por todos los rincones de España hasta la aljama de Valencia, su ocultación inicial en la cripta visigótica de la Sinagoga Mayor, que nadie conocía y todo lo demás. Desde el principio de la explicación, había algo que no me terminaba de encajar.

—Mi versión de la iniciación fue algo peculiar, ya que me enteré por una carta de mi padre, pero luego me explicó toda la historia también.

—¿Y no te llamó nada la atención? ¿No tuviste la sensación de que algo no parecía ser lo que era?

Batiste se quedó un instante pensativo.

—No. Es verdad que supuso un gran sacrificio y una labor de proporciones colosales para aquella época. Se perdieron muchas vidas en el proceso, y luego llegó el plan de *Las doce puertas* y la destrucción de la judería. Todo muy traumático para miles de personas.

—Tu razonamiento va por buen camino —le animó Jero.

—Pues no veo ese camino por ninguna parte.

—Te voy a iluminar un poco, Me gustaría que lo razonaras por ti mismo, no contártelo sin más. Allá va el primer candil de luz, la segunda pista.

—Adelante.

—Lo que me terminó de convencer fue la confesión de Johan, tu padre.

—¿Mi padre? ¡Si no le dejaste confesar nada! Cambiaste de tema en el momento que lo iba a hacer.

—No me refiero a esa confesión.

—¿Acaso hizo otra?

—Pues claro, reconoció que el árbol había estado oculto, durante unos pocos meses, en el interior del pozo de la casa de Luis Vives.

—Sí, lo recuerdo, ¿y qué?

—No perdamos de vista el árbol, ¿vale? Se supone que esa ingente cantidad de documentación, que costó más de treinta años trasladar a la ciudad, sería de un volumen considerable, ¿no?

—Pues supongo que sí —le respondió Batiste, que aún no comprendía adónde conducía aquella conversación.

—Cantidad enorme de documentos, libros y pergaminos antiguos de incalculable valor y muy delicados, ¿no? Se supone que era nuestro tesoro.

—Por supuesto, pero ¿por qué no vas al grano ya?

—Porque quiero que lo deduzcas, no contártelo yo, como ya te he explicado. Tú, al igual que yo, estuviste en el interior del pozo, ¿verdad?

Batiste ya se estaba poniendo nervioso.

—¡Al grano ya!

—¿Cuál fue una de las cosas que más nos llamó la atención del pozo, además, desde el principio que llegamos a su interior?

—No sé, ¿su profundidad?

—¿Qué más? —siguió preguntando Jero.

—¿Lo que nos costó salir? La humedad era horrible, y no nos dejaba agarrarnos a los salientes por el musgo que había. Si no llega a ser por el uso que le dimos a la cuerda, aún estaríamos allí. Nos resbalábamos constantemente. Así acabamos, llenos de golpes por todo el cuerpo.

—Ahí tienes tú respuesta, la humedad. Ahora únela a los pergaminos antiguos y delicados, y al zafiro que encontramos. Mézclalo todo.

Batiste se quedó en silencio durante un momento. De repente, dio un grito.

—¡No puede ser!

—¡Shhhh! Tranquilidad —le dijo Jero—, que la gente nos va a mirar.

—¿Cómo quieres que esté tranquilo? Esta información supone una gran revolución en nuestro conocimiento, dejando de lado que nos llevan engañando desde el principio con el árbol.

—Así es, pero los hechos son los hechos. Convendrás que las pruebas son abrumadoras y no admiten discusión.

—¡Tenía que haberlo deducido antes que tú! —se reprochó Batiste.

—Al final, lo importante es que lo has hecho por ti mismo, que era lo que pretendía, eso sí, con un pequeño empujoncito por mi parte.

—Y ahora, ¿qué se supone que tenemos que hacer? —preguntó Batiste, que aún estaba aturdido por lo que acababa de descubrir.

—Eso es lo mejor de todo. Absolutamente nada.

—¿Nada? Pues si nuestros padres lo sabían, cosa que doy por supuesta, me dan ganas de dirigirme al mío y abroncarle. ¡Qué somos las dos undécimas puertas, por favor! Si nos engañan, ¿cómo quieren que hagamos nuestro trabajo con una mínima eficacia?

—En realidad, si lo piensas bien, es una información irrelevante para nuestro propósito. Hasta puedo comprender que no nos lo contaran. No pierdas de vista que tan solo soy un niño de nueve años, tú aún eres algo mayor.

—Aun así, esa información deberíamos haberla conocido desde el principio —Batiste seguía enfadado, esta vez con su padre—. Además, no estoy de acuerdo contigo. ¡Cómo vamos a preservar el árbol si desconocemos qué estamos protegiendo!

Casi sin darse cuenta, con la animada conversación, llegaron hasta la casa de Arnau. Cuando levantaron la vista, se llevaron una monumental sorpresa.

—Amador nos había dicho el número veintisiete, ¿verdad? —preguntó incrédulo Batiste.

—Sí, me acuerdo perfectamente.

—¿No se confundiría?

Estaban frente a un palacio de proporciones aún mayores que la residencia de los Medina y Aliaga. Era impresionante. Batiste no salía de su asombro.

—¿Esta es la casa de Arnau? No puede ser. Recuerdo que, en una ocasión, nos dijo que tu habitación en el Palacio Real era casi tan grande como toda su casa. ¿Nos mintió o nos estamos equivocando de lugar? —se preguntó Batiste.

—Tan solo hay una manera de salir de dudas. Ya que hemos hecho el viaje hasta aquí, ¿por qué no llamamos a la puerta? Si nos hemos confundido, pues nos lo dirán y ya está. Tampoco pasará nada —dijo Jero.

—Tienes razón, una vez más.

Llamaron a la aldaba de la puerta. De inmediato abrió la puerta la que parecía una doncella.

—¿Qué desean los señoritos?

—Queríamos hablar con Arnau —contestó Batiste.

De repente, la criada desapareció, a toda velocidad, hacia el interior del palacete, sin decir ni palabra.

—¿Qué mosca le ha picado a esta? —preguntó extrañado Jero, con esa actitud tan extraña.

Al instante, apareció por la puerta una señora.

—Hola, soy Jimena, la madre de Arnau. Me ha dicho Genoveva que queríais hablar con él.

—Sí, somos compañeros y amigos suyos de la escuela. Yo soy Batiste y mi amigo es Jerónimo.

—Encantado de conoceros, aunque, por vuestra presencia aquí, ya veo que no lo sabéis.

En ese momento, tanto Batiste como Jero se quedaron observando con detenimiento a doña Jimena. Estaba claro que había estado llorando, y a juzgar por sus pronunciadas ojeras, tampoco había debido de dormir mucho últimamente.

—No sabemos, ¿qué exactamente? —se atrevió a preguntar, por fin, Batiste, después de un incómodo silencio.

Se notaba que doña Jimena hacía esfuerzos para hablar.

—Arnau lleva desaparecido desde hace dos días. Lo hemos denunciado a los alguaciles, pero no lo localizan. ¿Sabéis algo de él? —dijo, mientras comenzaba a sollozar.

La cara de estupefacción de ambos amigos era espectacular. Eso sí que no se lo podían imaginar jamás.

—No se extrañe por la pregunta, pero ¿lo han buscado por las mazmorras? —dijo Jero, que no se pudo aguantar.

—Claro, los alguaciles nos han informado de todo. Incluso hemos preguntado a las autoridades locales del Santo Oficio. No saben nada de él. Parece que se ha evaporado de este mundo. No encuentran ni una sola pista de su paradero. Es todo un misterio.

Batiste reaccionó con normalidad, como si ya se esperara alguna respuesta de ese tipo, sin embargo, Jero, no se había ni recobrado de la sorpresa.

—Lo sentimos mucho, señora —intervino Batiste—. Tan solo habíamos venido por si estaba enfermo, por preguntar por él y hacerle una breve visita de cortesía. Pero no la queremos incomodar más, en esta situación tan preocupante. Le aseguro que, si nos enteramos de algo, acudiremos de inmediato a los alguaciles.

—Muchas gracias por vuestro interés —les respondió como pudo doña Jimena, mientras se despedía de ellos y cerraba la puerta.

Nada más quedarse solos, Jero se dirigió a su amigo Batiste, con una expresión inicial de incredulidad.

—¿Cómo sabías que ocurría algo raro con Arnau? Esa extraña insistencia tuya por venir a visitarle estaba justificada, pese a todas las reticencias mías y de Amador, pero ¿cómo podías conocer esta información?

Batiste permanecía en un extraño silencio. Jero continuó hablando, ahora con gesto de profunda preocupación.

—¡Debemos localizarle lo antes posible! ¿Por dónde empezamos? Quizá debiéramos acudir al alguacil del Palacio Real, Pere, creo que se llamaba, el que hacía el recuento en las mazmorras. No sé, ahora estoy también preocupado, como tú. ¿Qué hacemos? —preguntó.

—Absolutamente nada, como con el árbol —le respondió Batiste, que parecía tranquilo y hasta sonriente.

Jero se quedó boquiabierto con la contestación de su amigo. No se la esperaba y no supo ni reaccionar, una vez más.

«¿Dónde está la gracia de este asunto?», se preguntó.

32 EN LA ACTUALIDAD, MARTES 9 DE OCTUBRE

—¿Qué dices? —dijo Carlota, que no comprendía a su hermana, hablando de cadalsos y encerronas.

—Tú escúchame y sígueme la corriente —le contestó Rebeca, que acababa de reaccionar, después de unos segundos casi sin respirar—. E intenta no interrumpirme, que la gente se va a extrañar.

Tomó uno de los micrófonos y se dirigió de nuevo a todos los invitados, que seguían alborotados después de la noticia tan impactante que acababan de escuchar.

—Por favor, os ruego un poco de silencio. Ya sé que os acabamos de dar toda una sorpresa, espero que agradable. No os preocupéis, luego tendremos tiempo de sobra para hablar en persona con cada uno de vosotros, pero ahora, os pido unos minutos de atención.

—Los invitados hicieron caso a Rebeca y el silencio volvió a reinar en el salón. Continuó con su explicación.

—Vais a ser testigos de algo que no se repetirá jamás, entre otras cosas, porque ni mi hermana ni yo estamos acostumbradas a beber tantos mojitos. Ni locas nos hubiéramos atrevido sin ellos. Esta noche ya nos habéis oído tocar el piano y el violín. Pues bien, ahora vamos a rizar el rizo de lo imposible y nos vamos a atrever a cantar los tres juntos, junto con Koke, nuestra canción favorita de Ed Sheeran, *The A Team*, que la queremos dedicar especialmente a nuestros compañeros de clase, con los que nos criamos y hemos compartido tantos momentos durante toda nuestra vida.

Todo el salón se puso a aplaudir. Hoy parece que iban a terminar con las manos rojas.

—¿Te has vuelto loca? —le susurró Carlota, mientras sonreía para que no se le notara su desconcierto—. ¿Qué clase de broma es esta? ¿De verdad vamos a cantar en directo con Koke?

—¡Pues claro! Tú hazme caso. Vamos a disfrutar —le dijo Rebeca, que ahora lucía una sonrisa que Carlota no supo interpretar, a pesar de intentarlo durante unos segundos.

«¡Pero si a Rebeca no le gustaba cantar ni en los *karaokes*!», se dijo. Todo aquello era muy extraño y estaba descolocada. No era nada habitual verla así. Carlota no parecía demasiado convencida, pero cuando los aplausos terminaron, no lo quedó otra opción que ponerse a cantar.

«White lips, pale face
Breathing in snowflakes
Burnt lungs, sour taste
Light's gone, day's end
Struggling to pay rent
Long nights, strange men».

Para sorpresa de las dos hermanas, el trío de voces quedó más que aceptable, desde luego bastante mejor de lo que ellas mismas esperaban, antes de comenzar la actuación.

Cuando concluyeron la emotiva canción, todos los invitados se pusieron en pie y les regalaron la mayor ovación de la noche, y eso que ya llevaban unas cuantas. Los tres cantantes se cogieron de las manos y saludaron varias veces al entregado público. Los compañeros de su clase se habían levantado de sus mesas y estaban a los pies del pequeño escenario, justo enfrente de los tres, de rodillas y haciendo reverencias, ante ellos, como si fueran dioses.

—No ha estado mal, pero tampoco ha sido para tanto —dijo Carlota, al cuarto saludo.

—Créeme, lo ha sido —le contestó Rebeca.

Cuando, por fin, los invitados cesaron en los aplausos, los «bravos» y los «grandes» y se sentaron, Carlota se dirigió a Koke.

—Oye, eres un verdadero *crack*. Tu voz, estilo Ed Sheeran, y tu manera de tocar la guitarra es fabulosa. Estoy segura de que triunfarás en la música. Ya verás, no me suelo equivocar, tengo buen oído desde pequeña.

El desconocido se quedó mirando a Carlota, se acercó a su guitarra, la tomó en sus manos, sacó del bolsillo una especie de rotulador y se puso a escribir sobre ella, para la absoluta sorpresa de Carlota.

«¿Qué hace este tío?», pensó. «Está estropeando su guitarra».

Rebeca observaba a su hermana y Koke con una hilarante expresión en su rostro.

Koke se dirigió a ambas, pero para sorpresa de Carlota, porque Rebeca parecía divertida, lo hizo en inglés, no en español.

—*It's for both of you. Not only you play the piano and the violin like angels, you sing very well too. It was a true pleasure to share this little performance with you, it was great!* —dijo, entregándoles la guitarra con un texto y una firma, al mismo tiempo que les plantaba dos besos a cada una.

Ahora la que se había quedado blanca era Carlota.

—No es Koke Valdeolmillos, ¿verdad? Nos acaba de decir, en un perfecto inglés, que ha sido un verdadero placer compartir esta pequeña actuación con nosotras.

Rebeca estaba partida de risa. Por una vez le llevaba ventaja a la petarda y lo estaba disfrutando.

—*Thanks, Ed. It was a great gesture from you to attend to our party tonight and sing with us* —le dijo Rebeca—. *It was truly incredible!*

—¿Ed? ¿Ed Sheeran? —dijo una *ojiplática* Carlota—. ¿Le acabas de dar las gracias?

—Yes —le contesto Rebeca—. Me he dado cuenta cuando se ha dirigido a mí, antes de cantar, diciéndome que esta canción era un regalo para nosotras. Imagínate, me he quedado de piedra.

—Ahora te digo a ti lo que tú sueles decirme a mí, «¡te mato!» ¿Por qué no me lo has dicho antes?

—Porque te hubieras bajado del escenario corriendo, nada más contártelo. No creas, yo también lo he pensado por un momento.

Ahora sí, descendieron del pequeño escenario y Ed se despidió de ellas, mientras se retiraba hacia una de las habitaciones que hacía las veces de camerino.

Carlota no hablaba. Carol se acercó a ellas, también partida de risa.

—Este ha sido mi regalo de cumpleaños, bueno, en realidad de mi padre y de Joana también, que son los que han hecho todas las gestiones con Ed y el avión privado, por eso estaba sentado a su lado. ¿Os ha gustado?

Ahora se explicaba Rebeca la sonrisa enigmática de Joana y por qué había llegado tarde, sin pasar por el *photocall*. Todo ello porque iba acompañada de alguien a quién no podían ver hasta el momento adecuado. «Me la ha clavado», pensó. Salió de sus reflexiones y respondió a su amiga.

—Yo estoy entusiasmada, muchísimas gracias Carol, ha sido algo grandísimo e irrepetible, pero me parece que Carlota no reacciona.

—¿Hemos cantado con el verdadero Ed Sheeran? ¿En serio no me tomáis el pelo?

—Me temo que no te tomamos el pelo. Como prueba de ello, tienes su guitarra, con su firma, en tu propia mano —dijo Carol—, y la verdad es que habéis cantado de maravilla, hasta parecía que habíais ensayado antes juntos.

Javi y Mar se acercaron.

—¡Vaya pasada! ¿Eh? —dijo Javi—. ¡Como para perdernos esta fiesta! ¿Sabéis que hemos entrado en directo para toda España con esta versión única de *The A Team*?

—¿Solo con la canción? —preguntó Rebeca de inmediato, con cara de susto.

—Sí, lo anterior era personal y no lo hemos retrasmitido —contestó Mar—. Hemos emitido un bloque publicitario.

Rebeca respiró aliviada, pensando en su tía. Le hubiera matado si llegan a retransmitir su anuncio de que eran hermanas, en directo para toda España. No se quería ni imaginar la bronca que le hubiera caído.

—Ahora, las dos al escenario, que la fiesta va a empezar —dijo Javi.

—¿Ah? ¿Qué aún no lo ha hecho? —preguntó Rebeca, con media sonrisa. Ya había cubierto su cupo de sorpresas para varios años.

—No. Ahora, una vez nos hemos quitado el peso de encima de dar la noticia bomba de la noche, empieza el desmadre y la fiesta de verdad, con mi música —respondió Carlota, que parecía recuperada de la sorpresa que había vivido hacía un momento.

—¿Con tu música? ¿Qué quieres decir con eso? —siguió preguntando Rebeca, mientras subían al escenario principal, el que estaba instalado junto a la arena de la playa.

Cuando lo hicieron, se encontraron con otra persona que les estaba esperando en un rincón del escenario. Carlota le dio un gran abrazo, parecía que se conocían, y bastante bien a juzgar por las muestras de cariño entre ellos.

—¿Y este tío quién es? —le preguntó Rebeca a Mar, en un susurro.

—¿De verdad no sabes quién es? —le contestó, sorprendida.

—Para serte sincera, su cara me suena mucho, pero no lo conozco. Para mi desgracia, jamás olvido con quién he hablado alguna vez en mi vida, y con este pollo no lo he hecho jamás. Seguro.

En ese momento, el desconocido se dirigió hacia donde estaban hablando Rebeca y Mar.

—Tú debes ser Rebeca —le dijo, con un español muy bueno, si acaso con un ligero acento que no terminaba de identificar, «quizá cubano», pensó, aunque él tenía todo el aspecto de un europeo.

—Lo soy, ¿nos conocemos?

—No, yo soy David. Es un placer participar en vuestra fiesta de cumpleaños. Espero que lo pasemos muy bien todos juntos.

—Tú no me harás cantar ni tocar ningún instrumento, ¿verdad? —le dijo Rebeca, sonriendo—. ¿A qué nos vamos a llevar bien?

El desconocido se rio de la ocurrencia de Rebeca. También Mar.

—No te preocupes, ahora os toca disfrutar de la fiesta a vosotras.

—¿A qué te dedicas?

—Gírate y quizá lo intuyas.

Rebeca no se había dado cuenta de que, con el cambio de decoración del salón principal, también había cambiado el escenario. Ahora parecía un *set* de D.J. de disk-jockey. Además, habían instalado unas pantallas gigantes y multitud aparatos de iluminación y sonido, que con la actuación de The Waterboys no estaban.

—Me has dicho que te llamabas David, ¿verdad?

—Sí.

Rebeca se quería morir de la vergüenza cuando comprendió quién era, mientras miraba a su hermana, que estaba partida de risa.

—Ya te había dicho que ahora me tocaba a mí.

33   7 DE MARZO DE 1525

Después de un pequeño instante de desconcierto por la extraña actitud de Batiste, Jero volvió en sí.

—¿Cómo que nada? ¿Te has vuelto loco? Insistes en visitar a Arnau, nos acaba de decir su madre que lleva desaparecido desde el incidente del pozo y, ¿ni te inmutas? ¿De verdad que no piensas hacer nada?

—De verdad —le respondió Batiste, que continuaba con ese pequeño gesto sonriente.

—O sea, para que lo entienda. Te empeñas en visitar a Arnau en su casa, a pesar de no tener una especial amistad con él, en contra de la opinión de Amador y la mía, porque, según tus propias palabras, Amador estaba localizado y Arnau no. Acepto acompañarte y lo visitamos en su casa. Su madre, contra todo pronóstico lógico, nos confirma tus sospechas. Y después de todo eso, ¿te quedas tan tranquilo?

—Así es. Lo has explicado de maravilla.

—Definitivamente, el que parece que se haya dado un golpe en la cabeza eres tú. ¡Hemos de buscar a Arnau! Debemos hablar con las hermanas Vives de inmediato y que nos aclaren este tema.

—No hace falta. Sé perfectamente dónde está Arnau —dijo con absoluta seguridad Batiste.

—¿Qué? —preguntó sorprendido Jero, que no se esperaba esa afirmación de su amigo.

—Y tú lo deberías saber también.

—Pues no tengo ni la más remota idea. Es más, ni siquiera me lo imagino.

—Ahora te voy a devolver lo que has hecho conmigo hace un momento, con el árbol. Vas a deducirlo por ti mismo, con mi ayuda —le dijo Batiste, sonriente.

—Esto es una venganza. Te ha sentado mal que yo descubriera la naturaleza de árbol judío antes que tú.

—Eso no te lo niego, pero ahora te toca a ti. Empecemos por el principio. ¿Has visto la casa de la familia Ruisánchez? Llamarla «casa» es una manera de hablar, porque ¡menudo palacete! Deja a la residencia de Amador a la altura de un simple establo de ganado.

—Sí, claro. Es evidente que deben pertenecer a la alta sociedad y ser muy ricos.

—Sin embargo, Arnau nos lo ocultó desde el principio, incluso insinuando que era de origen humilde. Me parece que tenemos una contradicción muy significativa, ¿no?

—Sí, desde luego, pero ¿qué tiene que ver eso con su desaparición?

—Mucho, pero de momento, quédate con ese detalle. Continuemos el razonamiento. Las hermanas Vives son buena gente, son amigas de mi padre y las conozco. Jamás le harían ningún daño a un niño como Arnau, contra el que no tenían nada. Hasta se podría decir que fueron clementes con Amador, no denunciándolo a las autoridades civiles de la ciudad. Le hubiera caído una pena superior a pasar una simple noche en la «celda para invitados» de la Torre de la Sala. Su propio padre, el receptor, reconoció que les debía un favor a Beatriz y Leonor.

—Pues tenemos la segunda contradicción, ¿no? Amador afirma que las hermanas llevaron a Arnau a su casa, sin embargo, la madre lo niega y dice que jamás volvió, y que está desaparecido desde entonces.

—Eso no es una contradicción. Segunda pista que te doy —dijo Batiste, con voz muy firme.

—¿Cómo qué no es una contradicción? O lo devolvieron a su casa o no lo hicieron. Ambas cosas no pueden ser ciertas a la vez —Jero se empezaba a impacientar.

—Como tú me has dicho hace un momento en relación con la naturaleza del árbol, vas por buen camino. Te falta unir las piezas. Mezclar toda la información que conocemos.

—Pues como tú también me has dicho hace un rato, ¡ve al grano!, porque por más que mezclo, no llego a ninguna conclusión —dijo Jero, que estaba claramente desconcertado.

—¿Te acuerdas de Martín?

—¿Martín? ¿El compañero de la escuela que se mató el año pasado, en un accidente en el puerto? —pregunto sorprendido Jero, por ese aparente e inesperado cambio de tema.

—El mismo.

—¿Y qué tiene qué ver Martín con la desaparición de Arnau? Ese desgraciado incidente ocurrió hace tiempo.

—Es la tercera pista que te doy.

—¿Acaso estás insinuando que Arnau está muerto, cómo Martín?

—¡No, hombre! No me refería a ese detalle. ¿Recuerdas qué ocurrió cuando llevaba dos días desaparecido, como pasa ahora con Arnau?

Jero se quedó pensativo durante un instante.

—¡Ya sé lo que me quieres decir! —dijo, en voz alta, cuando comprendió a su amigo.

—Pues eso. Veo que ya lo vas intuyendo. Al segundo día que Martín llevaba desaparecido, los alguaciles se presentaron en la escuela, para preguntarnos si sabíamos algo de él. Es el procedimiento habitual cuando alguien desaparece. Hoy hace dos días que, supuestamente, está desaparecido Arnau, según su madre. ¿Ha venido algún alguacil a la escuela esta mañana a preguntarnos por él?

—No —contestó Jero, que estaba con la mente en ebullición.

—Aparte de lo que nos ha dicho su madre. ¿conocemos por otra fuente de la desaparición de Arnau? Piensa en su palacio y quiénes deben ser la familia Ruisánchez, igual hasta pertenecen a la nobleza.

—No, no he escuchado nada por la ciudad.

—¿Y no te parece extraño? Un suceso así sería la comidilla en toda la ciudad. Por ejemplo, mi padre se entera de todo lo que ocurre en Valencia, por su trabajo —continuó Batiste—. Cuando desapareció Martín, que no era ni rico ni noble ni siquiera amigo mío, me lo contó de inmediato. Sin embargo, hasta el momento no me ha dicho ni una sola palabra acerca de la supuesta desaparición de Arnau, y eso que sabe que es amigo nuestro y que pertenece al tribunal juvenil del Santo Oficio que tú te inventaste. Es inconcebible que no me haya contado nada.

—Entonces, ¡lo que estás insinuando es que Arnau no está desaparecido!

—No lo estoy insinuando, lo estoy afirmando.

—Pero su madre... —empezó a decir Jero.

—...es una magnífica actriz —concluyó Batiste.

—Pero ¿para qué va a mentir en una cosa así? —dijo Jero, que comprendía el razonamiento de Batiste, pero no le encontraba el sentido a sus conclusiones.

—Esa es la parte que está más clara de todo este asunto.

—Pues ilumíname, que dirías tú, pero ¡al grano de una vez! —apremió Jero, que ya se estaba impacientando.

—Vamos a ver, las hermanas Vives devuelven a Amador a su casa antes que a Arnau, porque les pillaba más cerca. A continuación, hacen lo propio con Arnau, continuando por la misma calle. Le cuentan a sus padres lo ocurrido, y supongo que harían referencia a Amador y a las consecuencias que, para él, había tenido su acto.

—Sí, quizá pudieron ocurrir así los hechos.

—Es la cuarta pista que te doy. A mí no me ha costado tanto deducir lo del árbol.

—Porque yo he sido más directo. Por tercera vez, ¿quieres ir de una vez al grano y no dar tantos rodeos?

—Venga, que acabo ya. Ingredientes a mezclar para cocinar la solución a este supuesto enigma. Primero, familia muy rica, probablemente noble. Segundo ingrediente, las hermanas Vives les contarían lo sucedido con Amador. Tercer ingrediente, unos padres protectores que se asustan de que a su hijo le pueda ocurrir lo mismo que a Amador. Cuarto ingrediente, nadie sabe en la ciudad que haya desaparecido. Me juego lo que quieras a que ni siquiera los alguaciles. Ya nos hubiéramos enterado por otras fuentes, como ya hemos razonado. Ahora mezcla los ingredientes y cocina el guiso.

—¡Lo tienen escondido en su casa! —casi grito Jero.

—Te ha costado mucho para ser tú. ¡Pues claro! O bien castigado como Amador, o bien simplemente como medida de precaución, hasta que el asunto escampe un poco. Una familia de clase tan alta jamás se arriesgaría a que su hijo pudiera acabar en una mazmorra de la ciudad.

—Ahora comprendo tu tranquilidad —dijo Jero.

—Estaba preocupado porque no conocía el paradero de Arnau desde el incidente del pozo, En cambio, ahora ya lo sé. A pesar de que estoy seguro de que las hermanas Vives no tenían ninguna intención de denunciarlo, no lo tengo tan claro en el caso del taimado receptor don Cristóbal, enfadado por la diferencia de trato con su hijo. Quizá ahora esté más seguro en su palacio que en la calle, y a esperar una semanita. Con el poder económico que parecen tener, seguro que ni siquiera está perdiendo las clases, tendrá su propio profesor particular en casa.

—Me has convencido, lo reconozco —dijo al fin Jero—, pero no me olvido que me debes otra explicación.

—¿Qué explicación? —se hizo el despistado Batiste. Suponía que se refería a la repentina aparición, en perfecto estado, de los documentos de Blanquina.

Jero se plantó delante de su amigo, imitando la voz de los inquisidores, la misma que exhibió ante el carcelero de la Torre de la Sala.

—Sabes de lo que soy capaz, ¿verdad? Estoy a segundos de pegarte una buena paliza —le dijo, en ese tono, mezcla de autoritario y chulesco.

Batiste se rio de su actitud.

—Pues claro que te lo contaré, era broma, aunque, créeme, no tiene la menor importancia ni supone ningún misterio.

Quizá era la frase más inapropiada que había pronunciado Batiste en meses. Aunque ahora mismo ni se lo imaginara, desde luego que tenía una gran relevancia en los días venideros.

34 EN LA ACTUALIDAD, MARTES 9 DE OCTUBRE

Los invitados estaban departiendo entre ellos en voz alta. Desde arriba del escenario, el bullicio era notable. «Estarán todos cotilleando cómo podemos ser hermanas, y además gemelas», pensó Rebeca.

Javi tomó uno de los micrófonos del escenario.

—Atención a todo el salón. Os ruego un poco de silencio. Después de todos los acontecimientos emocionantes vividos hasta el momento, podríamos decir que la fiesta de verdad empieza ahora —dijo, intentando llamar la atención de todos los invitados.

—Así es. Vamos a asistir a un duelo, que se prolongará hasta que vosotros queráis —añadió Mar.

«¿Un duelo?», se preguntó Rebeca. «¿Con qué armas?».

—A partir de ya, estamos trasmitiendo en directo, y parece que con gran éxito de audiencia. Ahora mismo nos acaban de comunicar que somos el programa de radio más escuchado en toda España —advirtió Javi—, ¡así que vamos a darlo todo!

El público rugió cuando reconoció a David, cosa que, para vergüenza de Rebeca, le había costado toda una conversación. El rugido se convirtió en un auténtico escándalo cuando apareció en el escenario otra persona joven, saludando como un verdadero artista famoso. Rebeca tampoco sabía quién era.

—Señores, señoras, señoritas y señoritos, aunque ambos han colaborado anteriormente, esta noche se van a medir en un duelo jamás visto ni oído... —empezó a decir Mar, mirando a Carlota—. Como decían en la antigua Roma, «tan solo uno quedará en pie».

—Nada más y nada menos que Martin Garrix contra... —dijo Carlota, que ahora se quedó mirando a su hermana.

—¡Contra David Guetta! —gritó Rebeca.

En ese momento, una explosión de fuegos artificiales inundó el escenario. La ovación fue atronadora. Con la luz, Rebeca observó que estaba decorado con una fotografía gigante de Carlota y ella abrazadas.

«¡Pero si eso ha ocurrido hace apenas una hora!», se sorprendió. Milagros de la impresión digital y del vinilo marca Penella.

De repente, Martin Garrix inició el duelo por todo lo alto, con su temazo *Animals*. Toda la juventud, que eran la mayoría de invitados, se volvieron locos. Javi, Mar, Carlota y Rebeca aprovecharon para abandonar el escenario y dejar a los dos genios de la música electrónica, en sus respectivos *sets* de D.J.

A Rebeca no le entusiasmaba ese tipo de música, pero sabía quién era David Guetta. Del otro no tenía ni idea, aunque conocía el tema que estaba sonando. También entendía que con The Waterboys, con Sharon Shannon incluida y Ed Sheeran, ya se habían colmado sus aspiraciones musicales de forma muy sobrada, además cantando y tocando con ellos. Había sido absolutamente increíble. Ahora era el turno de su hermana.

—Me he dado cuenta de que has conocido por los pelos a David, pero no tienes ni idea quién es Martin Garrix, ¿verdad? —le comentó Carlota a Rebeca, divertida.

—Ni la más remota.

—Pues ha sido muchos años, y no sé si todavía lo es, el mejor D.J. del mundo. Por lo menos es el que más me gusta.

—¡Toma! ¡Y a mí también!

—Me refería a su música —se rio Carlota —, no a su físico.

—¡Es que está como un queso de bola, aunque parezca un niño! ¿Es más joven que nosotras?

—En realidad, es un poco mayor, aunque es verdad que tiene cara de niño. Su edad es muy parecida a la nuestra.

—¿Cómo narices has conseguido que estén en nuestra fiesta? Esta gente debe tener un caché tan elevado cómo ocupada su agenda.

—Te contesto lo mismo que con The Waterboys. David Guetta estaba en Ibiza, pero no trabajando, sino de vacaciones después de la temporada estival. Somos amigos desde hace algunos años, pero no creo que haya sido eso lo que lo haya terminado de convencer —dijo Carlota, haciendo el gesto del dinero con los dedos de la mano—. Lo de Martin Garrix ha sido bastante más complicado, ya te lo contaré en otra ocasión. Casi lo he tenido que secuestrar para que estuviera esta noche con nosotras.

—No quiero conocer los detalles. Sabiendo como eres, me puedo imaginar cualquier cosa.

—No, mujer, que no lo he secuestrado. Era una metáfora, aunque ahora que lo pienso, bastante acertada.

—Anda, déjate de rollos. Supongo que pretenderás divertirte, ahora que ya hemos anunciado todo lo anunciable y nos hemos quitado los nervios de encima.

—Desde luego, pero quizá no como tú te imaginas... —dijo Carlota, mientras se alejaba en dirección a sus amigos del *Speaker's Club*, en concreto hacia Charly.

Rebeca no pudo evitar reírse sola.

«Supongo que la cabra tira al monte. Que se entretenga cómo quiera y con quién quiera, es su día tanto como el mío», pensó divertida.

Rebeca se unió a todos sus amigos y amigas para bailar. Tenía que reconocer que se lo estaba pasando de maravilla. Fernando del Rey se le acercó con dos mojitos en la mano.

—Estás espectacular, Rebeca. No había tenido ocasión de decírtelo en persona —le dijo, mientras le daba un de los mojitos.

—Tú tampoco estás nada mal —le contestó Rebeca, que ya llevaba demasiadas copas en el cuerpo—. ¿Otra más? —dijo, cuando vio la que le ofrecía Fernando—. Me parece que ya he perdido la cuenta...

—Disfruta, es tu noche, bueno, y la de Carlota también.

—Tienes razón, supongo que ahora ya no importa. Como me ha dicho mi hermana, la fiesta acaba de empezar —le contestó, mientras buscaba a Carlota con la mirada. No la encontró, de hecho, habían desaparecido Charly y ella al mismo tiempo.

—¿Te apetece dar una vuelta? Estamos en un sitio espectacular y, con todos los respetos a David Guetta y Martin Garrix, que serán unos genios, no es que me entusiasme este tipo de música —le propuso Fernando.

Rebeca ni se lo pensó. Lo cogió del brazo y se encaminaron a una de las salidas de la carpa, la que conducía a las dunas de arena. Se tropezaron con un miembro del equipo de seguridad.

—Lo siento, señores. No se puede pasar. No tenemos permiso para utilizar las dunas ni la playa para el evento. El ayuntamiento no nos lo permite por cuestiones medioambientales —les dijo esa persona, que parecía un armario.

—Vaya, qué lástima —dijo Rebeca —, con la buena noche que hace, a pesar de ser octubre.

—¿Es usted Rebeca Mercader? —dijo el miembro del equipo de seguridad, cuando se fijó mejor en su interlocutora—. Mil disculpas señorita, no la había reconocido, es imperdonable por mi parte. Lo lamento de verdad.

—Sí, soy yo, y no se preocupe tanto, que no pasa nada. Aunque no lo crea, todavía hay mucha gente que no me conoce —bromeó Rebeca.

—Entonces usted debe ser Fernando del Rey —dijo el seguridad, mientras se hacía a un lado y apartaba el cordón que bloqueaba el acceso.

«¿También conoce a Fernando?», se preguntó extrañada Rebeca.

—Pueden salir y entrar cuando quieran —les dijo.

—¿Pero no estaba prohibido?

—Para ciertas personas no. La señorita Carlota nos lo dejó muy claro ayer —le contestó—. Están en la lista.

«Caramba con la petarda, parece que lo tenía todo previsto», pensó divertida.

Ambos salieron de la carpa. La noche era espectacular y el entorno no lo era menos. Se pusieron a andar entre las dunas, buscando un lugar donde sentarse.

De repente, escucharon unos ruidos, precisamente entre una de las dunas. Rebeca se asomó y reconoció de inmediato a Carlota y Charly, retozando.

—¿Quiénes son? —preguntó Fernando.

—Nadie —dijo Rebeca, mientras seguían caminando por la senda, sobre unas maderas, para evitar dañar la flora de la zona. No podían pasar por alto que estaban en un parque natural.

A los pocos metros, escucharon otra vez unos ruidos, aunque esta vez eran voces.

—Caramba, ¡qué concurridas están las dunas esta noche! ¡Menos mal que no se podía salir del recinto por motivos medioambientales! Supongo que, por otros motivos, sí que se podía acceder —comentó Fernando, con cierta guasa.

Rebeca había reconocido una de las voces, aunque no la otra. Su curiosidad le pudo, y se asomó. Lo que vio la dejó completamente asombrada, atónita y aturdida.

Su tía Tote estaba con... ¡Alba! Jamás se lo hubiera imaginado. ¿Qué tenía que ver la una con la otra? Además, parecía como si su tía le estuviera riñendo.

—Anda, sigamos andando —dijo de inmediato Rebeca, que no quería seguir allí ni un segundo más.

«¿Qué acabo de ver?», pensaba a toda velocidad. No consiguió sacar ninguna conclusión, ni siquiera medio lógica de aquella visión.

—Tampoco eran nadie, ¿verdad? — le preguntó Fernando con un gesto burlón—, aunque, por tu expresión, esta vez sí que parece que eran alguien.

—No, no eran nadie —dijo Rebeca, que ahora tenía el semblante serio.

Fernando, con tacto, prefirió no seguir con el tema, al percatarse de la expresión de Rebeca.

Se salieron del camino y se subieron a lo alto de una duna. Desde allí se veía, por una parte, la preciosa playa de El Saler, y por la parte opuesta, un frondoso bosque mediterráneo. Se sentaron bajo las estrellas.

—Tengo que confesarte una cosa, Rebeca —dijo Fernando, haciendo una pequeña pausa—. Me gustas, y mucho.

Rebeca ya se lo esperaba. No era ajena a las miradas que le dedicaba. El problema es que ella también se sentía atraída por Fernando, pero antes debía averiguar algo fundamental que no alcanzaba a comprender.

—A mí también me gustas, pero antes de hacer ninguna tontería, me gustaría formularte una pregunta muy importante. Te advierto que sabré si me mientes o no. Prefiero que no me contestes a que no me digas la verdad. ¿Te atreves?

—¡Claro! Adelante con esa pregunta tan misteriosa —dijo Fernando, un tanto sorprendido pero con el gesto sonriente.

—Es muy sencilla, ¿quién eres en realidad? Y no me digas Fernando del Rey.

—No te entiendo —le respondió. Ahora ya le había desaparecido la sonrisa del rostro, aunque guardaba las composturas.

—Cuando te investigué por internet y me enteré que eras doctor en arqueología, cuando leí tu tesis, cuando eché un vistazo a algunos artículos tuyos, también vi otras cosas... —dijo Rebeca, con cierto misterio—. Cosas que no están al alcance del común de los mortales, ni muchísimo menos.

—¿Qué cosas? —preguntó Fernando, con evidente curiosidad.

—Ciertas fotos.

—¿Fotos? Bueno, si no lo eras ya, después de esta noche te habrás convertido en una *celebrity* de esas. Estoy seguro de que si pones tu nombre en *Google*, también aparecerán un montón de fotografías tuyas.

Rebeca seguía mirándolo fijamente. De su respuesta y de su reacción podían depender muchas cosas.

—Sí, claro que aparecen y aún aparecerán más fotos mías en internet, pero ni una sola con los reyes de España ni con toda su familia —le respondió Rebeca—. Tú tienes muchas de esas, y la gente normal, como yo, no. Quizá porque pertenezcamos a un círculo social diferente, ¿no? ¿Qué haces, en realidad, en *La Crónica*?

De repente, la expresión de Fernando se trasmutó.

Estaba claramente descolocado y parecía que no sabía qué responder.

35 7 DE MARZO DE 1525

—¿Qué esperas para empezar la explicación? —le espetó Jero a su amigo Batiste. Quería saber cómo habían llegado los documentos de Blanquina, que estaban completamente destrozados, después de su aventura en el pozo, hasta el legajo correspondiente del receptor y padre de Amador, don Cristóbal, en aparente buen estado.

—Ya te he dicho que no es nada mágico ni misterioso. La explicación es mucho más simple de lo que te crees —le respondió Batiste.

—Pues ya puedes comenzar.

—Lo voy a hacer por el final, así le quito la poca emoción que tiene este tema, a pesar de tu interés.

—Empieza por dónde te dé la gana, ¡pero ya!

—Todo ha sido cosa de tu padre.

Jero hizo aspavientos con los brazos.

—¡Menuda noticia! Eso ya me lo imaginaba. Recordarás que dijo, en la reunión del salón de la chimenea, que él se encargaría de resolver el problema. Mi duda no era quién, sino cómo.

—Mi padre Johan me avisó de que ayer recibiría unos planos, que necesitaba para una de sus construcciones. Antes de salir de casa, camino de la escuela, alguien los echó por debajo de la puerta, con una especie de envoltorio.

—¿Y eso qué tiene que ver con lo que estamos hablando?

—Todo. Me asomé a la puerta de casa, y vi una persona, con ropajes de criado, alejarse por la calle. Era ya tarde, así que guardé los planos en mi bolsa de la escuela y salí de casa.

Pensé en dárselos a mi padre a mediodía, cuando volviera a comer.

—Estupendo, ¿y qué me importa todo eso?

—Ahora volvamos al incidente de ayer, por el que llevas ese aparatoso paño en la cabeza.

—¿A la Torre de la Sala? ¿Y qué tiene qué ver con este asunto? Me parece que estás desvariando. *wondering*

—Cuando el carcelero se abalanzó contra nosotros, después de tus estúpidas palabras, caímos rodando por las escaleras de la torre. Tú te abriste la cabeza y a mí se me rompió la bolsa de la escuela, desperdigándose todo su contenido por el suelo. De repente, algo llamó mi atención. Lo que yo creía que eran los planos de mi padre, que estaban desparramados por todas partes, no eran tales.

—¿No me digas? —preguntó Jero, ahora sí interesado. Hasta ese momento ya conocía todo lo que le estaba contando su amigo, pero acababa de deducir lo que iba a continuación.

—Sí te digo. En realidad, eran los papeles de Blanquina. Imagínate mi grandísima sorpresa. Me quedé un instante sin saber qué hacer. De inmediato los recogí del suelo, lo más rápido que fui capaz, dada la insólita situación, y los volví a guardar en la bolsa rota, para que el carcelero no notara nada. En el mismo momento que yo estaba haciendo todo eso, a ti no se te ocurre otra cosa que saltar sobre Jeremías y morderle el cuello. Te hubiera matado con mis propias manos, de haber podido. Lo que yo deseaba era salir corriendo de allí y, sin embargo, para salvarte tu culo, me tocó abalanzarme con todas mis fuerzas contra el carcelero, porque si no lo hago, te destroza y te encierra. ¿Te das cuenta lo inconsciente que fuiste?

—¡Nos atacó sin motivo! —insistió Jero—. Simplemente me defendía.

—Reconoce que fuiste un inconsciente. Si nos llegan a encerrar en la Torre de la Sala, nos hubieran requisado todas nuestras pertenencias, y yo tenía una cosa muy valiosa dentro de mi bolsa. Eso no podía ocurrir jamás.

—¡Pero yo no lo sabía!

—¡Claro! Pero ¿no te diste cuenta de que insistí de inmediato en que nos largáramos lo antes posible de aquel lugar? En ese momento ya no quería salvar a Amador, que dado que estaba en las mazmorras de la inquisición, suponía que lo haría su padre. Quería salvar los documentos de Blanquina. Era crucial conservarlos y que no nos los quitaran.

—Me tenía aferrado el carcelero, aunque después de tu acometida, que tampoco se la esperaba, me soltó por un instante.

—Exacto. En ese momento te iba a coger del cuello y a salir corriendo de allí a toda prisa, pero ya no pudimos, porque apareció el receptor. El resto de la explicación ya te la podrás imaginar.

—¡Claro! ¡Por eso le diste ese abrazo a Amador cuando salió de las mazmorras! Le colaste los documentos en un recoveco de su jubón, pero él no se dio cuenta, y por eso casi los quema, junto con el resto de los ropajes, como nos acaba de contar en su casa. Entonces no entendí lo que nos estaba contando desde su ventana.

—Así ocurrieron las cosas, ¿ves cómo no era ningún misterio arcano?

—Bueno, en realidad, sí que lo es. ¿Cómo pudo mi padre trasformar unos guiñapos de papeles, casi ilegibles y medio rotos, en documentos nuevos?

—Ya nos lo dijo él mismo, ¿no te acuerdas? Manifestó algo así como que no olvidáramos quién era. Está claro que el inquisidor general de España y jefe de la Suprema tendrá todos los recursos del Santo Oficio a su disposición. Supongo que no le sería complicado conseguir que algunos de sus muchísimos subordinados no durmieran en toda la noche, falsificando esos documentos. Él tiene acceso a todos los recursos de la inquisición, papeles en blanco originales de la época, lacres y demás parafernalia. Además, no sé por qué, pero, ahora que lo pienso con cierta distancia, me da la impresión que no debe ser la primera vez que tu padre hace esto. Por eso estaba tan tranquilo durante toda la reunión. Conocía la solución desde el principio, pero no nos la podía contar en ese momento.

—Supongo que todo sería así, pero no me deja de sorprender —dijo Jero.

—Ni a mí, pero es la realidad.

—De todas maneras, me quedo más tranquilo. Conociendo a mi padre, sé que tampoco dormiría y se pasaría la noche en vela, junto al falsificador. Eliminaría de los papeles cualquier referencia inconveniente o peligrosa para nuestros intereses.

—En eso te equivocas. Es verdad que todo ocurrió tan rápido que no me dio tiempo a echarles un vistazo a los papeles, pero estoy seguro de que son una copia absolutamente fiel de los originales —dijo Batiste.

—No lo entiendo. ¿Por qué no aprovechar la ocasión para quitar las partes más comprometidas?

—Porque tu padre no es idiota. No sabemos qué es lo que leyó el receptor de esos mismos documentos, hace meses. Los falsificados debían de ser idénticos. Imagínate que recordara algo, buscara el papel para comprobarlo, y no estuviera o peor todavía, el documento estuviera alterado. Don Cristóbal se daría cuenta del engaño de inmediato. Tu padre no podía correr ese riesgo.

—Me ha parecido oírte decir antes que los documentos de Blanquina iban en una especie de envoltorio, ¿no has dicho eso? —preguntó Jero.

—Sí, ¿y qué?

—No sé, me parece extraño. Mi padre me ha enviado decenas de cartas y papeles durante toda mi corta vida, y que yo recuerde, jamás iban envueltos en un papel. Simplemente doblados sobre sí mismos y cerrados con un lacre.

—Bueno, en realidad los documentos de Blanquina también iban cerrados y lacrados, además de atados por un pequeño cordel, supongo que para que no se desparramaran, como ocurrió en la Torre de la Sala, cuando nos caímos con el carcelero.

—Entonces, ¿para qué servía el envoltorio, si ya iban lo suficientemente sujetos?

—Para poner el destinatario de los mismos.

—¿El destinatario? —preguntó Jero, con un gesto de evidente sorpresa.

—Bueno, el destinatario no. En realidad, ponía tan solo la dirección de nuestra casa.

La cara de Jero, ahora, reflejaba una profunda sorpresa.

—¿Le diste ese envoltorio, del que estás hablando, a Amador, junto con el resto de papeles de Blanquina?

—No. Eso no formaba parte del legajo. ¿Para qué iba a querer Amador eso?

—¿Aún lo conservas?

—Creo que sí —dijo Batiste, mientras abría la bolsa y rebuscaba en su interior—. ¿Por qué me estás haciendo estas preguntas tan extrañas?

—Ya te he dicho que mi padre jamás lo ha utilizado conmigo. Simplemente es curiosidad.

Batiste extrajo el papel de su bolsa, y se lo dio a Jero.

—«B-M, III y V», leyó Jero.

—Como te decía, es la dirección de mi casa, calle **B**lanqueríes esquina con calle **M**orer, números **III** y **V**.

—Y dices que saliste a la calle y viste a un sirviente alejándose de tu casa, ¿no?

—¿Qué te pasa, Jero? ¿A qué viene esta especie de estúpido interrogatorio?

—Vamos a ver, Batiste. ¿Desde cuándo mi padre envía una misiva a tu casa y escribe la dirección en el exterior? Todos en esta ciudad saben dónde vive Johan Corbera, maestro *pedrapiquer* principal de la ciudad. Además, si mi padre quiere enviar algo a tu casa, simplemente se lo dice a cualquier sirviente, que ya saben dónde tienen que ir, no escribe nada. Tú mismo afirmas que lo viste alejándose de tu casa.

—No te entiendo, Jero. ¿Adónde quieres ir a parar?

—Pues está muy claro. Para empezar, esa es la caligrafía de mi padre, la conozco perfectamente. Él jamás ha enviado nada con ningún envoltorio, cosa que ya es extraña por sí misma, pero lo que ya resulta totalmente increíble es que escriba tu dirección, de su puño y letra. Eso es completamente inaudito. Eso lo hacen, en su caso, los escribanos o sirvientes. No sé si mi padre habrá escrito, en alguna ocasión, un envoltorio de forma personal. La verdad es que lo dudo mucho.

—¡Pero si tienes uno en tus manos! —le espetó Batiste, cada vez más confundido.

—Eso es lo que lo hace extraordinario. Tengo en mis manos un papel, escrito por mi padre, don Alonso Manrique, que pone «B-M, III y V».

—Para todo tiene que haber una primera vez. Quizá quiso asegurarse de que llegara a mi casa, por la importancia de su contenido, y escribió la dirección de forma abreviada.

—Te equivocas, no es la dirección de tu casa, eso lo has deducido tú por ti mismo, pero no se corresponde con la realidad —dijo Jero, mientras Batiste lo miraba con cara de no comprender a su amigo.

—De verdad, Jero, estás desvariando. Pocas veces he visto una abreviatura tan clara como esta. Ya sabes que no creo en las coincidencias.

—Pues vete olvidando. Conozco mejor a mi padre que tú. Te aseguro que eso no es tu dirección.

—Y entonces, ¿qué es?

—Tan solo tengo clara una cosa de este extraño texto.

—¿Y cuál es? —volvió a preguntar Batiste, ahora con evidente curiosidad.

—Que mi padre nos ha enviado un mensaje oculto, que tenemos que descifrar. Además, por la manera de hacerlo, debe ser algo de extrema importancia.

—¡Ya solo nos faltaba eso! —saltó Batiste—. Si no teníamos suficientes problemas con quedarnos a ciegas, sin la documentación de la inquisición acerca de Blanquina, ahora te sacas de tu mente retorcida un misterio imaginario.

—Te vuelves a equivocar —dijo Jero, que ahora lucía una extraña sonrisa en su rostro.

—¿En qué?

—En todo.

—En todo, ¿qué? —preguntó Batiste, que se estaba empezando a enfadar con Jero. Sin embargo, miraba a su menudo amigo y seguía luciendo esa misteriosa sonrisa en su cara. Aquello no era normal.

—Ni estamos a ciegas con los papeles de Blanquina, ni esas letras y números son la dirección de tu casa —dijo, con mucha seguridad.

Ahora sí, Batiste ya no entendía nada, pero conocía a Jero y sabía de lo que era capaz. No debía menospreciar su inteligencia.

«¿Qué está pasando aquí que no estoy sabiendo ver?», pensó.

36 EN LA ACTUALIDAD, MARTES 9 DE OCTUBRE

—Todo tiene una explicación —dijo Fernando del Rey.

—¿Sí? ¿Y cuál es? Porque yo no tengo ninguna foto, con los reyes, y no estoy hablando de posados oficiales en galas ni nada parecido. Estoy hablando de fotos con todos los miembros de la familia real, en actitudes claramente cariñosas, obviamente fuera de protocolo. Bueno, ni yo ni casi nadie en este país. Esas fotos parecen demostrar una cercanía impropia de los simples mortales —le contestó Rebeca, exagerando sus palabras de forma consciente, mientras le miraba fijamente a los ojos. Estaba pendiente de todas sus reacciones.

Fernando salió de su aturdimiento en apenas unos segundos, y comenzó su explicación,

—Ya te conté lo de mi cociente intelectual, y que, a causa de ello, pertenecía a un pequeño grupo de élite dentro de la Facultad de Geografía e Historia, bueno, la misma que tú estudiaste. Ese pequeño grupo, a su vez, formaba parte de una comunidad más grande, a nivel nacional.

—Sí, recuerdo que me lo contaste.

—Pues los reyes de España nos recibieron en audiencia privada cuando terminamos el último curso y nos graduamos. Ellos ya estaban de vacaciones en el palacio de Marivent, en Palma de Mallorca, con toda su familia. Por eso la recepción fue allí. Además de las fotos oficiales, también se filtraron a la prensa otras que no debían haberlo hecho. Supongo que serán las mismas que habrás visto en internet —dijo Fernando, muy serio.

Rebeca no había dejado de observar cada reacción del cuerpo y el rostro de Fernando. Era especialista en leer el lenguaje no verbal.

«No me ha mentido», pensó, mientras, de improviso, le plantaba todo un beso en boca. Fernando le respondió. Así estuvieron un buen rato, abrazados, a la luz de la luna y bajo las estrellas, en un escenario paradisiaco. Se notaba que ambos se sentían en el cielo.

—Anda, vamos a volver, que se supone que debería estar con los invitados de mi fiesta. Ya tendremos más días para esto —dijo Rebeca.

Regresaron siguiendo el mismo camino por el que habían venido, cubierto de traviesas de madera. Rebeca volvió a escuchar unos sonidos en el mismo lugar donde antes había visto a su tía hablando con Alba.

—Ahora me toca asomarme a mí —dijo Fernando.

—¡Ni se te ocurra! —contestó con asombrosa rapidez Rebeca—. ¡Ahí quieto!

Fernando se sorprendió con la súbita reacción y se quedó plantado en el camino, casi sin respirar.

Rebeca se volvió a asomar a la duna.

—¡Dios mío! —se le escapó por segunda vez en la noche, cuando vio que su tía ya no estaba precisamente hablando.

—¿Has dicho algo? —le preguntó Fernando.

—Nada, nada, podemos seguir.

—A que tampoco era nadie, ¿verdad? —se rio Fernando—. Como toda la noche.

—Tú lo has dicho —le contestó Rebeca, esta vez con la cara desencajada.

«¿Pero esta inconsciente sabe que está Joana en la fiesta?», pensaba Rebeca de su tía.

Continuaron el camino, cogidos de la mano. De repente, observaron que alguien se les aproximaba por el mismo sendero.

—Soltémonos, no sé quién puede ser —dijo Rebeca.

—¡Por fin! —escuchó decir a Carlota, que se acercaba hacia ellos. Iba acompañada, pero esta vez no era Charly, sino Álvaro Enguix.

—¡Carlota!

—Sabía que las instrucciones al equipo de seguridad iban a dar su resultado —dijo, cuando vio a su hermana acompañada de Fernando.

—Tú no tienes vergüenza ni la conoces —le dijo Rebeca, mientras miraba a Álvaro. La petarda pretendía hacer doblete esta noche.

—Te recuerdo que compartimos el 100 % del ADN —le respondió.

—Me parece que el 99 %. Debe existir, al menos, un 1 % de diferencia.

Las hermanas continuaron riéndose, mientras Álvaro y Fernando se miraban entre ellos, sin comprender de qué iba aquella conversación.

Rebeca siguió hablando.

—Todos los invitados a nuestra fiesta están ahí adentro, bailando al ritmo de David Guetta y Martin Garrix, y nosotras aquí afuera. Se estarán preguntando dónde estamos. Se supone que somos las *protas* de la fiesta, ¿no? Además, después de la revelación que hemos hecho, todos querrán hablar con nosotras, aunque sea por simple curiosidad.

—¿No dicen que la curiosidad es el motor de la humanidad? —dijo Carlota—. ¡Pues que vayan carburando mientras tanto!

—¿Montas todo este impresionante sarao e invitas a media ciudad y parte del extranjero, para, a continuación, escaparte de tu propia fiesta? —le preguntó Rebeca, sonriente.

—Ya tendremos tiempo para las formalidades más adelante, que aún nos queda mucha noche. No me niegues que desde este lugar se escucha igual la música, además de tener ciertas ventajas —dijo, con un gesto claramente pícaro.

Rebeca no pudo evitar volver a reírse. Su hermana siempre parecía ir un paso por delante de ella.

—Anda, continuemos los cuatro por el camino y busquemos algún lugar ideal —dijo Carlota—. Hoy es una noche que no quiero que se acabe nunca.

—¡No! —contestó Rebeca súbitamente, pensando en lo que acababa de observar al abrigo de una de las dunas. Bajo ningún concepto podía permitir que su hermana lo viera. No sabría cómo explicarlo.

—¿Qué mosca te ha picado? —le respondió Carlota—. No me digáis que habéis salido tan solo para ver las estrellas, porque no me lo creo.

—¿Y si nos bañamos? Casi está la luna llena, puede ser muy divertido —propuso Rebeca, sin pensar en lo que decía. Cualquier cosa con tal de sacar a Carlota de aquel camino entre las dunas.

Carlota se quedó mirando a su hermana, completamente sorprendida. Esa idea era una de las típicas de ella, no de Rebeca, que no le pegaba nada.

—A veces tienes ideas extraordinarias —contestó su hermana—. No sé a quién te pareces.

—¿Pero lleváis bañadores? Porque yo no —dijo Fernando.

—Ni nosotras, pero sí ropa interior, que casi es lo mismo— dijo Carlota, mientas miraba a su hermana—, porque tú llevas, ¿verdad?

—¡Pues claro!, pero minúscula. Este traje apenas la permitía —le respondió Rebeca, cuya cara parecía un tomate, de lo roja que estaba. Lo que tenía claro es que ahora no se podía echar atrás. Casi prefería quedarse en ropa interior a que su hermana viera aquello.

—Pues entonces, ¿a qué esperamos para acudir al mar? —dijo Carlota, mientras salía corriendo con Álvaro hacia la orilla de la playa.

Fernando y Rebeca se quedaron mirando durante un instante, como pensándoselo, pero también echaron a correr detrás de ellos.

Llegaron a la orilla de la playa, y se quitaron la ropa.

—Este momento merece ser inmortalizado una foto —dijo Carlota.

—¿Te has vuelto loca? —contestó de inmediato Rebeca, cuya ropa interior era pequeña de verdad. Su vergüenza estaba haciendo serios equilibrios y, ahora, ¿la petarda quería una foto?

Carlota se quedó mirándola.

—Al menos una foto de nosotras dos.

—¡Hermana, por favor! ¿Nos has visto bien? ¡Pero si estamos casi desnudas!

Álvaro, como siempre, puso algo de cordura al tema.

—Anda, poneos de espaldas. Yo os puedo hacer una foto. Será otro precioso recuerdo que guardaréis de esta noche. No se os verá la cara, así solo vosotras sabréis quiénes sois, nadie os reconocerá.

—Y vosotros también —contestó Rebeca, guiñándole un ojo.

—Tema resuelto —dijo Carlota, mientras rebuscaba dentro de su bolso y sacaba su móvil—. Álvaro, haznos la foto con mi teléfono, de espaldas, con el mar Mediterráneo a nuestros pies, y la luna casi llena iluminando nuestros cuerpos.

—Así dicho suena algo artístico, cuando, en realidad, nos van a fotografiar nuestros culos —dijo Rebeca, que había claudicado, pero no estaba del todo convencida.

—Luego nos las pasáis a nuestro móvil —dijo Fernando, riéndose, mientras Álvaro les hacía varias fotografías.

—Vosotros dos nos estáis viendo en directo, con eso ya vais más que servidos —le contestó Rebeca, también riéndose.

Cuando Álvaro terminó, le devolvió el móvil a Carlota, que lo guardó en su bolso, mientras sacaba una botella de tequila de su interior.

—¿Pero tú que llevas ahí dentro? Eso no es un bolso cualquiera, parece el de Hermione Granger —dijo Rebeca, recordando a una de las protagonistas de la serie de Harry Potter y su bolso infinito.

Los cuatro se rieron, mientras les echaban unos tragos a la botella de tequila y se metían en el mar.

—¡Ni se te ocurra subir esta foto a Instagram! —le dijo Rebeca a su hermana—. No quiero que vea mi culo medio mundo.

—Aunque no me creas, mi vergüenza también tiene un límite —le contestó Carlota, que ya casi le llegaba el agua por las rodillas.

—Ese es precisamente el problema, ¿dónde está tu limite? —le contestó, mientras seguían corriendo por el agua, hasta que finalmente se cayeron en ella—. Me parece que es ligeramente diferente al mío.

—En el fondo del mar —le contestó Carlota, saliendo de debajo del agua.

Disfrutaron de un magnífico baño con una extraordinaria compañía. Sin ninguna duda, un gran broche a una gran noche, sin saber que acababan de hacer lo más importante de todo el día.

La fotografía.

Photograph.

37 7 DE MARZO DE 1525

—¿Te has vuelto loco, Jero? —preguntó Batiste, que no entendía nada de lo que estaba escuchando a su amigo.

—Sabes que no, ya me conoces lo suficiente. Además, lo veo en tus ojos. En el fondo me crees, aunque no comprendas lo qué quiero decir.

—No te confundas. Quiero creerte, no te creo, cosa que no significa lo mismo —se defendió Batiste.

—Pues deberías hacerlo. Ya sabes que no bromeo con ciertas cuestiones.

—Comprende mis dudas, Jero. Afirmas que los documentos de Blanquina, que, ahora mismo, está estudiando el receptor en el despacho de su casa, no están fuera de nuestro alcance, al margen del tema del envoltorio con mi dirección. ¡Ya niegas hasta lo evidente!

—Eso no es así. Exactamente te he dicho que «ni estamos a ciegas con los papeles de Blanquina, ni esas letras y números son la dirección de tu casa». Esas han sido mis palabras literales, no las tergiverses.

—¡Ah, vale! —dijo Batiste, en un tono claramente sarcástico—. Ahora lo tengo claro.

Jero intentó explicarse.

—Vayamos por partes. En cuanto a las letras y números «B-M, III y V» tengo muy claro lo que no son, la dirección de tu casa, pero cómo tampoco tengo ni idea de lo que son, dejaremos ese tema a un lado, de momento. Quizá se nos ocurra algo más adelante.

—¿Y los papeles de Blanquina? —preguntó Batiste.

—Plantéate una cuestión, ¿de verdad crees que el receptor los tiene todos?

—¡Qué dices! —exclamó sorprendido Batiste—. ¿Estás insinuando que tu padre no me dio todos los documentos y se guardó alguno?

—No, eso ya ha quedado claro antes, y estoy de acuerdo contigo. El receptor tiene el legajo completo que le entregó el inquisidor Churruca, con todos los papeles en su interior.

—Entonces, no entiendo lo que me quieres decir, porque no me atrevo a pensar que estés insinuando que nos colemos en la residencia de don Cristóbal. Eso sería una locura imposible de realizar.

—¿Has estado alguna vez en la biblioteca y archivo general del tribunal del Santo Oficio de la ciudad? Es una pregunta retórica, ya sé que no has entrado jamás, porque tan solo lo hacen muy pocas personas. Es un lugar casi impenetrable, envuelto en un halo de cierto misterio. Recuerda que, gran parte del proceso inquisitorial es secreto, por eso precisamente existe la figura del notario del secreto, para garantizarlo, y la biblioteca, para custodiarlo.

—¿Adónde quieres ir a parar?

—¿Cómo podemos tener la seguridad que don Juan de Churruca le entregó al receptor todos los documentos que el Santo Oficio disponía sobre Blanquina? Te recuerdo que la primera vez que fue interrogada, ocurrió en el siglo pasado, cuando contaba con tan solo catorce años de edad. Declaró en varios procedimientos, y no solo como acusada. Debe existir abundante documentación acerca de ella.

—¿Acaso insinúas que, en ese archivo o biblioteca misteriosa que me acabas de contar, pueden existir más documentos acerca de Blanquina?

—No solo lo insinúo, sino que lo afirmo. Yo he estado en el interior de esa biblioteca. Es enorme y hay miles de legajos en un montón de muebles y pasillos. Es espectacular. Ahora, piensa un poco. El inquisidor Churruca le entregó los documentos de Blanquina al día siguiente que el receptor se los pidiera. En tan poco espacio de tiempo, estoy convencido de que es imposible que pudiera revisar toda la biblioteca. Alguno se le debió pasar. Me parece mucho más que probable, por no decir completamente seguro, que aún existan legajos acerca de Blanquina en los archivos del Santo Oficio —dijo Jero, con gran convicción.

—¿Continúas insinuando que nos colemos en ese lugar tan misterioso, qué tú mismo acabas de definir cómo impenetrable?

—Bueno —dijo Jero, con una pequeña sonrisa en el rostro—, la biblioteca está en los sótanos del palacio. Tan solo hay un acceso, y está cerrado por una gran puerta con tres cerraduras diferentes. Los señores inquisidores tienen una llave, otra la tiene el notario del secreto, y la tercera el bibliotecario.

—Acabas de decir qué tú mismo habías estado allí adentro, ¿cómo lo conseguiste, con semejantes medidas de seguridad? —preguntó Batiste, que, nada más formular la cuestión, ya le vino a la mente la respuesta, comprendiendo la sonrisa de su amigo.

—Veo que ya te lo imaginas —dijo Jero, ahora riéndose abiertamente.

—Lo supongo —dijo Batiste, también con una sonrisa, aunque algo más cohibida.

—Ya conoces mis habilidades con la apertura de cerraduras, heredadas de mi estancia en las celdas del convento de San Pablo el Real, en Sevilla, antes de venir a Valencia, a este Palacio Real.

—No me lo recuerdes —dijo Batiste, avergonzado y a la vez sorprendido, rememorando con la facilidad que abrió la puerta del palacio del conde de Ruzafa, cuando asistieron de incógnito a un Gran Consejo, valiéndose tan solo de tres pequeños hierros.

—De todas maneras, tienes razón en una cosa. A pesar de mis habilidades con las cerraduras, no es tan solo una, son tres. La zona no es que esté muy concurrida, son los sótanos, pero siempre suele haber alguien por los alrededores. Incluso el propio bibliotecario acostumbra a estar en su interior. Por eso decía lo de misterioso e impenetrable. Manipular tres cerraduras lleva su tiempo, y nada te garantiza que, cuando logres franquear la puerta, te encuentres de frente a un inquisidor, al notario del secreto, o aún peor, al bibliotecario.

—¿El bibliotecario es aún peor que un inquisidor? ¿Por qué dices eso?

—Tú no lo conoces ni lo has visto. Espero que nunca tengas que hacerlo —dijo Jero, que ya no sonreía. Batiste pensó que, seguramente, habría tenido algún encontronazo con él en alguna otra ocasión.

—Parece un plan suicida, tal y como lo cuentas.

—Es que quizá lo sea, pero ¿tenemos alguna alternativa a la desesperación? Ya no disponemos de los documentos que Amador nos facilitaba, quizá para siempre, como ya nos insinuó desde la ventana de su casa. Arnau está encerrado en su palacio y ya veremos cuándo sus padres le permiten salir. Quedamos tú y yo. ¿Se te ocurre alguna otra cosa?

Batiste permaneció un momento en silencio. Finalmente, respondió a su amigo.

—No.

—Pues entonces, deberíamos estudiar los hábitos de acceso a la biblioteca de las personas que lo suelen hacer, pero como no tenemos tiempo de eso, ya que nos llevaría muchos días, de los que no disponemos, pues tendremos que entrar cuanto antes, y que sea lo que Dios quiera.

—Eso es precisamente lo que me preocupa —dijo Batiste, que tenía que reconocer que, ahora mismo, estaba asustado.

«De esta no sé si saldremos», pensaba.

38 EN LA ACTUALIDAD, MIÉRCOLES 10 DE OCTUBRE

Rebeca abrió un ojo. Lo primero que hizo fue mirar el despertador de la mesita. Eran las cuatro de la tarde. Inmediatamente abrió el otro. No recordaba haberse despertado tan tarde en su vida.

«Menos mal que la petarda se atrevió a pedirme el día libre al director Fornell», pensó ahora, aunque se enfadara en su momento. A las nueve y media de la mañana, su hora de llegada habitual a *La Crónica*, no se acordaba ni dónde estaba. De hecho, ahora que lo pensaba, no sabía ni cómo ni cuándo había llegado a su casa. Lo único cierto era que estaba disfrutando del resacón de su vida. Le estallaba la cabeza en mil pedazos.

«¿Quién me habrá puesto el pijama?», se preguntaba. Esperaba que no lo hubiera hecho Fernando.

—¡Pero qué tonterías estoy pensando, si estoy en mi habitación y en mi casa! —dijo en voz alta.

A palpas, alcanzó su móvil de la mesita de noche. Sin batería. «Ya es todo milagro que no lo haya perdido», pensó. Lo puso sobre la superficie de carga inalámbrica. En unos minutos esperaba poder encenderlo.

«¿Y ahora qué hago?», pensó. Se decidió por atreverse a salir a la cocina y hacerse un batido de leche bien cargado con un par de ibuprofenos.

No conocía qué se iba a encontrar, y lo poco que recordaba no le hacía demasiada gracia, no obstante, se decidió y salió en pijama a la cocina, antes de pasar por el baño. El batido era su primera prioridad.

—¡Mujer, ya te has levantado! Habíamos apostando si sería para la hora de comer o de cenar. Al final ni una ni otra.

—¡Joana! —dijo entre legañas Rebeca, mientras intentaba darle torpemente un abrazo—. ¿Qué haces aquí? Quiero decir, esta es tu casa también para cuando quieras, pero no esperaba...

Joana le cortó.

—Deja tus torpes explicaciones para cuando te despiertes del todo, que aún tienes ojos de china. ¿Quieres que te prepare algo?

—Pues ya que te ofreces, un batido de leche con dos ibuprofenos dentro me vendría de maravilla. Me estalla la cabeza.

—No me extraña. ¡Menuda liasteis ayer tu hermana y tú! Jamás en mi vida había sido testigo de nada ni siquiera parecido.

—Espero que más Carlota que yo, porque casi no me acuerdo de nada. A ver si se me despeja la cabeza un poco, que ahora mismo tengo una borrasca instalada en mis neuronas.

Rebeca se bebió el vaso de leche condimentado que le había preparado Joana y se dio una buena ducha reparadora. Volvió a la cocina.

—¿Y mi tía?

—Trabajando. Ella no se podía tomar el día libre. Se ha ido sin dormir, ¡así estará ahora mismo!

—Ahora que podemos hablar con más tranquilidad que anoche, que, de hecho, no recuerdo ni siquiera que habláramos más que cuando nos vimos al principio, ¿cómo conseguisteis la presencia de Ed Sheeran? Carol me dijo que tuviste un papel muy destacado.

—Bueno, Ed está ahora mismo de gira por Estados Unidos. Dio la casualidad de que, por «sugerencia» de Jacques Antón, asistí a su concierto de Nashville, en Tennessee, el sábado pasado. Ed tenía toda una semana libre hasta su próximo concierto, en Kansas. Eso, y el dinero de la familia Antón obraron el milagro. Hice el vuelo desde Estados Unidos a España con él y su representante, en un avión privado fletado por Jacques. Llegamos por los pelos a vuestra celebración ¡Casi podría decir que fue la aventura de mi vida! Excepto en los momentos que dormimos, tuve la ocasión de hablar bastante con Ed. Es muy espontáneo y sencillo. ¡Fue todo un lujo y una experiencia!

—¡Desde luego! Cuando consiga despejarme, supongo que iré siendo consciente de todo lo que ocurrió ayer.

—Fue apoteósico —dijo Joana.

—¿Te crees que sigo sin acordarme de la última parte de la fiesta? Espero no haber hecho ninguna tontería —dijo, mientras recordaba su paseo por las dunas y su baño nocturno. A partir de ahí su mente estaba en blanco. Esperaba ir recordando a medida que se fuera despejando.

—Desaparecisteis Carlota y tú un buen rato, supongo que a ver las estrellas y el mar Mediterráneo de cerca —dijo, con una sonrisa pícara—, porque luego regresasteis con el pelo mojado, curiosamente igual de mojado que otras dos personas, o sea, que no fue muy difícil deducir lo qué estabais haciendo.

—¡Por favor! ¡Qué vergüenza! Me acuerdo que Carlota llevaba una botella de tequila en su bolso y que nos la acabamos, sentados en la arena, frente al mar.

—Pues está claro que hizo sus efectos —continuó Joana, con la misma sonrisa.

—Seguro que hicimos el ridículo con todo el mundo cuando volvimos de la playa, porque no me acuerdo de nada más.

—¡No, mujer! Estuvisteis muy simpáticas con los invitados. Me atrevería a decir que hablasteis con todos ellos, de forma individual. La gente estaba encantada con vosotras. Fuisteis unas magníficas anfitrionas, la organización estuvo de diez y fue una noche inolvidable, casi diría que mágica. ¿Qué más quieres?

—Entonces, ¿no hicimos el ridículo? ¿No íbamos borrachas cómo cubas?

—¡Que no! Al menos, si lo ibais, no se notaba. Estabais radiantes y de un humor extraordinario. No parabais de reír. Lo pasamos genial hablando, pero también bailando. Eso sí, tengo agujetas hasta en las pestañas, que, con mi edad, ya no estoy acostumbrada a estos festivales para jovencitas y jovencitos alocados.

—¿Y qué pasó cuando acabó la fiesta?

—Cuando se hizo de día, volvimos a casa. Te dormiste en el coche, y creo que no te has despertado hasta ahora, y de esto último no estoy muy segura.

Rebeca sonrió.

—Sí, ahora ya estoy despierta, pero con una amnesia parcial muy preocupante.

—¡Eso no es preocupante! Irás recuperando la memoria poco a poco. Es normal, después del tremendo festival que te pegaste.

—Espero que la recuperación de mis recuerdos no vaya asociada a la vergüenza de no saber ni qué dije ni hice.

—Ya verás como no. Por cierto, que no se me olvide decírtelo, me ha llamado Carlota, hace como dos horas.

—¡Ah! ¿sí? ¿Y qué quería?

—Quedar contigo a comer. Me dijo que tenías el móvil apagado y le dije que aún estabas durmiendo.

—¿Y ya está? ¿Nada más?

—No. Me contó no sé qué de una fotografía que te había enviado al móvil. Que la miraras cuando te despertaras.

Rebeca supuso a qué fotografía se refería, y no pudo evitar ponerse colorada.

—Vaya, parece que la foto debe ser interesante, viendo tu reacción —dijo Joana, sonriendo.

—Nos hicimos cientos de ellas, no sé cuál me habrá enviado —contestó, lo que, además, era cierto.

—Pues por su tono de voz, me dio la impresión de que era importante.

—Luego la veré, tengo el móvil cargándose, sin batería.

—Mientras tanto, si te quieres entretener, encima de la mesa tienes un ejemplar de *La Crónica* de hoy, aunque en la edición digital viene mucha más información y, sobre todo, cantidad de fotografías.

Tomó el periódico y, en la portada, en la parte inferior, había una foto de Carlota y ella abrazadas, con el titular «Las hermanas del siglo XXI». Hojeó por encima la sección de sociedad. Afortunadamente, no decía nada que no supiera. Tampoco eso suponía ninguna clase de alivio, ya que la edición en papel la cerrarían antes de montarse el sarao de verdad.

Se fue a su habitación. Que Carlota le llamara hoy para quedar a comer era un tanto inusual, teniendo en cuenta a la hora que se acostaron ayer y el festival que se pegaron. Joana podría tener razón y tratarse de algo importante. Tomó el móvil, que ya tenía batería suficiente para encenderlo, como así hizo.

«¡Más de trescientos mensajes por leer!», se dijo. «Ya tengo ocupación para esta tarde, simplemente leyéndolos y contestándolos». Buscó los de Carlota. Había tan solo dos, una foto con un pequeño texto.

—Me lo temía —dijo en voz alta, mientras observaba la fotografía que le había enviado. Era la que les había tomado Álvaro Enguix, en la orilla del mar, de espaldas, enseñando toda su anatomía trasera. El texto ponía «observa bien, es muy importante».

Rebeca se quedó mirando la foto. La verdad es que era muy bonita, pero no le veía la importancia por ninguna parte. De todas maneras, si Carlota decía que lo era, lo debía ser, aunque a Rebeca no se le ocurría ningún motivo para ello, «más allá de un cielo precioso y dos estupendos culos», pensó, algo avergonzada, al tiempo que divertida.

La llamó por teléfono. Ahora, la que lo tenía apagado era ella.

«Bueno, supongo que el cielo puede esperar», se dijo, como el título de la película de Warren Beatty del siglo pasado.

No sabía lo equivocada que estaba.

39 8 DE MARZO DE 1525

—¿Esta misma tarde? —preguntó Batiste, con evidente nerviosismo.

—¿Qué le pasa a esta tarde? Es como cualquier otra, y cada día que pasa, don Cristóbal puede estar avanzando en cuestiones que ni nos imaginamos, porque no tenemos ninguna información y desconocemos a qué conclusiones puede estar llegando.

—Sí, eso es verdad, pero... —empezó a decir Batiste, que más que nervios, lo que tenía era miedo.

—Pero ¿qué? —le cortó Jero—. Los dos inquisidores no estarán esta tarde en el palacio, ya que se han desplazado a Xàtiva y no regresarán hasta la noche.

—Pero aún queda el notario del secreto y el bibliotecario.

—Sí, es verdad, pero esos no salen del Palacio Real casi nunca. Por lo menos, hoy tan solo tenemos el peligro de que nos descubran dos personas, no cuatro, como sería lo habitual. Es el día ideal.

—Ideal del todo —dijo Batiste, intentando imitar una sonrisa. En el fondo, sabía que su amigo tenía razón. No podían quedarse inactivos, y no es que les sobrarán las opciones. De hecho, tan solo tenían la de la biblioteca, por suicida que le pudiera parecer.

—Cuando terminemos la escuela, cada uno nos vamos a nuestras casas y comemos lo más rápido que podamos. Hemos de intentar entrar en la biblioteca lo antes posible.

—¿Por qué?

—Por la luz. Recuerda que está en un sótano, y tiene unas pequeñas oquedades, por las que entra la luz solar, que la iluminan, pero muy tenuemente. Está en completa penumbra

228

la mayor parte de las veces. En ocasiones dejan algún candil encendido, pero eso sería mala señal, ya que nos indicaría que hay alguien en su interior.

—¿Te das cuenta de la descripción que estás haciendo de ese horrible lugar? Vamos, toda una invitación para visitarla —dijo Batiste, que estaba asustado.

—No es para tanto. Lo de la luz tiene todo el sentido del mundo. Se supone que tendremos que leer legajos, y en cuanto se haga de noche, será imposible manejarse por el archivo. Por eso digo lo de quedar cuánto antes.

—¿Y cómo lo hacen los inquisidores y los demás?

—Ellos llevan candiles, pero nosotros no podemos, porque nos descubrirían, si entra alguien. Así que nos tendremos que apañar con la poca luz solar que entra.

—Me están dando ganas de salir corriendo en dirección contraria.

—Parece mentira que el niño sea yo, y tú tengas cuatro años más.

—¡Oye! ¡Qué estoy de acuerdo con el plan! Pero tú lo ves más fácil porque vives allí y ya has entrado. Yo me la imagino de una manera muy extraña —se defendió Batiste.

—En eso tienes razón. La biblioteca impone, con esa luz tétrica y las sombras que se mueven...

—¿Cómo sombras que se mueven? —preguntó de inmediato Batiste—. ¡Bandido! ¡Me quieres asustar más de lo que ya lo estoy!

—No, es cierto. La primera vez que entré me llevé un buen sobresalto. Te prometo que lo de las sombras es verdad. Piensa que las oquedades que iluminan la biblioteca dan a la calle. A veces pasa gente y, en el interior, se reflejan las sombras. No es nada misterioso ni sobrenatural, aunque su efecto sobre el interior sea muy curioso.

—¡Pues haber empezado por ahí!

—Tranquilo, que a los que hay que tener respeto es a los vivos, sobre todo al bibliotecario, no a los muertos, que por allí no creo que haya demasiados.

—Cada vez que me cuentas algo, consigues relajarme un poco más —dijo Batiste, en un tono socarrón, pero denotando algo de miedo.

—Eso sí, a pesar de la batalla que libra a diario, sobre todo el notario del secreto, hay muchas ratas. No sé si te dan miedo. Piensa que es una gran estancia en un sótano, Supongo que será algo inevitable.

—Confirmado, cada vez me tranquilizas más —le contestó Batiste—. Ya no sé si voy a ser capaz de comer.

—Te espero lo antes posible —dijo Jero, mientras se despedía—. Avisaré a Damián de que vas a venir.

—Si ves que me retraso un poco es que estoy indispuesto —dijo, a modo de broma Batiste.

—¡Ni se te ocurra faltar a la cita! —le contestó Jero, ya desde la distancia—. Soy capaz de ir a tu casa y llevarte a rastras, si hace falta, hasta el palacio.

Batiste se fue reflexivo hacia su domicilio, obediente. Cuando llegó, para su sorpresa, ya estaba su padre. Acostumbraba a llegar después que él, y eso los días que lo hacía.

—¿Qué haces aquí tan pronto, padre?

Johan saludó a su hijo.

—Ya sabes que estamos construyendo una nueva escalera, en la Casa de la Diputación del General del Reino de Valencia. Nos está dando bastantes problemas, ya que debe dar acceso del patio al piso principal, que data de 1482, y quiero dañar lo mínimo posible la estructura original, que aún es más antigua. Estamos tomando ciertos riesgos, y hoy se nos ha caído un peldaño con parte de la estructura. Así que todos a casa, mañana será otro día.

—Vaya, lo siento.

—No lo hagas. Es más habitual de lo que te piensas, cuando quieres construir elementos con cierto riesgo. Todo acaba arreglándose, con algún cambio menor en los planos, pero, aunque te cueste el doble de tiempo, al final merece la pena. La cuestión es que debería haberla terminado ya. Llevo retraso.

—El profesor Urraca, en el colegio, siempre nos dice que más vale hacer las cosas bien, a su debido ritmo, que deprisa y mal.

—Ya aprenderás que eso es una máxima de nuestro oficio, aunque nuestros jefes no lo entiendan y lo quieran todo para ya. Espero que dentro de unos años me tomes el relevo, y seas tú el que te encargues de estas cuestiones. Ya estoy mayor y algo cansado, así que aplícate en los estudios. Si no ocurre nada, ya tengo pactado que, dentro de pocos años, me retiraré. Mi puesto será tuyo, si cumples las expectativas que todos tenemos depositadas en ti.

—¿No es un poco pronto para hablar de eso? Tan solo tengo trece años.

—De pronto nada. El tiempo pasa volando. Con tu inteligencia, antes de los veinte ya estarás al cargo de muchas obras. Esta ciudad es muy exigente, y tienes que estar preparado, por eso te lo digo con cierto tiempo.

A Batiste ya solo le faltaba la presión de su padre, en un día como el de hoy. Se sentó en la mesa. Justo hoy que tenía cierta prisa, a su padre le había dado por soltarle sermones.

—¿Comemos ya?

—¿Qué prisa tienes? Te noto con cierta ansiedad, que no es habitual en ti.

—Es que he quedado con Jero en el Palacio Real, para acceder a la biblioteca del Santo Oficio —dijo Batiste, como si estuviera contando cualquier cosa.

—Pero, ¡qué dices! —exclamó asustado Johan—. Si ahí no se puede entrar, es uno de los sitios más secretos de todo el Palacio Real. Dicen que está custodiada de forma permanente y cerrada por una gran puerta con tres cerraduras.

—Lo de las tres cerraduras me lo ha contado Jero, lo de que está custodiada permanentemente no —dijo Batiste, que cada vez estaba más asustado.

—¿Y cómo pensáis acceder?

—Jero tiene las tres llaves —mintió Batiste. No tenía ganas de empezar a dar explicaciones innecesarias a su padre acerca de las curiosas habilidades de su amigo.

—¿Pero también ha conseguido el permiso de los señores inquisidores?

—Eso no.

—Entonces, ¡estáis locos! A pesar de quién es Jero, ¿sois conscientes de que os podéis meter en un buen lío? Por ejemplo, ¿no sabes quién es el bibliotecario?

—No lo conozco, pero Jero me dio a entender que tenía muy malas pulgas. Advertí en él cierto respeto, o quizá hasta miedo. Supuse que sería otro de los empleados malcarados del Santo Oficio, que tanto abundan por el Palacio Real.

—No me extraña que le tenga respeto. En realidad, el bibliotecario es mucho más que eso —dijo Johan, que tenía una cara de susto parecida a la de Jero, cuando le habló del bibliotecario.

Johan le contó quién era.

La sangre de Batiste se le heló por un momento. Ese pequeño detalle no se lo había explicado su amigo.

«Supongo que sabría que, si lo llega a hacer, no entro ahí ni loco», pensó, sin poder evitar estremecerse. Lo que ocurría es que ya había quedado con él, además tenía que comer lo más rápido posible. No se le olvidaba. Necesitaban algo de luz en el interior de la biblioteca para tener alguna posibilidad de encontrar lo que iban a buscar.

—Supongo que la presencia de Jero os dará cierta protección, o, al menos, eso quiero pensar, para no ponerme más nervioso —concluyó Johan.

—No lo sabía, padre, pero, aunque Jero me lo hubiera contado, no tenemos otra opción que colarnos en ese lugar —contestó Batiste, intentando darse ánimos.

Batiste le explicó a su padre la situación de Amador y Arnau, ambos confinados en sus respectivas casas. No tenían acceso a ninguna documentación, mientras el receptor estaría analizando los papeles de Blanquina. No veían otra alternativa que tomar ciertos riesgos, aunque fueran importantes.

—¡Caramba con las habilidades manuales de don Alonso Manrique! —dijo Johan, que tampoco sabía nada de la falsificación de los documentos de Blanquina. Se acababa de enterar por su hijo.

—Bueno, como él se encargó de recordarnos, es el inquisidor general de España, por eso estaba tan tranquilo durante toda la reunión.

—Hablando de tranquilidad, al margen de la locura que vais a cometer en breve, hay dos cuestiones de todo lo que me acabas de contar, que me preocupan y no termino de comprenderlas,

—¿Cuáles? —le preguntó con interés Batiste a su padre.

—La primera, la actitud de las hermanas Beatriz y Leonor Vives. Sabes que las conozco hace muchos años, desde que eran unas niñas, por la relación que tengo y he tenido con su hermano Luis. Hay algo que no me encaja en toda la historia que me acabas de contar.

—¿Qué? —le volvió a preguntar Batiste, esta vez más impaciente.

—Ya lo hablaremos con más calma y detenimiento, que es largo de explicar y me parece que ahora tienes prisa.

—¿Y la segunda? —preguntó con curiosidad Batiste. Se tenía que ir al Palacio Real lo antes posible y su padre no dejaba de decir cosas que llamaban su atención.

—El tema de Arnau. ¿Sabes quiénes son la familia Ruisánchez?

—Ni idea. Él siempre nos dio a entender que provenía de una familia humilde.

—Y no os engañó —contestó Johan, con una sonrisa en los labios.

—Pero, ¡qué dices, padre! Hemos estado en su casa, bueno, en realidad, en su palacio. La residencia de los Medina y Aliaga, que ya es espectacular, se queda pequeña al lado de la de los Ruisánchez.

—Yo no te he dicho que no tengan dinero. Lo tienen, y mucho. De hecho, quizá sean la familia más rica de la ciudad, en la actualidad. Lo que te he dicho es que, si os comentó que su origen era humilde, no os engañó.

—No te entiendo. Entonces, ¿no son nobles? Porque semejante palacio no está al alcance ni siquiera del mismísimo conde de Ruzafa. El de la familia Ruisánchez es espectacular, al menos por el exterior.

Johan se echó a reír, sin poder evitarlo. Fue una reacción espontánea, pero ahora no podía parar de hacerlo.

—¿Y si me cuentas lo que tiene de gracioso, así me río yo también? —preguntó, ahora algo enfadado, Batiste.

Johan, como pudo, se lo contó. Aún se estaba riendo. Sin embargo, Batiste se quedó todo serio. Jamás se lo hubiera podido imaginar.

—Invita a comer mañana a tu amigo Jero a nuestra casa. Creo que debéis conocer ciertas cuestiones, que quizá sean importantes —concluyó Johan la conversación, con cierto tono de misterio—. Ahora vete, que aún llegarás tarde.

«¿Qué querrá contarnos?», se preguntó Batiste, que iba de sorpresa en sorpresa.

40 EN LA ACTUALIDAD, JUEVES 11 DE OCTUBRE

Rebeca se despertó, ya completamente recuperada del tremendo festival del martes. Como tenía previsto, había dedicado la mañana de ayer a dormir, y, por tarde, a responder a todos los mensajes que había recibido de la mayoría de invitados, agradeciéndole la fantástica velada y felicitándola por el anuncio sorprendente que habían hecho Carlota y ella. Pero hoy ya era jueves, y tenía que acudir al periódico, como cualquier mañana entre semana.

Estaba de buen humor. Se dio una buena ducha, se vistió y salió a la cocina. Allí estaban su tía y Joana desayunando.

—Menuda diferencia de aspecto con el que tenías ayer por la tarde, pareces radiante —dijo Joana.

Rebeca estaba algo incómoda por lo que vio el día de su cumpleaños por la noche en las dunas, pero, al fin y al cabo, cada uno tenía derecho a vivir su vida como quisiera, como hacía su hermana Carlota, sin ir más lejos. No pensaba preguntarle nada a su tía, a pesar de que le reconcomía la curiosidad. «¡Con Alba!», se dijo. «¿Con cuál de las dos sería?» «¿O con las dos a la vez?». No pudo evitar que se le escapara una ligera sonrisa con sus lascivos pensamientos.

—Desde luego, *Rebeca vuelve*, que parece el título de una película de Batman o de cualquier superhéroe. Hoy parece que luces tu buen humor habitual. Tenías que haber visto tu aspecto en el coche, de regreso a casa, desde *Las Dunas*.

—Casi prefiero que no —respondió Rebeca—. Voy recordando cosas con cuentagotas. Aún no me acuerdo de casi la mitad de la noche.

—Lo que me sorprende es que te acuerdes de la otra mitad —le respondió su tía, riéndose —Pensaba que no saldrías de esta hasta mañana, por lo menos, como yo.

—Ella tiene veintidós añitos, ayer no fue a trabajar y salió de su nido a las cuatro de la tarde. Tú le doblas la edad y ayer no dormiste, para irte a la comisaría —dijo Joana, cogiendo de la mano a Tote—. ¿Quién de las dos ha demostrado más vitalidad?

—Me parece que tú, Joana —dijo Tote—. No olvides que el mismo martes llegaste de los Estados Unidos y, a pesar del *jet lag*, estás como una rosa, no como yo, que estoy para el arrastre.

Joana le dio un beso a Tote.

—Porque llevo las agujetas de los bailes que pegué con la máxima dignidad posible, e intento que no se me noten, evitando andar como un robot —contestó Joana.

—Bueno, os dejo a las dos. Hoy quiero llegar pronto a *La Crónica*, ya que ayer me salté todo el día de trabajo. —dijo Rebeca.

En realidad, ese no era el motivo verdadero. Tenía una conversación pendiente con el director Fornell, y no quería demorarla más. Todo aquello era muy extraño, y necesitaba respuestas cuanto antes.

Hoy amenazaba lluvia, así que tomó el autobús. Cuando entró por la puerta de la redacción, para su absoluta sorpresa, se llevó una gran ovación por parte de todos sus compañeros. El único que no estaba presente era el director. Todos querían hablar con ella y, además, a la vez.

—Oye, Rebeca, el chico ese que cantaba tan bien y que os regaló su guitarra, ¿quién era? —le preguntó la subdirectora Peris—. Tengo una fiesta dentro de dos fines de semana y me interesaría contratarlo.

—Lo siento, Carmen María. Me temo que lo tienes algo difícil, su agenda es muy complicada —respondió Rebeca.

—Pues qué lástima, porque tocaba y cantaba igual que Ed Sheeran.

A final, consiguió, después de todos los besos y felicitaciones, llegar hasta su espacio de trabajo. Se abrazó con sus tres compañeros, Fabio, Fernando y Tere.

—Lo pasamos de fábula. Fue la mejor fiesta de nuestras vidas —dijo una emocionada Tere—. Lo estábamos comentando ahora mismo, antes de que llegaras. Te lo habrán dicho más veces, pero todos tuvimos una sensación mágica. Aquello no parecía real, se asemejaba más a un cuento de princesas, con algún príncipe de por medio...

Rebeca no le estaba prestando atención a Tere. Observaba su mesa. Tenía sobre ella otro ramo de rosas rojas, aunque esta vez diferente al anterior, al que le envió el Gran Consejo. Era enorme y no tenía ninguna cinta negra sujetando los tallos de las flores.

«¡Ostras!», pensó sorprendida y asustada a partes iguales. El ramo le recordó que, precisamente, esta misma noche se celebraba la reunión del Gran Consejo, a la que habían invitado, por error a Carlota. Aquello era una auténtica emergencia. Tenía que hablar con ella, como fuera, antes de la reunión. No podía permitir que acudiera, bajo ningún concepto. Ella no formaba parte de todo aquello. Sería un escándalo.

Le mandó un mensaje con el móvil, «¿comemos?, recógeme en la redacción». Ahora sí, se dirigió a sus compañeros.

—Disculpadme, tenía que enviar un mensaje urgente, y ahora tengo una conversación pendiente con el director Fornell y es importante. Llevo demorándola algunos días, y ya no puede esperar más. A la vuelta seguimos charlando, a ver si consigo recordar qué hice la mitad de la noche.

—Nos vas a dejar, ¿verdad? —preguntó Tere.

Rebeca puso cara de sorpresa.

—¿Por qué dices esa tontería? —preguntó, extrañada.

—Escucha, sabemos que el cantante que tocó la guitarra y cantó con vosotras *The A Team*, fue el auténtico Ed Sheeran, no un antiguo compañero tuyo.

—¿Y eso cómo lo sabéis? Mi compañero Koke Valdeolmillos es un profesional de la música y toca en una banda. Vive de su música. Incluso ha grabado temas propios. No es un aficionado que sabe tocar la guitarra y ya está. Es un verdadero *crack*.

—¡Vamos, Rebeca! La forma de tocar y cantar de Ed Sheeran es inconfundible. Te recuerdo que estuve en uno de sus dos conciertos de París, casi en primera fila.

—Yo también —le dijo Rebeca—. En el *Stade de France*, en Saint Denis.

—Fue apoteósico. Seríamos más de sesenta mil personas. Por eso te digo que sé que fue el verdadero Ed Sheeran el que tocó y cantó con vosotras en la fiesta. No me explico cómo lo conseguisteis, porque está de gira por Estados Unidos, pero no me cabe ninguna duda de que era él.

Rebeca no sabía qué decir. No quería reconocer la realidad, pero tampoco le apetecía engañar a sus amigos. Opto por hacer un gesto con los hombros, como de indiferencia.

—Además, tengo la prueba definitiva —insistió Tere.

Ahora Rebeca sí que se interesó.

—¿La prueba definitiva? ¿Y esa cuál es?

—Tuve en mi mano la guitarra que os regaló. La observé con mucho detenimiento. Era su letra y su firma. Hasta le hice una foto del detalle, mírala —dijo Tere, mientras le enseñaba su móvil.

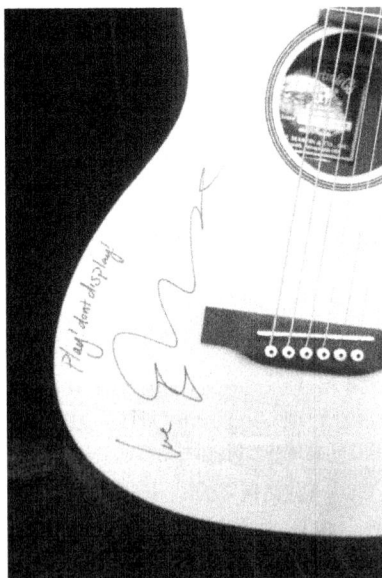

—Ahora, atrévete a negarlo —le retó Tere.

Rebeca no dijo nada.

—Callas, luego otorgas. Al grupo escocés ese, *The Waternosequé*, no lo conocía de nada, pero después, ¡David Guetta y Martin Garrix! ¡Por Dios! La actuación de anoche no la podríamos pagar ni tú ni yo, trabajando diez vidas en *La Crónica*. ¡No hay duda de que debes de ser muy rica para poder permitirte esa fiesta!

—O tener invitados que lo sean y que me hagan regalos muy especiales, ¿no? —contestó Rebeca, que ya se esperaba ese tipo de preguntas e iba preparada para ellas—. ¿No lo has pensado? Reconozco lo de Ed Sheeran.

—¡Os lo dije! —casi gritó Tere, dirigiéndose a Fabio y Fernando, que parecían impresionados.

—Pero fue un regalo de Jacques Antón, que, además de amigo de la familia desde hace muchos años, resulta que también es millonario.

—¿Y David Guetta y Martin Garrix? ¿También te regaló su actuación el millonario ese?

—No. En cuanto al resto del concierto, incluyendo a los *Waternosequé*, estaba patrocinado por la emisora de radio, por eso lo retrasmitieron en directo para toda España. Y allí estaban Javi y Mar. Fueron los presentadores de la ceremonia, ¿no os distéis cuenta?

—Sí, claro, pero eso no se me había ocurrido —reconoció—. ¡Vaya suerte que tuviste!

—Escucha, Tere. Soy Rebeca Mercader. Me conoces cuatro años. Soy la misma que cuando empecé a trabajar junto a ti con dieciocho años —se intentó explicar, como pudo—. Bueno, la misma la misma no, que cuatro años se notan.

—En tu caso, has mejorado de forma notable, no como otras. Pero no nos desviemos de la conversación. Entonces, ¿quieres decir que no nos dejas? Después de lo del martes, los tres estaban convencidos —dijo Tere, señalando a Fabio y Fernando.

—¡Pues claro que no!, a no ser que me despidan, porque con Fernando en la plantilla ya no sé si soy necesaria en este periódico.

—¡Vaya tontería que acabas de decir! —exclamó el propio Fernando.

—Ahora volveré y seguimos la conversación.

Rebeca los dejó, camino del despacho del director. No había pensado cómo plantear el tema. Reflexionó brevemente y tomó una decisión.

«Vamos a divertirnos, por lo menos yo», se dijo Rebeca. «¡Voy a entrar a matar!».

Llamó a la puerta del despacho de Bernat Fornell, y escuchó el «adelante» habitual desde su interior. Entró. Como también era habitual, el director estaba rodeado de papeles, y apenas levantó la cabeza de ellos para ver quién entraba.

—¡Caramba, Rebeca! ¡Qué agradable sorpresa!

«Cuando escuche lo que tengo que decirle, igual cambia de opinión», pensó Rebeca.

El director tomó la iniciativa.

—Antes que nada, enhorabuena por la extraordinaria fiesta que nos regalaste. ¿Te crees que la edición de ayer del periódico se vendió el doble que un miércoles normal? Sin olvidar que la edición digital batió los récords de accesos de todo el año. Algo fuera de lo común, el servidor casi se colapsa. He recibido un correo electrónico del presidente del consejo de administración, felicitándonos, de forma especial, a ti y a mí. Está encantado.

«Como siempre, pensando en el aspecto mercantilista de las cosas», pensó Rebeca. «Pues será por poco tiempo, allá va la bomba»,

—Me alegro mucho por *La Crónica*. Sabe que le tengo un especial aprecio y cariño, pero no quería hablar con usted de ese tema.

—¡Ah! ¿no? —dijo Fornell, ahora sí, levantando la cabeza de los papeles con evidente interés—. ¿Y qué me querías decir?

—Lo sé todo, señor Fornell —dijo Rebeca, muy seria.

El director se puso blanco, levantándose de su sillón casi de un salto, incluso se cayeron un par de papeles al suelo.

—¿Todo, todo? —acertó a decir.

Rebeca se sorprendió internamente. Esa exagerada reacción por parte de Fornell no se podía corresponder con lo que le iba a contar.

«¿Qué es lo que está pasando aquí?», pensó Rebeca.

41 8 DE MARZO DE 1525

Batiste, por fin, consiguió salir de su casa. Su padre había elegido el día más inapropiado para hacerle una serie de revelaciones, y eso que no le había contado todo, por ejemplo, qué es lo que no le terminaba de encajar en la historia de las hermanas Vives. Con todos esos pensamientos, iba andando camino del Palacio Real. Iba a llegar bastante más tarde de lo previsto.

—Hola, Damián —saludo Batiste, en cuanto alcanzó la puerta.

—El señorito Jerónimo lo está esperando desde hace un rato. Anda, pasa.

Batiste entró en el palacio, subió su espectacular escalera y se dirigió hacia la parte derecha, como siempre, que era el ala que ocupaba en exclusiva el Santo Oficio. Abrió la puerta del salón de la chimenea. Jero no estaba allí. Continuó andando hacia su habitación. Llamó a la puerta, y escuchó un «adelante».

—Llegas tarde.

—Lo sé, pero mi padre me ha contado una serie de cosas sorprendentes. Que no se me olvide, mañana, después de la escuela, te vienes a comer a mi casa. Quiere hablar con nosotros.

—Pues entonces ya charlaremos de todo eso mañana, ahora vámonos hacia los sótanos. Ya es tarde y no quiero que se nos haga de noche. No sé cuánto tiempo estaremos dentro.

—¿Sabe alguien en el palacio lo que vamos a hacer?

—¿Qué clase de pregunta es esa? —respondió Jero con otra pregunta, extrañado.

—No sé, igual se lo habías comentado a Damián, por ejemplo. Me da la impresión de que tu padre le ha dado instrucciones para que cuide de ti.

—Precisamente por eso.

—No te entiendo.

—¿Te has vuelto loco? Piensa un poco. Si se enterara Damián, jamás me permitiría bajar hasta la biblioteca, y menos todavía entrar en ella.

—O sea, que estamos solos y nadie conoce la locura que vamos a cometer.

—Por supuesto, eso ya lo sabíamos. Es la estancia más secreta de todo el palacio, y también la más protegida, ya te lo advertí.

—Omitiendo algún pequeño detalle, como, por ejemplo, quién es el bibliotecario en realidad —dijo Batiste, que aún se estremecía, recordándolo.

—Te lo ha contado tu padre, ¿verdad? Bueno, pues eso no nos debe importar ya que no nos va a descubrir.

Mientras iban hablando habían abandonado la planta noble del palacio, y estaban descendiendo por unas escaleras que conducían a la oscuridad. Parecía el basamento del edificio, las columnas eran muy gruesas y el techo había minorado su altura, al menos en dos metros. No llegaba a ser claustrofóbico, pero no tenía nada que ver con lo que Batiste había conocido del palacio.

—Por tu expresión, veo miedo. Tranquilo. Estamos en las entrañas del Palacio Real. Los constructores originales no idearon esta zona para ser visitada, así que tampoco se esmeraron demasiado en su decoración y aspecto.

—Es tétrico, tenías razón —dijo Batiste.

—Esto no es tétrico, lo es el interior de la biblioteca, a la que aún no hemos llegado. Por cierto, veo que miras la altura de los techos. Tranquilo, adónde vamos es una estancia enorme en todos los sentidos.

Al fin, llegaron a una gran puerta. Su tamaño era considerable, bastante más grande que las que daban acceso a cualquier palacio de la ciudad. Efectivamente, tenía tres enormes cerraduras. Al lado mismo de la puerta, había una antorcha encendida.

—Ahora silencio. Esto me va a llevar unos minutos. Si escuchamos cualquier sonido, de inmediato continuamos andando por este pasillo, ya no hay más antorchas, y la oscuridad en esa zona es total —dijo Jero, a modo de advertencia.

Extrajo de su jubón su juego de hierros, y empezó a manipular las cerraduras. Una a una fueron cediendo. Cuando acabó con la última, se volvió a dirigir a su amigo.

—Ahora empujaremos la puerta. Como podrás comprobar, pesa bastante, pero no hará ruido. Tiene los goznes engrasados y está muy bien conservada. Algo tenía que tener bueno el bibliotecario.

—Me dejas más tranquilo —dijo Batiste, en tono sarcástico.

—No te despegues de mi lado ni por un momento. Vas a ver algo grandioso, pero no te despistes. La idea es cruzar la parte descubierta, es decir, donde están las mesas, para buscar refugio en la penumbra de los altos muebles que albergan los libros y los legajos, que están al fondo. Antes de entrar, nos asomaremos con cuidado. Si vemos a cualquier persona sentada en las mesas, volveremos a cerrar la puerta y abortaremos la misión, ¿lo tienes todo claro?

—Clarísimo.

Jero y Batiste empujaron la puerta. Efectivamente, a pesar de su tamaño, no emitió el más mínimo ruido.

Batiste se quedó sorprendido. Por más que estaba advertido, jamás se pudo imaginar lo que sus ojos estaban viendo. La palabra impresionante se quedaba corta. Se imaginaba una gran estancia, pero ni mucho menos así. Le resultaba casi increíble que semejante biblioteca, de proporciones inmensas y altos techos, pudiera estar escondida en ese remoto lugar del palacio. «¿Qué más secretos albergará este sorprendente edificio?», pensó, mientras se asomaban.

No había nadie, por lo menos a la vista de ellos.

—¡Vamos! —le susurró Jero, mientras cerraba con cuidado la puerta.

Ahora sí que estaban en su interior, pero debían de llegar a algún sitio a salvo de miradas indiscretas, por si recibían alguna visita inesperada.

—Vamos a cruzar las mesas. Estaremos por un momento al descubierto, pero no corramos ni hagamos ningún ruido inusual. Simplemente vayamos andando con tranquilidad, como si fuéramos los inquisidores. El objetivo es alcanzar los armarios y los muebles de la parte izquierda. Allí se está casi en penumbra.

Así lo hicieron. Llegaron con relativa facilidad. No parecía haber nadie en el interior de la biblioteca, por lo menos no se oía ni un solo ruido ni se veía ninguna luz artificial.

—Parece que hemos tenido suerte —dijo Jero—. Estamos solos.

—Y ahora, ¿qué se supone que debemos de hacer? Esto es inmenso y está lleno de legajos y libros. Si pretendemos verlos todos, necesitaríamos varias semanas.

—Hay un orden. Eso ya lo pude comprobar yo en anteriores visitas. Aunque te parezca desorganizada, no lo está en absoluto.

—Pues desde luego lo parece.

—¿Por qué te crees que hemos venido hasta la parte izquierda?

—Ya lo has dicho, porque está más en penumbra.

—No solo por eso. Aquí empiezan los legajos y los libros más antiguos. A medida que nos desplacemos hacia la parte derecha, la documentación será más reciente. Simplemente está archivado todo, siguiendo un orden cronológico, no alfabético ni nada parecido.

Batiste puso cara de incrédulo.

—Entonces, ¿cómo pretendes qué encontremos, en la inmensidad de esta biblioteca, algo relacionado con Blanquina? Será cómo buscar una aguja en un pajar.

—Nadie dijo que fuera a ser una tarea fácil. Por eso insistí cn quc cstuvicras pronto. Igual nos lleva varias horas y no encontramos nada. En esta incursión no tenemos ninguna garantía de éxito, ya lo sabíamos.

—Pues qué bien —respondió Batiste, que seguía admirando las proporciones de aquella estancia, sobre todo pensando que estaban en los basamentos del palacio.

—Pero no vamos a ciegas del todo, ¿verdad? —dijo Jero, mirando la cara de alucinado de su amigo.

—¿Qué quieres decir?

—Que sabemos ciertas fechas. La primera vez que Blanquina March tuvo un encontronazo con la inquisición fue en 1487, con tan solo catorce años de edad. Era doncella, ni siquiera estaba casada con Luis Vives Valeriola. Posteriormente, en 1491, ya desposada y con dieciocho años, la forzaron a convertirse al cristianismo. La tercera fecha clave la conocemos exactamente, fue el 20 de marzo de 1500, cuándo el Santo Oficio irrumpió en la sinagoga de Miguel Vives, en plena reunión del Gran Consejo. ¿Por qué no empezamos por ahí?

—Buena idea —dijo Batiste—. Aunque no creo que con catorce años tuviera nada que ver con el Gran Consejo.

—Te recuerdo que yo tengo nueve, y antes de ser la segunda undécima puerta, fui el *Keter* del Gran Consejo. Tú mismo tienes trece años y eres la undécima puerta. No podemos descartar nada, ni siquiera desde el momento en que la inquisición pudo conocer sus movimientos.

—Aunque tengas razón con nuestras edades, me resulta inconcebible que el Santo Oficio tuviera información del Gran Consejo en 1487 o incluso en 1491. No se hubiera esperado tantos años para actuar, hasta 1500 —razonó Batiste, con cierta lógica.

—No descartemos nada por anticipado, aunque eso sí, no perdamos demasiado tiempo.

—¿Y cómo lo hacemos?

—Tan solo hay que ir abriendo legajos y comprobando sus fechas, hasta alcanzar la deseada. A partir de ahí, ya nos tocará buscar con más detenimiento. Los documentos que están en esta parte son los primeros, cuando se constituyó el tribunal de la ciudad, fechados en 1483, así que podemos desplazarnos un par de muebles hacía la izquierda, al menos, hasta llegar a 1487 —explicó Jero.

Así narrado parecía sencillo, pero viendo la inmensidad de documentos archivados allí, se veía claro que no lo era tanto.

Siguieron el plan de Jero. Los legajos se notaban que eran antiguos y que llevaban sin ser abiertos muchísimos años. Estaban llenos de polvo. Apenas se distinguía lo que había escrito sobre ellos. Tenían que perder el tiempo en abrirlos, uno a uno.

—¡Mira! —dijo, casi gritando, Batiste, con cara de gran sorpresa, con un legajo en la mano.

—¡Shhhh! ¡No levantes tanto la voz! Que no nos hayamos encontrado con nadie no significa que no pueda haber alguien aquí abajo, entre los muebles —le riño Jero, mientras reanudaban la marcha, girando una esquina, para entrar en el siguiente pasillo.

De repente, un candil les iluminó sus rostros.

El corazón se les detuvo.

42 EN LA ACTUALIDAD, JUEVES 11 DE OCTUBRE

—Señor Fornell, ¿qué hace usted dirigiendo *La Crónica*? —empezó Rebeca, todavía sorprendida por su exagerada reacción. El director seguía desconcertado. Se volvió a sentar en su sillón, detrás de la mesa. No era nada normal que se levantara de esa manera tan súbita. Estaba claro que estaba muy nervioso.

—¿Por qué me dices eso? —dijo el director. Era una pregunta claramente defensiva.

Rebeca había decidido seguir al ataque.

—Señor Fornell, usted, realmente, no es el director de este periódico, ¿verdad?

—Vaya tontería, ¡pues claro que lo soy! ¿No has visto el cartel en la puerta de mi despacho, el que pone, «Bernat Fornell, director»?

—No se haga el gracioso. Sabe perfectamente lo que quiero decir. Usted no es simplemente el director, en realidad es uno de sus dueños, no solo de este periódico de provincias, sino de todo un conglomerado de medios de comunicación a nivel nacional, quizá el primero o el segundo del país. En conclusión, es millonario y no necesita para nada este trabajo.

Fornell pareció visiblemente aliviado.

«¿Qué ocurre aquí? Por su reacción, estaba claro que esperaba que le dijera otra cosa», se preguntó Rebeca. «Parece evidente que esconde más de lo que yo creía al principio». «¿Me debería de preocupar?».

Fornell replicó de inmediato a Rebeca. Ahora parecía más tranquilo.

—Has descubierto que la Tierra es redonda. Eso no es ningún secreto. La información es pública y está colgada en el portal de transparencia de la web del periódico. Lo obliga la Ley. Cualquiera que acceda lo puede saber.

—De ahí lo he averiguado. Un 18 % de todo un *holding* empresarial de estas características debe valer una pequeña fortuna. Usted mismo es miembro del consejo de administración. *La Crónica* es un pequeño granito de arena dentro de un gran desierto.

—No lo voy a negar, pero insisto, esa información es de público conocimiento. Es cierto que no voy alardeando de ello, porque eso no me gusta, pero tampoco lo escondo. La prueba es que tú ya lo sabes.

Rebeca se quedó unos segundos en silencio, como pensando las palabras exactas que decir.

—No se tome a mal la pregunta que le voy a formular, pero ¿qué hace usted en un puesto tan mediocre, como director de *La Crónica*? Quiero que entienda bien el sentido de mi pregunta y no me malinterprete. No es una cuestión personal sino profesional.

—Te comprendo perfectamente —contestó Fornell.

—Usted está claramente sobrecualificado para este puesto.

—¿Y acaso tú no lo estás para el tuyo?

—Eso es diferente.

—¿En qué exactamente?

—En que yo estoy aquí por placer. No niego que este trabajo me ha permitido pagarme mis estudios, pero para mí, eso no era lo más importante —respondió Rebeca.

—¡Exacto! Tú misma acabas de contestar a la pregunta que me has formulado.

—¿Cómo? —preguntó Rebeca, sin comprenderlo.

—¿Quieres saber por qué soy director de *La Crónica*? Mi abuelo era el director, mi padre también lo era, y yo también lo soy. Amo mi trabajo, ese que tu llamas mediocre. Llevo el periodismo en la sangre. Estoy veinticuatro horas pendiente de este medio de provincias, porque es mi vida. Tú me acabas de decir que estás aquí por placer, pues yo también estoy aquí por pasión. Tampoco me mueve el dinero, como ya has podido comprobar.

—No quería herir sus sentimientos... —empezó a excusarse Rebeca. Fornell le cortó.

—Sí, es verdad. Quizá podría estar ahora mismo en un yate en el lugar del mundo que quisiera, con un combinado en la mano y rodeado de mujeres, pero resulta que dónde quiero estar es exactamente aquí, sentado en esta silla frente a esta mesa, con un expediente en la mano y rodeado de problemas por todas partes. Es mi vida, de la que estoy orgulloso.

Rebeca estaba abrumada por las palabras del director, que continuó hablando.

—Sí, también lo reconozco, soy millonario de familia, desde hace incontables generaciones, pero este es mi lugar, y aquí me moriré, en este sillón. Y todo lo anterior no significa que no haya vivido la vida y disfrutado de sus placeres.

—El sentido de mi pregunta tampoco iba por ahí.

—Lo sé. Pero, en definitiva, como resumen a tu pregunta, estoy aquí por los mismos motivos que tú, por puro placer.

Rebeca se quedó observándolo fijamente. No había dejado de analizarlo desde que entró en el despacho. Fornell concluyó su explicación.

—Como ves, tenemos más cosas en común de lo que tú misma te crees. Reflexiona un poco y te darás cuenta. No me cabe ninguna duda.

A pesar del apabullante discurso del director, Rebeca no pensaba soltar la presa. Su reacción inicial no cuadraba para nada con la explicación que acababa de escuchar.

—Disculpe, señor Fornell. Usted es inteligente y espero que haya entendido el sentido de mis palabras y no se haya molestado por lo que le he dicho.

—Y no lo he hecho, como puedes observar. Ya te lo he dicho varias veces.

—Pero resulta que yo también soy un poco inteligente, y mi instinto me dice que, detrás de todo este asunto, hay mucho más de lo que usted me acaba de explicar. Le advierto que no me suelo equivocar en estas cuestiones, es una tara que tengo de nacimiento.

Fornell se quedó mirándola de arriba abajo, como meditando su respuesta. A Rebeca le pareció ver un matiz de temor en el rostro del director, pero se desvaneció enseguida.

—Y no lo haces —le contestó, con un tono de cierto misterio. Ahora parecía que el que se divertía era él.

—¿Eso quiere decir? ¿Qué me voy a encontrar con otra sorpresa más?

—No. Con una no, en realidad con dos o quizá hasta tres, si me apuras y demuestras esa inteligencia, que, sin ninguna duda, posees —respondió Fornell, mirando fijamente a los ojos a Rebeca—, pero aún no ha llegado el momento apropiado de que las conozcas. Todas a su debido tiempo.

—¿Y falta mucho para su «debido tiempo»? —preguntó Rebeca, sorprendida por la respuesta del director.

—Me temo que mucho menos de lo que tú te piensas. De hecho, creo que cuando llegue el momento de que conozcas la segunda «sorpresa», vendrás a este mismo despacho y volveremos a tener otra conversación, esa vez en otro contexto —le contestó, mientras bajaba la vista hacia sus papeles y centraba su atención en ellos. Era su señal habitual de que había dado por concluida la reunión.

Rebeca salió del despacho del director, en silencio, y con más interrogantes que con los que había entrado. Se dirigió de nuevo a su puesto de trabajo. No estaban ni Fabio ni Tere, tan solo Fernando, trabajando, cara al monitor.

Se sentó en su silla y abrió el sobre de la floristería del espectacular ramo de rosas rojas que estaba encima de su mesa. Era una preciosa tarjeta de felicitación, firmada por todos los miembros del periódico.

—¿Te volvías a creer que eran mías? —le dijo Fernando, con cierta sorna.

—¡Idiota! —le respondió, riéndose.

Miró su móvil por si Carlota le había contestado. Efectivamente, lo había hecho, «te espero a la una en el bar habitual». Eran ya las diez y media y todavía no había encendido ni el flexo de su mesa.

—Te acabo de enviar a tu correo mi artículo para que lo revises. Recuerda que es jueves y hay que enviarlo hoy para su publicación en la edición de mañana —le dijo Fernando, con cierto apuro.

—No te preocupes, que ahora mismo me lo leo —mintió Rebeca. Se puso a hacer su trabajo. A la una menos cinco, apagó su ordenador y recogió su mesa.

—¿Qué te ha parecido? ¿Lo puedo enviar para su publicación? —le preguntó Fernando.

—Por supuesto, tal cual.

Por su expresión, Rebeca comprendió que Fernando sabía que no se lo había leído.

—¡Hasta cuando mientes estás encantadora! —le dijo, mientras Rebeca, toda colorada, ya se estaba yendo de la redacción. Llegaba tarde a su cita con Carlota. Cuando entró en la cafetería de la esquina, vio a su amiga con una copa de vino blanco delante.

—¿No tuviste bastante alcohol anteayer que aún sigues con ello?

—Buenas tardes hermana, yo también me alegro de verte —le respondió Carlota—. ¿No sabes que una copa de vino relaja mucho?

—Pues yo ya me relajé bastante en nuestro cumpleaños, tanto, que me levanté al día siguiente a las cuatro de la tarde, sin acordarme de la mitad de las cosas que había hecho —le respondió Rebeca.

—Sí, yo también me relajé bastante ese día —dijo, con una sonrisa claramente picarona.

—¡Hiciste doblete, bandida! ¿Vas a salir con los dos a la vez? ¡Qué pereza me daría a mí! Tener pareja estable, a nuestra edad, tiene más inconvenientes que ventajas. ¡Ya no te digo tener dos! ¡Menudo estrés!

—¡No, mujer!, aquello fue simplemente una cata. Después de la degustación, me quedo con Álvaro Enguix, y no precisamente por su dinero, tú ya me entiendes... —dijo Carlota, con la misma sonrisa picarona anterior.

Rebeca no pudo evitar reírse.

—Parece que hables de vinos. No tienes remedio. No sé a quién has salido de la familia.

—No te olvides de nuestra madre. La que lio en la embajada de la Unión Soviética en Londres para pedirle una cita a nuestro padre —dijo Carlota, en tono burlón—. A ese nivel ni me he acercado, pero dame tiempo.

—Las cosas no fueron exactamente así, pero no discutamos de aquello —le contestó Rebeca, sonriendo ante las ocurrencias de su hermana.

Pidieron la comida, uno de los habituales platos combinados. Rebeca no sabía cómo sacar el tema. No había quedado con su hermana para hablar de sus *batallitas* amorosas ni de su madre. La finalidad era convencerla de que no asistiera a la reunión del Gran Consejo. No lo podía permitir, pero no sabía cómo planteárselo. Al fin y al cabo, estaba formalmente invitada y conocía su curiosidad innata. Esperaba una intensa discusión, pero confiaba en persuadirla. Ella no formaba parte de todo aquello.

Carlota la observaba con un gesto de clara diversión.

—Al final, te va a sentar mal el plato combinado —le dijo—. Anda, come tranquila, que no pienso acudir a la reunión de ese club de chalados tuyos, esta noche. Total, supongo que será un aburrimiento. Además, no entendería nada.

Rebeca iba a preguntarle cómo sabía que esa cuestión era precisamente la que le preocupaba, pero lo pensó mejor. Era Carlota, su hermana. Era una pregunta absurda, ya la conocía muchos años, a ella y a sus habilidades.

—Te lo agradezco de verdad. Ya sabes que ni siquiera yo debería asistir al Gran Consejo, ya que soy la undécima puerta y no pertenezco a ese club de chalados, como tú los llamas. Lo peor es que me temo que no andas muy desencaminada. No acabo de comprenderlos. Esta convocatoria me tiene preocupada, es un despropósito.

—Pues por eso, dejemos de hablar de tonterías y pasemos a lo verdaderamente importante.

Rebeca se sorprendió de nuevo.

—¿Y qué es lo importante?

—¿Has mirado la fotografía que nos hizo Álvaro el martes en la playa? La que te envié a tú móvil.

—¿Te refieres a ese par de culos iluminados por la luz de la luna y bañados por el mar Mediterráneo?

—Bueno, es una manera de verla —dijo Carlota, riéndose—, aunque hay otras.

Rebeca no la comprendía.

—Sí, la he mirado, pesada. ¿Qué tiene de especial, aparte de nuestra escultural figura?

—Definitivamente, necesitas gafas.

43 8 DE MARZO DE 1525

Batiste y Jero se quedaron paralizados del terror. Alguien los estaba alumbrando con un candil. Habían sido descubiertos por una persona, que los cegaba y no les permitía ver su rostro.

Silencio.

«¿Y ahora qué hacemos?», pensó rápidamente Batiste. «De nada nos sirve escapar ni correr, la única puerta de acceso a la biblioteca está cerrada. Aunque inmensa, esto es una ratonera». Se giró a mirar a su amigo Jero, por ver si se le ocurría alguna de sus geniales ideas.

Para su absoluta sorpresa, Jero no intentó huir en dirección contraria a la luz, que hubiera sido la reacción lógica, sino que avanzó en dirección al desconocido.

«¿Adónde va este loco?», pensó espantado Batiste. «Le van a partir la cara».

Jero llegó hasta la luz, y para absoluta sorpresa de su amigo, se giró hacía él.

—Mala suerte —dijo, en un susurro.

«¿Cómo qué mala suerte?», se decía Batiste. «¡Pues claro!»

—Esto significa que tenemos compañía —siguió susurrando Jero.

Batiste se fijó mejor, cuando sus ojos se acostumbraron a la luz. Cayó en la cuenta, en ese justo instante. Nadie los estaba iluminando con un candil, simplemente estaba colgado de uno de los muebles, y al girar y cambiar de pasillo, casi se habían tropezado con él. No había ninguna persona detrás.

253

—Creía que nos habían descubierto —dijo Batiste, respirando con profundidad. Ahora que lo pensaba, igual no lo había hecho en todo un minuto.

—Esto es muy peligroso. Aunque no la veamos, tenemos compañía. Estos candiles tan solo se encienden cuando hay alguien dentro de la biblioteca.

—Pero no hemos escuchado nada, aunque, claro, con lo grande que es esto, puede estar en cualquier lugar.

—Exacto. A partir de ahora, nos moveremos con más sigilo, y sobre todo, antes de entrar en ningún pasillo, nos aseguraremos de que no hay nadie. Permaneceremos agazapados mientras vamos consultando los legajos. Así, si entra alguien en nuestro propio pasillo, con esta penumbra, igual no se percata de nuestra presencia.

—¿Y no sería mejor que abortáramos la misión y nos fuéramos? —preguntó Batiste, que estaba asustado.

—Ahora no podemos. Tendríamos que atravesar las mesas, que ya sabes que están al descubierto. Y no olvides que tengo que volver a manipular las cerraduras. Demasiado tiempo expuestos y demasiado riesgo. Lo más adecuado es que sigamos haciendo lo mismo que hasta ahora, con las medidas de precaución que te acabo de comentar. Estaremos pendientes de la puerta. En cuanto el desconocido se vaya, volveremos a estar solos.

—Pero no tenemos ni idea de cuánto tiempo puede pasarse aquí.

—Por eso te decía que vinieras pronto. No sabíamos cuánto nos iba a costar encontrar los legajos de Blanquina. Ya te lo había advertido.

—Tus advertencias no me consuelan ni un ápice.

—Ni lo pretenden —le contestó Jero—, pero, por lo menos, tenemos una cosa a nuestro favor.

—¡Ah! ¿sí? —preguntó incrédulo Batiste—. Pues ya me dirás cuál...

—Estamos en la parte antigua de la biblioteca. Todos los legajos de esta zona son casos cerrados hace muchísimos años que casi nadie consulta. Es la sección menos frecuentada. Lo normal es que el desconocido, seguramente el notario del secreto, esté consultando algún caso reciente, y esos están archivados en el otro extremo de los pasillos. Lo más lógico es que ni siquiera nos crucemos con él.

—Lo más lógico, dices —comentó sarcástico Batiste—. ¡Qué suerte hemos tenido!

—Anda —dijo Jero, cambiando de tema—, ¿por qué no me dices qué llevas en la mano? —señalando los documentos que portaba su amigo.

Batiste, del susto, se había olvidado que había encontrado un legajo de Blanquina.

—¡Ostras! Ni me acordaba. Vamos a sentarnos en el pasillo contiguo a este candil y le echamos un vistazo, agazapados en cualquier rincón.

Así lo hicieron. La documentación era muy escasa, fechada en diciembre de 1487. Una tal Isabel, de tan solo quince años de edad, acusaba a Blanquina, de catorce, de quebrantar la fe cristiana. Blanquina compareció ante el Santo Oficio acompañada de sus padres, Jaume March e Isabel Almenara. De la lectura de su declaración quedaba claro que se defendió ante las autoridades del tribunal local de la inquisición, recitando la oración cristiana dominical y el símbolo de la fe. Los inquisidores de la época dieron por buenas las explicaciones de Blanquina, y no le impusieron ninguna pena, dejándola libre.

—Esto no tiene ningún interés —dijo Jero.

—Ya te había dicho que quizá debamos avanzar en las fechas. Son demasiado antiguas, lo que buscamos debe ser más reciente.

Con sumo sigilo, se dirigieron hacia los muebles donde se archivaban los legajos de 1491, su siguiente parada. Les costó un par de intentos dar con el año en concreto. No era sencillo, el volumen de información era ingente.

Del misterioso visitante, de momento, no advirtieron ni rastro de él. De hecho, la biblioteca estaba en completo silencio.

Tal y como habían convenido, se pusieron a revisar los legajos lo más agazapados que pudieron, tomándose la molestia de abrirlos y leer un par de documentos de cada uno, lo que les llevaba bastante tiempo.

—Esto se hace interminable —dijo Batiste, cuando ya habría abierto como cien legajos.

—Recuerda, ahora estamos buscando un legajo más voluminoso que el anterior, ya que suponía la abjuración de la fe hebraica y la conversión de Blanquina March al cristianismo, y ello conllevaba bastante documentación —señaló Jero—. En consecuencia, podemos descartar los de pequeño tamaño. No hace falta que abramos todos, nos centramos en los voluminosos.

A pesar de ello, no lo encontraban.

—¿Y si esa documentación forma parte de lo que el inquisidor Churruca le dio al receptor don Cristóbal? —se planteó Jero—. Realmente, eso no lo sabemos.

—Pues, en ese caso, no lo encontraremos nunca en esta biblioteca, sin embargo, toda información es valiosa. Ya sabremos otro asunto que estará en poder del receptor.

—Pero de nada nos servirá, porque, aunque sepamos su finalidad, desconocemos su contenido exacto.

—Anda, no perdamos el tiempo, sigamos buscando, que solo en este pasillo habrá más de seiscientos legajos, y no habremos mirado ni siquiera una tercera parte.

Recorrieron todo el pasillo. Parecía que no había nada relacionado con Blanquina, ni siquiera con su familia March-Vives. Estaban llegando al final, y ya estaban perdiendo la esperanza.

De repente, Batiste levantó la voz, aparentemente emocionado.

—¡Aquí, aquí!

—¡No grites! —advirtió Jero, que no se olvidaba del otro visitante de la biblioteca. Estaba preocupado, aunque intentaba disimularlo.

—¡Lo tengo!

¿Qué has encontrado? —le respondió de inmediato Jero.

Batiste le mostró el legajo que tenía en la mano a su amigo, casi con orgullo. Les había costado hallarlo casi dos horas.

—El expediente se concluyó con fecha 18 de diciembre de 1491, por eso estaba al final del pasillo. Hemos empezado por enero, por ello nos ha costado tanto —dijo Batiste.

—¿Y qué pone?

—En el exterior está escrito «*Abjuració* Blanquina March y a*colliment* a la *Sancta Fe Catholica*».

—El título parece muy evidente. Anda, ¡ábrelo ya! El tiempo es oro, y no nos olvidemos de nuestro acompañante en el interior de la biblioteca.

Se agazaparon en el rincón que encontraron más escondido del pasillo, casi dentro de uno de los armarios. La luz era prácticamente inexistente, pero suficiente para poder leer. Estuvieron un rato hojeando sus documentos. La cara de ambos amigos era antológica, a medida que iban pasando los documentos y los iban leyendo. La palabra «asombro» se quedaba corta.

—¡Qué raro! ¡Esto sí que no me lo esperaba! —dijo un sorprendido Jero.

—¿Quién se lo podría imaginar? —le respondió con una pregunta Batiste, pero igual de extrañado.

—No puede ser, no le encuentro ninguna lógica.

—Ni yo, pero me da la impresión de que es algo importante. En apariencia, no tiene ningún sentido, en consecuencia, debe de tenerlo, aunque ahora mismo no lo comprendamos. Quizá nos falte información.

—El legajo es muy voluminoso. No parece que falte ningún documento.

—No me refería a eso —dijo Batiste, cuya cabeza estaba hirviendo—. Lo que está claro es que el año 1491 es fundamental. Menos mal que esta información no está en poder del receptor. Nos la llevamos. Desde luego en esta biblioteca no se va a quedar.

—Pues yo sigo sin comprenderlo.

—Jero, sin ser conscientes, la inquisición tenía la información de que Blanquina March se convirtió en número uno del Gran Consejo en 1491.

—Pero, ¡qué dices! Eso no lo pone en los papeles que acabamos de leer, por lo menos yo no lo he leído en ninguno de ellos.

—Es la única explicación lógica a todo este sinsentido, si lo piensas bien. No te limites a leer la literalidad de los documentos. Aprende a leer entre líneas.

Jero se quedó en silencio, reflexionando sobre el tema. De repente, oyeron con claridad como unos pasos se aproximaban hacia dónde estaban escondidos.

—Alguien se acerca —dijo Batiste, desde dentro del mueble.

Jero sacó la cabeza lo justo para reconocer a la persona que andaba por el mismo pasillo en el que ellos se encontraban.

—Date la vuelta y sal de inmediato por el pasillo opuesto. ¡Ya!

—¿Quién es?

—Ahora mismo, nuestro peor enemigo.

44 EN LA ACTUALIDAD, JUEVES 11 DE OCTUBRE

Rebeca terminó de cenar lo más rápido que pudo, ni siquiera se comió el postre.

—¿Qué mosca te ha picado? —le preguntó Tote.

—Que hoy es jueves 11, y son las diez de la noche.

—Es una información muy interesante —dijo Joana, medio riéndose.

—Bueno, tú no lo sabes, pero mi tía parece que no lo recuerda. Supongo que también tendrá amnesia del sarao de anteayer.

—Pues puede que sea eso, porque sea lo que sea, no lo recuerdo. Tengo la cabeza, ahora mismo, como para acordarme de algo. Aún tengo al Martin Garrix ese dentro de ella, dándome golpes.

Rebeca se rio con la ocurrencia de su tía, porque a ella también le pasaba algo parecido. Sacó de su bolsillo un papel medio arrugado y lo extendió en la mesa de la cocina.

GC11023ISN

—¡Ah! ¡Claro! —recordó Tote—. Con todo el descontrol de esta semana, ya no sé ni en qué día vivo.

—¿Alguien me puede explicar qué significan esos números y letras? No entiendo nada.

Rebeca tomó una servilleta y escribió.

Gran

Consejo

11Ooctubre

23horas

Iglesia

San

Nicolás

—¿No me digas que dentro de una hora hay un Gran Consejo? Pero ¿aún existe? —preguntó muy intrigada—. Tenía entendido que se disolvieron antes del verano.

—Joana, ¿te importaría acompañar a Rebeca? Ya os he dicho que esta noche no me encuentro demasiado bien.

—¿Acompañarla? ¡Si solo pueden asistir los miembros y yo no lo soy!

—No. No se trata de entrar en la iglesia, sino de quedarse en los alrededores, por si algo se tuerce y Rebeca necesita ayuda. Es decir, actuar como duodécima puerta. Tú tienes más experiencia que yo en esa labor. Lo fuiste durante muchos años. Yo soy una novata.

—Claro, no me importa. Lo que no entiendo es por qué te convocan a ti si no perteneces al Gran Consejo, eso tan solo ha ocurrido una vez desde 1391.

—En realidad, que yo sepa, dos.

—¿Dos? —preguntó extrañada Joana.

—Es muy largo de explicar, ya lo haré durante el trayecto en coche hasta el aparcamiento de la plaza de la Reina y nuestro posterior paseo. Vámonos ya, no quiero llegar tarde.

—Toma las llaves de mi coche —le dijo Tote a Joana, dándole un llavero.

—No hace falta, alquilé uno a mi llegada al aeropuerto. Vas a sentarte en el mismo asiento que lo hizo Ed Sheeran hace dos días, mira por dónde —le dijo Joana a Rebeca.

—¿Olerá a él? —preguntó, riéndose.

Salieron de casa y se dirigieron a su destino. Por el camino, Rebeca le puso al día de su anterior convocatoria a un Gran Consejo, hacía menos de tres semanas, y que, por error, habían convocado también a su hermana para este Gran Consejo, pensando que era la segunda undécima puerta. Ella, voluntariamente, se había autoexcluido, ya que no tenía nada que ver con este tema.

—¡Muy curioso! —dijo Joana—. ¿Y para qué te vuelven a convocar? Es algo completamente inusual. Por lo que me cuentas, es la tercera vez en seis siglos que el Gran Consejo convoca a la undécima puerta, y la segunda en menos de un mes. Algo muy importante ha debido de ocurrir durante estas últimas tres semanas, para que se produzca un hecho tan insólito y fuera de lugar.

—La verdad, no lo había pensado desde ese punto de vista. Creía que querían conocer a la segunda undécima puerta, y al enterarse, con antelación a la fiesta, de que Carlota y yo somos hermanas gemelas, supusieron erróneamente que éramos nosotras, y la querían conocer a ella.

—No, eso no tiene sentido. A la puerta número once tan solo la debería conocer el número uno, y aún menos si ahora me entero que hay dos. Bueno, supongo que en breve conocerás los motivos.

—¡Pero si no hay número uno!

—Pues mira, quizá esa pueda ser una causa justificada para la convocatoria, que ahora ya lo haya.

Rebeca se quedó pensativa por las palabras de Joana. No había pensado en esa remota posibilidad, porque la condesa de Dalmau parecía que no le había prestado demasiada atención al Gran Consejo, durante los siete años que se supone que fue número uno.

Ya habían dado la vuelta al Miguelete, y estaban empezando a cruzar la plaza de la Virgen.

—Ahora, cuando entremos en la calle Caballeros, te quedas por los alrededores. Ten el móvil en la mano. En el improbable caso de que recibas una llamada perdida mía, sabrás que necesito ayuda. Acude a la iglesia y llama de inmediato a Tote. No creo que ocurra, ya que soy amiga de la séptima puerta y conozco también a la quinta.

—¡Qué dices! —exclamó sorprendida Joana.

—Tú también las conoces, aunque comprenderás que no te pueda revelar sus identidades. Por eso no creo que corra ningún peligro, porque tengo amigos dentro.

Así lo hicieron. Joana se quedó a la altura del teatro Talía, y Rebeca continuó en solitario hasta la Iglesia de San Nicolás. A uno o dos minutos de llegar, se puso la capa con capucha que llevaba en una bolsa. Esta vez la calle estaba solitaria, no se cruzó con nadie, como en la anterior ocasión.

Tocó a la puerta de la iglesia con la aldaba, también como la vez anterior. Llegaba casi con un cuarto de hora de antelación. Aun así, le abrió la puerta una persona vestida con la misma capa que ella, y le invitó a entrar, sin decir ni una sola palabra.

Era la segunda vez que veía, en solitario, por la noche e iluminada, la Iglesia de San Nicolás. No tenía palabras, le había causado el mismo efecto que la primera. La belleza de los frescos de Antonio Palomino era difícilmente descriptible, además en sereno silencio.

Tan solo había tres personas en su interior. Ella era la cuarta en llegar. Se sentó en la primera fila, haciendo un gesto con la cabeza, en señal de saludo, sin decir nada. Ahora a esperar a que llegaran el resto de miembros. Se supone que faltaban tres más. La última vez que la convocaron estaban de los números cinco al diez, más ella, o sea, siete personas en total.

Llegaron dos más juntos, y al momento, uno más. Ya estaban los siete. Rebeca estaba esperando a que tomara la palabra alguno de ellos, ya que eran las once en punto y parecía que estaban todos. Para su sorpresa, volvieron a llamar a la puerta. Entró otro miembro encapuchado y se sentó junto a Rebeca.

«¡Uno más que en la vez anterior!», pensó Rebeca. «Joana podría tener razón, y ser el número uno, eso daría cierto sentido a la convocatoria del Gran Consejo».

A pesar de ello, todos siguieron en completo silencio. Nadie se movía ni tomaba la palabra.

«¿Y ahora qué esperamos?», se preguntaba impaciente Rebeca.

Volvieron a llamar a la puerta. Entró otro encapuchado o encapuchada, era imposible distinguirlo. «¿Nueve?», pensó, que ahora ya no entendía nada. También se sentó y también siguieron en silencio.

«¿Esto que significa?», pensaba Rebeca, algo nerviosa ante la incertidumbre. «Además, parece que aún estemos esperando a la llegada de más personas».

A las once y siete minutos volvieron a llamar a la puerta. Entró otro miembro y se sentó.

«¡Diez!», exclamó Rebeca para sus adentros.

Por un momento, le cruzó un pensamiento por la cabeza, que le inquietó mucho. «¿No habrá venido la petarda sin decirme nada?» «Es perfectamente capaz». Con estas capas con la capucha puesta, la podría tener a mi lado, y no sería capaz de distinguirla.

Lo pensó durante un instante. Había más interrogantes que ese, ya que, aún en ese caso, el último Gran Consejo que había asistido eran tan solo siete personas, y ahora eran diez. Carlota no podía contar por tres, aun en el extraño caso que fuera uno de los presentes. Además, le había parecido completamente sincera cuando le dijo que no pensaba asistir, y sabía que no era la segunda undécima puerta. No creía que estuviera presente, pero tampoco lo podía descartar por completo. No podía evitar estar un poco nerviosa.

Ahora parecía que ya estaban todos, porque uno de los miembros se levantó de su asiento y se puso enfrente de los otros nueve.

—Buenas noches y bienvenidos a todos, soy el número uno —dijo, con gran solemnidad.

A Rebeca le entró un súbito ataque de tos. Casi se atraganta en cuanto escucho su voz.

Aquello sí que no se lo esperaba.

Jamás.

45 8 DE MARZO DE 1525

Batiste y Jero, como pudieron, e intentando hacer el menor ruido posible, traspasaron el mueble y salieron al pasillo contiguo. Batiste quería preguntar qué significaba todo aquello, pero Jero le hizo el gesto de silencio, llevándose un dedo a su boca. Estaban en serio peligro y no era momento de dar explicaciones.

—Anda lo más rápido que puedas, pero sin correr, hacía ese mueble, que está al final del pasillo, el que está pegado a la pared —susurró Jero.

Batiste le hizo caso. Ese mueble archivador estaba medio vacío, así que podrían esconderse con más comodidad. Además, estaba en una zona en penumbra de la biblioteca.

Se metieron, como pudieron, en su interior, pegando sus espaldas a la pared, lo más alejados posible del pasillo y escondiendo sus pies sobre sí mismos.

El desconocido paso por delante de ellos. No se percató de su presencia, ya que no se detuvo. Los que estaban detenidos eran los corazones de Jero y Batiste.

Cuando consideraron que los pasos ya se habían alejado lo suficiente, intentaron hablar. A Jero no le salían las palabras, estaba blanco.

—¿Quién era? —preguntó Batiste.

—El bibliotecario.

—¡Dios mío! —se le escapó a Batiste.

—Haces bien en invocar a Dios, porque si nos llega a descubrir, nos mata, y no es una metáfora, créeme.

—Lo sé, recuerda que te he dicho que mi padre ya me ha contado quién es.

En realidad, Joan Diez, vigilante de la biblioteca del Santo Oficio, no era el único trabajo que desempeñaba. Lo compaginaba con otro. Era más conocido por el sobrenombre de Zomba, y era el verdugo oficial de la ciudad. Todo el mundo lo temía, porque estaba loco. Se decía que mataba a la gente con una sola mano en las tabernas de la ciudad, cuando se emborrachaba, cosa que ocurría con cierta frecuencia. Como pertenecía a la estructura de la inquisición, como bibliotecario, se solía escapar impune de sus múltiples crímenes y atrocidades, o con penas mínimas.

Jero intentó centrar la conversación, que había quedado un tanto en el limbo. No quería pensar en Zomba ni en las consecuencias que podría haber implicado que los hubiera descubierto.

—¿Por qué crees que estos documentos demuestran que Blanquina March era la número uno del Gran Consejo en 1491? Era una mujer perseguida por el Santo Oficio, y tenía tan solo dieciocho años —le preguntó Jero a su amigo Batiste—. No se me ocurre peor candidata.

Batiste sacó el legajo, que lo llevaba oculto entre sus ropajes, y lo abrió.

—Analicemos juntos la documentación. Los dos nos esperábamos encontrar la típica abjuración de la ley mosaica y la conversión a la fe católica, pero resulta que no es eso, o, por lo menos, no solo es eso. Resulta que tenemos en nuestras manos otros papeles, que parecen más importantes que el resto de documentos que hacen referencia a la abjuración.

—No sé si importantes, pero, desde luego, desconcertantes sí lo son. No les encuentro ninguna explicación.

—Porque hay que leer entre líneas, no quedarte en la superficie, como ya te había dicho.

—Pues ilumíname, porque yo no leo nada entre líneas, y mira que me estoy esforzando en salir de mi asombro.

—No nos perdamos en los documentos sin importancia. Vayamos directamente a los dos que son claves. El primero, fechado el 6 de junio de 1491, Blanquina March comparece, como así consta, ante el inquisidor del tribunal de la ciudad, don Francisco Soler, para manifestar que es una hereje, y que por influencias de su madre, Isabel Almenara, su hermana Violante y ella practican el Ayuno del Perdón o *Yom Kipur*, ceremonia típica hebrea que se celebra todos los meses de septiembre. No solo eso, también reconoce que toda la familia lee libros hebreos y practican sus costumbres y ritos religiosos con regularidad.

—Me ha dejado de piedra leer eso —reconoció Jero—. Una confesión innecesaria.

—¿Innecesaria? Ya lo veremos, porque, sin embargo, a mí me parece el documento fundamental del legajo.

—¿Por qué? —preguntó Jero.

—Piensa un poco. ¿Qué sentido tiene que Blanquina comparezca voluntariamente para hacer este tipo de declaraciones acusatorias? Lo normal es que el Santo Oficio hubiera iniciado un proceso contra su madre, su hermana y ella misma de inmediato.

—Y no lo hicieron.

—¡Exactamente!

—Pues sigo sin entenderlo.

—Eso tiene su explicación, aunque a medias. Es habitual que, cuando una persona confiesa voluntariamente la práctica de la religión judía, se le ofrezca un periodo de gracia, para que muestre su arrepentimiento. Aquí tenemos el documento que lo indica «*lo temps de la gracia de present es estada otorgada*» librado en favor de las tres confesas —dijo Batiste, mientras se lo mostraba a su amigo.

—Sí, lo había leído —dijo Jero.

—Pues ahora viene la continuación de la sorpresa inicial —dijo Batiste, mientras extraía otro documento del legajo—. Con fecha 18 de diciembre de 1491, vuelve a comparecer ante uno de los inquisidores de la ciudad y declara la voluntad de «*vivir y morir com a tant solita christiana en la Sancta Fe catholica*», acompañada de su madre Isabel y de su hermana Violante, que efectúan la misma declaración que Blanquina.

—No le encuentro el sentido. Nadie les había pedido que hicieran eso.

—Hay dos cuestiones fundamentales en toda esta historia, para poder intentar comprenderla. La primera, ¿para qué confiesa la práctica de la religión judía, y, a continuación, en el periodo de gracia, se arrepiente y abjura de su religión para convertirse al cristianismo?

—No lo sé —confesó Jero.

—¿No lo entiendes? ¡Para quitarse de en medio! —exclamó Batiste—. Era una táctica perfectamente organizada. Confiesa su culpa, a continuación se convertía en cristiana y las sospechas que pudieran existir se alejan de ella. Recuerda que, en ese momento, tenía tan solo dieciocho años, pero ya la seguía el Santo Oficio desde los catorce, como acabamos de ver en el otro legajo.

—Y de todo ello, ¿cómo deduces que lo hizo porque la habían nombrado número uno del Gran Consejo?

—Una maniobra así de peligrosa tuvo que contar con asesoramiento del propio Santo Oficio, y las garantías necesarias de que nada le iba a ocurrir ni a ella ni a su familia. Entiéndelo, los crímenes que confesó son objeto de la pena más grave, la relajación al brazo secular, es decir, la muerte en la hoguera.

—¿Qué insinúas? ¿Qué fue todo una farsa y que estaba preparado desde dentro del Santo Oficio?

—No lo insinúo, lo afirmo.

—¿Y cómo puedes estar tan seguro? Yo también he leído los documentos y no llego a esa conclusión.

—Ahora viene la segunda cuestión fundamental que te comentaba antes, y que ha terminado de convencerme. Mira la firma del último de los documentos. Comprueba por ti mismo ante qué inquisidor abjuran del judaísmo para convertirse al cristianismo.

Jero tomó en sus manos el documento. Casi da un grito. Ahora, por fin, entendía a su amigo. El inquisidor que lo firmaba era, nada más y nada menos, que don Juan de Monasterio, que había prestado servicios para el Gran Consejo, según les había confesado el propio don Alonso Manrique, inquisidor general y padre de Jero.

—¿Lo entiendes ahora?

—No había caído en la cuenta de ese detalle.

—Pues resulta fundamental para toda esta historia, que, en un principio, parecía incomprensible. Con esta operación, ponían a salvo a Blanquina, desde el 18 de diciembre de 1491, que sería, más o menos, cuando tomaría posesión de su cargo como número uno del Gran Consejo. Y todo ello delante de las mismas narices del Santo Oficio, que, convenientemente, *removed*

obviaron ciertos detalles, que tan solo se explican por la connivencia del inquisidor Monasterio.

Jero se quedó pensativo.

sound judgement

—Puedes tener razón. Nadie, en su sano juicio, actúa como lo hicieron la madre, la hermana y la propia Blanquina, si no es por un propósito concreto. Además, también tiene todo el sentido que contaran con ayuda desde dentro. Las podrían haber quemado a las tres. Corrieron un riesgo tan absurdo como exagerado.

—De que no se abriera un proceso contra ellas ya se ocupó el inquisidor don Juan de Monasterio. Estaba todo preparado. Tomaron el pelo al propio tribunal del Santo Oficio, con su colaboración, sin que nadie se enterara.

—Un plan magistral —comentó Jero.

—Sí, ya tenemos algo más de información que nos ayuda a comprender cómo sucedieron ciertos hechos, pero todavía es insuficiente para contrarrestar todos los papeles de los que dispone el receptor, que, no olvidemos, es a lo que hemos venido a esta maldita biblioteca. Hemos dado un pequeño pasito, pero no hemos conseguido nuestro objetivo.

—Así es. Ahora deberíamos buscar la documentación del 20 de marzo de 1500, que fue cuando se produjo el asalto a la sinagoga de Miguel Vives, pero con el bibliotecario dando vueltas por ahí, la situación se ha vuelto muy peligrosa. No podemos movernos con libertad hasta que se vaya, y de momento, no lo ha hecho.

—Supongo que tendremos que esperar aquí escondidos. Con el cafre ese rondando por la biblioteca, no nos podemos arriesgar a salir —confirmó Batiste—. Eso sí, tendremos que estar atentos a los pasos, para saber cuándo se dirigen a la puerta de salida.

—Pues si tenemos que esperar, pongámonos cómodos —dijo Jero, mientras se acurrucaba, haciéndose un ovillo y se apoyaba contra la pared. Ya se estaba yendo la luz solar y el frío del sótano se empezaba a dejar sentir. La temperatura de la biblioteca estaba bajando. No podían olvidar que se encontraban en los basamentos del Palacio Real.

—¿Qué es esto? —dijo Jero, mientras se clavaba algo en la espalda, cuando intentaba acomodarse lo mejor posible.

Batiste se giró de inmediato, para mirar la pared dónde se apoyaba su amigo.

Casi da un grito.

Eso no era una pared.

46 EN LA ACTUALIDAD, JUEVES 11 DE OCTUBRE

—¿Te ocurre algo? —preguntó preocupado el número uno—. ¿Quieres un vaso de agua?

A Rebeca no le salían las palabras. Con las capuchas puestas estaba claro que no lo había reconocido. Hizo el gesto negativo con la cabeza, mientras intentaba recuperarse de la tremenda sorpresa. Aquello no se lo podía imaginar jamás, aunque tenía que reconocer que le daba cierto sentido a algunos sucesos recientes.

«La primera», pensó Rebeca.

—Bueno, pues entonces podemos dar por iniciada la reunión del Gran Consejo. Como cortesía previa a los que no me conocéis, soy el hijo primogénito del conde de Ruzafa y de la condesa de Dalmau, iniciado por mi madre para asumir este papel, hace algún tiempo.

«¡Atiza!», pensó Rebeca. Las piezas del rompecabezas empezaban a encajar en su cerebro. Ahora iba comprendiendo más cosas.

—Como supongo que habréis observado, hoy somos diez personas. También por cortesía, iré presentando a cada uno de los miembros. Obviamente, a mí ya me conocéis, soy el número uno.

Hizo una breve pausa.

—¿El número dos? —preguntó.

—Buenas noches a todos. Es toda una sorpresa asistir a esta reunión, no lo puedo negar, pero también un placer ver que las cosas, que se rompieron en el pasado lejano, hace siglos, se empiezan a recomponer.

«¡Era la voz de Abraham Lunel!», se dijo sorprendida Rebeca. Por lo visto el nuevo número uno lo había localizado y convocado a la reunión.

—¿El número tres?

Se levantó una persona de su asiento e hizo un gesto reverencial muy teatral. Se volvió a sentar sin decir palabra.

«¿También ha encontrado a Tania Rives?», seguía sorprendida Rebeca. «Está claro que está reuniendo al Gran Consejo al completo».

—El número cuatro me lo salto por razones obvias. Es un tema que tendremos que resolver en un futuro muy próximo. No debemos permanecer incompletos mucho más tiempo.

Siguió preguntando.

—¿El número cinco?

También se levantó y saludó, así hasta llegar al número diez. Unos dirigían unas breves palabras, y otros se limitaban a hacer un gesto con la cabeza, como Tania Rives.

Cuando concluyó las presentaciones, se volvió a dirigir a todo el Gran Consejo.

—Veo que tan solo tenemos una persona de más en el interior de este templo, por lo que es fácil deducir que tan solo ha acudido una de las dos undécimas puertas que había convocado —continuó el número uno.

«Carlota no ha venido», se dijo Rebeca. No se había equivocado con ella, con su indiferencia y desinterés por este tema. Se levantó y saludo a todos los presentes.

—Soy la undécima puerta.

—¿Vienes sola? —le preguntó el número uno.

—¡Pues claro! ¿Con quién esperabas que viniera?

—Me parece que es una pregunta obvia, con la segunda undécima puerta.

—Para empezar —contestó Rebeca, visiblemente enfadada y dirigiéndose directamente al número uno—, me parece que has cometido un grandísimo error. La persona que has convocado a un Gran Consejo, no es quién crees que es. No tiene nada que ver con vosotros, ni sabía nada de vuestra existencia actual hasta que recibió una improcedente e inapropiada convocatoria con números y letras, que, por supuesto, dada su extrema inteligencia, descifró sin ningún problema en menos de un minuto.

—¡Qué dices! —exclamó el número uno.

—Te lo repito, has cometido un grave error, y espero que no traiga más consecuencias para vosotros. Ahora mismo, sin ninguna necesidad, existe una persona ajena al consejo que conoce vuestra existencia.

—¿Cómo sabes que no te ha mentido y es la segunda undécima puerta? —insistió el número uno, que ahora parecía sorprendido.

—Escucha, número uno —el enfado de Rebeca iba claramente *in crescendo*—, creo que a estas alturas, todos los presentes conocen mi verdadera identidad, cuestión que tampoco debería haber sucedido jamás, ya que, según se estableció en el siglo XIV, hasta mi propia existencia debería ser secreta, por mi propia seguridad, pero también por la seguridad del Gran Consejo, o sea, de vosotros. Y resulta que me conoce hasta el último miembro.

—Estás enfadada —dijo el número uno.

—¿Tú qué crees? Tan solo me tenías que conocer tú, el número uno, y te recuerdo que únicamente debía salir a la luz para casos de emergencia, no convertirse en una costumbre tener que asistir a un Gran Consejo, al que no pertenezco, ni debería asistir a estas reuniones con regularidad, ya que, te repito, así se estableció en el siglo XIV. Creo que los fundadores lo dejaron muy claro en sus normas.

—Sí, pero las circunstancias, desde entonces, son bastante diferentes. Han cambiado mucho.

—Y tanto que han cambiado. Han pasado más de seis siglos, ¡cómo no van a cambiar! ¿Pero dónde está la emergencia hoy? No la veo por ninguna parte. Lo único que has conseguido es que otra persona, ajena a vuestro grupo. conozca vuestra existencia, y ya te advierto que no es una persona cualquiera. No sabes lo que has hecho. No eres consciente.

—Es tu hermana —contestó el número uno, que parecía algo acobardado por la reprimenda que estaba recibiendo de Rebeca. No se la esperaba.

—Exacto, mi hermana, que tiene dos grandes virtudes, que para todos vosotros, ahora mismo, deberían ser dos grandes preocupaciones. Su extrema inteligencia y su arrolladora curiosidad. Ni siquiera yo la podría controlar, si ella quisiera tirar del hilo. Y os aseguro que os terminaría por descubrir. Lo que ocurre es que he constatado, para vuestra tranquilidad, que no tiene ningún interés en este asunto, al menos de momento. No lo descartéis en el futuro. Si se le antojara investigar, ya os podéis poner a temblar, porque no me cabe ninguna duda de que os descubriría a todos y cada uno de vosotros.

El número uno intentaba recuperar el control de la reunión, que se le había ido un poco de las manos, con las contundentes declaraciones de Rebeca.

—¿Y cómo sabemos que no es, en realidad, la segunda undécima puerta? ¿Solo porque nos lo dices tú?

—Exactamente. Porque se lo he preguntado, mirándole a los ojos, y me ha contestado que no lo es.

Un murmullo se dejó oír en la sala.

—¿Y eso lo consideras suficiente prueba? —continuó el número uno.

Rebeca aún se enfadó más. Menos mal que la capucha cubría su rostro, porque ahora mismo estaba roja de la ira. Ya solo le faltaba escuchar eso.

—¡Escucha, número uno! Tú me conoces personalmente, sabes quién soy y de qué soy capaz. Nadie me miente a la cara ante una pregunta mía sin que me dé cuenta, si puedo verle los ojos, el resto del cuerpo y observar sus reacciones. Es una habilidad innata que tengo desde que nací. De hecho, creo que nadie lo ha conseguido jamás. Además, tú, más que nadie, lo deberías saber.

El número uno permaneció en silencio, como valorando las palabras de Rebeca, que continuó con su explicación.

—Mi hermana no es la undécima puerta. No me mintió cuando respondió a mi pregunta. Estoy completamente segura. Pongo la mano en el fuego por ella.

Se hizo el silencio en la iglesia. El número uno continuó hablando, pero esta vez en un tono completamente diferente, más conciliador.

—Lamento de verdad lo sucedido. Daremos tu declaración por cierta.

—Espero que todos me creáis —concluyó su disertación Rebeca.

—Yo lo hago —dijo el número siete, el miembro del *Speaker's Club* y amiga de Rebeca—. Conozco a ambas personalmente. Si el número once lo dice, no me cabe ninguna duda de que será verdad.

—Me uno al número uno y al número siete —dijo la quinta puerta—. Yo también las conozco a ambas, y creo que es cierto lo que afirma la undécima puerta.

Todos asintieron con la cabeza.

—Bueno, aclarado este espinoso punto, debemos centrarnos en el motivo principal de esta reunión —continuó hablando el número uno.

Hizo una pequeña pausa. Se respiraba cierto ambiente de misterio. Rebeca tuvo la sensación de que los miembros del Gran Consejo no sabían para qué habían sido convocados esta noche, y la curiosidad era lógica y evidente.

—Hace un momento, el número once preguntaba por la necesidad de su convocatoria, si no veía ninguna situación de emergencia que justificara su presencia. Pues bien, sí que la hay.

El silencio se podía cortar con un cuchillo.

—Como número uno, como vuestro *Keter*, pienso recomponer el Gran Consejo, y que recupere su función para la que fue concebido en el siglo XIV, proteger el árbol judío del saber milenario.

Ahora el silencio anterior se rompió con multitud de murmullos.

—¿Y cómo lo piensas hacer si no conocemos a nadie? —le contestó el número siete.

—Muy sencillo, recomponiendo también el Gran Mensaje.

—¿Muy sencillo? —intervino el número cinco—. Tú debes saber, como número uno, que Blanquina March disolvió el Gran Consejo en el año 1500. Posteriormente ese mensaje se dividió entre las dos undécimas puertas, dejándonos a nosotros sin nuestra décima parte de ese mensaje que conducía al árbol. ¡Ya me contarás cómo pretendes recomponerlo, si nadie sabemos nada!

—Nadie no.

Se volvió a hacer el silencio en la iglesia de San Nicolás.

—Os resumo muy brevemente el plan de acción que propongo. Lo primero que hemos de hacer es encontrar y conocer las dos partes del Gran Mensaje, a continuación nombrar a un nuevo número cuatro, y, para terminar, recomponer el Gran Mensaje y volver a dividirlo en diez partes, que cada miembro de este Gran Consejo custodiaría. Es decir, pretendo volver a los orígenes, que esto deje de ser, simplemente, un club de encapuchados ilustres sin ningún sentido ni misión.

—Pero la decisión de Blanquina... —empezó a objetar uno de los miembros.

El número uno le interrumpió.

—La decisión de Blanquina fue acertada, teniendo en cuenta a la Inquisición, e incluso a todas las persecuciones que sufrimos los judíos con posterioridad, sin olvidarnos del exterminio nazi. Pero todo eso ya es historia.

—¿Historia? ¿Estás seguro? —preguntó uno de los miembros—, porque, de vez en cuando, todos somos testigos por los medios de comunicación de noticias preocupantes.

—Dejando de lado el Estado de Israel y sus problemas, que os aseguro que se acabarán resolviendo, ya no nos persigue nadie como pueblo hebreo ni se vislumbra ningún peligro futuro —insistió el número uno—. Estamos perfectamente integrados en la sociedad, en todas las partes del mundo, además en algunos puestos clave dentro de las principales estructuras del poder. Controlamos el *Club Bildeberg*, por ejemplo, que manejan muchos más hilos de lo que os podéis imaginar. Las circunstancias históricas, que nos martirizaron durante muchísimos siglos, han desaparecido por completo. Ahora estamos a salvo y ha llegado el momento de volver a recuperar el control de la situación y, por supuesto, de nuestro árbol milenario.

—Hermosas palabras que, seguramente, muchos de nosotros podríamos suscribir —continuó el número siete—, pero son tan bonitas como vacías de contenido. Tu enardecedor discurso se rompe por la primera premisa, ¿quién conoce las dos partes del Gran Mensaje? Me temo que nadie. El castillo de naipes se te ha caído antes de empezarlo.

—Te equivocas —le replicó el número uno.

—¡Ah! ¿sí? ¡Pues ilumíname! —le retó.

—La respuesta es obvia. Como ha venido sucediendo desde el siglo XVI, las dos partes del Gran Mensaje las custodían las dos undécimas puertas. Aunque pretendía que hoy asistieran ambas, al menos tenemos a una de ellas con nosotros.

Todos los miembros se giraron hacia Rebeca, que volvió a intervenir. Ya le cansaba este tema tan repetitivo. Se estaba empezando a hartar.

—No sé cuántas veces os tengo que decir las cosas. Ya os conté en el anterior Gran Consejo que me convocasteis, hace menos de tres semanas, que no custodio ninguna parte de ningún mensaje. Supongo que el repentino fallecimiento de mi madre, cuando yo apenas tenía ocho años, lo impidió.

Hizo una pequeña pausa teatral, al estilo de las que tanto le gustaban a Abraham Lunel.

—Tú —dijo dirigiéndose al número uno—, no estabas presente en el último Gran Consejo, por eso supongo que lo desconocías, pero ya lo había comunicado formalmente hace muy poco. No os puedo ayudar. Ni tengo ninguna mitad de ningún mensaje, ni tengo ni idea de quién puede ser la segunda undécima puerta. Si las cosas se hicieron bien hace siglos, probablemente sea alguien ajeno a mi vida y que ni siquiera la conozca. Ese, precisamente, es el protocolo de seguridad.

El número uno no estaba dispuesto a soltar su presa, ni a que sus grandiosos planes se vinieran abajo al primer inconveniente.

—¿Y por qué te debemos de creer? —contestó el número uno, retándola claramente.

—¿Otra vez con ese tema? Creía que ya había quedado claro hace un momento.

—¿Qué es lo que nos dirías si tuvieras tu parte del mensaje? Me temo que lo mismo que nos estás diciendo ahora —insinuó el número uno.

Todos seguían mirando a Rebeca.

—Pues probablemente, pero resulta que no lo tengo —respondió Rebeca. Seguía enfadada, pero ahora también algo asustada, ante la actitud hostil que le parecía percibir en el ambiente.

«¿Debería llamar a Joana?», se preguntó, atemorizada.

47 8 DE MARZO DE 1525

—¿Qué te pasa, Batiste? Parece que hayas visto a un fantasma —dijo Jero, ante el rostro desencajado de su amigo.

—Anda, date la vuelta y mira sobre qué tienes apoyada la espalda.

Jero le hizo caso a su amigo, y se llevó una verdadera sorpresa.

—¿Qué hace una puerta aquí, detrás de este mueble? —se extrañó mucho.

—La pregunta más adecuada sería, ¿para qué? —puntualizó Batiste.

—Por eso me estaba clavando en la espalda el marco de la madera, y no encontraba la posición cómoda —Jero continuaba con sus razonamientos, como si no hubiera oído la pregunta de Batiste.

—No me escuchas. ¿Qué sentido tiene construir una puerta en la biblioteca, para luego colocar delante de ella un gran mueble que, no solo la oculta, sino que impide que se pueda abrir?

Jero se quedó mirando con más detenimiento la puerta.

—Es evidente que hace muchos años que no se abre. Observa las telarañas y el polvo que acumula. No me extrañaría nada que hasta desconocieran su existencia el bibliotecario y las demás personas que acceden a este lugar. Está muy oculta detrás de este gran mueble y no parece reciente. Nosotros la hemos descubierto por verdadera casualidad. Si no nos ocultamos aquí dentro, ni siquiera la hubiéramos advertido. Piensa cuántos muebles como este debe haber en el interior de esta biblioteca.

—Eso está claro. Nosotros la hemos descubierto por accidente. Desde afuera del mueble es imposible verla, desde ningún ángulo.

—Si lo piensas bien, podríamos saber cuándo se colocó este gran archivador, más o menos, y se cegó esta puerta tan extraña —dijo Jero.

Su amigo Batiste se sorprendió.

—¿Cómo?

—Si te fijas, los muebles que contienen los libros y legajos que habitan en esta biblioteca, y que conforman sus pasillos, no son todos iguales. Eso es debido a que no se amuebló toda la estancia a la vez. A medida que el volumen de papeles lo iba requiriendo, se iban añadiendo muebles y, claro, no todos eran iguales, porque entre el primero y el último pueden haber pasado más de cuarenta años perfectamente. Desde la primera vez que entré en este lugar hasta hoy, han añadido, al menos, tres pasillos nuevos de archivadores, en el extremo opuesto a donde nos encontramos ahora nosotros.

—Ya te entiendo. Lo que quieres decir es que miremos los legajos de este mueble, así sabremos cuándo se colocó aquí, este armatoste, cegando esta puerta.

—Eso es.

Batiste y Jero se pusieron a mirar los legajos que albergaba el mueble. Se llevaron la segunda gran sorpresa.

—¡Son del año 1500! —casi gritó Batiste—. Precisamente los que estábamos buscando, el mismo año que se produjo la redada en la sinagoga de Miguel Vives.

Jero parecía emocionado.

—Mira por dónde, podemos buscar si existe alguna documentación relacionada con Blanquina, sin necesidad de movernos por la biblioteca, con el loco ese de Zomba dando vueltas por ahí. Tenemos los legajos debajo de nuestros propios culos.

De inmediato, se pusieron a mirar la documentación. Una vez más era una tarea ardua, ya que tenían que abrirlos uno por uno. El polvo acumulado de tantos años y su estado de conservación no era el mejor. Debían perder el tiempo en comprobar su interior.

Después de más de una hora, no habían encontrado nada.

—¡Qué extraño! —dijo Jero—. Hay legajos anteriores y posteriores a la fecha de la redada, el 20 de marzo de 1500, pero absolutamente nada referente a ella. Además, recuerda que el volumen de documentación debe de ser muy grande. Se practicaron muchas diligencias e incluso se celebró un auto de fe, para llevar a la hoguera o penitenciar a más de treinta personas, incluido Miguel Vives, su madre y su mujer. El legajo debe ocupar un espacio considerable. Nada que ver con el primero que hemos encontrado sobre Blanquina, del año 1487, que apenas contenía tres o cuatro documentos.

—Si lo pensamos bien, no es extraño. Ese es el legajo que tiene el receptor. El inquisidor don Juan de Churruca vendría a este mismo mueble, en el que estamos nosotros ahora, lo buscaría y lo cogería para entregárselo a don Cristóbal.

—Supongo que esa parece la explicación más lógica —dijo Jero.

—Pues no —le replicó Batiste, para sorpresa de su amigo—. Quizá fue lo que ocurrió, pero de lógico no tiene nada de nada

—¡Qué dices! ¡Me vas a volver loco! ¿Entonces no tiene este legajo el receptor? Pensaba que eso lo teníamos claro.

—Eso sí, por supuesto. La falta de lógica no viene por ahí.

—Explícate mejor, que no te entiendo.

—Vamos a razonar los dos juntos, eso que te gusta tanto a ti —dijo Batiste, con una sonrisa burlona.

—Ya veo que no te sentó nada bien que yo descubriera la naturaleza del árbol judío antes que tú. Aquella explicación, razonando los dos juntos, veo que fue toda una patada en tu culo, y de paso en tu ego, que aún colea en tu mente.

—¡No seas idiota! Lo hago para que me corrijas, si me equivoco o soy inexacto en algún aspecto de mi razonamiento. Mi ego no tiene nada que ver con todo esto.

—Sí, claro, y yo voy y me lo creo... —dijo Jero, en un tono claramente burlón.

—Si no fuera por el loco del bibliotecario, ya estaría encima de ti dándote una pequeña tunda, enano faltón —le contestó Batiste, riéndose por lo bajo.

—Anda, razonemos juntos lo antes posible, que se está haciendo de noche y nos vamos a quedar a oscuras. Además, no creo que Zomba tarde mucho en irse.

Batiste inició la explicación.

—Sabemos que el expediente de aquella redada fue instruido por el promotor fiscal y que el inquisidor que llevó aquella causa fue don Juan de Monasterio.

—Como tú mismo dirías, ¡al grano! Eso ya lo sabemos sobradamente.

—Al final me va a dar igual Zomba y te vas a llevar una buena... —dijo Batiste, mientras sonreía. Estaba claro que el enano de su amigo le había pillado el punto para sacarlo de sus casillas. Batiste continuó con la explicación.

—¿Recuerdas una de las cosas que nos contó tu padre, en el salón de la chimenea, refiriéndose a los documentos qué estamos buscando?

—Sí, dijo algo así como que el inquisidor Monasterio ocultó los documentos a conciencia.

Las palabras exactas fueron «Don Juan de Monasterio, hace veinticinco años, los escondió a conciencia en un lugar remoto del archivo de la inquisición, pero don Juan de Churruca, uno de los actuales inquisidores, parece que los ha localizado. No me explico cómo ha podido hacerlo con tanta facilidad y rapidez, en apenas un día. Se supone que esos legajos estaban casi enterrados, a salvo de miradas indiscretas».

—Sí, ahora lo recuerdo casi literalmente, como tú.

—También nos contó que don Juan de Monasterio era una persona muy estricta y diligente en su trabajo. Convendrás conmigo que este mueble no casa con esa descripción de «documentos enterrados en un lugar remoto, a salvo de miradas indiscretas». Es uno de los archivadores más expuestos de toda la biblioteca.

—¿Adónde quieres ir a parar?

—Que algo no cuadra en este asunto. O don Juan de Monasterio era un perfecto idiota y dejó el legajo de Blanquina en el mueble más a la vista de toda la biblioteca, o era una persona inteligente y lo ocultó en el lugar más remoto. Ambas cosas no pueden ser ciertas a la vez.

—Ya veo por dónde van tus razonamientos. De momento, me inclino por la primera opción. Casi todos los legajos de este mueble fueron instruidos por el inquisidor Monasterio, además en las fechas en las que se produjo el asalto a la sinagoga clandestina de los Vives. Sin embargo, ese expediente en concreto no está. Eso quiere decir que don Juan de Churruca se limitó a venir al mueble, dónde, por orden cronológico, estaba archivado el legajo, lo cogió y se lo entregó al receptor. A menudo, las explicaciones más simples suelen ser las verdaderas —razonó Jero.

—Lo siento, no me lo creo. Don Juan de Monasterio era diligente en su trabajo de verdad, no era un idiota.

—¿Y cómo puedes estar tan seguro de eso? Ni siquiera habías nacido cuando estos hechos ocurrieron.

—¿Sabes dónde se imprimió la primera Biblia de España?

—Y esta pregunta, ¿a qué viene? ¿En este preciso momento pretendes cambiar de tema?

—No lo hago, no seas impaciente y ahora me entenderás. Se imprimió en Valencia, y en lengua valenciana, y fue publicada entre 1477 y 1478. Para que te hagas una idea de su importancia, antes de la valenciana tan solo se habían impreso tres, la llamada *Biblia Vulgata*, escrita en latín e impresa por el propio Gutenberg, inventor de la imprenta, una traducción al alemán y otra al italiano. La Iglesia Católica tan solo reconocía la primera, y en 1498 declaró a la biblia valenciana «como peligrosa para la fe», encargando al Santo Oficio la destrucción de todos los ejemplares que se habían impreso. Nuestro amigo, el inquisidor don Juan de Monasterio, fue el encargado de la labor, y se empleó con suma diligencia. Tan solo se le escapó un único incunable, que se conserva fuera de España, muy lejos del alcance del Santo Oficio.

—Ya te entiendo —dijo Jero.

—Era una persona diligente, eso está fuera de toda duda, por eso no pudo dejar, en este mueble, sin más, el legajo de aquellas actuaciones, si lo que pretendía era ocultarlo.

—¿Qué quieres decir con la expresión «sin más»?

—Volvamos a la lógica. Don Juan de Monasterio no podía hacer desaparecer todo un expediente. Aquel caso fue muy sonado en toda España, y motivó, como recordarás, hasta la intervención del rey Fernando el Católico, que cesó, a los pocos meses, a los dos inquisidores de la ciudad por incompetentes. En realidad, Monasterio era cualquier cosa menos eso. Sabiendo que no podía ocultar toda la documentación, porque hubiera llamado mucho la atención, hasta del propio rey, y eso era lo último que quería que ocurriera, ¿tú que hubieras hecho en su lugar?

Jero ya había comprendido a su amigo hacía un rato.

—Dejar en el expediente los temas de trámite habitual del Santo Oficio, aderezado con algún documento de interés, que no podía retirar, y ocultar en otro lugar los asuntos más sensibles, por ejemplo, los relacionados con el Gran Consejo. Así, si buscaban el legajo. lo encontrarían, pero lo que desconocerían era que estaba incompleto.

—¡Premio! —dijo Batiste, haciendo el gesto de aplaudir con las manos—. ¿Ves como también tú sabes razonar?

—Pero eso no explica lo de este mueble, cegando esta puerta oculta, que no sabemos adónde conduce.

—Todo lo contrario, mi querido amigo, lo explica perfectamente —dijo Batiste, con una sonrisa indisimulable, de oreja a oreja.

—¡No me digas! —dijo Jero, cuando comprendió lo que su amigo estaba insinuando.

—Sí te digo.

—Pero no podemos entrar ahí adentro.

—¿Por qué?

—¿Qué clase de pregunta estúpida es esa? ¿Quizá porque este mueble debe pesar una barbaridad? Ni seis personas fornidas como Damián conseguirían moverlo ni un palmo. Eso sin contar con todo el escándalo que montaríamos aquí, en la biblioteca. Sería imposible no ser sorprendidos por alguien. No se me ocurriría ni siquiera intentarlo.

—Estoy de acuerdo contigo —le respondió Batiste—, aun así, ¿te atreves a apostar algo a que entramos en la habitación que oculta esa puerta?

—Batiste, ¿te estás escuchando? ¡Qué apuesta más ridícula acabas de hacer! ¡Pues claro! No tienes ni la más mínima posibilidad de ganarla.

—Si yo tengo razón, quiero que me invites a comer aquí.

—¿En la biblioteca? —preguntó Jero, con sorna—, Sí que eres rarito, sí...

—¡No, idiota! —se rio Batiste—, en el Palacio Real, en uno de los salones principales del ala del Santo Oficio, con sirvientes y toda la parafernalia de lujo. Nunca lo he hecho.

—¿Y si yo gano?, porque no tienes ninguna posibilidad de entrar en esa habitación. Es imposible.

—Entonces te invito a comer en mi casa.

—¡Pero si eso ya lo has hecho! Me has dicho, hace un momento, que tu padre me ha invitado mañana mismo a comer en tu casa.

—Bueno, pues mira si soy cumplidor que pago las apuestas antes de saber si las he ganado o perdido, por anticipado.

—¡Idiota! —se rio Jero.

48 EN LA ACTUALIDAD, VIERNES 12 DE OCTUBRE

Rebeca se despertó con más sueño del habitual, que ya era decir. Se había acostado muy tarde, después del accidentado Gran Consejo de ayer. Salió a la cocina en pijama. Se encontró tan solo con su tía, sentada en un taburete.

—Te estaba esperando —fue lo primero que le dijo Tote, con voz de preocupada.

—¿Por qué?

—Joana me ha contado tan solo un pequeño resumen de lo que ocurrió ayer. Debía de haberte acompañado yo.

—Por cierto, ¿dónde está Joana?

—Se ha ido.

Rebeca se sorprendió, pero no quiso preguntar nada más sobre el tema. No sabía cuándo retornaba a los Estados Unidos. Le extrañaba que ayer no le hubiera dicho nada, pero claro, tenía que reconocer que la noche fue intensa.

—Tenemos problemas —comenzó Rebeca—. Para empezar, ¿sabes que el Gran Consejo vuelve a tener número uno? Y eso no es lo peor, ¿sabes quién es?

Rebeca se lo contó. Su tía permaneció impasible, no movió ni una ceja.

—¡No me digas que ya lo sabías! —exclamó Rebeca, sorprendida.

—¡Pues claro! No te olvides que soy la duodécima puerta, tu protectora, además de comisaria de Policía de la ciudad. Mal haría mi trabajo si ignorara ciertas cuestiones.

—¿Y por qué no me lo habías dicho?

—No era necesario, debías averiguarlo por ti misma. Pero no nos enredemos con estas tonterías. Cuéntame, con todos los detalles, lo qué sucedió anoche.

Rebeca se lo relató todo.

—Menos mal que no hizo falta que llamaras a Joana. Conociéndola, se hubiera liado una buena en San Nicolás —dijo Tote.

—Pero estuve a punto, de verdad. Le debo un gran favor al número siete, a mi amiga del *Speaker's Club*, que intervino en el momento más delicado de la conversación, y al número cinco, que también salió en mi defensa. Creo que me vieron tan apurada que le quitaron hierro al asunto. Durante un momento llegué a asustarme de verdad.

Tote tenía cara de preocupación.

—Me temo que tendremos que pasar de nuevo a la acción. Menos mal que ya me había adelantado a ciertas cuestiones.

—¿Qué quieres decir con eso?

—Todo a su debido tiempo. Ahora desayuna, si no, no vas a llegar a *La Crónica* ni yo a la comisaría. Aunque hoy sea festivo, nosotras no nos libramos de trabajar.

—Antes de que te vayas tía, supongo que mis padres tendrían algún abogado de confianza en la ciudad, ¿no?

—Sí, por supuesto. ¿Para qué lo quieres saber?

—Tengo una duda que me corroe desde el fin de semana que pasamos en Madrid. Lo que ocurrió ayer por la noche la ha intensificado. Mi instinto no se suele equivocar. Me gustaría que me aclarara ciertas cuestiones técnicas legales que no alcanzo a comprender.

—Tengo su teléfono en la comisaría. Te lo mando en cuánto llegue. El abogado se llama Vicente Arús. Si quieres que te atienda pronto, llámalo nada más recibir mi mensaje. Es muy conocido en la ciudad y tiene una agenda muy complicada. Ahora vámonos volando, que se nos ha hecho demasiado tarde —dijo su tía, mientras salía por la puerta de casa—. Por cierto, este fin de semana estaré fuera, tengo un congreso en Barcelona. Pórtate bien. Cualquier cosa que ocurra fuera de lo ordinario, sea lo que sea, me llamas al móvil, sin dudarlo. No te hagas la valiente, que acabas siendo una inconsciente.

«Un poco más y ni me dice que no va a estar en casa este *finde*», se extrañó Rebeca. «Me lo ha contado desde la misma puerta de la casa».

Se tomó su vaso de leche habitual, se duchó, se vistió y salió hacia *La Crónica* lo más rápido que pudo.

Entró en la redacción del periódico. Alba ni levantó la vista del mostrador. Casi mejor, después de lo que vio el día de su cumpleaños, casi lo prefería. «Aunque con ella siempre me queda la duda de quién es en realidad de las dos gemelas», pensó divertida.

Llego a su mesa de trabajo. Sus tres compañeros la saludaron.

—¿Qué haces aquí? —le preguntó Rebeca a Fernando—. ¿Hoy no es viernes y tu día libre?

—Digamos que el miércoles, el día después de tu cumpleaños, llegué a la redacción algo tarde y bastante perjudicado, ya me entiendes. Le debía un día al director Fornell y me gusta pagar mis deudas cuanto antes.

—No es justo —dijo Tere—. Además, hoy es festivo. Toda la ciudad de puente, y nosotras aquí trabajando.

—El mundo no se detiene por ser festivo, siguen sucediendo cosas y la gente se merece conocerlas —contestó Fabio.

—La gente, la gente... ¿y nosotros no nos merecemos nada? —le replicó Tere.

—Bueno, podíamos marcarnos un *afterwork* esta tarde —dijo Fabio—. ¿Os apuntáis a salir a tomar algo de tardeo?

—¿Los cuatro? —preguntó Fernando.

—¿No os apetece? —dijo Tere, mirando a Rebeca.

«Vaya encerrona», pensó. «A ver cómo me escapo de esta». No le apetecía nada salir con Tere y Fabio. Dos parejitas, siempre le había espantado ese tipo de planes.

En ese justo momento vio a Alba dirigirse hacia ella. «Creo que es la primera vez que me alegro de verla venir hacia mí, a ver si me reclama el director y me escapo de esta encerrona a traición».

—Rebeca, tienes una visita —dijo, cuando llegó a su altura.

«Mi gozo en un pozo», pensó.

—¿Le has preguntado su nombre?

—Sí, Álvaro Enguix.

A Rebeca se le encendió una lucecita. «A lo mejor aún puede tener cierto arreglo esta situación», pensó, más animada.

—Hazle pasar aquí, que nos conocemos los cinco.

—Como quieras —le contestó Alba, con su habitual simpatía, mientras se alejaba.

Álvaro llegó hasta su puesto de trabajo y saludó a los cuatro. Después de una breve conversación con Tere y Fabio, Rebeca no pudo aguantar su curiosidad.

—¿Qué mosca te ha picado para hacerme una visita, un día festivo, en mi trabajo?

—Al final, el día de tu cumpleaños no pude despedirme de ti. Como el martes que viene no podré asistir a la reunión del *Speaker's Club*, es posible que no nos veamos en cierto tiempo, y no quería dejar de darte las gracias.

—Te lo agradezco, pero... —empezó a decir Rebeca.

Álvaro le interrumpió.

—Fue el mejor cumpleaños, ¡qué digo! la mejor fiesta de mi vida. El infierno y el cielo unidos en la Tierra.

—Yo no lo hubiera definido mejor —respondió Rebeca, sonriendo—, pero no hacía falta que te molestaras. Te confieso que, aunque te hubieras despedido de mí, no creo que lo recordara.

Álvaro se rio.

—La verdad es que yo también tengo lagunas.

—Lo mío son océanos —dijo Rebeca, riéndose también, mientras pensaba que Álvaro era un encanto de persona. La petarda siempre había tenido buen gusto para los hombres y tenía la innata habilidad de acabar llevándose al huerto a los mejores.

«Y todavía me va a caer mejor Álvaro si cuela lo que voy a intentar. Allá voy», se dijo Rebeca, dándose ánimos.

—Escucha, Álvaro. Estábamos hablando de salir los cuatro a tomar algo esta tarde. ¿Os apuntáis Carlota y tú?

—¡Qué buena idea! Es habitual que los viernes trabaje hasta muy tarde. Es el día que más faena tengo en la joyería, así que, si ella quiere, por mí encantado.

—Te aseguro que querrá —afirmó Rebeca, que conocía de sobra a su hermana.

En ese momento recibió un mensaje de su tía. Le mandaba el teléfono del abogado Vicente Arús. Recordó que le había recomendado que lo llamara de inmediato, si quería que la atendiera pronto, ya que tenía una agenda complicada.

—Disculpa un segundo, Álvaro. Tengo que hacer una llamada urgente. Enseguida estoy contigo otra vez.

—Tranquila, no te preocupes. Me espero a que acabes mientras charlo con Tere y Fabio.

Rebeca llamó al abogado de sus padres. Se alegró mucho de saber de ella, tanto que la coló en su apretada agenda. La atendería el próximo lunes a las diez de la mañana, en su despacho de la calle Cirilo Amorós 12. Desde luego, mayor rapidez era imposible. De hecho, le dijo que iba a cancelar una cita para poder tener tiempo suficiente para ella. Rebeca le contestó que no hacía falta, pero Vicente insistió. Le agradeció la atención y colgó el móvil.

Cuando Álvaro advirtió que había finalizado la llamada, se acercó de nuevo a Rebeca.

—¿Ya has terminado? Voy a llamar a Carlota, a ver qué le parece lo de salir a tomar algo esta tarde —dijo Álvaro.

«¡Pues qué le va a parecer! La suma de Álvaro, juerga y unas copas, conociendo a mi hermana, no la rechaza ni loca. Casi ni se lo va a creer cuando le diga que la idea ha partido de mí. Seguro que tiene que repetírselo dos veces», pensó, divertida.

Álvaro cogió el móvil. Después de una breve conversación, se dirigió a Rebeca.

—De acuerdo, nos apuntamos.

Rebeca no pudo disimular su alegría, aunque ya se había imaginado la respuesta de Carlota. Seis no era lo mismo que cuatro. Quizá fuera una cuestión psicológica, pero le parecía que cuatro parecían dos parejitas, pero seis ya eran un grupo de amigos.

—Chicos —dijo Rebeca a sus compañeros —¿Os importa que se nos unan al tardeo mi hermana y Álvaro?

—¿Pero cómo nos va a importar? —dijo Tere—. ¡Qué tonterías dices! A las siete nos vemos en *On The Clock's*.

Álvaro se despidió de los cuatro y se fue.

Rebeca se quedó con una extraña sensación, aunque por más que pensaba no conseguía averiguar el motivo. «Algo importante está pasando a mi alrededor que no estoy sabiendo ver», se dijo, preocupada.

Y tanto.

49 9 DE MARZO DE 1525

—¿Qué te dijo tu padre cuando llegaste a casa? —le preguntó Jero a Batiste, nada más verlo llegar a la escuela.

—Para mi sorpresa, estaba bastante tranquilo. No sé por qué, pero confía mucho en ti. Está claro que es un inconsciente. A pesar de las horas a las que llegué a casa, lo único que me preguntó es que si estábamos bien. Ni siquiera se levantó de su silla.

—Ese maldito Zomba parecía que no se iba a ir nunca de la biblioteca.

—Sí, le costó un buen rato salir de allí, pero la operación se saldó con éxito.

—¿Con éxito? ¿Cuál?

—Sabemos que el expediente que tiene el receptor no está completo. Sí, vale que tendrá documentación importante, los interrogatorios y todo eso, pero el inquisidor Monasterio pudo ocultar lo más sensible.

—Eso es lo que tú supones. En realidad, no tienes ninguna prueba de ello.

—Evidencia quizá no, pero tengo una puerta, que es más importante —le respondió Batiste.

—Una puerta que no se puede abrir, que se te olvida decirlo —le insistió Jero.

—Bueno, no entremos otra vez en discusiones. Recuerda que, cuando terminemos en la escuela, te vienes conmigo a mi casa, a comer con mi padre.

—Por cierto, ¿cuál es el motivo de la invitación?

—No lo sé, no me lo dijo, pero en unas horas lo sabremos. Ahora vamos a entrar a clase —dijo Batiste, dando por terminada la conversación.

Siempre que tenían algo que hacer después de la escuela, se les hacía eterna, y esta vez no fue una excepción. Cuando, por fin, terminaron las interminables clases, se encontraron en el patio.

—Bueno, vamos allá, a ver qué es lo que quiere tu padre — dijo Jero.

—La verdad es que yo también tengo algo de curiosidad, aunque te advierto que tengo algo más de información que tú.

—¿Y por qué no me la cuentas?

—Que sea mi padre el que lo haga, si lo considera. Es un tema un tanto espinoso.

Mientras hablaban, llegaron a casa de la familia Corbera. Les abrió la puerta Johan. Le dio un abrazo a ambos, en especial a Jero. Sentía debilidad por aquel renacuajo, desde que lo conoció por primera vez, hacía ya casi tres años.

—Huele a cordero —dijo Jero—. La primera vez que estuve en esta casa, celebré mi séptimo cumpleaños y también comimos cordero. Lo recuerdo perfectamente. Estaba muy triste, acababa de llegar a Valencia desde Sevilla, y todo era muy extraño para mí. Me sentía un tanto abandonado por mi padre, que me había dejado en el Palacio Real sin darme ninguna explicación. Aunque no lo creáis, aquel día me hicisteis feliz, aunque fuera por una tarde.

—¡Claro que nos acordamos! —dijo Batiste—. Al principio tengo que reconocer que me enfadé un poco con el profesor Urraca, por ponerme como compañero de mesa, en la escuela, a un mocoso. ¡Cómo han cambiado las cosas!

—Y lo que falta por venir —dijo Johan—. Aunque no seáis conscientes, a vuestra edad, ya sois dos personas importantes, y más que lo seréis. Estoy seguro de que ambos continuaréis la estela de vuestros padres. Jero será un magnífico obispo y, quién sabe, si también alcanzará el cargo de inquisidor general. Y tú, Batiste, serás un excelente maestro *pedrapiquer*.

—Estupendo, padre, pero, ¿comemos ya? —le contestó Batiste—. Ese olor a cordero me mata. Para todo eso que cuentas, faltan muchos años, y el hambre la tengo ahora.

—Sí, anda, vamos a la mesa —dijo Johan, sonriendo.

Se sentaron los tres a comer. Todo estaba perfectamente dispuesto. Se notaba que Johan llevaba viviendo mucho tiempo sin una mujer en la casa, y se apañaba muy bien.

—Mi hijo ya me puso ayer al día de todos los acontecimientos recientes que habían sucedido, incluyendo la sorprendente falsificación de los papeles de Blanquina por parte de don Alonso y su retorno al despacho del receptor, sin aparente sospecha por su parte.

—Tú lo has dicho, la palabra «aparente». Seguimos sin saber qué contiene ese legajo. Es muy preocupante que el receptor lo esté estudiando, mientras nosotros no tenemos ni idea de qué conclusiones puede extraer de él. Seguimos a ciegas —dijo Batiste—. Lo único positivo fue nuestra visita de ayer a la biblioteca.

—¿Qué tiene que ver esa visita con los documentos que tiene el receptor acerca de Blanquina? —preguntó Johan, un tanto extrañado.

—Ahora, disponte a escuchar la teoría de tu hijo. No hay ninguna base para creérsela, pero se agarra a ella como un pulpo a una roca —dijo Jero.

—Pues vamos a por ese pulpo —contestó Johan, sonriendo.

Batiste le explicó a su padre su aventura de ayer, con algunas omisiones deliberadas, para no asustarle, y le contó la puerta oculta que encontraron y su idea acerca de ella.

—La teoría sí que suena algo fantástica, pero como nunca la vais a poder demostrar, porque no podéis acceder a lo que sea que se oculte detrás de esa puerta, pues si os consoláis con la idea que el receptor no tiene todos los documentos de Blanquina, pues bueno... —dijo Johan.

—¡Ves! Hasta tu padre cree que vas a perder la apuesta.

—De pocas cosas estoy más seguro en mi vida. La voy a ganar.

—Anda, no entretenéros demasiado, que después de comer hemos quedado a tomar unas pastas —dijo Johan.

—¿Con quién? —preguntó sorprendido Batiste—. De eso no tenía ni idea.

—Con Beatriz y Leonor Vives. Me dejaste muy preocupado con la historia que me contaste del pozo. Cuanto más pienso en ella, más extraño me parece todo el asunto. Además, sí por lo que fuera, advirtieron la presencia de vosotros dos en su casa, creo que es de personas educadas pedir disculpas —mintió Johan, que ocultaba el verdadero motivo.

—Pero no estamos seguros de que supieran que estuvimos en su pozo. ¿Vamos a pedir disculpas sobre algo que es muy posible que ni siquiera conozcan? —se resistió Batiste.

—¿Algún problema con ello? —preguntó Johan.

—Ninguno, a mí me parece perfecto —dijo Jero.

—Pues ya está decidido. Además, antes tengo dispuesta una breve visita con mi amigo Bernardo. Será muy rápida, aquí no habrá pastas, tan solo unas breves preguntas.

—¿Quién es ese señor? —preguntó Batiste.

—Todo a su debido tiempo, en unos minutos lo sabréis, no seáis impacientes.

Terminaron de comer y recogieron la mesa. Mientras Johan estaba limpiando los platos y los vasos, Jero se dirigió a Batiste con un gesto de preocupación.

—¿Sabías algo de todo esto? Pensaba que tu padre nos iba a contar algo, no que nos íbamos a marchar de ronda de visitas. No me apetece nada volver a la casa de las hermanas Vives.

—Te prometo que no sabía nada. Ya has visto que me ha pillado tan de sorpresa como a ti. Pero conozco de sobra a mi padre. Algo oculta y, al mismo tiempo, algo trama. Supongo que, en breve, nos enteraremos.

Salieron de casa, nada más Johan terminó sus labores domésticas.

—A mi hijo ya se lo conté, pero tú no lo sabes. ¿Conoces quiénes son la familia Ruisánchez? —le preguntó a Jero.

—No, pero viendo dónde viven, me lo puedo imaginar. Condes, marqueses o algo así, ¿no?

Johan se volvió a reír, como ya había hecho con su hijo ayer mismo.

—Nada más alejado de la realidad. Son muy ricos porque controlan todos los burdeles y las casas de latrocinio de la ciudad. ¿Entiendes esas expresiones, Jero?

—Pues claro, aunque tenga nueve años —respondió, con cara de sorpresa.

Ahora comprendía por qué Arnau intentaba pasar desapercibido, como una persona de clase humilde y no hacía ninguna ostentación de sus riquezas. Suponía que no estaría muy orgulloso de su procedencia, a su edad.

—Aunque esto no tengáis por qué saberlo, quién controla ese tipo de negocios, tiene muchas influencias en la ciudad, quizá más que los propios inquisidores, por ejemplo. La clientela de ese tipo de locales es de lo más variada, pero los frecuentan todos los altos cargos de la ciudad.

—¿Qué quieres decir con eso? —preguntó Batiste.

—Que es muy difícil que Arnau esté escondido en su casa, sobre todo por una tontería tan irrelevante como jugar en un jardín privado. Aún en el improbable supuesto, casi diría que imposible, de que las hermanas Vives se hubieran planteado denunciarlo, con las influencias que su familia posee, estaría libre en apenas unos minutos. No tiene ningún sentido lo que me contó mi hijo ayer, que esté oculto en su palacio por temor a lo que sea. De otra persona podría ser, pero de los Ruisánchez precisamente, lo siento, no me lo creo.

Mientras hablaban habían llegado a una pequeña casa, desprovista de todo tipo de lujos. Nada que ver con palacios. Johan llamó con la aldaba a la puerta. Les recibió un individuo menudo, que se fundió en un abrazo con Johan.

—Os presento a Bernardo. Es un viejo amigo, además de ser el jefe de los alguaciles de la ciudad.

—Encantado de conoceros. De ti, Batiste, había oído hablar, pero no sé nada de tu amigo.

—Es que no soy de la ciudad, soy de Sevilla. Estoy en Valencia estudiando y soy compañero en la escuela de Batiste.

—¡Ah! Por eso no sabía nada de ti.

—Si no te importa, Bernardo, te queríamos hacer una pregunta, que seguro conocerás su respuesta, por razón de tu trabajo.

—¡Pues claro! ¡Cómo le voy a negar algo al gran Johan Corbera!

—Mi hijo y su amigo, aquí presentes, están preocupados por un compañero de su escuela. Lleva tres días sin acudir a las clases, y dicen que no es normal en él.

—¿De quién se trata?

—De Arnau Ruisánchez.

La cara de Bernardo se trasmutó por completo.

—¿Qué queréis saber?

—¿Es cierto que está desaparecido? —le pregunto directamente Batiste.

—No os debería contar esto, porque tenemos instrucciones de no facilitar ningún tipo de información, por expreso deseo de la familia Ruisánchez, que ya sabéis quiénes son y el poder que tienen.

—¡No está desaparecido! —se aventuró Batiste—. ¡Os lo había dicho!

—Todo lo contrario —contestó Bernardo, muy serio.

—¿Qué? —preguntó Batiste, sorprendido.

—Nadie sabe nada de él desde hace tres días —confirmó el alguacil Bernardo.

—¿Habéis buscado en la residencia de su familia? —insistió Batiste, de inmediato. No podía dar crédito a lo que acababa de escuchar.

—Hemos registrado su palacio en busca de posibles pistas acerca de su posible paradero, hemos puesto patas arriba su habitación y hasta sus pertenencias. Sus padres están muy preocupados y nerviosos. Toda su familia nos ha pedido discreción en nuestras pesquisas, por eso no hemos hecho pública su desaparición. Pero, para nuestra desgracia, hemos avanzado en la investigación.

—¿Qué quieres decir con eso? —preguntó Batiste.

—Parece que todo apunta a que está muerto. No quiero entrar en detalles delante de los chicos, además tampoco se lo hemos comunicado ni siquiera a sus padres. Me parece que, al final, tendremos que anunciar una muerte, no una simple desaparición.

Batiste y Jero se quedaron de piedra.

No reaccionaron a aquella terrible noticia.

50 EN LA ACTUALIDAD, VIERNES 12 DE OCTUBRE

—Reconozco que me has sorprendido, hermana —dijo Carlota—. Pensaba que, después de la juerga del martes, te retirarías a tus aposentos y volverías a tu vida monacal habitual, lejos de los placeres de la carne. Este tipo de planes son más propios de mí. Parece que algo, o mejor dicho alguien, ha hecho *click* en tu vida, y no miro a nadie —dijo, mientras se giraba hacia Fernando, con esa sonrisa pilla tan característica en ella.

Estaban en el *pub On The Clock's* tomándose algo, junto con Tere, Fabio, Fernando y Álvaro.

—¡Oye! Que son las siete y media de la tarde, y tan solo estamos tomando una copa de tardeo, no participando de una bacanal romana —le respondió Rebeca—. Además, después de los excesos de esta semana, quiero dedicar el *finde* a hacer deporte y estudiar un poco, que tengo algo abandonadas ambas cosas.

—Escucha, estas fiestas, un viernes por la tarde, las carga el diablo. Te lo digo por experiencia —se rio Carlota—. *Expect the unexpected,* espera siempre lo inesperado. Los viernes es mi frase favorita.

—Será por tu experiencia, no por la mía.

—¿Pero tú qué experiencia tienes? ¡Si lo acabas de decir, los *findes* los dedicas a correr y estudiar! Déjate llevar por una profesional. Además, seguro que te recuerdo esta conversación al final de esta fiesta, ya lo verás. Acabarás dándome la razón, huelo el peligro a distancia —dijo Carlota, riéndose de su hermana.

—Anda, vamos a hablar con los demás, que me contagias tu chifladura —dijo Rebeca, riéndose también junto a Carlota.

Se unieron los seis, en animada conversación.

—Venga, os invito a otra ronda —dijo Álvaro—. Hacía siglos que no salía a tomar algo un viernes, porque es el día de más trabajo de la semana en la joyería y llego a casa destrozado, con pocas ganas de juerga. Hoy es festivo, así que pienso aprovecharlo a tope.

—¡Así se habla! —le respondió Carlota, dándole un abrazo—. ¡Esa es la actitud adecuada!

A la cuarta ronda de copas, Rebeca empezó a comprender a su hermana. Se lo estaba pasando muy bien, pero físicamente seguía cansada. La fiesta había comenzado poco después de las siete, y ya eran casi las doce de la noche. El tardeo se había trasformado, sin darse cuenta, en *nocheo*.

—Chicos, os agradezco mucho vuestra compañía —empezó a decir Rebeca—, pero estoy cansada.

—¿No pretenderás dejarnos en lo mejor de la fiesta? —le preguntó Fernando.

—Hay una alternativa. Si queréis, nos tomamos la última copa en mi casa y así, cuando me apetezca, me echo a dormir —dijo Rebeca.

—¿Y a tu tía no le importará? —preguntó Álvaro.

—Está en un congreso en Barcelona, ¿verdad, Rebeca? —le preguntó su hermana, guiñándole el ojo.

«¿Cómo sabe eso Carlota? ¿Y por qué me guiña el ojo?», se preguntó sorprendida.

—Sí, mi hermana tiene razón, nuestra tía no está en casa —confirmó.

—Pues vamos allá —dijo Carlota—, ya tardamos.

Aunque el *pub On The Clock's* estaba en el Paseo de la Alameda, en su prolongación pero en la misma avenida dónde se encontraba la casa de Rebeca, se hallaba justo en el otro extremo. Andando, habría unos cuarenta minutos, por lo menos, así que decidieron llamar a dos taxis.

—¿Vives en *La Pagoda*, uno de los edificios más lujosos de la ciudad, y trabajas en *La Crónica*? —preguntó Fernando, cuando entraban en casa de Rebeca—. Claro, que viendo la fiesta de cumpleaños que organizaste, supongo que serás muy rica.

Las hermanas se quedaron mirando entre ellas.

—La casa no es mía, es de mi tía, que es comisaria de Policía, y la fiesta del martes estaba patrocinada por la emisora de radio —volvió a mentir Rebeca—. Mi trabajo en *La Crónica* y en la radio me sirve para pagar mis estudios —concluyó, con la única verdad de toda la explicación—. Si a eso le llamas ser rica, pues sí, soy rica.

—¡Ah! Ahora me lo explico —dijo Fernando, conformándose—¡Venga, vamos a por esa ronda de copas!

La ronda de copas se convirtió en dos más. Aquello no parecía tener fin. Para sorpresa de Rebeca, su diversión se había impuesto a su cansancio. Sin saber cómo ni en qué momento exacto ocurrió, vio como Tere y Fabio estaban liados en el sillón.

Carlota tenía su típica sonrisa de pilla.

—Anda, llévate a tu habitación a Fernando del Rey y arráncale hasta la corona.

«La corona otra vez, ¿a qué me suena?», pensó Rebeca, pero su hermana tenía razón. Ya había cruzado, hace dos o tres copas, la línea roja de su inhibición, así que cogió del brazo a Fernando e hizo caso a su hermana.

«Una noche es una noche», pensó, aunque le quedaba un fondo de preocupación. «¿No me estaré trasformando lentamente en Carlota?»

La noche pasó. Cuando se despertó, ya era de día. Miró al otro lado de la cama y estaba vacía, no había nadie.

«¿No habré soñado lo de ayer?», pensó.

Salió al salón, y enseguida se dio cuenta de que no había soñado nada. Su hermana lo estaba limpiando todo. Ya había recogido los vasos y hasta los había fregado y guardado en sus respectivos armarios.

—Por fin se ha despertado la bella durmiente —dijo Carlota, con una sonrisa.

—¿Qué ha pasado? —preguntó Rebeca.

—¿No me digas que tampoco te acuerdas de nada, como el martes pasado? Tienes tendencia a olvidar lo más divertido de las cosas.

—Sí, sí que me acuerdo, pero no veo a nadie en casa, salvo a ti, claro, y me ha sorprendido.

—Ya se fueron todos hace bastante rato. No quería irme yo también y que te despertaras sola, así que, para hacer tiempo, he arreglado la casa. En unos minutos parecerá que aquí no pasó nada ayer.

—No tenías que haberte molestado. Ya me he despertado y podría haberlo hecho yo.

—¿Estás segura de que te has despertado? ¿Te has mirado bien? ¡Pero si tan solo llevas puestas unas bragas! —se rio Carlota—. ¿Te acuerdas lo que te dije ayer? Los *tardeos* de los viernes los carga el diablo. No será porque no estabas advertida.

Rebeca se miró.

—¡Ostras, tienes razón, si voy desnuda! Me voy a vestir, ahora vuelvo.

—¡No! No lo hagas. Casi mejor me desnudo yo.

—¡Pero qué tonterías dices! —dijo Rebeca, escandalizada.

Carlota no pudo evitar reírse.

—¡Por favor, qué somos hermanas! Ya que estás medio cegata y no te diste cuenta en la fotografía que nos hizo Álvaro el martes en la playa, a ver si ahora lo ves de una puñetera vez.

Carlota se quedó en bragas también. Rebeca no entendía nada.

—Ahora, mírame bien el culo —dijo Carlota.

—¿Te encuentras bien de verdad? —le preguntó Rebeca, que no sabía de qué iba todo aquello.

—Fíjate muy bien en la nalga izquierda.

Rebeca estaba un poco apurada, pero conocía a su hermana. Seguro que todo este sinsentido obedecía a algo, por extraño que pareciera ahora mismo. Se fijó todo lo que pudo, pero fue inútil.

—Lo siento, Carlota. No veo nada más que tu culo.

—¿Tienes una lupa en casa? Nuestra tía es policía, alguna tendrá...

—Sí, creo que hay una, pero no por ese motivo. ¿Qué te crees que es Tote? ¿Sherlock Holmes?

—Me da igual el motivo, pero tráela ya.

Rebeca se dirigió hasta el mueble del comedor, abrió el primer cajón y rebuscó en su interior, hasta encontrar lo que buscaba.

—No es exactamente una lupa clásica, pero creo que servirá, ya que amplía bastante —dijo, mientras cogía una especie de objeto rectangular, que llevaba una lente acoplada.

—¡Eso se utiliza para leer cuando no te ves bien! —exclamó Carlota—. Confirma tu necesidad de gafas.

—Para tu información, no es mía, es de Tote. Es ella la que la utiliza.

—Da igual. Vuelve a mirarme mi nalga izquierda con ese trasto, a ver si ahora te das cuenta.

Rebeca obedeció a su hermana, aún sin entender nada de lo que pretendía.

—¡Ostras! —dijo, dando un pequeño salto hacia atrás.

De repente, entendió lo que Carlota le quería decir durante todo este tiempo.

—¡Tienes una marca de nacimiento, minúscula, apenas visible! A simple vista no se aprecia, pero con la lupa se ve perfectamente. No parece definida, se ve algo borrosa.

—¡Por fin te has dado cuenta! Pero eso no es lo mejor.

—¡Ah! ¿no? ¿Y qué es?

—Que tú tienes la misma marca, en el mismo sitio.

—¡No fastidies! —dijo Rebeca, mientras se iba al espejo de cuerpo entero que tenía su tía en su habitación.

—¡Es verdad! —exclamó sorprendida, ahora que se miraba a tamaño natural—. ¿Cómo no nos hemos dado cuenta antes de esto?

—Ten en cuenta que es minúscula, no se aprecia a simple vista. No sé tú, pero yo no acostumbro a mirarme el culo, y menos con ese nivel de detalle —le respondió Carlota—. ¿Qué tamaño tendrá la marca? Uno o dos centímetros como mucho, y además no es nítida. Se camufla con nuestra propia piel.

—Desde luego que es pequeña. Apenas la distingo y la veo muy borrosa, pero está ahí.

—Sin pretender hacer sangre con el tema de las gafas otra vez, te confirmo que tiene forma de algún tipo de signo japonés, pero ya lo he comprobado y no lo es. Ya hubiera sido casualidad —dijo Carlota.

—A mí me parece más una forma completamente aleatoria. No me recuerda a nada en especial. Igual son las gafas que no tengo —le contestó socarrona Rebeca.

—Pues eso es lo que te intentaba decir con la fotografía del martes en la playa. Si la amplías y la miras con atención, en nuestros culos, también se aprecian, absolutamente minúsculas, pero ahí están. Pero para eso necesitarías ponerte gafas y claro, el pibón no quiere, porque piensa que así está monísima de la muerte, y no se da cuenta de que le sentarían de fábula, como a Taylor Swift.

Rebeca parecía eufórica, hasta pasó por alto el eterno comentario de las gafas.

—¡Somos hermanas de verdad! Esta es la confirmación definitiva, aunque ya lo supiéremos —dijo Rebeca, abrazando a Carlota.

Cuando se separaron, Rebeca aprovechó para intentar aclarar una cuestión que la tenía desconcertada desde hacía un rato.

—Antes de irte, Carlota, quería hacerte una pregunta.

—Adelante.

—¿Cómo sabías que Tote estaba en un congreso en Barcelona? Que yo sepa, tan solo me lo dijo a mí, y casi se le olvida. Me lo comentó saliendo por la puerta de casa, mientras me guiñaba un ojo. Es verdad que esto último me extrañó, pero no le di importancia.

Carlota se le quedó mirando a su hermana, con cara condescendiente, y también le guiñó un ojo.

—Muy sencillo, porque nuestra tía no está en ningún congreso, ni siquiera está en Barcelona.

—¡Qué dices! ¡Y ahora me dirás que el guiño del ojo fue porque sabes dónde está exactamente!

—Afirmativo —dijo Carlota, que ahora lucía una sonrisa burlona.

Rebeca no salía de su asombro.

—¿Y te dignarías a explicármelo? —le pregunto a una risueña Carlota.

—No debería.

—¿Por qué?

—Por lo de siempre. Tienes la misma información que yo, pero no sabes unir las piezas del rompecabezas.

—Eso debe ser, porque ni siquiera veo ese rompecabezas. Lo que sí que veo son pájaros en tu cabeza.

—Como es habitual en ti, en ocasiones parece que no te enteras de lo que sucede a tu alrededor.

Carlota se lo contó, divertida y sin darle importancia, mientras Rebeca casi se cae de la silla en la que estaba sentada.

Ahora sí que no entendía nada.

51 9 DE MARZO DE 1525

—Lo siento, no me lo creo, aunque nos lo haya dicho ese tal Bernardo, jefe de los alguaciles —dijo Batiste.

—Tengo mucha amistad con él, casi desde que éramos pequeños, como vosotros. Nos acaba de facilitar una información confidencial, antes incluso que a la propia familia Ruisánchez. ¿Por qué me iba a mentir? ¿Qué sentido podría tener? Os aseguro que ninguno.

—¡No puede estar muerto! —insistía Batiste.

—Aunque no queramos, sí que lo puede estar —dijo Jero, con una templanza impropia de un niño de nueve años—. Teníamos nuestra teoría, pero los hechos son otros, por lo visto. Vimos a su madre arrasada de pena en su propia casa. A mí no me pareció que estuviera fingiendo. Para nuestra desgracia, los hechos son como son, no como queramos que sean.

—No dejas de sorprenderme —le dijo Johan a Jero—. Ni yo lo hubiera expresado mejor. Tenéis que asumirlo. Nunca es fácil perder a un ser querido, pero os ocurrirá en otras ocasiones a lo largo de vuestras vidas. Para nuestra desgracia, así son las cosas. Cuánto antes os hagáis a la idea, mejor.

—Pues yo no me hago a la idea, lo siento —insistía terco Batiste.

—Pues será peor para ti —le contestó Johan.

—¿Quién querría matar a un joven como Arnau? —se preguntaba Batiste.

—¿Cómo sabes que ha sido una muerte violenta? El alguacil tan solo nos ha insinuado que disponen de indicios que confirman su muerte, según he creído entender —le respondió Johan.

—Porque te quedas en la superficie de las palabras. Si hubiera sido un accidente no le hubiera importado decir cómo ocurrieron los hechos, sin embargo, recuerda su frase «prefiero no entrar en detalles delante de los chicos». ¡Venga! ¡Qué seré joven pero no idiota!

Johan ya había aprendido a no menospreciar la inteligencia de su hijo, ya lo había puesto en ridículo en varias ocasiones y no lo olvidaba. Era cierto que la actitud de su amigo Bernardo había sido un tanto reservada, pero la había atribuido a qué familia pertenecía el niño desaparecido y a las peticiones de discreción por parte de sus padres. No se le había ocurrido pensar en otra opción.

Enseguida llegaron a la residencia de las hermanas Vives, sita en la calle Taberna del Gall. Era notablemente más grande y daba idea del pasado adinerado de las familias Vives y March. En su día fueron prominentes miembros de la incipiente burguesía valenciana de finales del siglo XV y principios del presente, judeoconversos, pero bien posicionados socialmente. Sin embargo, de aquel pasado tan solo quedaba el triste recuerdo de una vivienda, espléndida, eso sí, pero necesitada de un mantenimiento urgente.

Ahora las hermanas Vives no pasaban por su mejor momento económico, a causa, fundamentalmente, de la saña con la que había actuado la inquisición contra ellos. Además de relajar, o sea, quemar, a gran número de ellos, había confiscado la práctica totalidad de su patrimonio. Lo poco que conservaban era gracias a Luis Vives.

Johan golpeó la aldaba contra la puerta. Tuvieron que esperar un par de minutos, ya que la vivienda disponía de un jardín de generosas proporciones y tenían que desplazarse desde la casa hasta la puerta.

Les abrió Beatriz. Nada más ver a Johan, se alegró de forma notable.

—¡Hacía tiempo que no nos visitabas, querido Johan! Veo que vienes acompañado por tu hijo Batiste.

—Yo soy Jerónimo, compañero de la escuela de Batiste. Encantado de conocerla, señora Vives.

—¡Caramba, qué educado! —dijo—. Yo me llamo Beatriz y así te puedes dirigir a mí. Eso de la señora Vives no me gusta.

—Como quieras, Beatriz.

—Anda, no os quedéis en la puerta. Pasad a la casa, que nos espera Leonor.

Los cuatro recorrieron el jardín. Cuando pasaron por delante del pozo, ni Batiste ni Jero pudieron reprimir un gesto de repulsión. Salir de allí abajo había sido toda una heroicidad.

Llegaron a la casa. En la puerta les estaba esperando una mujer más joven que Beatriz. Enseguida saludó a Johan. Batiste no la conocía. Su padre les presentó.

—El hijo de Johan Corbera y todos sus amigos siempre serán bienvenidos a esta casa. Si aún la conservamos, es en gran parte gracias a él y sus generosas gestiones, siempre pensando en nosotras —dijo Leonor—. Es algo que siempre llevaremos en el corazón.

Aquello no era del todo cierto, ya que pudieron comprarla gracias al dinero del cardenal inglés Thomas Wosley, a espaldas del propio Johan Corbera. En realidad, se lo tendrían que agradecer a don Alonso Manrique, el padre de Jero, pero como todo eso no se lo podían contar a las hermanas Vives, agradeció el cumplido, sin hacer ningún comentario.

Las hermanas, tal y como estaba previsto, sacaron unas pastas caseras. Ni a Batiste ni a Jero les apetecían. Acababan de dar cuenta de un suculento cordero y no tenían nada de hambre. Aun así, por no hacer un feo, tomaron unas cuantas.

La primera parte de la conversación fue aburrida. Las hermanas y Johan estuvieron hablando de Luis Vives y poniéndose al día de la información que cada uno tenía de él. Seguía en Oxford, frecuentando la corte real y enriqueciéndose culturalmente, al lado de Tomás Moro. El trabajo en su cátedra le permitía tener cierto tiempo para escribir, cosa que le apasionaba, pero su estómago no parecía mejorar. La comida inglesa, en combinación de su clima húmedo y lluvioso, no estaban hechos para él, nacido en el mar Mediterráneo, y su frágil salud se deterioraba cada día más. Siempre había sido su punto débil, pero ahora empeoraba por momentos.

A pesar de que no tenía ninguna queja del trato que estaba recibiendo, ya que todo el mundo se portaba de manera muy atenta con él, en realidad, estaba deseando volver a Flandes, en concreto a la ciudad de Brujas, pero había llegado a un acuerdo con el cardenal Wosley y, por lo que contaba en sus misivas, no pensaba incumplirlo. Era una persona de palabra, y Wosley había cumplido su parte, en consecuencia, él debía hacer lo propio con la suya.

Esperaría al vencimiento de su compromiso para abandonar la isla, algo que ya tenía decidido desde hacía meses. La familia de su mujer Margarita, los Valldaura, que eran comerciantes de origen valenciano, con una elevada posición social en la ciudad flamenca, lo acogerían con los brazos abiertos en su residencia. Luis deseaba terminar sus días allí, donde había pasado la etapa más feliz de su vida, no en Oxford, a pesar de todas las atenciones que recibía, incluso del propio rey Enrique VIII y su esposa española, Catalina de Aragón.

Jero y Batiste se miraban. Estaban incómodos con la situación. Sentían que aquel no era su sitio, aunque suponían que, en breve, tendrían que hablar del pozo y pedir disculpas por su alocada aventura.

—No pienso reconocer que abrí la cerradura de la puerta —le susurró Jero—. Diremos que saltamos el muro.

—¡Pero si es muy alto! Ya lo intentamos y no pudimos —le respondió Batiste.

—Pero como yo soy un niño y tú un joven, que venimos a disculparnos de forma voluntaria, no dudarán de nuestra palabra. Además, es lo que cree tu padre, no podemos cambiar ahora de versión.

Las hermanas advirtieron la conversación. en susurros, de Batiste y Jero.

—Estaréis aburridos —dijo Leonor—. Nosotras aquí, contando las aventuras de nuestro hermano, que ni conocéis, y vosotros aguantando nuestra tediosa conversación.

Batiste decidió no demorarlo más. Ahora, que se habían dirigido a ellos, aprovechó la oportunidad. No le apetecía soportar otros treinta minutos de conversación acerca de Luis Vives.

—Sé que podríais estar hablando de vuestro hermano durante horas, pero nuestra presencia en vuestra casa obedece a otro motivo —dijo Batiste, mirando tanto a Beatriz como a Leonor.

—¿Otro motivo? ¿Y se puede saber cuál es? —preguntó Beatriz, con evidente curiosidad.

Batiste se dio cuenta de inmediato, por las preguntas de Beatriz y su tono, que quizá las hermanas no supieran nada de su presencia, hace apenas unos días, en el interior de su pozo, pero entendió que ahora ya no podían echarse atrás. Habían venido expresamente para eso.

—En realidad, y hablo en nombre de mi amigo Jero también, lamentamos lo sucedido en su pozo hace unos días. Lo sentimos de verdad.

Las hermanas Vives se quedaron mirando entre ellas, sorprendidas.

—¿Cómo sabéis lo de Tristán? —preguntó Leonor—. No se lo contamos a nadie. Todo fue un desgraciado accidente.

«¿Tristán?», pensaron Batiste y Jero a la vez. «¿Y ese quién es?».

Por un momento, les pasó por la cabeza Arnau. Se miraron mutuamente. Estaba claro que su mente pensaba lo mismo.

La sangre se les heló.

52 EN LA ACTUALIDAD, SÁBADO 13 DE OCTUBRE

«¿Y ahora qué hago?», se preguntaba Rebeca. Carlota ya se había ido, y ella estaba sola, sentada en el salón. La casa estaba arreglada, en perfecto estado de revista. Desde luego no parecía que ayer habían estado seis personas de juerga. Sus planes iniciales eran dedicar el fin de semana a hacer algo de deporte y a estudiar, pero ahora mismo no tenía el cuerpo para ninguna de las dos cosas.

«Pues me vuelvo a la cama y ya me lo voy pensando mientras tanto», se dijo, aún con pereza.

Se acostó, pero ya no tenía sueño. Se giró hacia la mesita de noche, para ver la hora qué era, en el despertador. Las diez y media. Pensó que ya no eran horas de seguir durmiendo. Vio, al lado del despertador, el cuento que Carol le había regalado el pasado fin de semana, una primera edición de *Los tres cerditos*, de Walt Disney. Era un regalo con una fuerte carga emocional. Había sido el primer libro que Carol y ella leyeron juntas, también el primer día del colegio, con apenas seis años. Recordaba que le pareció un regalo un tanto fuera de lugar, precisamente por esa carga emocional que debía tener para su amiga. Rebeca leía desde bastante más joven con soltura, sin embargo, fue la primera lectura de Carol.

«Bueno, más bien lo leí yo, porque Carol tan solo miraba los dibujos». Tomó el libro con la mano, y se quedó mirando la portada.

«¡Qué recuerdos!», se dijo, pensando cómo había acabado toda la historia.

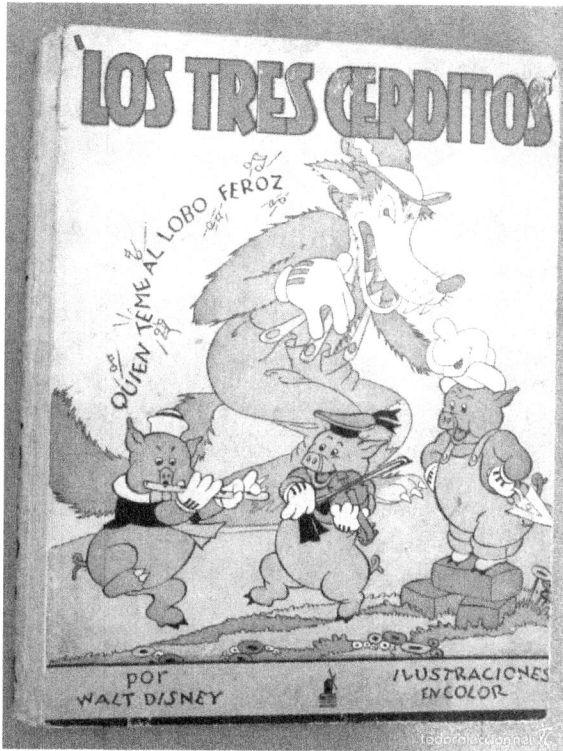

«¿Y si lo vuelvo a leer?», pensó divertida Rebeca. Recordaba que Carol le hacía leer una y otra vez las mismas páginas y los mismos párrafos, los que hacían referencia al tercer cerdito, el que construía una casa de ladrillo y el lobo feroz no podía entrar para comérselos.

Abrió el libro. Se llevó una sorpresa que le trajo muchos recuerdos. En las primeras páginas aún estaba la cara de un cerdito, que ella misma había pintado el primer día de colegio, justo debajo de los cerditos originales.

En cuanto empezó a hojearlo, se le cayó al suelo una especie de papel alargado.

«*¿Powerball US?*», se preguntó Rebeca. «¿Y esto qué es?».

Parecía un boleto de apuestas de lotería. Tomó su móvil y tecleó en *Google* el nombre. Parece que era un juego tipo *Lotto*, creado en 1992 en Estados Unidos y que repartía un bote mínimo de cuarenta millones de dólares. Se jugaba en cuarenta y cuatro estados, y parecía que era muy popular en su país e incluso en otros.

«¿Para qué jugará Carol a esta lotería americana?». Era extraño. «Si siempre ha vivido como una millonaria», pensaba Rebeca. «No tiene demasiado sentido».

Luego lo pensó mejor. Se le había caído de la página 16, justo en la que comenzaba la historia del tercer cerdito, el preferido de Carol.

ticket

«En realidad, no es un boleto completo, parece recortado, en alargado», observó Rebeca.

«¡Claro!», cayó en la cuenta de inmediato. «No se trata de un resguardo de un sorteo, es un simple marcapáginas casero», *homemade* dedujo de inmediato. Seguramente, Carol lo usaría para acceder directamente a su parte favorita del libro, sin manosearlo demasiado. Había que tener en cuenta que era una primera edición de 1934, y que estaba bastante mal conservado. De hecho, algunas hojas estaban desprendidas de

313

la encuadernación y había que manejarlo con un cuidado extremo. Tenía casi un siglo de antigüedad.

Le había dado mucho uso de pequeña, pero parece ser que también de mayor. A Rebeca le pareció curioso. El marcapáginas demostraba que Carol también había leído el libro con sus veintidós añitos cumplidos. Devolvió el marcapáginas al lugar de dónde se había caído, a la misma página, la 16.

Se leyó el libro en menos de media hora. Lo disfrutó como cuando era pequeña. Se acordaba mucho de Carol. Aquella época de su vida había sido muy feliz, hasta el fatal accidente y el fallecimiento de sus padres, dos años después.

Ya eran las once y media, y se encontraba bastante más recuperada de la fiesta de la noche anterior. Pensó en retomar su antiguo plan para el fin de semana. Aún estaba a tiempo de hacer algo de deporte hoy, y mañana dedicar el día a estudiar y hacer los trabajos para su máster.

«Pensando en Carol, ¿y si la llamo para correr?», se dijo Rebeca. Nunca había quedado con ella para hacer deporte y no tenía ni idea de qué le iba a contestar, pero se dijo que por probar no perdía nada. Total, Carol vivía en la plaza de la Legión Española, justo detrás de *La Pagoda*, su casa. No habría ni dos minutos andando de patio a patio.

Pensó en mandarle un mensaje, que era menos invasivo que una llamada telefónica, sobre todo siendo un sábado a mediodía.

«¿Te apetece hacer algo de deporte? En un momento salgo a correr por el río», le escribió Rebeca.

Al los pocos minutos recibió la contestación. «Yo ya lo estoy haciendo. Te espero en quince minutos debajo del puente del Real».

«¡Caramba con Carol!», pensó Rebeca. Se puso su equipación deportiva habitual y bajó al cauce del río. El puente estaba justo enfrente de su casa. No tuvo que esperar ni cinco minutos, enseguida la vio aparecer corriendo. Se saludaron y se dieron dos besos.

—No sabía que te gustara correr, si lo hubiese conocido te hubiera llamado en más ocasiones. Acostumbro a hacerlo siempre que puedo, sobre todo los fines de semana y en algún hueco que puedo encontrar entre semana —le dijo Rebeca—. Siempre es más distraído correr en compañía que sola.

—¿Tu hermana no lo hace? —le preguntó Carol.

—Ella dedica los fines de semana a otras actividades más lúdicas, ya conoces a Carlota —le respondió Rebeca, riéndose—. Aun así, he salido alguna vez con ella, pero se desfonda con facilidad.

—Está claro que para divertirte de verdad, tienes que encontrar a gente con un ritmo similar al tuyo, lo cual es más complicado de lo que parece, a no ser que te apuntes a un *club de runners.*

—Paso de clubes. No es que tenga nada contra ellos, todo lo contrario, pero prefiero la libertad de correr donde quiero y cuándo quiero, sin horarios ni lugares preestablecidos, aunque ello me lleve a hacerlo sola, la mayoría de las veces.

—Anda, dejemos de tanto hablar, que me enfrío. ¡Vamos! —le contestó Carol, mientras arrancaba a correr de repente.

Rebeca se sorprendió. El ritmo que llevaba era muy bueno, sin duda más rápido que el suyo propio. Llegaron hasta el parque de Cabecera y, para sorpresa de Rebeca, Carol no paró, dio la vuelta para regresar al puente del Real, su punto de partida original. En total apenas eran unos nueve kilómetros, no era demasiada distancia, pero el ritmo había sido muy bueno.

—Pero ¿tú cómo corres a este ritmo tan rápido? —dijo una exhausta Rebeca, cuando pararon, por fin.

—¿Rápido? He ido a un ritmo algo inferior al mío habitual, no quería cansarte. Además, antes de vernos ya había ido y vuelto hasta la Ciudad de las Ciencias.

—¡Pero eso son seis kilómetros más! ¿Al mismo ritmo que me has llevado a mí? —preguntó una asombrada Rebeca, que se empezaba a recuperar un poco.

—¡No, mujer! A mi ritmo habitual, un poco más rápido —contestó Carol, que parecía hasta fresca.

—¿Qué tiempos sueles hacer en los diez kilómetros? —preguntó sorprendida Rebeca, viendo el buen estado físico de su amiga.

—Cuando entreno, no suelo superar los cuarenta y cinco minutos, pero habitualmente corro sobre los veinte kilómetros, unos tres días a la semana. Ten en cuenta que corro medios maratones y maratones completos, y esto tan solo son entrenamientos para mí. Si me pongo en serio, supongo que podría bajar de los cuarenta minutos en los 10K.

—Por eso me has destrozado, eres casi una corredora de élite. Mis tiempos suelen estar alrededor de los cincuenta minutos o algo menos, y eso tan solo ocurre en los días buenos, desde luego no en las semanas con dos juegas de aúpa.

—Tampoco está nada mal. Se nota que estás en muy buena forma física, me has aguantado perfectamente y eso no lo suele hacer mucha gente. Seguro que ahora hemos corrido a un ritmo más rápido que el que me acabas de decir, y en una mala semana para ti, después del desfase de tu *cumple*. Habrías batido tu récord en los 10 kilómetros.

—Eso te lo puedo asegurar —dijo Rebeca, que aún acusaba los apenas nueve kilómetros recorridos, cuando ella solía correr quince, sin problemas, a un buen ritmo, pero, desde luego, no al de Carol.

—Mira por dónde, tenemos más cosas en común de lo que creíamos.

—Hablando de cosas en común, ¿sabes qué libro me he estado leyendo antes de bajar al cauce del río? —preguntó Rebeca, con una gran sonrisa.

—¿No me digas que *Los tres cerditos*?

—Te lo digo.

—¡Qué recuerdos! ¿Eh? Éramos unas mocosas.

—¡Y tanto! Cuando lo estaba leyendo y evocando las vivencias de aquellos maravillosos días en el colegio, no he podido evitar pensar que yo no debería tener ese libro. Leyéndolo, me he podido imaginar lo importante que debe ser para ti.

—Te equivocas.

—¿En qué? Fue el primer libro que leíste en tu vida. No sé, me parece un regalo con demasiada carga sentimental, quizá hasta inapropiado. Precisamente lo estaba pensando hace un momento —se explicó Rebeca.

—Te equivocas en todo. Ese libro lo tienes que tener tú. Quizá llegue un día en que comprendas el motivo —dijo Carol, emocionada, recordando aquellos años tan felices. Fue una época preciosa en su vida—. Por supuesto que para mí tiene una especial significación, no lo niego, pero también la debería de tener para ti.

—Y la tiene —le contestó Rebeca, aún sin terminar de comprenderla.

«¿Qué me quiere decir?», pensó Rebeca.

No tenía ni idea.

53   9 DE MARZO DE 1525

—¿Quién es Tristán? —preguntó Johan, cuando observo la cara pasmada de su hijo Batiste y de su amigo Jero.

—¿Pero si acabáis de decirnos que lo lamentáis por él? —preguntó extrañada Leonor.

—No. Le hemos dicho que sentíamos lo ocurrido en el pozo —respondió Batiste, que ya se había repuesto de la sorpresa—, pero no sabemos quién es Tristán.

—No os comprendemos —dijo la hermana mayor Beatriz.

—Me parece que no nos estamos entendiendo entre nosotros —dijo ahora Johan, perplejo—. ¿Estamos hablando de lo mismo?

—¿Quién es Tristán y qué le ocurrió? —se atrevió a volver a preguntar, esta vez Jero.

—El muy idiota, suponemos que jugando, se cayó al interior del pozo. Tuvimos que pedir ayuda a nuestros vecinos para poder rescatarlo. Entre cuatro personas, tres sujetando una cuerda y otro descendiendo hasta el fondo, conseguimos llegar hasta él. Todo fue inútil. El pozo es muy profundo y cuando conseguimos llegar hasta el fondo, ya estaba muerto. Aún así rescatamos su cadáver y le dimos cristiana sepultura —contestó Beatriz, que parecía compungida de verdad, incluso asomaba una lágrima por uno de sus ojos.

—¿Sepultura? —preguntó Johan, ahora con cara de alucinado por lo que estaba escuchando—. ¿Y no se os ocurrió avisar a los alguaciles, antes de enterrarlo, así, sin más?

—¿Para qué íbamos a hacer eso? —preguntó Leonor, claramente sorprendida por la pregunta.

La situación era un tanto extraña. En aquella conversación parecía que nadie se estaba entendiendo con nadie. Beatriz tomó la palabra.

—¿Qué es lo que ocurre aquí? Venís a nuestra casa y nos decís que lamentáis lo ocurrido en el pozo, sin embargo, por las expresiones de asombro en vuestras caras, deduzco que no sabíais nada. Entonces, ¿a qué se debe vuestra visita?

—Por favor, ¿podríais explicarnos quién es Tristán? No conocemos a nadie que responda a ese nombre —casi rogó Johan.

—¿Quién va a ser? Uno de nuestros cinco gatos, el más joven. El muy idiota, jugando, se cayó al interior del pozo, como os acabamos de contar.

—¿Un gato? —preguntaron, casi a coro, los tres visitantes, cuyas caras era para enmarcarlas. Estaban blancos y con los ojos como platos.

—Sí —le respondió Leonor, que no entendía la situación—, ¿qué ocurre aquí?

—Si no era por Tristán, cosa que parece evidente, porque ni siquiera conocíais de su existencia, ¿por qué habéis dicho que sentíais lo ocurrido en el pozo? —preguntó Beatriz, cada vez más extrañada.

Johan, Batiste y Jero se quedaron mirando. No sabían qué decir, no tenían palabras. Jero rompió el incómodo silencio.

—No se extrañen por la pregunta que les voy a hacer, quizá les suena algo rara, pero ¿alguien se ha interesado por el pozo en estos dos últimos días?

—Es curioso que nos preguntes eso, porque la respuesta es que sí. Ayer mismo se presentó un señor y me pidió ver el pozo, para no sé qué de una revisión —contestó Beatriz—. Pensamos que podría ser por la caída del gato.

—¿No sería don Cristóbal de Medina? —siguió preguntando Jero.

—¡Ese diablo del Santo Oficio! ¡Ni hablar! No es bienvenido en esta casa, Jamás le hubiéramos dejado cruzar ni siquiera la puerta —respondió alterada Leonor.

—Por supuesto que no —confirmó Beatriz—. Tenía aspecto de empleado del municipio, así muy formal. La cuestión es que tampoco pudo ver gran cosa.

—¿Por qué? —preguntó Johan.

—Después de la caída de Tristán, instalamos unas rejas en el pozo. Tenemos cuatro gatos más, no nos apetecía que a otro le diera por caerse. No teníamos ni idea que fuera tan profundo, como lleva seco y en desuso casi desde antes de que naciéramos...

—¿Podríamos verlo? —preguntó Batiste.

—Pues claro. Salgamos al jardín —dijo Leonor, mientras se levantaba de la silla e invitaba a Johan, Jero y Batiste a seguirla.

—¿Tú entiendes algo? —le preguntó, en un susurro, Jero a Batiste, mientras salían de la casa.

—Absolutamente nada.

Llegaron al pozo. Efectivamente, ahora estaba clausurado y cerrada toda su apertura mediante una reja metálica, que impedía que nadie accediera a su interior.

Batiste se acercó y la observó de muy de cerca. Tiró de ella con fuerza. Era sólida y no mostraba ningún signo de manipulación ni de haber sido forzada. Por allí no había entrado nadie en los últimos dos días. Por otra parte, dada la profundidad del pozo, tampoco se veía nada desde la superficie. Era todo oscuridad.

—Desde luego, ahora los gatos estarán seguros —dijo Batiste, a modo de excusa por inspeccionar las rejas tan de cerca.

—Por eso precisamente la instalamos —dijo Leonor.

—Anda, volvamos adentro —indicó Beatriz.

—¿Nos podemos quedar Jerónimo y yo un par de minutos en el jardín? —preguntó Batiste—. Es precioso y nos gustaría verlo con más detalle.

—¡Pues claro! —respondió de inmediato Leonor—. Ahora mismo está un tanto descuidado, ha conocido tiempos mejores, pero hacemos lo que podemos, con nuestra precaria situación económica.

—Muchas gracias, no tardaremos nada en entrar —le agradeció Batiste.

Cuando se quedaron solos en el jardín, no sabían por dónde empezar la conversación.

—¿Sabes lo que significa todo esto? —preguntó Batiste, al fin.

—Sí. Que alguien, aparte de nosotros, se ha interesado por el pozo.

—Pero continúa el razonamiento. Su existencia tan solo se menciona en los documentos de Blanquina, en concreto en uno de los interrogatorios que el Santo Oficio hizo a Miguel Vives. Están en el legajo que tiene el receptor en su poder, en el despacho de su residencia. No están al alcance de nadie más que él.

—Sí, ¿y qué?

—Que esos documentos tan solo han pasado por las manos del inquisidor Churruca, que se los entregó al día siguiente a don Cristóbal, y por las nuestras. Descartando al inquisidor, que no tuvo tiempo de estudiarlos en tan corto espacio de tiempo, ¿cómo es posible que haya otra persona que los conozca?

—Te equivocas —le respondió Jero.

—¿En qué?

—En que hay dos personas más que sabían de su existencia, además gracias a nosotros.

Batiste cayó en la cuenta enseguida.

—Pero ¿no pensarás que ellos tienen algo que ver?

—No, pero me limito a responder a tu cuestión. Es un hecho que conocían su contenido perfectamente, igual que nosotros. Y ya no hay más personas posibles. Se acabó la lista.

—El simple pensamiento me estremece —dijo Batiste.

—Pues estremécete —concluyó Jero.

54 EN LA ACTUALIDAD, DOMINGO 14 DE OCTUBRE

Rebeca salió a correr, esta vez en solitario, por el cauce del río, durante unas dos horas. Tenía muchas toxinas que eliminar de su organismo, después de los excesos de la semana. El resto del día, como tenía previsto, lo aprovechó para estudiar e intentar ponerse al día con las lecturas obligatorias del *Máster Universitario en Historia e Identidades del Mediterráneo Occidental*, que abarcaba de los siglos XV al XIX, que cursaba en la misma Facultad de Geografía e Historia de Valencia. A pesar de que le daban un trato de favor, en atención a quién era, permutándole clases presenciales por trabajos, debía sacar tiempo para hacerlos.

«Solo faltaría que después de las deferencias que están teniendo conmigo, yo no cumpla con mi parte», se decía, con cierta carga de conciencia. Le venía justo.

Se le pasó el tiempo volando. Cuando se ponía a leer y estudiar temas que le apasionaban, le daba la impresión de que las horas duraban treinta minutos.

Comió su habitual *sándwich* frío de pavo y queso chédar, que era su alimento base cuando tenía prisa o no estaba su tía en casa, y continuó con sus lecturas.

A media tarde interrumpió sus estudios para terminar de preparar su intervención en el *magazine Buenos días* de mañana lunes. Estuvo un par de horas con el tema. Después de la que liaron en su cumpleaños, se esperaba cualquier tipo de encerrona por parte de Javi y Mar. Casi los temía.

«Supongo que será inevitable que saquen el tema durante mi intervención, para jolgorio de mi tía», pensó. «Me va a matar». Hablando de su tía, miró el reloj. Eran casi las ocho de la noche y aún no había vuelto a casa.

No tenía ni la más remota idea de cómo Carlota había averiguado qué es lo que estaba haciendo Tote este fin de semana. Sabía que sacaba conclusiones, a partir de los mismos datos, con mucha más rapidez que ella, pero esto le parecía demasiado. Aun así la creía, era Carlota. Nada de congresos en Barcelona. Cuando su hermana le explicó la realidad, de inmediato comprendió que era cierto, por ello Rebeca tenía ganas de encontrarse con su tía.

Lo había meditado. No pensaba decirle nada. Le fastidiaba que le mintiera, pero también podía comprender sus motivos, o al menos eso intentaba. No tenía ninguna intención de interferir en su vida privada más allá de lo estrictamente necesario. Si ella se lo quería contar, pues bien. Y si no, pues tampoco pasaba nada. También ella tenía sus *secretitos*, y no ocurría absolutamente nada. Quizá, cada persona, necesitara su espacio de intimidad para ella misma.

El sonido de la puerta de casa interrumpió sus reflexiones. Rebeca salió de su habitación, dónde tenía su mesa de estudio.

—Hola, Rebeca —le saludó su tía, dándole un beso y un abrazo.

—Hola, tía —le contestó Rebeca, sin más.

—¿Qué has hecho este fin de semana?

—Básicamente, hacer deporte y estudiar, salvo por una salida de tardeo el viernes con unos amigos del periódico y con Carlota —Rebeca no estaba mintiéndole, simplemente omitía cierta información que no se atrevía a contarle, entre ellas, la duración del tardeo y lo qué paso después. «Irrelevante para la causa», pensó.

—¿Y tú? ¿Cómo ha ido tu fin de semana en Barcelona? —le preguntó, con toda la intención.

Ahora venía el momento clave. ¿Mantendría Tote la mentira? Rebeca, no lo negaba, tenía curiosidad.

Tote no dudó ni por un instante en su respuesta.

—En realidad, no he estado en ningún congreso en Barcelona. Te dije, antes de irme el viernes, lo primero que se me pasó por la cabeza.

—Y eso, ¿por qué? —preguntó Rebeca haciéndose la sorprendida, como si no tuviera ninguna información.

—He pasado este fin de semana con mi pareja. A tu pregunta, no sé por qué no te lo dije el viernes. Tampoco tenía importancia.

—¿Con tu pareja? —se hizo la inocente Rebeca. A ver cómo le reconocía su tía lo de Alba, si es que se atrevía.

—Pues claro —le contestó Tote—, ¿De qué te extrañas? Tienes una cara de idiota que no comprendo.

—No sé, me parece chocante que la nombres tan solo como «tu pareja».

—Pero ¿qué mosca te ha picado? Vamos a ver, ¿cuántas parejas he tenido estos últimos años? ¡Ni que hubiera salido con veinticinco!

—Que yo sepa una, Joana —respondió Rebeca, a la defensiva—, sin contar a la lejana Sandra.

—Pues eso —dijo su tía, mientras dejaba a su sobrina con la palabra en la boca y se iba hacia su habitación para dejar la maleta.

«¿Y qué pasa con Alba?», se preguntaba Rebeca. No se atrevía a sacar el tema. Decidió no decir nada. A lo mejor Tote no la contaba como pareja, sino como «un rollito de otoño», siguiendo la terminología que Carlota había iniciado con Álvaro Enguix, «rollito de verano».

Su tía salió de la habitación y se dirigió a la cocina.

—¿Quieres cenar algo? Ya sé que es pronto, pero vengo hambrienta.

Rebeca asintió. En realidad no tenía mucha hambre, pero quería cenar con su tía, tan solo por la conversación.

Se pusieron a comer unos *raviolis al pesto*, que su tía había cocinado con sorprendente rapidez.

—El vuelo de Joana se ha retrasado casi cinco horas. Apenas hemos tomado un aperitivo en el aeropuerto.

«¡Atiza!», pensó Rebeca. Esa no la había visto venir y se quedó descolocada.

—Pero ¿no me dijiste el viernes que Joana se había ido? —le preguntó, sorprendida.

—Claro, a la Facultad. Tenía que hacer unas gestiones. Se quedaba en la ciudad hasta este mediodía, aunque al final casi ha sido hasta esta noche.

—¿Así que has pasado este fin de semana con Joana? —preguntó Rebeca a su tía, mirándola fijamente a los ojos.

—Y esa pregunta, ¿a qué viene? ¿Has bebido algo? ¡Pues claro! ¿No te lo estoy diciendo? —respondió Tote, extrañada por la actitud incrédula de su sobrina y su cara de sorprendida, que no terminaba de comprender.

«Dice la verdad», pensó Rebeca, «no me cabe ninguna duda. Ahora a ver cómo salgo de esta». Se le ocurrió al vuelo la continuación de la conversación.

—No, no me pasa nada. En realidad, mi actitud responde a que no sé si es una buena noticia o una mala.

—¿Cómo dices? —pregunto Tote. Ahora la sorprendida era ella.

—Joana se ha vuelto a los Estados Unidos, donde, en estos momentos, tiene su hogar. ¿Cuándo la volverás a ver? Me parecía que estabas intentando pasar página y superar la separación.

—Ahora comprendo tu extraña actitud —respondió Tote—. Para tu información, Joana va a venir con cierta frecuencia a Valencia.

—¿Para qué va a hacer eso? Estados Unidos no está precisamente cerca de España. Se va a dejar una pequeña fortuna en billetes de avión.

—Viene por una colaboración con su Facultad, que le paga los gastos. Además de para verme a mí, por supuesto.

«¡Mentira!», pensó de inmediato Rebeca. «Ahora no me ha contado la verdad».

«Me parece que tengo otro misterio para la colección, y ya van unos cuantos».

Ya había perdido la cuenta.

55 9 DE MARZO DE 1525

Batiste y Jero entraron en la casa de las hermanas Vives, después de mantener una breve conversación en el jardín, que les había dejado todavía más interrogantes.

—Estábamos esperando a que entrarais —dijo Beatriz, con una sonrisa en sus labios—. Johan nos ha dicho que nos teníais que contar algo importante, y pedirnos disculpas por algo que hicisteis.

—Estamos muy intrigadas, y Johan no nos ha querido anticipar nada. Dice que tenéis que ser vosotros mismos quiénes lo hagáis.

Estaba más que claro que las hermanas no habían advertido su presencia en el pozo, el día que estuvieron con Amador y Arnau. Ya sabían que ellos no les habían contado nada, pero tampoco habían advertido que tiraron la cuerda a su interior. Se quedaron mirando entre ellos. Estaba claro que por su mente pasaron las palabras «abortar el plan».

«Si no saben que hemos estado allí, ¿para qué disculparse?», parece que pensaron Batiste y Jero a la vez.

Johan se dio cuenta de inmediato de sus intenciones.

—Ni se os ocurra, que os leo el pensamiento. Nos hemos desplazado hasta aquí adrede por esto. Borrar de vuestras mentes echaros atrás. Hay que asumir las responsabilidades de vuestros actos, aunque estos no sean advertidos ni conocidos. Así que adelante.

Las hermanas Beatriz y Leonor Vives no entendían nada, pero estaban expectantes.

Batiste se lanzó. Cuanto antes empezaran, antes terminarían, y la situación le parecía muy incómoda.

—Lamentamos habernos colado en su jardín hace tres días y haber descendido hasta el fondo del pozo —dijo, así, a bocajarro.

—¿Qué hicisteis qué? —preguntó sorprendida Leonor, que estaba claro que no se esperaba esa confesión tan irracional y sin aparente sentido.

—De la conversación que acabamos de mantener, ya nos hemos dado cuenta de que no lo sabíais, pero creo que debemos disculparnos de igual manera —siguió hablando Batiste—. Creemos que es una cuestión de educación.

—No debimos hacerlo —intervino Jero—. No estuvo nada bien.

—No teníamos ni idea que estuvisteis dentro del pozo —confirmó Beatriz—. Es verdad que no debisteis hacerlo. Mira lo que le pasó a Tristán. El pozo es muy profundo y peligroso. No es un sitio para jugar. Veo que estáis sanos y salvos, pero podíais haber tenido un accidente.

—Lo sabemos, porque estuvimos ahí abajo un buen rato —dijo Batiste.

—¿Y cómo accedisteis al jardín? —preguntó Beatriz.

Jero intervino de inmediato, anticipándose.

—Saltamos el muro.

—¡Pero si mide más de dos metros! —exclamo Leonor, sorprendida.

—Estamos ágiles.

—¡Y tanto que lo debéis estar! —intervino ahora Beatriz.

—¿Y para qué queríais bajar al fondo del pozo? Ahí no hay nada más que arena y mucha humedad.

—Era un juego —intentó explicarlo Batiste—. Se supone que buscábamos un tesoro.

—¡Un tesoro en el pozo! —se rio Leonor—. Con todas las penurias que estamos pasando, si hubiera un tesoro allí abajo, ya me habría lanzado de cabeza, como el pobre de Tristán.

—Os repito, era solo un juego —insistió Batiste—. Ya sabíamos que no había ningún tesoro.

—Por curiosidad, ¿cómo conseguisteis entrar y salir del pozo?

—Esa es una larga historia —dijo Jero, recordando toda la aventura, sin poder evitar una mueca de desagrado en su rostro.

—No me puedo imaginar cómo lo lograsteis —dijo Beatriz—. Como ya os hemos contado, cuando se cayó Tristán, necesitamos cuatro adultos para poder bajar y subir con seguridad. Casi me resulta increíble que tan solo un niño y un joven lo consiguierais solos.

—Bueno, la salida nos costó mucho esfuerzo, pero para bajar hasta el fondo del pozo, como ya sabéis, nos ayudaron nuestros amigos Amador y Arnau. No estaban allí jugando en vuestro jardín, como os contaron cuando los descubristeis, sino sujetando una cuerda para que nosotros pudiéramos bajar hasta el fondo.

—¿De quién estáis hablando? —preguntó Beatriz, con una mueca de perplejidad en su rostro.

—De las personas que descubristeis en el exterior del pozo. Precisamente gracias a la cuerda que, cuando les pillasteis, nos arrojaron al interior del pozo y que no visteis, pudimos salir, aunque nos costó bastante esfuerzo, unas horas.

—No sé qué nos estáis contando —dijo Leonor, con el gesto de no comprender nada.

—Amador, el hijo de don Cristóbal de Medina, y Arnau, hijo de la familia Ruisánchez —dijo Batiste—. Las dos personas que estaban en el exterior, en vuestro jardín.

Las caras de las hermanas eran todo un poema.

—No sé qué historia nos estáis contando. El juego ya terminó, y esto no tiene ninguna gracia —dijo, muy seria, Beatriz.

—Ahora no estamos jugando ni bromeando. Las personas que descubristeis en vuestro jardín, y acompañasteis después hasta sus casas, eran nuestros dos amigos, los que nos ayudaron a bajar hasta el fondo del pozo, con la ayuda de una cuerda. Cuando los descubristeis, no os dijeron que estábamos en su interior, porque así lo teníamos convenido. Luego tenían que volver a por nosotros, pero jamás lo hicieron, ni uno ni otro.

—Jamás lo hicieron... probablemente porque jamás los descubrimos. No tenemos ni idea de lo que nos estáis contando —dijo una pasmada Beatriz. Los rostros de las hermanas Vives reflejaban un profundo desconcierto.

Ahora, las caras de Johan, Batiste y Jero eran de absoluta estupefacción, a juego con Beatriz y Leonor.

—¿Estáis seguras? —se atrevió a preguntar Batiste, con un hilo de voz.

—¿A ti te parece que nos olvidaríamos de una cosa así? —le respondió Leonor, que también estaba sorprendida por la situación tan extraña que estaban viviendo. Aquello no era normal.

—Entonces, ¿no acompañasteis a sus casas ni a Amador ni a Arnau? —preguntó Johan, boquiabierto.

—¿Cómo lo vamos a hacer, si ni siquiera sabemos quiénes son esos jóvenes amigos vuestros? —contestó Beatriz, con la misma cara de perplejidad que su hermana.

—¿Esto es alguna clase de broma estúpida? —preguntó Leonor—, porque no la entiendo ni me parece que tenga ninguna gracia.

—Me temo que es mucho más que eso —dijo Jero.

«En realidad, es un auténtico terremoto», pensó. «Se nos acaba de derrumbar toda la historia».

«¿Y ahora qué?».

56 EN LA ACTUALIDAD, LUNES 15 DE OCTUBRE

Hoy era el día fatídico de la semana para Rebeca. Además de ser lunes, lo que ya le fastidiaba, también era el día que más debía madrugar, ya que le tocaba su intervención en el *magazine Buenos días*.

Se levantó a las siete, se duchó y ya vestida, salió a la cocina. Su tía no estaba, ya se había ido a la comisaría.

«Casi mejor», pensó Rebeca, mientras se preparaba rápidamente unas tostadas y un buen vaso de leche. No le apetecía nada que se pudiera repetir la conversación de ayer por la noche. No se quitaba de la cabeza a Alba y su encaje en toda la historia de su tía. «Si está con Joana, aunque sea una relación a distancia, ¿qué pinta Alba?»

En el fondo, era la vida de su tía, que hiciera lo que quisiera. Rebeca consideraba que ahí no debía de inmiscuirse. Solo quería que Tote fuera feliz.

No pudo evitar sonreír. Ya sabía a quién de la familia había salido la petarda de Carlota. «Otra que ha hecho doblete esta semana», pensó. «Al final, resultará que la *rarita* monógama de la familia soy yo».

Cuando devolvió la botella de leche a la nevera, advirtió una nota de su tía, pegada con imán. La leyó. «Todo el día en Alicante. Volveré tarde. Tienes comida en la nevera. No me esperes ni para cenar».

«Parece que estaré todo el día sola», se dijo Rebeca. Como había pensado al inicio del desayuno, casi mejor así.

En quince minutos estaba saliendo en bicicleta hacia los estudios radiofónicos. Como siempre, llegó con tiempo de sobra, una media hora.

—Buenos días, Rebeca —se levantó Mara y de dio dos besos—. Menudo terremoto fue tu cumpleaños para la emisora. Supongo que ahora te reclamará el director Conejos y te lo explicará.

—¿Terremoto? —preguntó sorprendida Rebeca—. Mujer, creo que nos lo pasamos todos muy bien, pero no sé a qué te refieres, porque no me he enterado de nada.

—¿No escuchas la radio? ¿Ni siquiera la emisora para la que trabajas?

—Te tengo que confesar que muy poco. Últimamente llevo una vida un tanto ajetreada.

Al segundo apareció Carlos Conejos.

—Buenos días, Rebeca. ¿Te importa pasar un momento a mi despacho? —le preguntó, mientras le daba dos besos.

Al entrar, vio que había otra persona sentada en una silla. Al verse, se saludaron.

—Hola, Tommy, ¿qué haces aquí? —le preguntó Rebeca. Tommy Egea era el jefe de la sección de deportes de *La Crónica*. A Rebeca le caía muy bien, era de las personas más simpáticas de todo el periódico. Se llevaban de maravilla, y el aprecio era mutuo, desde el primer día.

—Tommy, además de trabajar contigo en el periódico, también colabora con nosotros, como tú, aunque él, como es lógico, en la sección de deportes.

—Lo primero, ¡menudo festival te montaste el martes! Fue algo increíble, igual que nuestras caras al día siguiente, cuando llegamos a la redacción, la mayoría sin haber dormido nada —dijo Tommy—. Creo que tan solo llegó puntual el director Fornell, y tenías que haber visto su cara. Yo creo que se encerró en su despacho y se echó a dormir, porque no lo volvimos a ver en toda la mañana.

—¡Y yo me lo perdí! —dijo Rebeca—. Claro, que a esa hora no sabía ni dónde estaba.

El director Conejos se sentó en su sillón e interrumpió su conversación.

—Aquí, en la emisora, también pasó algo parecido. Al día siguiente parecíamos zombis, pero bueno, vayamos al grano, que en breve reclamarán a Rebeca al estudio. Lo primero, hemos recibido una felicitación especial del presidente del consejo de administración del grupo de medios al que pertenecemos. Para ti y para mí.

—Sí —contestó Rebeca—, también la recibió el director Fornell en *La Crónica*.

—Llevamos desde el miércoles con unos índices de audiencia claramente superiores a nuestra media. La retransmisión parcial de tu cumpleaños, que se emitió tanto a nivel nacional con nuestra cadena musical, como a través de nuestra emisora local, fue toda una bomba. Tuvimos picos de audiencia de récord anual. Está claro que la ciudad tenía ganas de saber qué ocurría en tu cumpleaños. Y habiendo sido testigo, no me extraña nada.

—No sabía que lo habían emitido por la emisora local, pero me alegro de los buenos resultados— contestó Rebeca.

—Las pocas dudas que les pudieran quedar a los jefes de tu tirón radiofónico, han desaparecido de un plumazo. Como no tenemos mucho tiempo para hablar ahora, antes de que te reclamen, te lo resumo en pocas palabras. Han aceptado el formato del programa que propusiste para los martes por la tarde.

—¿De verdad? —preguntó Rebeca, que secretamente pensaba que no lo iban a aprobar. Demasiado desmadre para una emisora con un perfil muy serio.

—Bueno, han aceptado, pero poniendo una única condición.

«Si esa condición desvirtúa lo más mínimo el formato, la que no lo aceptaré seré yo», pensó Rebeca.

—¿Qué condición? —preguntó, con cierto recelo.

—Que participe Tommy también. No porque tengáis que hablar de deportes, sino porque tiene una amplia experiencia radiofónica y os puede ayudar a controlar los debates. Además, os conocéis, y tengo entendido que os lleváis bien.

Rebeca respiró aliviada. Secretamente, sintió cierta pena por Tommy si pensaba que podría controlar a la jauría del *Speaker's Club*.

—Eso no es una condición, es una alegría —respondió Rebeca—. Tommy es un *crack* como periodista y todavía más como compañero de trabajo y amigo.

—Me alegro —respondió el director.

—Ahora, supongo que los jefes vieron la grabación del programa piloto. Ya habrán observado que los miembros del *Speaker's Club* son algo imprevisibles, pero eso le da frescura al programa. Esa es la esencia que quiero trasmitir y no quiero que se desvirtúe en lo más mínimo. Lo mío no es una condición, pero sí una declaración de intenciones —dijo Rebeca, que prefería dejar las cosas claras desde el principio.

—No se trata de controlar su espontaneidad, sino de que haya alguien, con experiencia contrastada en la radio, con vosotros. Piensa que es un programa que se emite en directo, no podremos tapar los fallos, si se producen. La emisora prefiere tener a alguien como Tommy con vosotros.

—¿Cuándo empezamos? ¿El mes que viene? —preguntó Rebeca— Es por empezar a organizarlo todo.

—Mañana —respondió el director—. Avisa a tus amigos que deben estar una hora antes en el *pub* Kilkenny's para las cuestiones formales y administrativas.

—¿Mañana? Pero... —empezó a objetar Rebeca.

—No hay peros. No solo está decidido, sino que ya se están emitiendo cuñas por la emisora, anunciando el estreno del programa para mañana.

—¿Cómo se atreven a hacer eso sin decirme nada? —preguntó Rebeca, que se le notaba agobiada.

—No te puedes ni imaginar la expectación que se ha generado alrededor de tu persona. Hay que aprovechar el tirón que tuvo la celebración de tu cumpleaños. Al menos, eso nos dicen los expertos en audiencias de la cadena. No nos han dado alternativa. La orden viene directamente desde arriba.

—Es especialista en ponerme nerviosa antes de entrar en directo —sonrió Rebeca, resignada—. ¿No se da cuenta? Lo hace todos los lunes.

De repente, entró una persona al despacho del director.

—¡Rebeca, a los estudios!

—Te requieren. Luego no podremos seguir la conversación, ya que tengo una entrevista fuera de la emisora. Si tienes alguna duda, se la preguntas a Tommy, que lo ves todos los días en *La Crónica*.

—¿Si tengo alguna duda? ¡Las tengo todas! —dijo Rebeca, mientras salía del despacho del director.

Saludó a todo el personal técnico, que le dieron las gracias por haberse acordado de ellos e invitarlos a su cumpleaños del martes, y entró en el estudio. Aceptó las gracias, aunque, en realidad, los había invitado Carlota. La verdad es que ella también lo hubiera hecho.

Como era habitual, estaba sola, sentada en una mesa, delante de un micrófono. Le pusieron los cascos y empezó a escuchar el programa *Buenos días*, esperando que le dieran entrada. Estaba sonando una canción, *2002, two thousand and two*, de Anne-Marie. Preciosa, la tenía en su lista de reproducción. Cuando concluyó, empezaron a hablar Javi y Mar.

—Después de este temazo de Anne-Marie, vamos con nuestro nuevo número uno de los cincuenta —dijo Mar.

—Sí, sorprendentemente ha entrado directamente a esa posición, como un cohete. Lo nuevo de Ed Sheeran —Javi parecía emocionado.

«¿Ed Sheeran ha sacado algo nuevo? No lo sabía», pensó Rebeca. «Últimamente estoy demasiado desconectada del mundo».

—Tan nuevo, tan nuevo, que en apenas unos días se ha convertido en todo un terremoto —dijo Mar.

«¿Terremoto? Esa es la misma expresión que ha usado Mara Garrigues cuando he llegado a los estudios», pensó Rebeca, que, de repente, se sintió asustada.

«No se atreverán, ¿verdad?», pensó con temor.

—En realidad, fue el primer tema que lanzó en su vida Ed Sheeran, en 2011 y entró directamente al número tres de ventas en el Reino Unido. La canción fue nominada a los Premios Grammy y le dio a conocer al mundo. Formó parte de su álbum de presentación, llamado con el signo *Plus,* de suma —añadió Javi.

—Pero ahora ha vuelto a grabar una nueva versión, y nos va a servir para enlazar con nuestra próxima sección —dijo Mar.

«¡Se atreven!», pensó horrorizada Rebeca.

—*The A Team.* Ed Sheeran a la guitarra, acompañado por las voces de las españolas Carlota Penella y Rebeca Mercader. Toda una bomba.

Empezó a sonar la canción. Rebeca no la había escuchado grabada. Tenía que reconocer que su voz y la de su hermana no quedaban del todo mal y le daban un toque diferente al *temazo* de Ed Sheeran, pero estaba abochornada.

Cuando concluyó la canción. Javi le dio entrada.

—Como todos los lunes, tenemos con nosotros a Rebeca Mercader, que, conociéndola, estará sorprendida de lo que acaba de escuchar. Lo primero, ¿qué se siente al grabar un tema con el mismísimo Ed Sheeran?

«Esto no me lo esperaba. ¿Y ahora qué digo?», pensaba Rebeca a toda velocidad.

—Lo primero, buenos días a todas y todos. En cuanto a la pregunta de qué se siente, pues mucha vergüenza, porque, aunque no me creáis, no estaba preparado y fue todo espontáneo, al menos para Carlota y para mí. Por extraño que pueda parecer, por ejemplo, mi hermana no sabía que estaba cantando con Ed Sheeran, y yo me enteré quince segundos antes de empezar a cantar —contestó Rebeca.

—¿Y qué te parece el tema y la experiencia? —le preguntó Mar.

—¡Qué decir de la experiencia! Insuperable. En cuando a la versión de *The A Team*, sinceramente, a pesar de estar mejor de lo que me esperaba escuchar, las voces de mi hermana y la mía no mejoran en nada a la versión original de 2011, que es extraordinaria y posiblemente insuperable.

—¿Estás segura? —preguntó Mar—, porque sabemos que Ed Sheeran se quedó prendado de vosotras.

«¿A qué vienen estas preguntas?». Rebeca estaba algo fuera de lugar.

—Por supuesto. Tengo que reconocer que es la primera vez que la oigo, después de grabarla en directo el martes pasado. Repito, no ha quedado tan mal como yo me esperaba, pero aun así, nosotras no tenemos nada que ver con Ed.

—Pues tenemos una noticia que, no sé, igual te sorprende —le cortó Javi, con un toque de misterio.

—Claro, ahora me gastaréis la broma de que Ed Sheeran quiere cantar otro tema con nosotras —respondió Rebeca, con un tono claramente guasón.

—No es eso, pero te va a sorprender —le contestó Mar.

—Dudo mucho que, a estas alturas de mi vida, a pesar de tener veintidós años recién cumplidos, algo me sorprenda. He vivido bastante intensamente estos últimos tiempos.

Javi y Mar le dieron la noticia.

Estaba equivocada. Sorprendida no, se había quedado atónita. No le salían las palabras.

«Supongo que será una broma», pensó, aunque no lo parecía en absoluto.

57 9 DE MARZO DE 1525

—Disculpa padre que te haga esta pregunta, no pretendo ofenderte, pero ¿las hermanas Vives están en su sano juicio? —se cuestionó Batiste, una vez abandonaron su residencia, a una prudente distancia.

—No pidas perdón. Yo me estaba haciendo la misma pregunta ahora mismo. Desde la muerte de su padre el año pasado a manos de la inquisición, en aquel horrible auto de fe del que vosotros mismos fuisteis testigos, no han sido las mismas. Pero hasta este punto, no me lo puedo imaginar. Hoy me han parecido sinceras y lúcidas.

—Han dicho la verdad —intervino Jero, con rotundidad—. Estaban aún más sorprendidas que nosotros por todo lo que estaban escuchando.

—Pero entonces... —empezó a decir Batiste.

—Hay que asumirlo, Amador y Arnau nos engañaron. Nos dejaron tirados dentro del pozo a conciencia —le interrumpió Jero.

—Pero ¿por qué? ¿Qué sentido tiene que lo hicieran? —insistió Batiste, que no tenía nada claro.

—Eso no lo sé, pero sí que me he fijado en la actitud de las hermanas Vives. Desde que llegamos a su casa, cuando nos contaron el tema de Tristán, ya me surgieron las primeras sospechas de la verosimilitud de toda nuestra historia. ¿No notasteis nada extraño?

—La verdad es que no. Es cierto que la manera de contar lo de su gato Tristán fue un poco raro, pero nada más —dijo Johan.

—Yo sí que noté algo extraño al principio de la conversación, pero jamás me imaginé este desenlace —respondió un pensativo Batiste.

Jero continuó con su reflexión.

—No me cabe ninguna duda del amor que profesan por sus gatos, pero lo lógico, ante nuestras preguntas, es que nos hubieran contado primero que descubrieron a dos niños en el jardín de su casa, junto al pozo. Tengamos en cuenta que no eran dos niños cualquiera y cuáles eran sus familias. Eso era todo un notición, por encima de cualquier otra cosa. Sin embargo, nos cuentan la historia de un gato que se cae al pozo y omiten todo lo demás —razonó Jero—. Reconocerlo, no tiene demasiado sentido, por no decir ninguno. Ahí ya empecé a sospechar que nuestra historia podría tener alguna laguna.

—Eso es cierto —admitió Johan—. Sin ninguna duda era mucho más importante lo de Amador y Arnau que cualquier gato.

—Pero si seguimos ese razonamiento, la historia tiene menos sentido aún —se resistió Batiste, que no quería creer a su amigo.

—O no —respondió Jero—. Quizá estemos viendo las cosas desde un punto de vista equivocado.

—Pues yo no veo ese punto de vista, pero desde luego hemos de reflexionar —le respondió Batiste.

—Y tanto —le confirmó Jero—. Las implicaciones del descubrimiento que acabamos de hacer son inciertas, e incluso se podría decir que hasta peligrosas.

Batiste tomó la palabra.

—Por cierto, padre. ¿Te importa que me quede con Jero un momento, antes de volver a casa? Te prometo que a la hora de la cena estaré allí.

—No, claro —respondió Johan—. Supongo que, después de esta revelación, tendréis mucho de qué hablar entre vosotros. Tened cuidado. Ahora mismo, todo está muy confuso.

Cuando se quedaron solos, Jero le propuso a Batiste desplazarse hasta el Palacio Real.

—Allí estaremos más cómodos, además, esta sensación de inseguridad que me persigue, me resulta muy incómoda. En el palacio estaremos calentitos y tranquilos.

—Claro, como tú quieras.

Echaron a andar hacia el palacio. La verdad es que ya estaba refrescando, la tarde avanzaba. Cuando llegaron, saludaron a Damián y subieron las escaleras hasta el salón de la chimenea.

—¡Qué raro! Está apagada. Siempre la suelen mantener encendida —dijo Jero.

—Da igual. Aunque hubiera estado encendida, lo que tenemos que hablar es muy delicado y confidencial. Me encontraré más a gusto en tu habitación. Por aquí puede pasar gente.

—Pues vayamos a ella.

Entraron en la habitación de Jero, que se tumbó en su cama. Batiste, sin embargo, estaba nervioso y, de momento, prefirió mantenerse de pie, dando vueltas por la enorme estancia.

—Vamos a ver, Jero. ¿Se puede saber qué otro punto de vista puede haber en esta historia? Los cuatro nos confabulamos para desplazarnos al pozo de las hermanas Vives. Amador y Arnau son descubiertos. Nos arrojan la cuerda, tal y como habíamos convenido. Salimos del pozo. Localizamos a Amador encerrado en las mazmorras de la inquisición, la temida Torre de la Sala. Su padre, con cara de muy malas pulgas, consigue liberarlo, después de haber llegado a un pacto con las hermanas. Hablamos con nuestro amigo Amador, a través de la ventana de su habitación, y nos confirma toda la historia. ¿Y ahora me quieres decir que estábamos equivocados en todo? ¿Qué no estamos mirando las cosas cómo verdaderamente sucedieron? ¿Existe alguna otra forma de verlas? Ya me contarás…

—Ya conozco los hechos, y estoy tan sorprendido como tú, pero las hermanas Vives han hablado y nos han desmentido la historia, así que las cosas no pueden haber sucedido como nosotros creemos que las hemos vivido. Y no me cabe duda que las hermanas han dicho la verdad.

—Entonces, ¿a qué hemos asistido? ¿A un teatro organizado solo para nosotros? —preguntó Batiste.

—Esa es exactamente la sensación que tengo. Que nos han estado engañando desde el principio, pero, anticipándome a tu pregunta, no tengo ni idea del porqué ni por quién.

—Pues esas son, precisamente, las cuestiones fundamentales. Sin conocerlas, nada de lo ocurrido tiene sentido, ¿no lo crees así?

—Te equivocas, Batiste. Lo tiene, aunque no lo sepamos ver ahora mismo. Además, hay un ingrediente fundamental en toda esta historia que has omitido.

—¿Cuál?

—La desaparición de Arnau y su supuesta muerte violenta, según el alguacil amigo de tu padre.

—En contra de lo que pensaba, es verdad que existe una denuncia por desaparición, pero sigo pensando que Arnau está en su casa, escondido por su familia, aunque te reconozco que ya me surgen serias dudas, después de todo lo que hemos escuchado.

—¡Pues claro que debes de tener dudas! ¿Cómo explicas que los alguaciles tengan pruebas de su supuesta muerte violenta? Me dio la impresión de que se lo iban a comunicar a su familia de inmediato. No harían una cosa así si no tuvieran pruebas muy claras. Ya sabes quiénes son y el poder que tienen los Ruisánchez. Será una gran noticia en la ciudad. ¿De verdad crees que se arriesgarían de no estar completamente seguros?

—No sé qué habrá pasado, pero, a pesar de todas mis dudas, mi instinto me sigue diciendo lo mismo en ese tema. Por lo que sea, su familia quiere proteger a su hijo Arnau. Lo qué no sé es de qué o de quién —insistió Batiste, que continuaba de pie. Ahora estaba apoyado junto al mueble, a cuyos pies estaba la rejilla de la calefacción, que utilizaban para espiar las reuniones del Santo Oficio.

Jero estaba tumbado en su cama, mirando la parte superior del dosel. Continuaba reflexionando.

—Antes, curiosamente, nombrabas un teatro. ¿Sabes que sensación tengo, Batiste? Que estoy solo, sentado, precisamente en un teatro, y que están representando una obra conmigo como único espectador. Todos los actores no son lo que dicen ser. Están intentando que vea y comprenda una cosa diferente a la realidad. De repente, me levanto y me doy cuenta de la mentira. Tengo miedo y estoy solo, no hay nadie, ni siquiera los actores.

Batiste permanecía en silencio. Jero insistió.

—¿Qué opinas de mi reflexión? Me siento solo en un teatro y nadie es quién dice ser.

Silencio.

A Jero le extrañó que su amigo no le contestara. Quizá estaba reflexionando. Se levantó de la cama y miró a su alrededor.

Como en sus pensamientos del teatro, estaba solo.

Batiste había desaparecido de su habitación.

58 EN LA ACTUALIDAD, LUNES 15 DE OCTUBRE

Nada más salir de los estudios radiofónicos, Rebeca mandó un mensaje con el móvil al grupo del *Speaker's Club*. Un lacónico, «empezamos el programa de radio mañana, todos a las seis». Esperaba la implosión del grupo en cuestión de minutos.

A las diez tenía la cita con Vicente Arús, el abogado de sus padres. Eran las nueve y media, así que decidió ir andando con tranquilidad, ya que su despacho estaba en la calle Cirilo Amorós, a menos de diez minutos andando desde los estudios radiofónicos.

Llamó al interfono de la calle a las diez menos diez. Le abrieron las puertas y le hicieron pasar a la salita de espera.

La decoración le gustó mucho. No parecía el típico despacho de abogados, con ese estilo clásico rancio y lleno de libros. Era muy moderno, hasta tenía un pequeño jardín estilo zen, en lo que se suponía que era el hueco del deslunado, al estar situado en un primer piso.

«Se parece más a un gabinete de estética o a un centro de masajes orientales», pensó divertida Rebeca. «Invita a la meditación».

A las diez exactas, con puntualidad británica, una señorita le indicó que le acompañara hasta una puerta traslúcida de cristal. La abrió y anunció a Rebeca Mercader.

No había traspasado casi ni el umbral de la puerta, cuando una persona de unos cincuenta años, impecablemente vestida, se levantó de su mesa y fue a recibirla.

—¡Rebeca Mercader! ¡Por fin te pones en contacto conmigo! Soy Vicente Arús, la persona que manejaba y que aún manejo ciertos asuntos de tus padres —dijo, mientras le daba dos besos y un pequeño abrazo—. ¡Cómo has cambiado desde la última vez que te vi!

—¿Nos conocemos?

—Bueno, digamos que la última vez que estuviste en este despacho, calculo que tendrías unos dos añitos, como mucho. Es normal que no lo recuerdes. Ahora te has convertido en toda una mujercita, por cierto, idéntica a tu madre, Catalina Rivera, y por lo que me he enterado, no solo en lo físico.

—Sí, lo del parecido me lo dicen constantemente.

—Tu madre era toda una mujer. Además de un *bellezón* fuera de serie, era la única clienta que, en ocasiones, me daba la impresión que me asesoraba ella a mí, y no al contrario, y además con notable acierto —dijo, sonriendo y divertido Vicente.

A Rebeca le había llamado la atención el recibimiento del abogado.

—¿Por qué me ha dicho, nada más entrar en su despacho, que, por fin, me pongo en contacto con usted? ¿Qué quería decir con esa frase? ¿Por qué «por fin»?

—Primero, me puedes tutear. Con tus padres no solo tenía una relación profesional, éramos amigos fuera de este despacho también. En cuanto a tu pregunta, te llevo esperando algunos años.

—¿Me estabas esperando? —le preguntó Rebeca, sin comprenderlo—. Si es así, ¿por qué no te pusiste en contacto conmigo?

El abogado hizo una pequeña pausa.

—El accidente de tus padres fue una auténtica fatalidad, una desgracia que nos conmovió a todos. Sin embargo, y perdona que te diga esto, siempre me dio la impresión de que, hasta tu madre lo sabía, o por lo menos lo intuía.

—Por definición, un accidente es algo imprevisto. ¿Cómo lo podía saber?

—No lo sé, pero tenían todos los temas legales perfectamente organizados para una situación como la que ocurrió, y eso no es muy normal, siendo una pareja tan joven y con toda la vida por delante. Casi nadie hace estas cosas cuándo tiene treinta años.

—No, no lo parece, pero volviendo a lo anterior, no has contestado a mi pregunta. Yo siempre he estado perfectamente localizable. Que yo no acudiera a ti es comprensible, ya que ni siquiera conocía de tu existencia, así que difícilmente me podía poner en contacto contigo, pero tú sí que conocías la mía. Podías haberme encontrado en cuanto hubieras querido.

—Es cierto, además, desde la distancia, siempre he estado atenta a ti, pero hay una cuestión que desconoces.

—¿Más misterios?

—No, simplemente instrucciones.

—¿De quién? —preguntó extrañada Rebeca, que no esperaba esa respuesta.

—En realidad, no me he puesto en contacto contigo todos estos años por expreso deseo de tu madre, Cata. Me dijo que, en el supuesto de que les ocurriera cualquier desgracia, no lo hiciera, que ya acudirías tú a mí en el momento adecuado. Y me parece que ese momento acaba de llegar.

Ahora, Rebeca estaba sorprendida.

—¿Y por qué diría eso mi madre? ¿Qué momento adecuado es este?

—Para esas preguntas no tengo ninguna respuesta, pero supongo que, si estás aquí, es porque ya sabes quién era y a que se dedicaba tu madre. Siempre iba dos o tres pasos por delante de todo el mundo, así que seguro que este momento también debe de tener una explicación lógica, aunque esa respuesta tengas que buscarla tú. Pero, sin duda, debe ser importante.

—Todo esto me suena como muy misterioso, cuando yo tan solo venía a hacerte una simple pregunta —dijo Rebeca.

Vicente sonrió.

—Dudo mucho que sea simple, pero adelante con esa pregunta —dijo, que parecía divertido con la situación que se había creado.

Rebeca empezó su explicación.

—Hace dos fines de semana, en Madrid, mi hermana Carlota Penella y yo nos enteramos de toda la historia de nuestros padres. Nos la contaron Jacques Antón y su exmujer Carmen, junto con su hija Carol.

—Lástima lo de su divorcio y del traslado de Jacques a Madrid. Hemos perdido el contacto habitual estos últimos años. Eran, y todavía lo son, una pareja encantadora.

—Así es. Durante nuestra estancia en Madrid firmamos ante un Notario la venta del laboratorio farmacéutico y el cuaderno particional de la herencia de mis padres. Hasta aquí, dejando al margen todas las sorpresas familiares de las que me enteré, nada fuera de lo normal, pero hay una cuestión que me persigue desde entonces. En realidad, casi diría que desde antes de ese viaje a Madrid.

Vicente Arús continuaba sonriendo.

—Por la expresión de tu cara, deduzco que ya sabes lo que te voy a preguntar, ¿verdad? —dijo Rebeca, fijándose detenidamente en el lenguaje no verbal del abogado.

—Por supuesto. Precisamente es para lo que te estaba esperando estos últimos años. Por eso te decía que ni la pregunta es sencilla ni lo es su respuesta. No obstante, estoy seguro de que lo comprenderás con facilidad, dada tu extrema inteligencia. Además, he tenido unos cuantos años para esperar tu visita y prepararme a conciencia la explicación. En la inteligencia no, pero ahí te llevo cierta ventaja.

—Pues entonces, ¿me puedes explicar que significa, en realidad, *Yellow Submarine*?

Vicente Arús lo hizo. Se notaba que estaba preparado para responder a esa pregunta, ya que se lo explicó todo con una claridad meridiana, y eso que era un tema bastante complejo y difícil de comprender, como ya le había anticipado.

Cuando concluyó la explicación, Rebeca miró al abogado con una cara difícil de describir.

—¿En serio? —preguntó alucinada.

—Completamente.

—Perdona mi asombro, pero lo que me acabas de contar es casi increíble, y creo que sobra la palabra «casi».

—Eso hacia tu madre a diario, convertir lo imposible en ordinario, con una facilidad fuera del alcance del común de los mortales. Era única. Espero que tú y tu hermana continuéis su legado, aunque, no te lo tomes a mal, lo tenéis muy difícil. El listón está en el cielo, junto a ella.

A pesar de las emotivas menciones a su madre, Rebeca no se quitaba de la cabeza las consecuencias de lo que acababa de escuchar.

—Entonces, eso significa que...

—Sí, significa exactamente eso, por increíble que te pueda parecer.

«La segunda», pensó Rebeca, que no salía de su absoluto asombro.

59 9 DE MARZO DE 1525

—¡Batiste! ¿Dónde estás? Esto no tiene ninguna gracia —dijo Jero, que se acababa de levantar de la cama y no veía a su amigo por ninguna parte.

Silencio.

—Anda, ya me has gastado la broma. Sal de dónde estés escondido —dijo, mientras se dirigía al último sitio dónde había visto a Batiste, junto a la rejilla de la calefacción.

Ni rastro de su amigo.

Jero miró alrededor de la habitación. Era grande, pero tampoco disponía de tantos recovecos como para ocultarse. Lo que tenía claro es que por la puerta no había salido, ya que lo hubiera oído, así que tenía que estar en la habitación. Miró debajo de la cama, de las mesas, en los bordes de las ventanas y en todos los lugares donde pudiera haberse escondido.

Nada. Estaba completamente solo.

No pudo evitar estremecerse.

De repente, escuchó un ruido a sus espaldas. Se giró, pero allí no había nadie. Estaba a tan solo un segundo de salir corriendo de su habitación, con el terror en el cuerpo.

Al momento, observó como uno de los paneles de madera, que estaba al lado del mueble donde estaba apoyado Jero, se abría. El corazón le dio un vuelco. Batista apareció desde detrás de él.

—¡Por Dios! ¡Qué susto me has dado! —exclamó Jero—. Creía que te habías desvanecido. No sabía que detrás de esas maderas hubiera un escondite.

—Es que no lo hay.

—¡Pero si te acabo de ver salir de ahí adentro!

—Sí, pero no es un escondite. Anda, ven conmigo y lo compruebas por ti mismo —dijo Batiste, que ahora parecía divertido.

Jero se asomó. Lo que vio le dejo boquiabierto.

—Ya te había advertido que no era un escondite.

Detrás del panel de madera había un estrecho pasillo, que conducía a lo que parecía una escalera de caracol, en dirección descendente.

—¿Qué rayos estoy viendo? —preguntó asustado Jero.

—Pues exactamente lo que parece, un pasadizo secreto que comunica tu habitación con otro lugar del palacio.

—Me estás asustando.

—No tiene nada de misterioso, bueno, ahora que lo pienso, quizá sí que lo tenga un poco, aunque estemos en un Palacio Real.

—¿Qué quieres decir?

—Que todos los palacios reales tienen pasadizos secretos, y yo, de verdadera casualidad, acabo de descubrir uno de ellos. Mientras tú estabas hablando, me he apoyado en este panel, y escuché como una especie de crujido. Parecía hueco. Empujé de un lado, y para mi sorpresa, el panel se giró completamente, dejando al descubierto lo que estás viendo ahora.

Jero no salía de su asombro.

—¿Y te has atrevido a bajar tú solo por esas escaleras medio a oscuras? —preguntó Jero, aún con cara de susto.

—¡Pues claro! Pero no he podido ver gran cosa, ya que la escalera de caracol, después de descender el equivalente, más o menos, a unas cuatro plantas de altura, acaba en una puerta, que está cerrada. Como no podía seguir, he vuelto sobre mis pasos y aquí me tienes.

—Dices que la escalera acaba en una puerta —repitió Jero, que aún estaba sorprendido.

—Sí, además se nota que lleva muchos años sin abrirse. Está llena de polvo y telarañas. Quien fuera el usuario de este pasadizo, hace tiempo que no lo utiliza.

—¿Quieres que abra esa puerta? —dijo Jero, que se estaba animando por momentos.

—¡Pues claro! Me había olvidado de tus habilidades especiales con las cerraduras.

—Dame un minuto —dijo Jero, mientras se dirigía a una cajonera, levantaba el bajo fondo y extraía unos hierros.

—Vaya, así que tú también tienes escondites secretos —se burló Batiste.

—Sí, pero tan solo para ocultar pequeños objetos, como mis herramientas para manipular cerraduras, no pasadizos ni escaleras secretas.

—Anda, vamos cuanto antes. No quiero que se nos haga tarde. Ya sabes que le he asegurado a mi padre que volvería a casa pronto, y esta aventura promete —dijo Batiste, que se le notaba emocionado.

—Veremos si promete cuando observemos qué hay detrás de esa puerta cerrada —le contestó Jero, que, aunque se había olvidado de sus extrañas reflexiones y parecía más alegre, no compartía el entusiasmo de su amigo.

Entraron en el pasadizo y bajaron por la escalera de caracol. Jero calculó que habrían descendido unas cuatro o cinco plantas, como ya había observado su amigo, y se lo comentó.

—Puede ser —le dijo Batiste, a mí me ha dado la misma impresión.

—Pero mi habitación está en una tercera planta.

—Pues estamos por debajo del nivel del suelo, no hay otra explicación. Tampoco pasa nada, ¿no? ¿Qué más da?

Llegaron a la puerta. Parecía sólida y, efectivamente, hacía bastante tiempo que no se abría. Disponía tan solo de una cerradura que parecía bastante simple.

—¿Podrás con ella? —le preguntó Batiste.

—Jamás se me ha resistido ninguna y esta no parece muy sofisticada, más bien al contrario,

Efectivamente, no había pasado ni un minuto cuando la cerradura crujió, señal de que Jero la había abierto.

—Anda, empujemos los dos la puerta, que parece pesada —dijo Batiste.

Así lo hicieron.

Lo que vieron dentro les dejó sin habla. Se trataba de una especie de despacho, pero tan grande como la habitación de Jero, al menos. Tenía unos muebles que se asemejaban a archivadores, pero estaban casi vacíos, con varios legajos y algunos libros. Al final de la habitación, se vislumbraba una mesa y una silla, con un candil polvoriento.

—¡Se trata de un despacho secreto! —dijo emocionado Batiste—. Por sus dimensiones, incluso podría ser de algún rey.

—Pocos reyes han residido aquí de forma permanente —le contestó Jero.

—Te equivocas. Este palacio, que ahora admiramos, fue levantado sobre otro, de origen árabe, que era habitado de forma regular por reyes. Este formidable edificio debe de esconder muchos secretos apasionantes. *exciting*

De repente, Jero dio un gran alarido. Batiste dio un salto, casi cayéndose de espaldas.

—¿Qué te ocurre? —preguntó alarmado.

—Algo ha tocado mi espalda. No estamos solos en esta estancia.

Los dos amigos se pusieron en guardia. Empezaron a mirar por toda la habitación, recorriendo los tres pasillos que formaban sus muebles.

—Aquí no hay nadie Jero. Mira el suelo. Está lleno de polvo y no se ve ninguna pisada humana.

—Humana, tú lo has dicho —le respondió.

—¿No me digas que ahora crees en fantasmas?

—En fantasmas no, pero sí creo en las ratas —dijo, mientras señalaba una de ellas, mirándolos desde un mueble pegado a una de las paredes—. Seguramente será la que me ha rozado la espalda. No creo que estén muy acostumbradas a recibir visitas de personas, aquí abajo. Quizá seamos los primeros humanos que ve.

Se acercaron hacia donde estaba la rata, que desapareció entre los muros.

—¿Cómo ha hecho eso? —preguntó Jero.

Batiste se acercó un poco más al mueble, y lo observó con detenimiento. Para sorpresa de Jero, se giró con una sonrisa de oreja a oreja.

—¿Qué es lo que te hace tanta gracia de la desaparición de la rata?

—Que me debes una comida en este palacio, con sirvientes incluidos, y a todo lujo.

—¿Qué dices?

—Anda, acércate y observa por dónde se ha escapado la rata.

Así hizo Jero. Para su sorpresa, el mueble escondía, detrás de él, una puerta.

—¡No me digas! —exclamó Jero, cuando lo comprendió.

—Sí te digo. Estamos dentro de la habitación secreta que ocultaba la puerta de la biblioteca. Has perdido la apuesta.

Jero estaba completamente alucinado.

—¿Cómo sabías que entraríamos en esta estancia? Era imposible que lo pudieras ni siquiera intuir.

—Te equivocas. Simplemente apliqué la razón, además por dos motivos muy simples.

—¡Ah! ¿sí? ¿Y cuáles son?

—El primero es que la puerta que descubrimos en la biblioteca, como le ocurre a esta que tenemos delante ahora mismo, si te fijas, tiene corriente de aire por el espacio que queda entre la madera y el suelo. Eso significa que hay otra apertura en la estancia, si no, no podría existir esa corriente.

—Pero eso no significa obligatoriamente que esa apertura tenga que ser otra puerta. Podría ser una simple oquedad impracticable —protestó Jero.

—Y aquí es donde entra en juego el segundo motivo. Vamos a ver Jero, que eres tan inteligente como yo —dijo Batiste, burlándose—. ¿Quién construye una puerta, que, probablemente, da acceso a una estancia, y luego pone un mueble pesadísimo delante, evitando que se pueda abrir y acceder a su interior?

—¡Claro! —dijo Jero—. Dedujiste que si cegaban una puerta, era porque debía de existir otra. Además, estaba el tema de la corriente de aire. Si unes las dos cosas...

—¡Premio! —le interrumpió Batiste.

En ese preciso momento oyeron un ruido, que provenía de la puerta por dónde habían entrado. Se estaba cerrando lentamente. Los dos salieron corriendo en dirección a ella, pero llegaron tarde.

—Vaya, por lo visto la corriente de aire de la que estábamos hablando ha cerrado la puerta —dedujo Jero.

Batiste, sin embargo, parecía pensativo y preocupado al mismo tiempo.

—Voy a abrirla —dijo Jero, mientras extraía los hierros de su jubón y se ponía a manipular la cerradura.

Al momento, se oyó un chasquido.

—Vamos a empujarla y salimos de aquí.

—No —dijo Jero, interponiéndose entre Batiste y la puerta.

—Pero ¿qué dices? ¿Te has vuelto loco?

—No.

—¡Deja de decir noes y apártate!

—No me entiendes.

Ahora, Batiste se quedó mirando a su amigo. Se fijó mejor. A pesar de la poca luz que se filtraba en la estancia, tenía la cara blanca.

—Lo que te quiero decir es que no he podido abrir la cerradura —dijo Jero.

—¿Qué? —preguntó espantado Batiste.

—Se me ha roto uno de los hierros, y ahora bloquea el mecanismo. Es imposible. No puedo abrirla. Está encajado.

—¡Qué dices! —exclamó Batiste, cuyo nerviosismo iba en aumento.

—Es la primera vez que me pasa en mi vida. Habré abierto cientos de puertas. ¡Precisamente ahora tiene que ocurrir este desgraciado incidente!

Batiste, de repente, se quedó en silencio. Su rostro reflejaba una expresión de ausencia reflexiva, la misma que había mostrado hace apenas unos minutos.

—¿No tienes nada qué decir? —le dijo Jero, que tenía cara de alarmado.

—Sí, que no ha sido un desgraciado incidente.

—¿Por qué dices eso?

—También por dos motivos, como con la deducción de la otra puerta.

—¿Y me podrías decir cuáles son?

—El primero es que la puerta no se ha cerrado por la corriente de aire.

—¿Qué insinúas?

—Me parece que está claro. ¿Te acuerdas lo que pesaba y lo que nos ha costado abrirla? ¿De verdad crees que esta mínima corriente de aire puede mover semejante armatoste?

—Ahora que lo pienso, no creo.

—¡Pues claro que no! Además, ¿no te extraña que no hayas podido abrir la cerradura, después de haberlo hecho con cientos de ellas? ¿Tampoco te parece raro?

—No te entiendo.

—Estoy seguro de que, si observas con detenimiento el mecanismo de la cerradura, verás que ya estaba obstruida antes de que tú intentarás abrirla.

Jero se dirigió de inmediato a la cerradura, y se fijó mejor, mirando a través de ella. Efectivamente. Batiste tenía razón, alguien había cruzado un hierro en el interior del mecanismo, que lo hacía inservible. No lo podía manipular.

—¿Esto qué quiere decir, Batiste? —preguntó, con cierto temor.

—Está muy claro, que alguien nos quiere muertos, como quizá lo esté Arnau. Tengo que reconocer que, igual, estaba equivocado con la teoría de que estaba oculto en su casa. Visto lo visto, igual está muerto de verdad.

—No me asustes —dijo Jero, que se abrazó a su amigo con todas sus fuerzas.

—Seamos realistas. Estamos encerrados en una habitación secreta, en los sótanos del palacio, que nadie conoce. Hace años que nade baja ni entra en esta estancia. Si lo piensas bien, en realidad ya estamos muertos —dijo Batiste, mientras se acurrucaba con Jero, para darle calor.

—Tres de cuatro —susurró, con un hilo de voz.

—¿Qué?

—Que de los cuatro que iniciamos el juego del tribunal juvenil de la inquisición, uno está muerto y dos lo estaremos en breve. Tan solo quedará vivo Amador —dijo Jero.

—No se me había ocurrido pensar en ese detalle —reflexionó Batiste—. No sé si tendrá importancia, pero me temo que, ahora, eso ya no nos importa.

Permanecieron abrazados y en silencio durante unos minutos.

Para sorpresa de Batiste, a Jero, en este momento desesperado y terminal de sus vidas, le dio por recitar el principio de las conocidas *Coplas* de su abuelo, el gran poeta Jorge Manrique, que, fruto de su tercer matrimonio con Elvira de Castañeda, tuvieron un hijo, precisamente a su padre, Alonso Manrique.

«Recuerde el alma dormida,

avive el seso y despierte

contemplando

cómo se pasa la vida,

cómo se viene la muerte

tan callando,

cuán presto se va el placer,

cómo, después de acordado,

da dolor;

cómo, a nuestro parecer

cualquiera tiempo pasado

fue mejor».

60 EN LA ACTUALIDAD, LUNES 15 DE OCTUBRE

Rebeca se despidió del abogado Vicente Arús y salió a la calle. Necesitaba desesperadamente que le diera el aire en la cara. Lo que acababa de averiguar era absolutamente inesperado y tenía unas consecuencias impredecibles.

Su cabeza estaba hecha un lío. Ahora mismo estaba aturdida. No tenía ni idea de qué hacer ni cómo actuar, a pesar de que su madre parece que lo había previsto así, cuestión que tampoco alcanzaba a comprender, dada la relevancia de lo que había conocido.

«Ella lo tendría claro, pero yo no tengo ni la más remota idea de qué hacer, si es que se supone que tengo que hacer algo», se dijo, hecha un monumental lío. «Igual se trata de eso, de no hacer nada, por eso no debía ponerse en contacto el abogado conmigo».

Eran ya las once y cuarto. Además del aire, necesitaba beber algo. Tenía la boca seca, igual que el cerebro.

«Voy a buscar un bar», pensó. «Por esta zona de la ciudad los hay a montones».

Se dirigió hacia la calle Ruzafa, y antes de llegar, giró por el pasaje de su mismo nombre para salir a la Gran Vía. En la misma esquina, había una cafetería con unos sillones muy cómodos.

De camino hacia allí, sacó de su bolso el móvil, para ver cuáles habían sido las respuestas de los miembros de *Speaker's Club* a su lacónico mensaje, citándolos mañana a las seis, en lugar de las siete, que era la hora habitual.

«Efectivamente, el grupo ha implosionado», pensó divertida Rebeca, cuándo vio más de cien mensajes por leer.

«Ahora, cuando llegue a la cafetería, intentaré poner algo de orden en este caos», se dijo. «Les explicaré a qué se debe este cambio». Lo que no tenía tan claro es que lo comprendieran, por lo precipitado del asunto.

Volvió a guardarse el móvil en el bolso y reanudó la marcha en dirección a la Gran Vía, a través del pasaje.

En ese momento, de repente, alguien se abalanzó sobre ella por la espalda. Sin darte tiempo a reaccionar, le puso una navaja en el cuello y le agarró por el pecho y los brazos con mucha fuerza.

En apenas un segundo, analizó la situación. No tenía manera de zafarse, y además la navaja estaba peligrosamente cerca de la carótida.

«¿Me están atracando en pleno centro de la ciudad?», pensó alarmada.

—¿Qué quieres? Llévate mi bolso, tengo dinero —le dijo, desesperada—. Si lo abres, encontrarás más de cien euros, son tuyos. Como no te he visto la cara, te prometo que no te denunciaré.

—No quiero tu dinero.

Rebeca estaba entrando en pánico total. No entendía a aquella persona, y le estaba empezando a clavar la navaja en el cuello con más fuerza. Ya le hacía daño.

Su primera reacción defensiva natural fue, con ambas manos, intentar separar la navaja de su cuello. No consiguió más que hacerse heridas en ambas manos, que empezaron a sangrar abundantemente. Ahora tenía toda su camisa manchada de rojo.

Intentó darle un codazo en sus costillas con toda la fuerza que pudo, y lo consiguió. El desconocido acusó el golpe, pero no logró zafarse. Seguía igual que al principio, o peor, porque ahora le apretaba con más fuerza.

Rebeca no sabía qué más podía hacer salvo ponerse a gritar como una loca, pero no veía a nadie en los alrededores. Aunque estaba en el centro de la ciudad, aquel pasaje peatonal no era muy transitado, y ahora mismo estaba desierto. Además, se encontraba alterada. Jamás la habían atracado y estaba hasta aturdida.

—No sé a quién buscas, pero te equivocas de persona —dijo—. Te lo repito, si quieres dinero, tengo algo en el bolso. Llévatelo. No le diré nada a nadie de lo ocurrido.

—Eres Rebeca Mercader, no me equivoco de persona. Estaba esperando que salieras de hablar con ese *abogaducho* —le respondió el desconocido—. Y no soy un vulgar atracador, no quiero para nada tu dinero, no me lo repitas más.

—Entonces, ¿qué quieres de mí?

—Llevo mucho tiempo vigilándote de cerca. Soy un profesional. ¿No lo entiendes?

—¿Un profesional? ¿De qué? —le preguntó a aquella persona, que distorsionaba su voz.

—¿Tú que crees?

Cuando lo comprendió, Rebeca se sintió impotente y desesperada. No sabía qué hacer. Intento girarse para, por lo menos, verle la cara a aquella persona, pero no pudo, estaba firmemente sujeta.

Ahora sí, pensó en gritar, pero el pasaje seguía desierto. No sabía si le iba a servir de algo.

«De todas maneras no tengo alternativa, haga lo que haga me va a matar», pensó. «Quizá ya lo esté, pero por lo menos voy a luchar hasta el final».

Se dispuso para empezar a gritar.

El desconocido se dio cuenta de sus intenciones, apretó con fuerza la navaja contra su cuello y empezó a cortárselo lentamente. Rebeca veía llegar la muerte. Ya empezaba a sangrar por uno de los extremos y notaba su propia sangre en la garganta. Ahora, aunque hubiera querido, no hubiera podido ni gritar, ni siquiera hablar.

Era perfectamente consciente de que le quedaban pocos minutos de vida, antes de ahogarse en su propia sangre.

—Lo siento de verdad, Rebeca. Te aseguro que no es personal, pero debes morir.

Fueron las últimas palabras que escuchó.

En este momento terminal de su vida, no pudo evitar rememorar a sus padres. No era creyente, era agnóstica, pero en este instante final, lo único que le consiguió reconfortar fue la idea de que, quizá, si ahí arriba existía algún tipo de Dios o lo que quiera que fuera, igual se reencontraría con ellos.

«Voy a vuestro encuentro, papás»,

De repente, le pareció ver cómo dos ángeles idénticos la recogían y la acompañaban. No eran sus padres, pero quería suponer que la llevarían con ellos. Era todo lo que deseaba.

Curiosamente, ahora era feliz.

«El cielo existe», fue su último pensamiento consciente.

La luz se apagó para Rebeca.

Fin del libro *6*
Rebeca debe morir

Continúa en libro 7
Espera lo inesperado

¿Ha muerto realmente Rebeca o nos esperamos lo inesperado?

Nada es para siempre...

CLUB VIP

Si has leído alguna de mis novelas, creo que ya me conoces un poco. **Siempre va a haber sorpresas y gordas.**
Si quieres estar informado de ellas y no perderte ninguna, te recomiendo apuntarte a mi club, llamado, cómo no, **Speaker's Club**.

Es gratuito y tan solo tiene ventajas: regalos de novelas y lectores de ebooks, descuentos especiales, tener acceso exclusivo a mis nuevas novelas, leer sus primeros capítulos antes de ser publicados, etc.

Lo puedes hacer a través de mi web y no comparto tu email con nadie:

www.vicenteraga.com/club

REDES SOCIALES

Sígueme para estar al tanto de mis novedades

Facebook
www.facebook.com/vicente.raga.author

Instagram
www.instagram.com/vicente.raga.author

Twitter
www.twitter.com/vicent_raga

BookBub
www.bookbub.com/authors/vicente-raga

Goodreads
www.goodreads.com/vicenteraga

Web del autor
www.vicenteraga.com

COLECCIÓN DE NOVELAS «LAS DOCE PUERTAS» Y BILOGÍA «MIRA A TU ALREDEDOR»

Todas las novelas pueden ser adquiridas en los siguientes idiomas y formatos en **Amazon y librerías tradicionales**

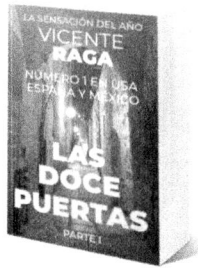

ESPAÑOL

Formato eBook
Formato papel tapa blanda
Formato tapa dura (edición para coleccionistas)
Audiolibro

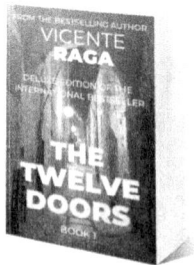

ENGLISH

eBook
Paperback
Hardcover (Collector's Edition)
Audiobook (coming soon)

Las doce puertas (Libro 1)
The Twelve Doors (Book 1)

Nada es lo que parece (Libro 2)
Nothing Is What It Seems (Book 2)

Todo está muy oscuro (Libro 3)
Everything Is So Dark (Book 3)

Lo que crees es mentira (Libro 4)
All You Beleive Is a Lie (Book 4)

La sonrisa incierta (Parte V)
The Uncertain Smile (Part V)

Rebeca debe morir (Libro 6)
Rebecca Must Die (Book 6)

Espera lo inesperado (Libro 7)
Expect the Unexpected (Book 7)

El enigma final (Libro 8)
The Final Mystery (Book 8)

BILOGÍA / DUOLOGY
«MIRA A TU ALREDEDOR»
"LOOK AROUND YOU"
(Forman parte de «Las doce puertas»)

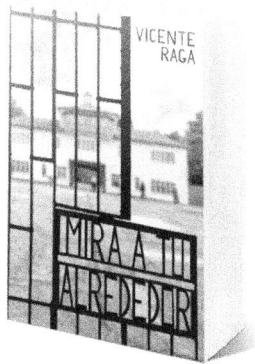

Mira a tu alrededor (Libro 9)
Look Around You (Book 9)

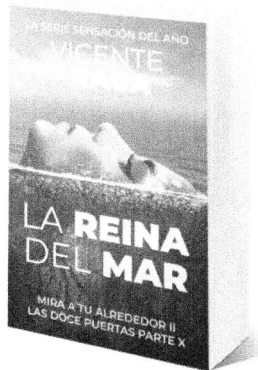

La reina del mar (Libro 10)
The Queen of the Sea (Book 10)
Fin de la serie «Las doce puertas»
End of «The Twelve Doors» series

SERIE DE NOVELAS «ÁNGELES»

Formato eBook
Formato papel tapa blanda
Formato tapa dura (edición para coleccionistas)
Audiolibro

El misterio de nadie (Libro 1)

El faraón perdido (Libro 2)

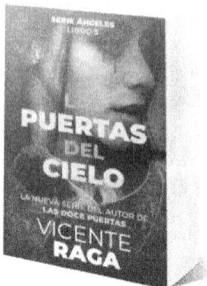

Las puertas del cielo (Libro 3)

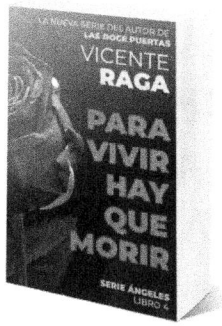

Para vivir hay que morir (Libro 4)

CONTINUARÁ...

TRILOGÍA EN UN SOLO VOLUMEN DE VICENTE RAGA «JAQUE A NAPOLEÓN»
"CHECKMATE NAPOLEÓN"

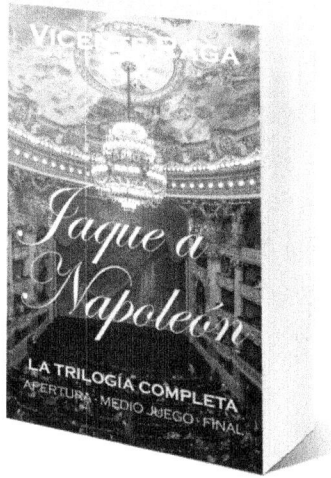

Jaque a Napoleón, la trilogía: apertura, medio juego y final

ESPAÑOL
Formato eBook
Formato papel tapa blanda
Audiolibro
INGLÉS
eBook
Paperback
Audiobook (coming soon)

Printed in Great Britain
by Amazon